Im Kreis der Sieben

Kristalle

Band 3

Christin Burger

Band 1: Im Kreis der Sieben
Band 2: Im Kreis der Sieben – Welten
Band 3: Im Kreis der Sieben – Kristalle

www.christinburger.de
Lektorat: Kathleen Weise
Schlusskorrektorat: Mirjam Becker
www.textwache.de
Buchsatz: Dr. Katrin Scheiding
www.katrinscheiding.de

Copyright by Coverdesign: Sylvia Ludwig von
http://cover-fuer-dich.de/

Bildmaterial: Norwegian Forest Cat: Eric Isselee/
shutterstock.com
Shining diamonds circle: Ilya Chalyuk/shutterstock.com
Red diamond: ILYA AKINSHIN/shutterstock.com
Old dramatic dark texture: gmstockstudio/
shutterstock.com
Quartz Rainbow Titanium aura crystal cluster:
Sebastian Janicki/shutterstock.com

c/o Papyrus Autoren-Club
R.O.M. Logicware GmbH
Pettenkoferstraße 16-18
10247 Berlin
www.christinburger.de

ISBN Paperback: 978-3-00-056671-4
ISBN E-Book: 978-3-00-056672-1

Christin Burger begann im Alter von zwölf Jahren Geschichten zu schreiben. Auf der Schreibmaschine ihrer Mutter. Heute bevorzugt sie Computer. Aber die Liebe zu guten Geschichten ist ungebrochen. Sie begann ihre professionelle Laufbahn als Autorin durch ein Praktikum bei einer Produktionsfirma und schreibt nun seit über zehn Jahren Drehbücher für verschiedene Fernsehserien. Bei einer Weiterbildung zur Drehbuchautorin an der IFS Köln entstand ihr erstes Drehbuch für einen Spielfilm. Christin Burger schreibt heute als freie Autorin Romane, Kinderbücher und Drehbücher.

»Im Kreis der Sieben Kristalle« ist der Abschluss einer Trilogie.

www.christinburger.de

Teil 1

Laras Geist

Schnalz!

Der Mann hob den Kopf und lauschte. Hatte er richtig gehört? Ja. Eindeutig. Ein Ton, wie der Gesang eines Wals, der durch das dichte Erdreich zu ihm in die Höhle drang. Noch klang er leise, als wäre er weit entfernt. Doch dann kam er näher und wurde lauter. Der Mann stand langsam auf. Dabei pfiff er einmal und schnalzte.

Der Ton war jetzt ganz nah. Immer lauter dröhnte er durch das Gestein. Die glitzernde Wasseroberfläche des Sees, der in der Mitte der Höhle lag, bildete kleine Wellen. Aus dem See wuchs ein riesiger Baumstamm empor, der mit unzählig verzweigten Ästen eine enorme Baumkrone bildete. An den Zweigen hingen kleine, silberne Kristalle, die mit ihrem Leuchten die Höhle erhellten und die mit roten und blauen Steinen besetzten Wände zum Funkeln brachten.

Der Mann ging näher an den kleinen See heran und blickte ins Wasser. Ein weiteres Schnalzen, das von seiner Nervosität zeugte. Der Grund des Sees war nicht zu erkennen. Die Wurzeln des Baums wuchsen in die scheinbar endlose Tiefe, aus der nun ein Ton empordrang. Wie eine unsichtbare Kraft sauste er nach oben und schoss aus dem See heraus mitten in die Höhle hinein. Dort flog er herum. Hoch, runter, zur Seite. Wie ein freigelassener Vogel. Wurde mal lauter, mal leiser. War auf Bodenhöhe zu hören, dann wieder unter der hohen Decke. Er sauste an den blauen und roten Kristallen vorbei, die in verschiedenen Größen aus der Wand ragten.

Der Mann stand lachend neben dem See und wurde fasziniert Zeuge des Rundflugs. Langsam, als wollte er den Ton nicht erschrecken, tauchte er die Hände in das silbern glitzernde Wasser, schüttelte sie kurz und ging dann zu zwei großen, runden Kristallen, die ein paar Meter vom See entfernt aus der Erde wuchsen. Sie waren in Größe und Form identisch und unterschieden sich nur in ihrer Farbe. Während der eine in einem dunklen Rot leuchtete, war der andere hellblau. Der Mann hob seinen langen, ausgeblichenen Bademantel an, um nicht über dessen Saum zu stolpern. Der Zylinder auf seinem Kopf kippte leicht zur Seite, sodass der Mann ihn wieder in die Waagerechte schieben musste. An der Krempe des schwarzen Huts steckte eine gelbe Wäscheklammer. Der Mann war zwei Meter groß und hatte riesige Hände. Seine ebenso großen Füße waren nackt und tapsten schmatzend über den feuchten Boden. Aus der Tasche seines Bademantels lugte ein zerfetztes Poliertuch.

Als der Mann die Kristalle erreichte, verharrte der Ton für einen Moment an der Decke des Raums. Der Mann sah nach oben.

»Ich bin bereit!«, rief er.

Als hätten ihm diese Worte Mut gemacht, breitete sich der Ton nun in der gesamten Höhle aus. Drang von oben immer weiter in den Raum hinein. Erkundete Kristall für Kristall und wurde zu einer Melodie, die sich in kurzer Abfolge ständig wiederholte. So schön und zart, dass sie von unendlichen Gefühlen erzählte. Der Mann lauschte und betrachtete erst den blauen, dann den roten Kristall zu seinen Füßen. Schon bewegten sich seine Hände in Richtung des blauen Steins, als die Melodie lauter wurde. Der Mann änderte seine Meinung und stellte sich vor den roten Kristall. Dort hob er einladend die Arme.

»Komm!«

Der Ton verstummte, als wäre er überrascht über diese rigorose Aufforderung. Er erklang wieder leise und sauste dann mit lautem Getöse einmal durch den Raum direkt in den roten Kristall hinein. Lächelnd legte der Mann die noch nassen Hände auf den Stein und schloss die Augen. Er begann, über den Stein zu streichen. Erst langsam, dann flogen seine Hände immer schneller über den Kristall, der unter den Berührungen in regelmäßigen Abständen zu pulsieren begann. Wie ein schlagendes Herz. Während dies geschah, war an der Wand ein Glitzern zu erkennen, das immer heller wurde. Zwischen zwei roten Steinen funkelte es im selben Takt wie das Pulsieren des roten Kristalls. Die Spitze eines kleinen, neuen Steins schob sich hervor und drängte die Steine um ihn herum ein wenig zur Seite. Verschaffte sich Platz zwischen seinen funkelnden Nachbarn.

Ein roter Kristall.

Durch die Melodie zum Leben erwacht.

Der Mann sang die Abfolge der Töne leise mit und rieb den großen Kristall weiter, während auf dem neugeborenen Stein an der Wand wie von einer unsichtbaren Nadel etwas eingraviert wurde. Ein fremdartiges Zeichen. Dann noch eines und schließlich ein drittes.

Der Ton verstummte. Die Bewegungen des Mannes wurden langsamer, das Pulsieren schwächer, und das

Leuchten des neuen Kristalls ging in ein schwaches Glimmen über. Der Mann nahm die Hände weg und öffnete die Augen. Sein Blick wanderte an die Stelle an der Wand, wo der neue Kristall entstanden war.

Langsam ging er hin und zog dabei das Poliertuch aus der Tasche. Er betrachtete die Zeichen.

»Wille ist Liebe«, las er.

Dann schnalzte er und pfiff einmal ausgiebig, während er den Stein polierte.

Währenddessen glomm der große Kristall noch einmal auf. Als hätte er nur tief Luft geholt, schoss die Melodie aus ihm hervor und erfüllte einmal mehr die ganze Höhle, ehe sie durch das Erdreich verschwand. Sie wurde leiser und war bald nicht mehr zu hören.

Die Melodie drang durch das Erdreich. Stein für Stein reichte sie weiter, bis die Töne schließlich an die Erdoberfläche gelangten.

Leo saß aufrecht im Bett. Irgendetwas hatte ihn geweckt. War nahezu in ihn gefahren. Er hielt die Luft an. Endlich!

Die Melodie.

Als hätte sie ihm jemand vorgesungen, war sie nun in seinem Kopf. Wiederholte sich in einer Endlosschleife. Zwischendurch schneller werdend. Lauter! Dann wieder zaghaft, fast schon schüchtern. Die Melodie, die er seit Jahren suchte. Auf die er gewartet hatte. Die alles vereinte, was er in seinen zwanzig Jahren jemals gefühlt hatte. Seine Sehnsucht, seinen Wunsch zu verstehen. Eine Abfolge von Klängen, die ihm ein Kribbeln im Bauch verursachte, als wäre er verliebt. Das Kribbeln breitete sich in kurzer Zeit in seinem ganzen Körper aus. Versetzte ihn in Schwingung.

Gänsehaut.

»Was ist?«, murmelte eine verschlafene Stimme neben ihm.

»Nein. Nicht reden«, erwiderte Leo fast schon panisch.

Während sich eine schlanke, nackte Frauengestalt mit einem genervten Seufzer im Bett umdrehte, sprang Leo auf. Er durfte sie nicht verlieren! Musste diese Melodie in sich halten, bis er sie zu Papier gebracht hatte!

Ein lautes Scheppern. Er stolperte. Über Bierdosen vom Abend zuvor. Und dem Abend davor. Er stieß sie beiseite und erreichte ohne weitere Zwischenfälle das Klavier. Baujahr '69, Eiche rustikal. Chronisch verstimmt, weil es im Winter in der kleinen Dachgeschosswohnung eiskalt war und im Sommer die Hitze das Holz des Klaviers verzog. Leo ließ die Hände über die Tasten sausen.

»Ist nicht dein Ernst!«, kam es vom Bett hinter ihm.

Leo nahm den Protest kaum wahr. Er reagierte nicht, als die Frau sich aus dem Bett schälte und ein paar Klamotten überstreifte, ehe sie, die Tür knallend, die Einzimmerwohnung verließ. Er reagierte auch nicht, als der Mieter unter ihm energisch mit einem harten Gegenstand an die Decke klopfte. Auch als die Dame von nebenan an seine Tür hämmerte und mit der Polizei drohte, hielt Leo nicht inne. Er spielte so lange, bis er die Melodie vom Kopf in das Klavier transportiert hatte und aufschreiben konnte. Jetzt würde er sie nie wieder vergessen. Sie war für immer in diesem Leben. Für immer sein.

Aber etwas war verkehrt. Die Abfolge der Töne war es nicht. Sie stimmte mit dem überein, was Leo gehört hatte. Der Klang war ein anderer. Das Klavier konnte ihn nicht ansatzweise nachahmen. Der Ton schien von einem Instrument zu kommen, das Leo noch nie in seinem Leben gehört hatte.

Er stand auf und ließ sich frustriert auf das Bett fallen. Mit geschlossenen Augen versuchte er, den Klang der Melodie noch einmal zu hören. Aber so sehr er sich auch bemühte, er konnte ihm kein Instrument zuordnen. Dabei war er so nah dran gewesen.

»I'm hungry for your touch«
U2 – Unchained melody

Absolute Dunkelheit. Lara konnte nicht erkennen, wo sie sich befand. Sie hatte keinen Boden unter den Füßen und konnte mit den Händen die Grenzen des dunklen Raums nicht ertasten. Sie spürte, dass sie nicht allein war.

»Timo?«

Keine Antwort.

»Wo bist du?«

Stille. Von Weitem näherte sich ein Leuchten. Ganz schwach. Aber größer werdend. Das Leuchten nahm die Konturen einer Kugel an, die langsam auf Lara zuschwebte.

Ihre Kugel.

Laras Herz klopfte. Diese Szene kannte sie. Sie hatte sie schon einmal gesehen. In den Augen der Katze. Und bei ihren Eltern, bevor diese eine neue Welt erschaffen hatten. Diesmal war es ihre Kugel, die eine neue Welt werden würde. Ihre Anwesenheit bedeutete, dass auch die anderen da sein mussten. Ihr Kreis der Sieben. Und damit Timo.

Durch die Kugel wurde die Umgebung etwas erhellt. Ganz schwach konnte Lara nun die Umrisse von sechs Personen erkennen. Aufgeregt flog sie zu ihnen, um ihre Gesichter zu betrachten.

»Timo?«

Sie näherte sich einer Gestalt. Schwarz gekleidet, barfuß, den Kopf unter der Kapuze eines schwarzen Hoodies versteckt. Lara kam näher und hob die Kapuze. Sie stieß einen erschrockenen Schrei aus und wich zurück. Die Person hatte kein Gesicht! Keine Augen, keine Nase, keinen Mund. Eine gesichtslose Maske. Lara flog zur nächsten Gestalt. Der gleiche Anblick.

»Wer seid ihr?«, fragte Lara.

Keine Reaktion. Die kleine, goldene Kugel in ihrer Mitte drehte sich langsam um sich selbst. Aber sie verlor zunehmend an Leuchtkraft.

»Nein!« Lara flog zur Kugel und wollte sie in die Hand nehmen. Im selben Moment schoss aus dem Nichts eine Gestalt auf sie zu. Auch ihr Gesicht konnte Lara nicht erkennen.

Die Gestalt riss die Kugel an sich.

»Gib sie zurück!«, forderte Lara.

Sie hörte ein Lachen, und die Gestalt flog mit der Kugel davon. Lara nahm die Verfolgung auf. Wer auch immer das war, er durfte nicht gewinnen. Durfte die Kugel nicht mit sich nehmen! Aber die Gestalt war schnell. Zu schnell für Lara. Das goldene Licht wurde schwächer, und schließlich blieb Lara wieder in der Dunkelheit zurück.

Allein.

Mit einem Schrei erwachte Lara aus dem Traum. Verwirrt sah sie sich um. Klitschnass saß sie aufrecht in dem Bett, das Jo ihr in das kleine Nähzimmer gestellt hatte. Sie keuchte schwer und hatte Schwierigkeiten, das beklemmende Gefühl ihres Traums abzuschütteln. Schon hörte sie jemanden über den Flur kommen. Der alte Holzboden knarzte bei jedem Schritt. Die Tür öffnete sich.

»Lara?«

»Ich habe nur geträumt.«

Karin trat ins Zimmer und schaltete das Licht ein. Ihr besorgter Blick wanderte direkt zu Lara. Die kleine, runde Frau trug eine weite Yoga-Hose und ein Shirt von Jo. Die beste Kleidung für tiefen Schlaf, wie sie Lara erklärt hatte. Das mit dem tiefen Schlaf war jetzt vorbei.

»Ich wollte dich nicht wecken. Schon wieder«, entschuldigte sich Lara.

»War es derselbe Traum?« Karin setzte sich zu ihr ans Bett.

»Keine Ahnung. Kann mich nicht erinnern«, log sie.

Karin musterte sie, als würde sie ihre Seele scannen. Sie wollte alles über Lara wissen. Ihre Gedanken, ihre Gefühle ... ihre Erinnerungen. All das musste sie vor Karin geheim halten. Aber ihre Träume *wollte* sie geheim halten. Lara konnte ihr schließlich nicht erklären, dass sie von ihren sechs Gefährten träumte, die sie nicht erkennen konnte. Genauso wenig wie die Person, die alles zerstören wollte. Immer wieder hatte sie diesen Traum. Seit sie vor zwei Wochen aus dem Krankenhaus entlassen worden war. Was bedeutete er? Was wollte er ihr sagen?

Lara sah an Karin vorbei zur Tür, in der eine kleine Gestalt stand und einen Schatten auf den Zimmerboden warf. Die Haare zerzaust, als würde sie ernsthaft so etwas wie Schlaf brauchen. Noch musste sie das Leben eines normalen Kindes spielen. Mila musterte Lara mit mahnendem Blick. Das Auge in Milas Hand, Zwitscher, beobachtete Lara wachsam.

Sie wich den Blicken genervt aus. Schon gut! Sie würde Karin nichts sagen. Auch wenn sie nicht verstand, wieso. Karin hatte längst begriffen, dass Mila und Lara ein Geheimnis verband. Und dass Mila mit dem Auge in ihrer Hand in der Lage war, in andere Welten zu blicken. Sie verband ihrer kleinen Tochter nicht mehr die Hand. Schleppte sie nicht mehr zu irgendwelchen Kinderpsychologen, die von einer *magischen Phase* sprachen. Karin hatte längst begriffen, dass Milas magische Phase niemals enden würde.

Das war bereits mehr, als sie je hätte erfahren sollen, hatte Mila Lara klargemacht.

»Als ich mit Mila schwanger war, hatte ich auch die absurdesten Träume«, erinnerte sich Karin.

Wenn Mila im Mutterleib schon so viel hatte sehen können wie jetzt, und Lara traute ihr das durchaus zu, wunderte sie sich nicht über diese Äußerung. Die angehende Weltenhüterin hatte bestimmt schon damals die anderen Welten beobachtet. Von klein auf hatte Mila sowohl ins Totenreich als auch zu den anderen Planeten sehen können, die mit der Erde einen eigenen Kreis der Sieben bildeten. Hatte Karin vielleicht davon geträumt, ohne es verstehen zu können?

»Du hättest zu der Beerdigung gehen sollen«, unterbrach Karin ihre Gedanken.

Jetzt hatte sie wieder Laras ganze Aufmerksamkeit.

»Diese Albträume hast du bestimmt, weil du seinen Tod nicht verarbeiten willst. Eine Beerdigung ist wichtig. Um loszulassen.«

»Ich hab dir doch gesagt, dass Timos Eltern mich dort nicht sehen wollten.«

Timos Mutter und ihr schweigsamer Mann, die zusammen die Gaststätte *Einhorn* in Sasbachwalden führten, hatten keine Zweifel daran gelassen, wen sie für den Tod ihres Sohnes verantwortlich machten. Ihrer Ansicht nach hatte Lara Timo nach ihrer Ankunft im Schwarzwald zu Drogen und Schlimmerem verführt, war zwei Mal mit ihm verschollen gewesen, und das zweite Mal hatte Timo nicht überlebt. Lara hatte keinen Versuch unternommen, sich zu verteidigen. Was sollte sie sagen? Die Wahrheit? Dass Lara mit Timo im Totenreich gelandet war, in der er ihr das Leben gerettet hatte? Dass er eine Flasche mit einer Flüssigkeit mitgenommen hatte, was den Tod auf der Erde für eine Weile aussetzen ließ? Dass sie beim Versuch, den Tod wiederherzustellen, durch verschiedene Welten gereist waren, und dass sie schließlich ihr Leben hatten opfern müssen, um den Menschen das Sterben wieder zu ermöglichen? Wobei sie selbst nur ihr Leben riskiert und nicht geopfert hatte. Das Opfer war allein Timo gewesen.

Lara hatte den vagen Verdacht, dass die Wahrheit die Sachlage nicht einfacher machen würde.

Da war die Erklärung glaubhafter, dass Timo im Steinbruch Seebach tödlich verunglückt war.

»Du musst dich mit seinem Tod auseinandersetzen«, beharrte Karin.

Lara wich ihrem Blick aus. Karins Stimme hatte den gewohnten, glockenhaften Klang. Aber sie war auch fordernd.

»Das tue ich doch«, behauptete Lara.

»Dann geh morgen mit mir zum Friedhof.«

»Morgen hat Ayse noch irgendwas mit mir geplant«, murmelte Lara. »Bevor sie nach Berlin zurückfährt.«

Karin durchschaute natürlich sofort, dass Lara diesen Ausflug gnadenlos als Ausrede nutzte. Schließlich würden sie nur eine Stunde unterwegs sein, und es wäre noch genug Zeit, um auf den Friedhof zu gehen.

Karin atmete tief durch und stand auf. »Lara, ich weiß, dass gerade alles über dich hereinbricht. Du hast deinen Vater verloren. Timo. Deine Heimat. Und du bist schwanger. Mit sechzehn. Das ist ... Ich kann mir nicht mal vorstellen, wie du dich fühlen musst. Aber bitte: Mach es nicht mit dir allein aus. Ich bin da. Jo ist da. Wir sind jetzt ... deine Familie. Eure Familie.«

Lara versuchte, ihre Stimme fest klingen zu lassen. »Ich bin froh, dass ich hier sein darf. Aber ich gehe nicht auf den Friedhof.«

Karin zögerte einen Moment. Dann nickte sie und drehte sich zur Tür. Mila war längst verschwunden. Als sich die Tür schloss, sank Lara zurück ins Kissen. Karin gab ihr ein Gefühl der Geborgenheit, das sie nicht kannte. Ihre Liebe berührte sie zutiefst. Aber wie konnte Lara sie annehmen? Nach allem, was geschehen war? Hatte sie es wirklich verdient?

Sie lebte.

Timo nicht.

Seine Eltern hatten mit ihren Anschuldigungen doch recht. Wäre sie nie nach Sasbachwalden gekommen, hätte sie Timo nie kennengelernt, dann würde er immer noch nachts auf seinem Skateboard durch die Maisfelder fahren.

Es gab noch einen anderen Grund, warum Lara nicht zu der Beerdigung gegangen war und warum sie nicht an sein Grab wollte. Und dieser Grund saß in ihrem Zimmer. Am Fußende ihres Betts. Er sah sie an. Ein leichtes Leuchten umgab ihn. Seine blauen Augen musterten sie.

Timo. Ihr Timo. Hier in ihrem Zimmer. Wunderschön und fast durchscheinend.

Seit Timo begriffen hatte, dass Lara ihn sehen konnte, war er nicht mehr von ihrer Seite gewichen. Er war bei ihr. Jeden Tag. Jede Nacht. Als sie aus dem Krankenhaus entlassen worden war und Karin und Jo sie mit in das kleine Hexenhäuschen genommen hatten. Als sie entschieden hatte, in Sasbachwalden zu bleiben und die Wohnung in Berlin aufzugeben. Er war dabei gewesen, als Ayse und sie gemeinsam um die Wette geheult hatten, da ihnen eine baldige Trennung bevorstand. Und er war bei ihr gewesen, als Karin den ersten Termin bei ihrer Frauenärztin gemacht hatte und es Lara vor Aufregung ganz schlecht geworden war.

Wie hatte sich ihr Leben in dieser kurzen Zeit so extrem ändern können? Sie würde ein Kind bekommen! Mit sechzehn! Ein Kind, das auf einer anderen Welt gezeugt worden war. Ein Kind von der größten Liebe, die sie je empfunden hatte. Die viel zu schnell wieder vorbei gewesen war.

War sie wirklich vorbei? Lara hatte nach dieser Reise, im Gegensatz zu Ayse und Cem, ihre Erinnerungen nicht verloren. Sie wusste alles. Bis ins kleinste Detail. Die anderen Welten mit ihren Weltenhütern. Der Anblick von Laniakea – wie könnte sie das jemals vergessen? Sie wusste, dass Timo und ihre Liebe im unendlichen Ablauf der Weltenentstehung weiterbestehen würden. Ihre Trennung war eine Trennung auf Zeit. Sie hatten die Unendlichkeit vor sich. Auch wenn Lara die Gesichter ihrer Sieben nicht sehen konnte, war sie sich sicher: Timo war einer davon. Und er musste der Abholer sein. Genau wie Luxus. Einer der Sieben war dazu bestimmt, als Erster zu sterben, um die mit ihm verbundenen Seelen in ihrem Leben zu begleiten und im Moment des Todes da zu sein. Timo hatte diese Rolle übernommen. Nur deshalb konnte er als Geist zurück auf die Erde kommen. Es war die einzige Erklärung, die Timo ihr mit einem Nicken bestätigt hatte.

Reden konnten sie nicht miteinander. Wie auch. Timo war ein Abbild seiner selbst. Er besaß keinen Körper mehr, mit dem er sprechen konnte. Lara konnte sich noch an ihren Besuch als Geist auf der Erde erinnern und wusste deshalb, dass er sie auch nicht hören konnte. Ihre Worte drangen nur dumpf zu ihm. Aber sie schrieb Zettel. Mit einfachen Fragen, die Timo mit *ja* oder *nein* beantworten konnte. Unzählige Papiere sammelten sich bereits in Laras Schreibtischschublade.

Geht es dir gut?

Du fehlst mir so.

Ich bin schwanger!

Bleibst du für immer?

Und doch blieb so vieles ungesagt.

Es war Folter und Paradies zugleich. Er war ihr nah. Jede Sekunde. Aber sie konnte ihn nicht berühren, ihn nicht küssen, ihn nur ansehen. Anlächeln. Das war alles.

All das war besser, als ohne ihn zu sein.

Diese Meinung teilte Mila nicht. Die kleine, angehende Weltenhüterin machte keinen Hehl daraus, wie unpassend sie Timos Verhalten fand. Schließlich habe er Aufgaben, hatte sie gesagt. Aufgaben, denen er nicht nachging, solange er bei Lara war. Lara wusste, dass Timo als Abholer auch die anderen Seelen begleiten sollte. Sie wusste nicht, wer dazugehörte. Ideen hatte sie natürlich. Sie hoffte auf Ayse. Und Cem. Marc vielleicht, wobei es sie in diesem Fall nicht wundern würde, wenn Timo seine Hilfe verweigerte und ihn sogar im Falle seines Todes allein ließ.

Es war egoistisch, ihn nicht fortzuschicken. Aber jetzt, in diesem Moment, brauchte sie ihn. Brauchte seine Anwesenheit. Sein Leuchten. Sein Lächeln. Sie konnte sich nicht von ihm verabschieden. Nicht einmal für ein paar Stunden.

Laras Hand senkte sich auf ihren Unterleib. Sie war in der vierten Woche schwanger. Nächste Woche hatte sie eine Erstuntersuchung bei Karins Frauenärztin.

Es war ein seltsamer Zustand, in dem sie sich befand, denn trotz der Sehnsucht, die sich durch ihren Körper zog, war sie gleichzeitig erfüllt von heller Aufregung. Obwohl Timos und ihr Kind im Moment nicht größer war als ein Sesamkorn, fühlte sie bereits jetzt schon so viel Liebe. Nicht zu vergleichen mit ihren Gefühlen für Timo. Es war eine andere Form der Zuneigung. Sie kam zusammen mit einem Gefühl von Verantwortung, das Lara zuvor nicht gekannt hatte.

Für dieses Leben, das in ihr heranwuchs, würde sie alles tun. Dieses Kind sollte vor Glück platzen.

Ayses Mutter Begüm war voller Sorge gewesen, ehe sie bereits vor zwei Tagen zurück nach Berlin gefahren war. Ihre Ziehtochter, ihr Findelkind, schwanger. Mit sechzehn. Was sollte aus Lara werden? Wie sollte sie die Schule schaffen? Was würde sie beruflich machen? Ayse teilte die Sorge ihrer Mutter, aber die Freude über das bevorstehende Leben war mindestens genauso groß.

Und auf die wollte Lara sich konzentrieren. Alles Weitere würde sich finden. Musste sich finden. »Ein Tag nach dem anderen«, sagte Karin immer.

Lara nahm ihr Smartphone und öffnete die Baby-App, die Ayse ihr gleich nach dem Krankenhaus auf ihr Smartphone geladen hatte.

Ihr Baby ist bald so groß wie ein Sesamkorn.

Ihre Eizelle ist jetzt eine Blastozyste.

Der Dottersack liefert die Nährstoffe.

Eine Vorstellung, die Lara bereits seit einigen Tagen den Verzehr von Eiern vermieste.

Die Embryozellen teilen und arrangieren sich in teller-förmigen Schichten.

All das klang sehr abstrakt und theoretisch und hatte nichts mit dem Gefühl zu tun, das sie bereits jetzt für ihr Kind empfand.

Für *Körnchen.*

Das war doch ein passender Name, bis Lara das Geschlecht erfahren würde.

Sie legte das Smartphone weg und nahm den MP3-Player, der neben ihrem Bett lag. Noch immer hörte sie die Playlist, die Timo ihr geschenkt hatte. Jeden Abend. Ein Lied spielte sie immer und immer wieder. *Unchained melody.* Eine Version von U2, die Lara nicht gekannt hatte. Während die ersten Klänge ertönten, schloss sie langsam die Augen. Als Letztes sah sie Timo, der ihren Blick ruhig erwiderte.

Oh my darling, I'm hungry for your touch ...

I'll be coming home.

Wait for me.

Mit den Erinnerungen an Timos Berührungen auf ihrer Haut schlief sie ein.

»Ich Steine, du Steine«
Peter Fox

»Hier ist es!« Karin bremste mitten auf der Landstraße abrupt ab und lenkte den Wagen nach links in den Hof eines Bauernhauses. »Ich verpasse immer die Einfahrt.«

Kunststück. Nur ein kleines Schild wies darauf hin, dass hier das *Steinlädele* zu finden war. Ayse hatte auf diesen Besuch bestanden. Sie wollte Lara einen Stein schenken. Mit der richtigen Energie. Ayse hatte eindeutig zu viel Zeit mit Karin verbracht.

Umrankt von Zitronenmelisse und Johanniskraut hatte Karin Ayse in ihrem Garten von den heilenden Kräften der Kräuter erzählt. Als sie dabei erwähnt hatte, dass auch Steine heilende Kräfte besaßen, hatten Ayses Augen zu leuchten begonnen. Ein sicheres Zeichen dafür, dass es um Laras Freundin geschehen war.

Laut Karin sollte man den Stein nehmen, zu dem man sich »hingezogen fühlte«. Genau diesen Stein, samt seiner Heilkraft, brauchte man dann. Lara glaubte nicht daran. Aber sie wollte Ayse diese Freude machen, auch wenn kein Stein dieser Welt ihre Freundin ersetzen konnte. Im Kofferraum lag bereits Ayses Gepäck. Sie konnte nicht weiterhin die Schule versäumen, nur damit sie mit Lara Händchen hielt und mit Cem flirtete.

Vielleicht war es auch besser, wenn Lara und sie erst einmal getrennt sein würden. Denn Ayse hatte an ihre Zeit im Raum des Auges keinerlei Erinnerung. Ein totaler Blackout, wie Lara und Timo ihn nach ihrem

Ausflug ins Totenreich gehabt hatten. Lara hatte ihre Erinnerungen wiedererlangt, als sie Timo geküsst hatte. Aber Ayse weigerte sich, Cem zu küssen. Sie war verliebt, das leugnete sie nicht. Die beiden hatten die letzten Wochen dazu genutzt, sich intensiver kennenzulernen. Küssen – davon war Ayse noch weit entfernt. Dabei hatte sie längst mit Cem rumgeknutscht! Doch das konnte Lara ihr nicht sagen. Obwohl sie schon mehrmals kurz davor gewesen war. Sie hatte ihr bisher immer alles erzählt. Nun ein so großes Geheimnis vor ihr zu haben, fühlte sich bedenklich danach an, als würde Lara irgendwann platzen. Mila war jedoch in ihren Anweisungen sehr strikt gewesen. Ayse sollte nichts erfahren. Weder von ihrer Knutscherei im weißen Raum noch von Laras Reise durch die anderen Welten.

Lara verstand ja, warum Mila das so wichtig war. Was sollte Ayse mit diesen Informationen anfangen, wenn sie sich nicht selbst erinnerte? Aber es war Ayse gewesen, die Lara das Leben gerettet hatte. Nur wegen ihrer Worte hatte Lara erkannt, wie sie zurück in ihr Leben gelangen konnte. Ohne Ayse wäre sie jetzt in ihrem Totenland. Und das Kind in ihr würde nicht heranwachsen. Lara konnte Ayse nicht einmal dafür danken.

Aber auch, wenn Mila Lara mit ihrer Forderung gehörig auf die Nerven ging, wagte sie es nicht, sich ihnen zu widersetzen. Mila würde wissen, was sie von Lara verlangte.

Also musste sie weiter hoffen, dass Ayse und Cem sich irgendwann endlich küssten. Diese Wahrscheinlichkeit schwand mit Ayses anstehender Abreise. Fast

800 Kilometer zwischen Cem und ihr. Es war aussichtslos.

Karin parkte den Wagen am Rand des Hofs. Das *Steinlädele* befand sich innerhalb eines riesigen Gehöfts. Drei große Gebäude standen in einem Halbkreis beisammen. Weiß und mit dicken dunkelbraunen Holzbalken versehen. Karin hatte von diesem Laden geschwärmt, der ihrer Meinung nach ein ganz besonderer Ort war. Mit guter Energie, wie sie sagte.

»Ist das hübsch hier!«, rief Ayse begeistert, während sie aus dem Wagen stiegen.

Das war es wirklich. Auch wenn der Geruch von Kühen und Dünger Lara in die Nase drang. Außerdem ein kalter Wind. Es war mittlerweile Ende September und bereits kühler geworden. Sie blieb einen Moment stehen und sah sich nervös um. Es dauerte immer eine Weile, bis Timo sie nach einer Autofahrt gefunden hatte. Lara wusste nicht, wie es funktionierte. Aber natürlich konnte sich Timo nicht zu ihr ins Auto setzen, körperlos, wie er war. Wie fand er sie? Flog er über dem Auto mit? Musste er erst wieder mit ihr eine Verbindung herstellen, ehe sie finden konnte? Jedes Mal vergaß Lara zu atmen, bis er endlich neben ihr auftauchte. Ständig war da die Angst, dass er dieses Mal nicht kommen würde. Einfach nicht mehr erscheinen würde.

Ihr Herz machte einen Sprung, als die Luft vor ihr flirrte. Ein Leuchten, ein Schimmern, wie die Luft an einem heißen Sommertag. Langsam nahm seine Gestalt Konturen an. Seine Hände, die das Skateboard hielten; sein Körper, der die Kleider trug, die er beim Sprung in den Tod getragen hatte. Seine dunkelblonden Haare, die zerzaust in alle Richtungen abstanden, und sein wunderbares Lächeln. Lara strahlte erleichtert.

Timo drehte sich um und deutete auf etwas. Sie folgte seinem Blick. Sie waren Richtung Rhein gefahren. Vom Schwarzwald aus dehnte sich die Ebene ungefähr zwanzig Kilometer aus, ehe man den Fluss erreichte. In dieser Rheinebene war es im Sommer laut Karin unerträglich heiß, weshalb sie die Nähe zum Wald und die Anhöhe bevorzugte, auf der es meist etwas windig war. Was Timo Lara nun zeigte, war die Bergkulisse des Schwarzwalds, die man von hier aus bewundern konnte. Nahezu riesig ragte die Hügelkette empor. Ein großartiger Anblick. Lara glaubte zu verstehen, was Timo ihr sagen wollte. Er war immer mit dem Skateboard in diese Ebene gefahren. Nachts. Um in Unterführungen seine Bilder zu sprühen. Er hatte diesen Anblick bestimmt jede Nacht genossen und wollte ihr zeigen, wie schön seine Heimat war. Die nun ihre sein würde.

»Lara?«

Sie drehte sich zu Karin und Ayse, die bereits die Stufen zum Eingang des Ladens hochgegangen waren. Die beiden musterten sie fragend und leicht besorgt. Ayse hatte die gedankliche Abwesenheit ihrer Freundin natürlich bemerkt. Keine Erklärung von Lara zu erhalten, verstärkte ihre Sorge, und oft genug zeichnete sich Enttäuschung in ihrem Gesicht ab. Ayse hatte längst bemerkt, dass Lara ihr etwas verheimlichte.

Sie ging auf die beiden zu. »Der Anblick ist wirklich schön«, erklärte Lara und deutete Richtung Schwarzwald, bemüht, ihre Stimme locker und neutral klingen zu lassen. Timo folgte ihr.

Ayse sah einen Moment zur Hügelkette, ehe sie Lara wieder musterte. Karin öffnete die Tür zum Laden. Anstelle eines Türknaufs war eine Steinscheibe angebracht. Weiße und braune Farbtöne gingen ineinander über und bildeten fließende Kreise. Lara stutzte einen Moment, als sie um die Scheibe herum ein Flirren wahrnahm, das sofort wieder verschwand. Nachdenklich strich Lara über die Scheibe, ehe sie den beiden folgte.

Sie betrat einen schmalen Flur, von dem aus eine weitere Tür in den eigentlichen Laden führte. Der Flur war bestückt mit Steinen. An zwei Fenstern hingen kleine, runde Kristalle an Fäden befestigt von der Decke, die von der hereinscheinenden Sonne angestrahlt wurden und Regenbögen auf die weiße Wand gegenüber warfen. Lächelnd betrachtete Lara das Farbspiel und sah dann zu den riesigen Steinen, die auf einem Regal entlang der Fenster standen.

»Wow!«, rief Ayse, die bereits einen dieser Steine betrachtete. Gut einen Meter hoch, wie eine ausgehöhlte Säule, in deren Innerem lilafarbene Kristalle wuchsen.

»Ein Amethyst«, erklärte Karin, die Ayses Begeisterung lächelnd beobachtete.

»Ist der nicht wunderschön?«, fragte Ayse unbestimmt in den Raum, während sie die Hand in die schmale Höhle legte. »Da ist jetzt bestimmt total viel Energie.«

»Der Amethyst reinigt den Geist. Trauer, Kummer, Sorgen ... das alles kann der Stein beruhigen und ordnen. Er löst negative Energien auf.«

Lara sah Karin zweifelnd an, die dies alles wiedergab, als wäre es ein bestehendes Gesetz. Und nicht einfach eine Annahme, die jeglicher Beweisgrundlage entbehrte.

»Gibt es den auch in klein?«, fragte Ayse mit Blick auf das Preisschild.

Lara wollte ihrer Freundin gerade raten, Karins Aussagen zu hinterfragen, als sie innehielt. Ayse berührte mit den Fingern immer noch die kleinen Kristalle. War da wieder dieses Schimmern? Diesmal um Ayses Hand herum? Lara trat näher. Betrachtete Ayses Hand genauer. Ja, da war ein Schimmern. Ähnlich dem, das Timo umgab. Lara konnte beobachten, wie die Farbe des Steins auf Ayses Haut überging. Als würde der Stein auslaufen, färbte sich die Hand ihrer Freundin lila. Schließlich sogar der Unterarm. Zu Laras großer Verblüffung schien Ayse nichts davon zu merken. Sie zog ihre Hand zurück, die noch schwach leuchtete und schließlich wieder ihre normale Farbe annahm.

»Komm! Wir schauen, was es noch alles gibt.«

Lara sah sich noch einmal zu dem Amethyst um, ließ sich aber mitziehen.

Sie betraten den kleinen Laden, der sich an den Flur anschloss und mit Glasvitrinen vollgestellt war. Jeder Winkel des Raums wurde genutzt, um etliche Steine zu präsentieren. Lara sah Schmuck aus verschiedenen Kristallen; Lederbänder, an denen geschliffene Steine in allen möglichen Formen hingen; Armbänder, Briefbeschwerer und kleine Steintiere. In der Mitte des Raums stand ein Tisch, auf dem in voneinander abgetrennten Behältern kleine Steine lagen. Trommelsteine, wie ein Schild beschrieb. Schwarze, blaue, rote, durchsichtige und bunte lagen da zusammen. Lara verstand nun, was Karin meinte. Dieser Raum hatte tatsächlich eine beruhigende Wirkung auf sie.

Hinter der Verkaufstheke stand ein gedrungener Mann mit grauen Haaren, der gerade einen Stein polierte und die drei Ankömmlinge lächelnd begrüßte. Offensichtlich kannten Karin und er sich gut, denn Karin zog einen Beutel Kräutertee aus ihrer Tasche.

»Hier. Für Magda«, sagte sie. »Geht es ihr besser?«

»Sie säuft jeden Tag dein Kräuterzeug. Behauptet, es hilft«, erklärte der Mann, während er den Beutel nahm.

»Es hilft ja auch.« Karin lächelte.

»Was kriegst du?«, wollte er wissen.

»Einen Trommelstein. Für meine Nichte.« Sie deutete auf Lara, die dem Mann unbeholfen zulächelte.

Der musterte sie mit undurchdringlicher Miene. »Das ist also das Mädchen aus Berlin«, stellte er fest.

Natürlich. Er hatte von ihr gehört. Wie vermutlich alle hier. Also wusste er auch, dass sie verschollen gewesen war. Lara wappnete sich gegen den Ansturm an Fragen, doch der Mann widmete sich bereits wieder seinem Poliertuch. »Such dir einen aus.«

Lara entspannte sich und ging mit Ayse zu dem Tisch mit den Trommelsteinen.

»Also«, betonte Ayse mit großen Augen. »Du guckst dir jetzt die Steine hier an. Dann nimmst du den, zu dem du dich hingezogen fühlst. Und dann sagt Karin uns, für was der Stein steht.«

Lara musste über die sichtliche Aufregung ihrer Freundin lächeln. Sie stellte sich vor den Tisch und betrachtete nach und nach die Steine. Sie erkannte, dass kein Stein einfach nur eine Farbe hatte. Sie waren alle durchdrungen von vielen Farbelementen. Es gab schwarze Steine, auf denen weiße Schneeflocken zu erkennen waren. Andere waren von unterschiedlichen Brauntönen durchzogen und schimmerten golden. Wieder andere waren blau mit schwarzen Elementen darin. Und dann war da ein Stein, der Laras Aufmerksamkeit auf sich zog, obwohl er neben den sonstigen Steinen eher unscheinbar wirkte. Grau mit weißen Adern schien er neben den blauen und roten Steinen um ihn herum wie ein normaler Kieselstein. Lara trat näher. Ganz deutlich sah sie das silberne Leuchten um den Stein herum. Ein Schimmern, das Laras Hand automatisch zu sich zog.

Sie nahm den Stein und legte ihn sich auf die Handfläche. Das Schimmern hielt an, wurde sogar noch kräftiger.

»Ein Botswana-Achat«, erklärte Karin, die neben Lara und Ayse getreten war. »Der Schutz- und Heilstein für Schwangere.«

Einen Moment lang war es ganz still in dem kleinen Raum. Ayses Augen wurden, wenn dies überhaupt möglich war, noch größer, als ihr staunender Blick von Karin zu Lara wanderte. »Siehst du? Es funktioniert«, flüsterte sie.

Lara wagte nicht mehr zu widersprechen. War das ein Zufall? Aber warum konnte sie dann das Leuchten um den Stein herum sehen? Während Karin sich erkundigte, ob sie den Stein wirklich im Tausch gegen den Tee nehmen konnten, suchte sich auch Ayse einen aus. Mit ernster Miene betrachtete sie die verschiedenen Steine, ehe ihre Hand schließlich zu einem besonders farbenfrohen Stein wanderte. Grün, Gold und Blau schmolzen ineinander über und erinnerten Lara an die Farben einer Pfauenfeder.

»Labradorit«, las Lara auf einem Schild.

Sie gingen zu einem kleinen Beistelltisch, auf dem einige Bücher über Heilsteine und deren Wirkungen lagen. Während Karin weiter in ein Gespräch mit dem Verkäufer vertieft war, blätterte Lara neugierig in dem Buch, bis sie den Labradorit darin gefunden hatte.

»Der Heilstein wirkt beruhigend auf überschäumendes Temperament.« Lara lugte grinsend zu Ayse. »Da hat er bei dir keine Chance.«

Ayse knuffte Lara spielerisch in den Oberarm. »Was noch?«, fragte sie.

»Er fördert die Kreativität und spornt die Fantasie an.«

»Für meine Bücher!«, rief Ayse begeistert.

Schon in der Grundschule hatte sie begonnen, kleine Geschichten aufzuschreiben. Sie war es auch gewesen, die das »Freundinnen-Tagebuch« eröffnet hatte. Ein Buch, in das Lara und Ayse nacheinander ihre Erlebnisse und Gedanken geschrieben hatten. Während Lara mit viel Einsatz eine Seite zustande gebracht hatte, hatte Ayse jeden Tag zehn Seiten vollgeschrieben. Lara hatte nie gewusst, was sie reinschreiben sollte. Schließlich sahen die beiden sich jeden Tag. Aber Ayse hatte die Gabe, auch aus den kleinsten Begebenheiten die tollsten Geschichten zu spinnen. Eine Gabe, die sie zum Beruf machen wollte. Journalistin und Romanautorin. Das war Ayses Zukunft.

»Außerdem stärkt er das Erinnerungsvermögen und hilft dabei, verdrängte Erinnerungen wieder hervorzuholen.«

Erstaunt sah Lara zu Ayse, die den Stein musterte.

»Dann nehme ich ihn mal besser mit«, stellte sie fest.

Lara hatte zunehmend das Gefühl, dass an dieser ganzen Heilsteinsache doch etwas dran war. »Karin«, rief sie deshalb und drehte sich zu ihrer Tante um. »Ich will dir auch einen Stein schenken. Such dir einen aus.«

Karin lächelte gerührt und trat an die Trommelsteine heran. Sie betrachtete die Steine jedoch nicht, sondern schloss die Augen. Dann ließ sie die linke Hand über die verschiedenen Fächer der Steine schweben. Ayse und Lara beobachteten fasziniert, wie Karin die Hand mal über dem einen, dann über dem anderen Stein ruhig in der Luft schweben ließ. Schließlich wanderte die Hand weiter bis an ein Fach am Rand des Tischs und sank schließlich auf einen der Steine. Karin öffnete die Augen, in denen nun Erstaunen zu erkennen war, als sie einen pechschwarzen Stein in die Hand nahm.

»Was ist das für einer?«, fragte Ayse.

»Ein Galat«, erwiderte Karin leise.

»Und was hat er so drauf?«, wollte Lara wissen, der Karins Gesichtsausdruck überhaupt nicht gefiel.

»Der Stein gegen die Trauer«, erklärte der Verkäufer von seiner Theke aus. »Er schenkt neuen Mut und erleichtert den Neuanfang beim Verlust eines geliebten Menschen.«

Erschrocken sah Lara Karin an, die nun ihren Blick erwiderte.

»Den Stein habe ich bestimmt für dich gefunden«, erklärte Karin mit einem Lächeln. »Wir nehmen ihn mit.«

Lara nahm die beiden Steine, die Ayse und Karin sich ausgesucht hatten, und bezahlte sie. Der Verkäufer legte alle drei Steine in je ein kleines Stoffsäckchen. Lara war dankbar um die Ablenkung. Sie hatte Karin nicht mehr in die Augen sehen können. Der Stein hatte bereits nach wenigen Sekunden in Karins Hand zu leuchten begonnen. Was auch immer Lara da sah, warum auch immer sie plötzlich diese Fähigkeit besaß, sie wusste mit Gewissheit, dass dieser Stein für Karin bestimmt war. Und sie wusste mit derselben Gewissheit, dass Karin ein Verlust bevorstand, den sie kaum würde verkraften können.

Fass!

»Pass auf dich auf«, nuschelte Ayse in Laras Haare. Die gepackte Tasche stand neben ihr auf dem Bahnsteig in Baden-Baden. Der ICE, der Ayse Richtung Berlin bringen würde, wurde angekündigt.

Lara erwiderte die Umarmung ebenso fest. »Grüß Begüm von mir. Und deinen Vater. Und Malik!«

Die beiden lösten sich voneinander und sahen sich an.

»Soll ich Cem noch was ausrichten?«, fragte Lara mit einem Lächeln.

»Wir chatten. Heute Abend«, erwiderte Ayse leicht verlegen. Dann musterten ihre dunklen Augen Lara aufmerksam. »Was ist es, was du die ganze Zeit siehst?«

Lara schwieg überrascht.

»Du lächelst, obwohl es nichts zu lächeln gibt. Du starrst in die Luft, und manchmal sieht es aus, als würdest du dich mit jemandem unterhalten. So wie damals im Garten bei Marc. Als du nach Timo gerufen hast.«

»Ich sehe Timo nicht,« erwiderte Lara hilflos. Unsicher schaute sie zu ihm, der in der Nähe stand und die beiden musterte.

»Schon wieder!«, rief Ayse und folgte Laras Blick. »Was ist da?«

Lara konzentrierte sich auf ihre Freundin. »Nichts. Da ist gar nichts.«

Sie konnte die Enttäuschung in Ayses Gesicht lesen, ehe diese mit leicht provozierendem Ton weitersprach. »Timo ist tot. Und ich habe dich deshalb noch nie weinen sehen.«

Laras Herz klopfte wild.

»Kannst du es mir nicht sagen? Oder willst du nicht?«

Lara zögerte, ehe sie antwortete. »Ich kann nicht.«

»Warum?«

Sie schwieg. Wie sollte sie darauf eine unkomplizierte Antwort geben?

»Hat es mit unserer Abwesenheit zu tun?«

Lara gefiel die Richtung nicht, die dieses Gespräch nahm. Doch ganz gleich, welches Versprechen sie Mila gegeben hatte, sie würde Ayse niemals anlügen. »Ja. Hat es.«

Ayse atmete tief durch. »Du erinnerst dich, oder?«

Lara schwieg wieder.

»Wirklich? Du erinnerst dich? Du weißt, wo wir waren?«

»Ayse, das ist jetzt nicht der richtige Zeitpunkt, um ...«

»Du hast recht! Der richtige Zeitpunkt wäre in den letzten Wochen gewesen. In denen ich halb verrückt geworden bin. Weil ich mich an nichts erinnern kann!«

Der Zug kam hinter ihr quietschend zum Stehen.

»Warum redest du nicht mit mir? Du hast das alles doch schon selbst durchgemacht. Du weißt, wie schrecklich sich das anfühlt. Wenn du weißt, wie ich meine Erinnerungen zurückbekommen kann, dann sag es mir!«

»Du wirst dich erinnern«, beharrte Lara.

»So wie du?«, hakte Ayse nach.

Lara konnte nichts erwidern. Aus dem Zug traten zahlreiche Fahrgäste, die an ihnen vorbeigingen.

»Wann haben wir aufgehört zu reden?«, fragte sie jetzt verzweifelt. »Lara, ich fühle mich beschissen! Du kannst mir helfen. Kannst alle Fragen beantworten. Warum, verdammt noch mal, schweigst du?«

Die Türen des Zugs wollten sich zur Weiterfahrt schließen, als Ayse energisch ihre Tasche nahm, in den Zug schmiss und hinterhersprang. Sie musterte Lara verletzt, ehe die Türen sich schlossen.

Nein. Das war falsch! So durften sie nicht auseinandergehen.

»Ich erzähle dir alles«, rief Lara.

Ayse sah sie aufmerksam an.

»Ich rufe dich später an!«

Zwischen Ayse und ihr durfte sich keine Tür schließen.

Sie würde ihr Versprechen gegenüber Mila brechen.

Sie sah dem Zug nach. Dann atmete sie tief durch und wollte sich auf den Weg zu Karin machen, die in ihrem Auto vor dem Bahnhof auf sie wartete, als sie einen Körper spürte, der um ihre Beine strich. Sie sah hinunter.

»Styx!«, rief sie verwundert.

Die dicke Katze sah kurz zu ihr hoch, ehe sie ihr herzhaft ins Bein biss.

»Muss nur noch kurz die Welt retten«
Tim Bendzko

»Au!«, rief Lara. »Was soll das?«

»Wir haben etwas zu besprechen«, erklärte eine bekannte Stimme.

Lara sah erstaunt auf. Neben ihr stand Mila und schaute sie mit ihren rehbraunen Augen an. Die blonden Haare standen wirr in alle Richtungen ab. Ein Blick um sie herum ließ Lara verblüfft schweigen. Sie stand nicht mehr am Bahngleis in Baden-Baden. Sie stand am Ufer des Mummelsees. Umgeben von dichten Tannen schimmerte der dunkle See ruhig im schwindenden Tageslicht. Nur wenige Wanderer waren auf der gegenüberliegenden Seeseite unterwegs.

»Wie bin ich hierhergekommen?«, fragte Lara.

Sie kannte den Ort zur Genüge. Zweimal schon war sie aus ihm aufgetaucht, als sie aus dem Totenreich zurückgekehrt war. Die Legenden erzählten, dass dieser See mit anderen magischen Orten auf der Welt unterirdisch verbunden war. Die Leute hatten ja keine Ahnung, wie recht diese Legenden hatten. Der See war nicht nur mit anderen Orten auf der Erde verbunden, er war mit anderen Welten verbunden.

»Styx hat dich hergebeamt«, erklärte Mila.

Lara sah an sich herunter. Da saß sie. Die dicke Katze, die sich die Pfoten leckte, als sei nichts geschehen. »Sie hat mich ... was?!«

»Hierher gebeamt. Damit wir in Ruhe reden ...«

»Du kannst mich nicht einfach durch die Gegend beamen!«, rief Lara wütend.

Die Katze hob den Blick und sah Lara an. »Natürlich kann ich das. Das weißt du doch.«

Lara erstarrte. Styx hatte gesprochen. Nicht wie sie oder Mila. Lara hatte die Stimme in ihrem Inneren gehört. Wie damals beim Auge. »Seit wann kannst du sprechen?«

»Sie kann schon immer sprechen«, mischte sich Mila genervt ein.

»Ich habe sie nie gehört!«, rief Lara.

»Du hast mit deinem Willen den Tod überwunden«, machte Styx sich wieder bemerkbar. Es war wie ein Kribbeln im Magen. Das Gefühl, ein bisschen verliebt zu sein. Und ein bisschen verrückt. »Was bedeutet, dass du jetzt mehr sehen, mehr hören, mehr fühlen kannst.«

Lara brauchte noch einen Moment, um die neue Form der Kommunikation mit der Katze zu verdauen, ehe sie die nächste Frage an sie richten konnte. »Also ist es wahr? Der Schimmer um die Steine herum? Das ist alles echt?«

»Ja. Das ist echt. Das ist auch der Grund, warum du Timo sehen kannst.«

Lara drehte sich um und suchte ihn. Sie sah zu den Tannen, die neben dem Weg wuchsen. Sah zu dem Bootsanleger, an dem man sich für eine halbe Stunde ein Ruderboot mieten konnte. Kein Timo.

»Wo ist er?«, fragte sie nervös.

»Ich blockiere ihn«, erwiderte Styx gelassen.

»Was? Warum?«

»Was wir zu besprechen haben, ist nicht für ihn bestimmt. Er hat andere Aufgaben.«

»Hör auf, ihn zu blockieren!«

Die Katze erwiderte Laras Blick. Diese Farben, als würde die Sonne untergehen. Die Wärme und unendliche Güte, die Lara in Styx' Augen sah, ließen jeden Zorn verebben. »Die ganze Zeit redet ihr davon, dass ihr euch nicht einmischen dürft. Aber ständig mischt ihr euch ein«, protestierte sie nur noch halbherzig. »Warum lasst ihr mich nicht einfach in Ruhe?«

»Glaub mir, das würde ich so gerne«, konterte Mila. »Wir brauchen dich.« Diese Worte hatten Mila sichtlich Überwindung gekostet. »Und krieg dich wieder ein. Du kannst Timo nachher wiedersehen. Für den Moment weiß er nur nicht, wo du steckst.«

Lara war erleichtert, ehe sie die Katze wieder streng ansah. »Und hör auf, mich zu beamen«, forderte sie Styx auf. »Ich bin jetzt schwanger. Das ist bestimmt nicht gut für Körnchen.«

Styx' Körper schüttelte sich, und Lara hörte ein Lachen in ihrem Inneren. Es kribbelte so sehr in ihrem Magen, dass sie fast mitgelacht hätte. »Hör auf!«, rief sie stattdessen.

»Was glaubst du denn«, Styx kicherte ungerührt, »wie Johanna in dich reingekommen ist?«

Lara starrte die Katze an.

»Die Seelen beamen sich, wenn sie auf die Erde kommen. Das weißt du doch«, führte Mila weiter aus.

»Wer ist Johanna?«, fragte Lara.

»Deine Tochter«, ließ Mila vernehmen.

»Ich weiß noch gar nicht, was Körnchen wird.«

»Ein Mädchen. Du wirst sie Johanna nennen.«

»Nein! Werde ich nicht!« Lara sah Mila und Styx wütend an. »Vielleicht wird es ein Junge.«

Lara spürte die Sinnlosigkeit ihrer Argumentation. Mit einer angehenden Weltenhüterin und einer Katze mit magischen Fähigkeiten zu diskutieren, schien sinnlos. Aber Lara hatte selbst entdecken wollen, wer da in ihr heranwuchs. Hatte sich auf den Moment gefreut, in dem man erkennen konnte, ob Körnchen ein Mädchen oder Junge sein würde. Es durfte einfach nicht sein, dass Styx ihr dieses Mysterium genommen hatte.

»Entschuldige«, hörte sie Styx' Stimme. »Ich vergesse manchmal, dass du eben doch nicht alles sehen kannst.«

»Körnchen wird nicht Johanna heißen«, erklärte Lara trotzig. Auch wenn sie den Namen wunderschön fand. Hier ging es ums Prinzip.

»Wie auch immer«, mischte sich Mila ein. »Deinem Kind kann durch Beamen nichts passieren.«

»Was ist mit Karin? Deine Mutter steht am Bahnhof und wartet auf mich.«

Mila zögerte einen winzigen Moment, ehe sie entschlossen abwinkte. »Erklär es ihr später.«

»Erklären? Was soll ich ihr denn erklären? Ich darf ja nichts sagen.«

»Und doch hast du Ayse vorhin versprochen, ihr heute noch alles zu erzählen«, warf Styx ein.

»Bitte was?«, empörte sich Mila.

»Sie ist sauer auf mich.«

»Sie wird sich von selbst erinnern«, behauptete Mila. »Wenn der Moment dafür gekommen ist. Bis dahin ist die Geheimhaltung äußerst wichtig.«

Lara atmete genervt durch.

»Du bist leider nicht die Einzige, die unsere Geheimhaltung in Zweifel zieht«, erklärte Styx wieder mit ihrer friedlichen Stimme, was etwas extrem Beruhigendes hatte, wie Lara feststellte. »Isabel will den Menschen von der Existenz der anderen Welten berichten.«

Lara schwieg verdutzt. Deshalb hatte Isabel die Karte der magischen Orte gestohlen und war zu den anderen Welten gereist?! Es war eine magische Karte, die die Ein- und Ausgänge der Welten anzeigte. Eigentlich war sie im Besitz des amtierenden Weltenhüters. Aber bei der Beerdigung ihres Vaters hatte Lara die Karte von Rasmus, dem alten Weltenhüter, überreicht bekommen. Mit Hilfe dieser Karte waren sie um die Welten gereist. Als Mila das gute Stück nach Laras Rückkehr zurückverlangt hatte, war sie verschwunden gewesen. Geklaut von Isabel – Marcs Ex-Freundin, die nur zufällig mit im Auto saß, als die Flasche mit dem Schimmer sich geöffnet und sie alle auf die Welt der Krieger gebeamt hatte.

»Wie will sie das denn machen?«, fragte Lara nach.

»Sie hat ihre Kamera geholt und macht Fotos der Welten. Diese Fotos will sie dann herumzeigen.«

Lara konnte es nicht fassen. Die ängstliche Isabel, die die halbe Reise durch die Welten in einer Art Schockstarre verbracht und erst ganz am Ende ihre Ängste überwunden hatte, machte jetzt eine Art Welten-Reportage?

»Sie war auf der Welt der Krieger. Dann bei *ihr*. Dort habe ich sie zuletzt gesehen. Seitdem ist sie verschollen.«

Lara starrte Mila an, als hätte sie den Verstand verloren. Von all dem, was Mila schon zu ihr gesagt hatte, ergab diese Aussage am wenigsten Sinn. »Wie ist das möglich? Du kannst doch mit Zwitscher überall hinsehen. Genau wie die anderen Weltenhüter. Warum findet sie keiner?«

Schweigen. Lara sah von Mila zu Styx, die nun leise erklärte: »Wir wissen es nicht.«

»Ihr wisst es nicht? Die Weltenhüterin und was auch immer du bist ... wisst es nicht?«

»Ich bin noch keine Weltenhüterin. Das ist ja das Problem!«, rief Mila frustriert. »Das Ritual, das mich zur Weltenhüterin macht, kann nur mit der Karte stattfinden. Die Karte wird dann an mich weitergereicht. Von Rasmus. Dem letzten Weltenhüter. Solange das nicht passiert, bin ich nichts weiter als eine Sechsjährige mit einem Auge in der Hand.« Mila trat nun näher an Lara heran. »Ich darf die anderen Welten nur als Weltenhüterin besuchen. Außerdem kann ich hier nicht weg. Aber du bist schon dort gewesen. Du kannst sie finden.«

»Ich kann nicht sechs Planeten nach Isabel absuchen. Das ist unmöglich!«

»Doch. Das kannst du. Weil du eine Fähigkeit geschenkt bekommst.«

Lara sah zu Styx, die neben sie trat.

»Ich gebe dir eine meiner Gaben, die es dir ermöglicht, eine ganze Welt in kurzer Zeit nach Isabel abzusuchen.«

Lara hockte sich neben Styx. »Was genau bist du?«

»Ich bin ein Teil von euch. Und ihr seid ein Teil von mir.«

»Das ist wenig hilfreich«, stellte Lara fest.

»Du wirst verstehen«, versprach Styx. »Und jetzt sieh mich an.«

»Moment!« Lara stand wieder auf. »Ich habe nicht gesagt, dass ich es mache.«

»Du musst«, fand Mila.

»Ich muss gar nichts. Ich habe einen eigenen Willen. Und ich erwarte ein Kind. Ich muss tausend Entscheidungen treffen. Welchen Beruf ich wähle. Wie alles weitergehen soll. Ich kann nicht schon wieder zu den anderen Welten. Ich …«

»Lara.« Die Ernsthaftigkeit in Milas Stimme ließ Lara verstummen. »Unsere Welt hat im Moment keinen Weltenhüter. Und du bist die Einzige, die diesen Zustand beenden kann.«

»Was genau machst du überhaupt als Weltenhüterin? Du darfst immer nur zugucken und nicht eingreifen. Das kannst du auch ohne deine Karte.«

»Sie kennt den Willen eines jeden Wesens auf dieser Welt«, ließ Styx in Laras Inneren vernehmen. »Sie weiß, was ihr wirklich braucht. Sie sieht, wenn ihr Irrwege geht. Sie sendet euch Zeichen, wenn ihr Entscheidungen treffen wollt. Wenn ein bestimmtes Buch in eure Hände fällt und ihr es nicht mehr aus der Hand legen könnt, blättert sie die Seiten um. Wenn ihr einem Menschen begegnet, den ihr bereits zu kennen glaubt, obwohl ihr ihn noch nie getroffen habt, hat sie ihn geschickt. Wenn ein bestimmtes Lied im Radio läuft, das genau eure Situation widerspiegelt und euch dazu animiert, eine bestimmte Entscheidung zu treffen, dann hat sie das Radio angeschaltet.«

Verblüfft starrte Lara zu der kleinen Gestalt, die so zerbrechlich und so verwirrt wirkte. »Das kannst du?«

»Wenn ich die Karte habe«, erklärte Mila trotzig.

Lara schwieg eine Weile, dann sagte sie: »Wie lange werde ich brauchen?«

»Du bist zurück, lange bevor Johanna auf die Welt kommt.«

»Körnchen heißt nicht Johanna!«, rief Lara verärgert.

Mila verdrehte die Augen.

»Und diese Reise ... ist sie nicht gefährlich für mein Kind?«

»Deinem Kind wird nichts geschehen«, hörte Lara Styx' Stimme in sich. »Das verspreche ich dir. Du trägst alles bei dir, was du zum Überleben brauchst. Die Weltenhüter sind über deine Durchreise informiert und werden dir helfen.«

Lara sah der Katze in die Augen und wusste, dass sie die Wahrheit sprach. Dennoch gab es einen Punkt, der Lara keine Ruhe ließ. »Was ist, wenn ich Isabel gar nicht aufhalten will?«

Mila zog hörbar Luft ein.

»Warum sollen die Menschen nicht davon erfahren? Für mich ist unsere Welt nur noch wertvoller geworden, seit ich die anderen Welten kennengelernt habe.«

»Die Seelen sind noch nicht so weit«, betonte Mila.

»Woher willst du das wissen? Die ganze Menschheit hat gerade erlebt, dass der Tod ausgesetzt hat. Für viele kam das einem Wunder gleich. Vielleicht hat sie diese Erfahrung offener gemacht? Außerdem suchen so viele Astronomen bereits nach anderen bewohnten Planeten. Für manche Menschen ist total klar, dass es sie geben muss.«

»Ihr habt euch von je her den Geheimnissen dieser Welten langsam angenähert«, betonte Styx ruhig.

»Schritt für Schritt habt ihr euch zurechtgefunden. Aber vor jedem neuen Schritt habt ihr Angst. Angst vor dem, was ihr nicht kennt. Diese Angst führt dazu, dass alle neuen Erkenntnisse meist zu Beginn verspottet und verneint werden. Sie führt sogar dazu, dass ihre Überbringer verfolgt und getötet werden. Deshalb muss diese Angst immer im Gleichgewicht stehen zu Mut und Liebe. Es wird der Zeitpunkt kommen, an dem ihr die anderen Welten entdeckt. Dann seid ihr bereit. Jetzt die Existenz dieser Welten aufzudecken und gleichzeitig das Wissen zu erlangen, dass diese Welten durch einen kleinen Sprung erreichbar sind ... und diese Welt durch einen kleinen Sprung für außerirdische Wesen erreichbar ist ... Es würde zu einem Ungleichgewicht führen, dessen Konsequenz wir nicht abschätzen können.«

Nachdenklich schwieg Lara. Hätte Mila diese Rede gehalten, hätte sie trotzig gekontert, dass man es eben darauf ankommen lassen müsse. Aber diese Worte von einer dicken Katze zu hören, die sich echte Sorgen zu machen schien, war etwas anderes. Was auch immer Styx war – wenn sie sich Sorgen machte, dann gab es Grund dazu.

»Okay. Ich mache es.«

Lara war mehr als verdutzt, als Mila sich in ihre Arme warf und fest an sich drückte.

»Danke«, flüsterte sie. Schnell löste sich Mila von ihr und sah Styx geschäftig an. »Fang an.«

»Moment!«, rief Lara. »Was genau passiert jetzt?«

Die Katze setzte sich auf ihren dicken Hintern. »Diese Welt unterscheidet sich in einem wichtigen Punkt von allen anderen Welten: Ihr habt einen eigenen Willen.«

Lara dachte an die Krieger, die sich gegenseitig abschlachteten. An die Frauen, die durch ihren Gesang Früchte zum Wachsen brachten. An die Welten der Pflanzen und Tiere. An die Welt der Träumer. »Die Frauen und die Krieger haben keinen eigenen Willen?«

»Sie unterstehen dem Willen ihrer Hüter. Sie tun das, was allen dient. Ihr seid anders. Ihr dient euch selbst, und im Idealfall dient das der Gemeinschaft. Dieser Willen, der euch lenkt und der euch um euer Leben kämpfen lässt. Diesen Willen kann ich sehen.«

Lara musterte die Katze, deren Augen sich noch zu vergrößern schienen.

»Ich gebe dir nun die Gabe, diesen Willen ebenfalls zu sehen. Sobald du auf den anderen Welten eintriffst, werden die Hüter dich finden und an den Ort bringen, an dem du deine neue Gabe einsetzen kannst. Dieser Ort wird *Der Kristall* genannt. Dort kannst du in kurzer Zeit feststellen, ob du Isabels Willen auf dieser Welt siehst oder nicht. Benutz die Gabe nur in Begleitung der Weltenhüter. Das ist eine wichtige Regel, der du dich zu deinem eigenen Schutz nicht widersetzen darfst.«

Lara schluckte. »Weil sonst was passiert?«

»Unwichtig. Denn du wirst dich an die Regel halten«, betonte Mila.

»Beug dich zu mir runter«, sagte die Katze.

Lara spürte Misstrauen in sich aufkeimen. Ein Blick in Styx' Augen fegte es hinweg. Sie beugte sich nah an die Katze, und ehe sie reagieren konnte, hob diese die Tatze und kratzte Lara einmal tief zwischen den Augen.

»Au!«, schrie Lara und wurde von dem Schmerz zurückgeworfen. Sie fand sich auf dem Rücken liegend am Boden wieder und fasste sich an die schmerzende Stelle. »Das tut weh!«

Der Schmerz ließ vermuten, dass sie einen tiefen Kratzer haben musste. Aber als sie die Stelle berührte, klebte an ihrem Finger kein Blut.

Lara richtete sich wieder auf und sah in Milas neugieriges Gesicht.

»Und? Siehst du schon was?«

Lara starrte sie verwirrt an.

»Es dauert seine Zeit«, erklärte Styx ruhig.

»Was genau hast du denn gemacht?«

»Sie hat dein drittes Auge freigelegt«, erklärte Mila.

»Mein drittes Auge?«

»Es ist euch angeboren. Aber nur wenige von euch benutzen es. Es muss freigelegt werden. Entweder durch eure Entwicklung oder ...«

»... durch deine Krallen«, konterte Lara trocken. Sie dachte an die indischen Frauen, die sich einen Stein zwischen die Augen klebten. Ayse und sie hatten das auch eine Zeit lang gemacht. Lara hatte es jedoch immer für Unfug gehalten, dass gerade an dieser Stelle irgendwas Magisches passieren sollte. Jetzt spürte sie, wie der Schmerz von einem Kribbeln abgelöst wurde.

»Es beginnt«, stellte Styx fest.

»Ich bringe dich heute Nacht an den Ausgang«, erklärte Mila.

Lara musterte ihre Cousine. »Was erzähle ich deiner Mutter?«

Mila schwieg.

»Ich kann nicht schon wieder verschwinden. Einfach so. Sie macht sich Sorgen.«

»Es gibt keine andere Lösung«, betonte Mila entschlossen.

Lara dachte mit Unbehagen an den Stein der Trauer, den Karin gewählt hatte. »Wenn du Weltenhüterin wirst, dann bist du für den Rest der Menschen unsichtbar. Richtig? So wie Rasmus?«

Mila nickte.

»Karin wird glauben müssen, dass du spurlos verschwunden bist.«

Das Kind schwieg.

»Sie wird denken, dass dir etwas zugestoßen ist. Dass dich jemand mitgenommen hat. Wahrscheinlich wird sie nie damit aufhören, dich zu suchen.«

»Sie hat dieses Leben gewählt!«

»Sie hat sich ausgesucht, die Weltenhüterin zu bekommen? Ihr einziges Kind, das ihr genommen wird?«

»Du verstehst das nicht.«

»Nein. Ich verstehe nicht, wie du ihr das antun kannst.«

»Sie darf es nicht erfahren«, beharrte Mila.

»Wer hat denn diese Regeln gemacht?«

»Ihr selbst«, mischte sich Styx ein. »Du weißt doch: Die negativen Gefühle sind genauso wichtig wie die positiven.«

»Ich kann sie nicht leiden sehen«, rief Lara verzweifelt. »Sie ist der beste Mensch, den ich kenne. Sie hat das nicht verdient!«

»Es geht dich nichts an!«, rief Mila. »Mama hat diesen Weg gewählt, und alles andere würde sie nicht verstehen. Misch dich nicht ein.«

»Aber die Welten nach Isabel abzusuchen, dafür bin ich gut genug.«

»Lara. Wir tun dies alles im Dienst für euch. Wir dienen eurem Willen. Und wir dienen Karins Willen. Du musst das akzeptieren. Auch wenn du es nicht verstehst.« Die Katze musterte Lara.

Einen Moment lang sagte niemand etwas. Dann räusperte sich Mila. »Können wir dann?«

»Nein«, erklärte Lara entschlossen. »Es gibt da etwas, was ich vorher erledigen muss.«

Mila sah sie einen Moment an und verdrehte dann die Augen. »Er hat dir so oft gesagt, dass er dich nicht sehen will.« Offensichtlich konnte sie mittlerweile ihre Gedanken lesen.

»Das ist mir egal.«

»Warum könnt ihr nie den Willen der anderen respektieren?«

»Das sagst ausgerechnet du?«

»Lass sie.« Styx' Stimme klang bestimmend, als sie Lara ansah. »Geh zu ihm. Ihr brecht heute Nacht auf.«

»I'm falling in love with my favorite song«
Mando Diao

Leo starrte auf den Bildschirm seines Rechners. Er lauschte der Melodie in einer Endlosschleife, während seine nackten Füße froren. Es zog unter der Tür und gleichzeitig durch das geschlossene Fenster. Die letzte Renovierung des Mehrfamilienhauses war vermutlich Jahrzehnte her. Mit sechzehn war er hier eingezogen. Nachdem sein Vater ihn rausgeschmissen hatte, weil er sich geweigert hatte, ihm einen Kasten Bier zu kaufen. Er hatte versucht, seinen Vater trocken zu kriegen. Der Tag, an dem er gefeuert worden war, war vermutlich nicht der beste Zeitpunkt gewesen. Aber Leo hatte gewusst, dass sein Vater diese Krise nur nüchtern überstehen würde. Besoffen würde er keinen neuen Job finden.

Sein Vater hatte kurzerhand einen Weg gefunden, Geld zu sparen. Er hatte seinen Sohn vor die Tür gesetzt.

Für ein paar Tage war Leo bei einem Freund untergekommen. Er hatte recherchiert, dass er sich ans Jugendamt wenden konnte. Nach intensiver Prüfung durch das Amt wäre er bestimmt in einem betreuten Wohnen gelandet. Leo hatte jedoch ein ganz bestimmtes Gefühl wahrgenommen, seit sein Vater ihn rausgeworfen hatte: Befreiung. Er hatte nicht mehr die Aufgabe, seinen Vater zu retten, und er selbst wollte von niemandem gerettet werden. Betreuung bedeutete für ihn vor allem Kontrolle.

Also suchte er seine Tante Magda auf. Die Schwester seines Vaters hatte schon vor Jahren den Kontakt abgebrochen und lebte in einer heruntergekommenen Wohnung in Neukölln. Sie war Busfahrerin und wenig begeistert über Leos spontanen Besuch. Doch Leo konnte ihr die Angst, dass er bei ihr unterkommen wollte, schnell nehmen. Alles, was er wollte, war ihre Unterschrift. Für einen Mietvertrag. Solange er offiziell bei einem Verwandten unterkam, wurde das Jugendamt nicht auf ihn aufmerksam. Das Geld für die Miete würde er selbst auftreiben, versprach er Magda. Sie unterschrieb kommentarlos und war sichtlich erleichtert, als er wieder ging.

Was genau zwischen seinem Vater und ihr schiefgelaufen war, hatte Leo nie recht begriffen. Er wusste nur, dass es in seiner Familie eine lange Tradition in Sachen Zerrüttung und Selbstzerstörung gab.

Leos Mutter war abgehauen, als er zwei Jahre alt gewesen war. Warum und wohin, darüber hatte sein Vater stets geschwiegen, und irgendwann hatte Leo aufgehört zu fragen. Schließlich wusste seine Mutter, wo Leo zu finden war, und machte von diesem Wissen keinen Gebrauch, was in Leos Augen genug über ihren Charakter und ihre Wünsche aussagte.

Ein letztes Mal besuchte er seinen Vater, um seine Sachen abzuholen. Er war sich nicht sicher, ob der Alte überhaupt etwas davon mitbekommen hatte. Offensichtlich war er zu betrunken gewesen, um das teure Equipment zu verkaufen, das Leo sich mit der Zeit zusammengekauft hatte. Zwei Computer mit Recording-Software, ein Drum-Computer, ein Keyboard und seine Gitarre.

Mit sieben hatte er bei der Nachbarin auf dem Klavier üben dürfen. Jeden Tag eine Stunde. Mit zwölf hatte er die Gitarre in einem Laden gesehen und dann zwei Jahre sein mageres Taschengeld gespart, um sie sich mit vierzehn kaufen zu können. Mit fünfzehn war die erste Recording-Software auf seinen Rechner geladen, und mit sechzehn hatte er seine ersten zehn Songs zusammen. Bis auf das Klavierspielen hatte er sich alles selbst beigebracht.

Dafür hatte es einen Musiklehrer gegeben. Herrn Reinhardt. Er hatte Leos Talent erkannt und den Kontakt mit seinem Vater gesucht, um bessere Unterrichtsmöglichkeiten für Leo zu suchen. Natürlich war es seinem Vater völlig egal gewesen, sodass Herr Reinhardt Leo einmal die Woche ehrenamtlich unterrichtet hatte. Er verdankte seinem Lehrer alles.

Leo stellte seine Musik online, ohne dass sie irgendjemand bemerkt hätte. Was nichts an seiner Motivation änderte. Es ging ihm um das Tun. In dem Moment, in dem er den ersten Beat hörte, die erste Melodie darüberlegte, war Frieden in ihm. Nur deshalb machte er Musik.

Um das Zimmer und sein Essen bezahlen zu können, hatte sich Leo damals auf die Straße gestellt und seine eigenen Songs mit Gitarre gespielt. Es hatte gerade so zum Überleben gereicht. An Schule war nicht zu denken. Herr Reinhardt hatte ihn mehrmals gesucht und ihm E-Mails geschrieben. Leo hatte nie darauf reagiert, denn der Lehrer hätte seiner Pflicht nachgehen und Leo beim Jugendamt melden müssen.

Die schulische Laufbahn war beendet und auch der Privatunterricht. Der Preis seiner Freiheit, wie Leo sich einredete. Er schaffte es unentdeckt bis zur Volljährigkeit. Bis dahin hatte er genug Songs zusammen, um sich bei Labeln zu bewerben. Ein eigenes Album wurde nicht draus, aber er bekam den Job, Songs für Werbespots zu produzieren.

Für Leo ein tolles Angebot. Er hatte ein normales Leben vor sich. Geregelter Job, ohne die ständige Angst, vom Jugendamt erwischt zu werden.

Dann fing es an.

Er war mit seinem Freund Bernie in einer Kneipe gewesen. Hielt sich wie immer an seinem Wasser mit zwei Scheiben Zitrone fest, während Bernie bereits beim dritten Pils war. Leo hatte bei seinem Vater gesehen, was Alkohol bewirken konnte, und kein Interesse daran, diese Erfahrung zu teilen.

Im Gespräch mit Bernie wurde er irgendwann abgelenkt. Klänge drangen an sein Ohr, die Leo nicht zuordnen konnte und die die eigentliche Hintergrundmusik überlagerten.

Er sprach Bernie darauf an. »Hörst du das?«

»Was?«

»Die Melodie.« Leo hatte sich umgesehen und nach der Quelle der Klänge gesucht, die sich immer wieder wiederholten.

»Ich höre nix.« Bernie leerte sein Bier und ging zur Theke, um sich ein weiteres zu bestellen. Während er ging, wurden die Klänge leiser.

Leo sah sich weiter suchend um, und als Bernie zurückkam, wurde die Melodie wieder lauter.

»Hast du einen neuen Klingelton?«

Er hatte keinen neuen Klingelton. Er hatte sein Handy nicht mal dabei. Die Melodie jedoch wurde immer lauter. Leo war irgendwann so verwirrt gewesen, dass er sein Wasser leerte und die Kneipe verließ. Regelrecht flüchtete. Kaum auf der Straße angekommen, verstummte die Melodie. Er redete sich ein, überarbeitet gewesen zu sein, und legte sich ins Bett.

Als er sich am nächsten Morgen bei Inga im Kiosk um die Ecke einen Kaffee holte, das gleiche Spiel. Während im Hintergrund das Radio lief, hörte Leo plötzlich eine Melodie. Ein paar Töne nur, die sich immer wieder wiederholten. Inga sagte etwas zu Leo, aber die Melodie war so laut, dass er sie nicht mehr verstehen konnte. Fluchtartig verließ er den Kiosk, und wieder hörte die Melodie auf.

Leo war mit seinem Kaffee den Kottbusser Damm vor bis zum Maybachufer gegangen. Er hatte auf der Brücke gestanden und ins Wasser gestarrt, verwirrt von den Vorkommnissen und mit dem Gedanken beschäftigt, ob er langsam verrückt würde, als zwei Mädchen an ihm vorbeigegangen waren. Sie hatten aufeinander eingeredet. Leo bekam nur so viel mit, dass die Blonde mit ewig langen Haaren nichts von einem Jungen wissen wollte, den ihre Freundin mit dem Kopftuch und den unfassbar dunklen Augen für den ihr bestimmten Mann hielt. Oder zumindest den Jungen, den die Blonde küssen sollte. Leo beobachtete die beiden, als sich mit einem Mal zwei Melodien in seinen Gehörgang schlichen.

Eine Melodie, die mit einem hohen Ton begann und sich in langsamer Abfolge in tiefere Tonlagen schlich. Und eine zweite, bei der es umgekehrt war. Sie begann in einer tiefen Tonlage und wurde mit jedem Klang höher. In der Mitte begegneten sich die beiden Melodien und wurden eins. Das Lied, das die Melodien miteinander spielten, war das Schönste, was Leo bis dahin gehört hatte. Die Mädchen hatten die Brücke schon fast überquert. Das Lied wurde leiser.

Nein! Er wollte nicht, dass es aufhörte. Wollte das Lied weiterhören.

Eilig lief er den beiden nach, packte die Blonde mit der freien Hand an der Schulter. Sie erschrak sichtlich, drehte sich um und wich einen Schritt vor ihm zurück.

»Hey!«, rief die mit dem Kopftuch wütend.

Leo starrte die beiden an, die seinen Blick fragend erwiderten. Die Melodie war nun ganz klar zu hören. Schien ihn regelrecht anzuschreien.

»Was bist du denn für ein Irrer?«, fragte das Mädchen mit dem Kopftuch.

Aber die Blonde blieb ganz ruhig. Sie sah ihn an. Mit blauen Augen.

Leo ging langsam ein paar Schritte zurück. Der Kaffee glitt ihm aus der Hand. Er drehte sich um und rannte zurück in seine Wohnung, wo er die beiden Melodien aufnahm und miteinander vereinte. Beide für sich allein waren es wunderschöne Melodien. Zusammen waren sie perfekt. Stundenlang hörte er sich das Lied an. Während er der Musik lauschte, hatte er eines längst begriffen: Er konnte die Melodien der Menschen hören.

Was wie ein Geschenk begann, wandelte sich bald in einen Fluch. Seine Gabe reifte heran, und schon bald musste Leo nur das Haus verlassen und wurde von

Musik regelrecht erschlagen. Am Kottbusser Damm schoben sich Tag und Nacht unzählige Menschen aneinander vorbei, und jeder von ihnen hatte eine eigene Melodie. Manche waren leise, zurückhaltend. Manche laut und dröhnend. Manche hatten einfach denselben Ton endlose Male hintereinander.

Schon bald konnte Leo nicht mehr hören, was eine Person zu ihm sagte. Er hörte nur noch Musik. Und nicht bei allen harmonierten diese Melodien wie bei den beiden Mädchen. Im Gegenteil. Es klang wie ein riesiges Orchester, bei dem jeder sein Instrument stimmte und wild durcheinander spielte. Irgendwann brach Leo auf dem Gehweg sich die Ohren zuhaltend zusammen. Er rief verzweifelt um Ruhe. Aber die Musik hörte nicht auf. Während die Passanten ihm irritierte Blicke zuwarfen, rannte Leo ins Haus, verbarrikadierte sich in seiner Wohnung und schloss alle Fenster.

Er hatte so viel Musik in sich, dass er nicht mehr in der Lage war, sie aufzuschreiben. So verbrachte er eine Woche in seinem Zimmer, ehe Bernie mit einem Sixpack vorbeikam. Im Glauben, Leo habe sich eine Grippe eingefangen, wollte er ihn besuchen. Leo verstand nicht, was er sagte. Hörte nur seine Melodie. Pompös und forsch waren Bernies Klänge, unerschrocken, so wie sein Freund selbst. Leo griff automatisch nach einem der Biere. Er öffnete die Flasche und trank einen großen Schluck. Dann noch einen. Und starrte seinen Freund erstaunt an. Seine Melodie war leiser geworden. Leo trank die ganze Flasche leer und stellte fest, dass Bernies Melodie nur noch ein Hintergrundrauschen war. Nach einer weiteren Flasche verstummte sie ganz. Leo wagte sich nach draußen und stellte fest, dass das Konzert der Menschen verstummt war.

Auf diese Weise war er seit drei Jahren nicht mehr nüchtern gewesen. Nur mit einem konstanten Alkoholpegel war er in der Lage, sich zwischen anderen Menschen aufzuhalten. Wurde er nüchtern, setzte das schräge Konzert sofort wieder ein, weshalb er direkt nach dem Aufstehen bereits das erste Bier trank. Er machte weiter Musik, wenig inspiriert, aber gut genug, um davon leben zu können. Er hatte eine Affäre mit Inga, deren Melodie selbst im seltenen nüchternen Zustand nichtssagend und wenig aufregend war.

Leo hätte so weitermachen können. Aber eines blieb trotz konstantem Alkoholpegel. Eine tiefe Sehnsucht.

Denn bei allen Melodien, die Leo gehört hatte, hatte er eine nie vernommen: seine eigene.

Jetzt war sie da. Seine Melodie. Er hatte sie eingespielt. Gespeichert mit seiner Recording-Software. Lauschte ihr seit zwei Tagen.

Zwei Tage, in denen er keinen Tropfen Bier getrunken hatte. Er wollte sie nicht verlieren, seine Melodie. Wollte sie nicht wegsaufen. Sondern für immer in sich tragen. Und den Frieden fühlen, der von ihr ausging.

»You touch me, I hear the sound of mandolins«
David Bowie

Der Bus hielt direkt vor dem Hotel. Vom Mummelsee nach Sand waren es nur ein paar Stationen entlang der Schwarzwaldhochstraße. Als sie ausstieg, war Timo schon da.

Er musste sie auf dem Weg hierher aufgespürt haben und musterte sie fragend. Wollte wissen, wo sie gewesen war und warum er sie nicht hatte sehen können.

Sie wollte ihm alles erzählen oder besser: schreiben. Zu Hause, in Ruhe. Jetzt musste sie noch jemand anderen besuchen. Etwas, das Timo überhaupt nicht gefiel. Er hasste es, wenn sie zu *ihm* ging. Das war Lara klar. Aber von allen Menschen war Marc der Einzige, bei dem sie sich nicht verstellen musste. Genau wie sie hatte er nicht vergessen, welche Reise sie hinter sich hatten. Vor ihm musste Lara nichts verheimlichen. Und viel wichtiger war, dass er ihr und Körnchen das Leben gerettet hatte. Sie war zwar aus eigener Kraft aus dem weißen Raum des Auges zurückgekehrt, aber mit gebrochenen Knochen und in der Welt ihrer Eltern.

Marc hatte Mila in der Zwischenzeit so lange bearbeitet, bis diese ihm den magischen Ausgang der Erde gezeigt hatte, damit Marc Lara zurückholen konnte. Diesen Einsatz würde Lara ihm nie vergessen.

Seit dem Abend, als sie in seinem Garten mit Ayse und Cem den Supermond bewundert hatten, war ihr Verhältnis abgekühlt. Es war der Moment gewesen, als Lara Timo das erste Mal gesehen hatte. Als Geist. Sie hatte seinen Namen gerufen. Timo war auf sie zuge-gangen, selbst ungläubig, dass Lara ihn sehen konnte. Vor den anderen hatte Lara sich schnell wieder gefan-gen und behauptet, dass sie sich getäuscht habe. Ayse und Cem hatten ihr das geglaubt und die angebliche Illusion ihrem Schock zugeordnet. Marc nicht. Nach ihrer gemeinsamen Reise war ihm klar, dass Lara Timo wirklich sehen konnte. Dass er immer noch bei ihr war. Die Nachricht der Schwangerschaft hatte Marc dann den Rest gegeben. Er zog sich von ihr zurück. Lara ließ das nicht zu. Sie konnte, ja wollte ihn nicht der Isola-tion überlassen. Es reichte schon, dass er das ohnehin kaum besuchte Hotel für Gäste geschlossen hatte. Er hatte es von seinem Großvater Gustav geerbt. Seiner einzigen Familie. Über dessen Tod hatte Marc kein Wort verloren.

Auf dieser Beerdigung war Lara gewesen. An einem Tag, an dem zehn Menschen beerdigt worden waren. Unter ihnen auch Lichtlein, ein Freund von Marcs Großvater.

Der ausbleibende Tod hatte bei den Menschen sei-ne Spuren hinterlassen, besonders da immer noch keiner erklären konnte, wie das möglich gewesen war. Tatsächlich schienen die meisten Menschen froh darüber zu sein, dass alles wieder seinen ge-regelten Gang ging. Dass das Leben ein Ende hatte. Und nicht unter Schmerzen und Ängsten in die Län-ge gezogen wurde.

Marc kümmerte das alles wenig. Er saß nur noch vor seinen Rechnern und bastelte an irgendeinem Pro-gramm. Er war auf dem besten Weg, das Leben ihres

Vaters zu führen. Und das würde Lara nicht zulassen. Marc hatte ihr das Leben gerettet, und sie war fest entschlossen, ihm ihrerseits zu helfen. Was natürlich wesentlich einfacher wäre, wenn Marc darauf ansatzweise Lust gehabt hätte.

Wenn jemand eine Mauer um sich herum bauen konnte, dann war er es. Dennoch setzte Lara ihre Besuche fort. Nicht nur für ihn, wie sie sich eingestehen musste. Sie mochte ihn. Als Freund. Sie hatte eine Seite an ihm kennengelernt, die er zuvor erfolgreich versteckt hatte. Marc hatte eine Leidenschaft, für die er bereit gewesen war, jedes Risiko einzugehen. Er lebte für die Sterne. Lara würde nie vergessen, wie seine Augen geleuchtet hatten, als er ihr von seiner Theorie berichtete, dass sie auf anderen Planeten unterwegs waren. Er hatte wie ein kleines Kind gewirkt.

Als Lara das heruntergekommene Hotel betrat, drehte sie sich noch einmal zu Timo um, der auf der gegenüberliegenden Straßenseite stehen geblieben war. Worte waren in diesem Moment nicht nötig. Ein Blick in sein Gesicht reichte völlig aus. Lara hatte ihm klargemacht, dass es keinen Grund für Eifersucht gab. Vergeblich. Dabei hatte Timo keinen Anlass zur Sorge.

Er ist eifersüchtig auf das Leben, schoss es ihr durch den Kopf.

Das eine, das er Lara nicht mehr geben konnte.

Sie fasste sich an die Stelle zwischen den Augen, die den ganzen Weg entlang unaufhörlich gekribbelt hatte. Styx hatte also ihr drittes Auge freigelegt. Und nun konnte sie den Willen der Menschen sehen. Aber wie? Sie hatte keine Vorstellung davon. Aber sie wusste ziemlich genau, welchem Willen sie gleich begegnen würde: dem Willen, allein zu sein.

In der Eingangshalle kam ihr Susi schwanzwedelnd entgegen. Die Labradorhündin jaulte und hechelte vor Freude über Laras Anblick. Seit Gustavs Tod war Lara vermutlich die einzige Person außer Marc, die sie zu Gesicht bekam. Lara streichelte die Hündin. Nachdem diese ihre Hand ausgiebig geleckt hatte, sah Lara sich um.

Das Hotel schien förmlich auseinanderzufallen. Der Putz bröckelte von der Decke ab, die Fliesen auf dem Boden, die das Sonnensystem darstellten, waren teilweise kaputt. Jedes Mal, wenn Lara hier war, empfand sie es als schrecklich, dass Marc das riesige Hotel so verkommen ließ. Die Lage war genau richtig. Der Wald grenzte an den hinteren Bereich des Hotels an. Die Ortschaft Bühlertal war in wenigen Minuten zu erreichen, und auch nach Baden-Baden war es nicht weit. Wenn man das Haus renovieren und Werbung machen würde, wäre es bestimmt gut besucht gewesen. Auf der anderen Seite war es schwer vorstellbar, dass Marc Gäste beherbergte. Wer, außer Lara, würde freiwillig in seiner Nähe bleiben?

Gleich hinter der Empfangstheke hatte Marc sich sein Reich eingerichtet. Ein weißer Raum, gefüllt mit Rechnern und dem Bild von Laniakea an der Wand. Der große Galaxienhaufen, den sie auf ihrer Reise mit eigenen Augen gesehen hatten. Ob das Bild noch immer an der Wand war, wusste Lara allerdings nicht mit Sicherheit. Denn Marc hatte sie seit ihrer Rückkehr nicht mehr in das Zimmer gelassen.

Auch jetzt trat er aus ihm heraus und schloss die Tür hinter sich, ehe er an den Empfangstresen trat.

»Was willst du?«

Erschrocken blieb Lara stehen. Seine dunklen Locken hingen ihm fettig ins Gesicht, die Ringe unter seinen Augen waren beinahe schwarz, und sein Blick war hart.

»Du siehst übel aus.«

»Schlecht geschlafen«, murmelte er. »Ich habe keine Zeit.«

»Ich weiß.« Lara ging ruhig auf Marc zu.

Er wich ihrem Blick aus. »Warum bist du dann immer noch da?«

»Ich wollte mich verabschieden«, erklärte sie.

Jetzt sah er sie an. Seine Miene immer noch so versteinert, dass sie seine Reaktion nicht abschätzen konnte. »Gehst du doch nach Berlin? Gute Idee.«

»Ich reise noch einmal zu den anderen Welten. Und hole Isabel zurück.«

Er starrte sie an, als hätte sie den Verstand verloren. »Du bist schwanger!«, erinnerte er sie.

»Styx sagt, dass Körnchen nichts passiert.«

»Körnchen?«

»Das ist nur der Arbeitstitel.«

»Styx hat also ... mit dir geredet?«

»Ja. Sie kann nicht nur beamen. Sie kann auch sprechen. Was einen nicht überraschen sollte. Hat es mich aber trotzdem.«

Während Lara Marcs Reaktion abwartete, kribbelte es zwischen ihren Augen mit einem Mal so heftig, dass ihr schwindlig wurde. Sie hielt sich am Tresen fest.

»Was ist?«

»Ich muss mich mal kurz setzen.« Ohne Marcs Antwort abzuwarten, ging sie um den Tresen herum und öffnete die Tür.

»Stopp!«, rief er.

»Ich brauche einen Stuhl. Und einen Schluck Wasser!« Sie betrat das Zimmer und fand gerade noch Halt an dem großen Sessel, der vor Marcs Schreibtisch stand. Sie schloss die Augen und rieb sich die Stelle zwischen den Augen. Was hatte Styx getan?

»Ich ruf einen Arzt«, hörte sie Marcs Stimme, der ihr gefolgt war.

»Nein. Das geht gleich vorbei. Nur ein Wasser, bitte.«

Er ging. Lara blinzelte. Das Kribbeln hörte auf. Ebenso der Schwindel. Sie richtete sich auf und sah sich um. Was sie sah, verschlug ihr den Atem. Die Anzahl an Rechnern hatte sich verdreifacht. Sie alle liefen um die Wette. Zahlenreihe nach Zahlenreihe sauste über die Bildschirme. An der Wand, auf der Laniakea aufgezeichnet gewesen war, hingen Din-A4-Seiten. Vorsichtig stand Lara auf und ging näher. Punkte waren auf den Blättern gezeichnet, die durch Linien miteinander verbunden waren. Manche der Punkte waren mit Zahlen und Namen versehen.

HR 5171 A

119 Tauri

UY Scuti

Das komplette Zimmer war mit diesen Zetteln zugepflastert.

Marc kam zurück. Mit einem Glas Wasser in der Hand. »Du kannst ja schon wieder stehen«, stellte er abweisend fest und drückte Lara das Glas in die Hand.

»Was treibst du hier?«, fragte sie und nahm einen großen Schluck.

»Geht dich nichts an.«

Seit er zurückgekommen war, hatte das Kribbeln zwischen ihren Augen wieder zugenommen. Sie rieb sich erneut die Stelle und ging weiter im Raum herum, um sich die Zettel anzusehen.

»Kannst du bitte einfach gehen?« Er klang bereits leicht verzweifelt.

Aber Lara war so daran gewöhnt, seine Feindseligkeiten zu ignorieren, dass sie auch diesem Wunsch nicht nachkam. Sie entdeckte ein paar Zettel mit Zeichnungen, die ihr bekannt vorkamen. Da waren Gestalten gezeichnet, deren Haut aus verschiedenen Farbtönen bestand. Eine Seite voll mit Gräsern und einem Fluss. Ein anderer Zettel zeigte eine große Gestalt in einer Ritterrüstung und wieder ein anderer eine Gestalt mit einer Blase über dem Kopf. Die Träumer ...

Laras Blick wanderte erstaunt zu Marc zurück. »Du willst rausfinden, wo wir waren!«, rief sie.

Er schwieg.

»Deshalb all die Rechner. Du willst die Positionen ausrechnen.« Lara sah ihn an. »Aber du hast gesagt, dass du viel zu wenig über die Positionen weißt, um annähernd ... Au!« Ein Stich zwischen ihren Augen.

Dann sah sie es! Als würde man eine Seifenblase aufblasen, entstand über Marc eine schimmernde Kugel. Sie leuchtete silbern wie Timo.

»Lara?«

In der Kugel entstand ein Bild. Lara musste sofort an die Welt der Träumer denken, wo genau solche

Blasen über die Welt flogen. Auch jetzt sah Lara ein Bild in der Blase. Sie erkannte Marc, der vor den Bildschirmen seines Rechners saß und wie besessen auf der Tastatur herumhämmerte. Dann sah Lara sich selbst, die neben ihn trat, ihm die Hand auf die Schulter legte und ihn anlächelte. Plötzlich poppte eine zweite Blase auf, direkt neben der ersten. Diese zeigte Marc, der mit einem Kind vor einem Teleskop stand und nach oben in den Nachthimmel zeigte. Er sah dabei so glücklich aus.

»Lara!«

Jemand schüttelte sie. Lara zwinkerte, und die Blasen verblassten. Genau wie das schmerzhafte Kribbeln zwischen den Augen. Vor ihr stand Marc und sah sie besorgt an.

»Ich ruf jetzt doch einen Arzt«, erklärte er.

Aber sie hielt seine Hand fest. »Was war mit mir?«, fragte sie leise.

Er entzog ihr die Hand. »Eine Salzsäule. Das war mit dir. Du hast komplett starr hier rumgestanden und mich angesehen, als wäre ich ein Geist.«

»Ich habe es gesehen«, murmelte Lara.

»Was?«

»Deinen Willen.«

Marc sah sie ausdruckslos an.

»Oder zumindest ... Sachen, die du willst.« Es waren zwei Visionen gewesen. Was bedeutete das? Und was bedeutete es, dass sie Teil einer dieser Visionen gewesen war?

Lara setzte sich verwirrt und trank noch einen Schluck Wasser.

Marc beugte sich zu ihr runter. »Keine Ahnung, was hier los ist. Aber du wirst nicht in die anderen Welten reisen. Du kannst ja kaum alleine stehen.«

»Ich muss gehen. Mila braucht die Karte. Sie selbst kann nicht gehen und ...«

»Du kannst doch nicht alle Planeten absuchen!«, rief Marc.

»Ich habe da eine neue Gabe.« Sie versuchte, möglichst locker zu klingen. »Ich weiß nur nicht, wie lange ich weg bin. Deshalb wollte ich dir Bescheid geben. Du bist mich für die nächsten Tage auf jeden Fall los. Freu dich.«

Sonderlich erfreut sah Marc nicht aus.

»Aber ich gehe nicht, ehe du mir eine Antwort gegeben hast«, erklärte Lara entschlossen. »Versuchst du wirklich, die Lage der Planeten zu errechnen?«

Er stand auf und starrte seine beklebten Wände an. »Ich habe eine Software erstellt. Aber meine Erinnerungen sind zu ungenau. Ich brauche mehr Daten.«

»Und was machst du, wenn du die Lage der Welten hast? Eine Mail an die NASA schreiben?«

»Vielleicht erzähle ich deinem Körnchen irgendwann, wo es gezeugt wurde.« Er klang zynisch.

Lara ignorierte seinen Kommentar und musterte ihn fragend.

»Ich will es nur für mich wissen«, murmelte er.

»Gut. Styx und Mila sind nämlich der Meinung, dass die Menschheit noch nicht reif für dieses Wissen ist.«

Einen Moment schwieg er nachdenklich, ehe er seine Sprache wiederfand. »Seit ich klein bin, wollte ich es wissen. Wo die anderen Welten sind.« Seine Augen leuchteten wieder, was Lara ein Lächeln entlockte. »Ich wusste immer, dass sie da sind. Aber sie waren unerreichbar. Jetzt war ich da und ... Ich will einfach wissen, wohin ich das Teleskop richten muss. Wie weit sie weg sind.«

»Du kennst den Ausgang. Du könntest sie wieder besuchen.«

»Und vom Oberritter und seiner komischen Harpune zermalmt werden? Nein, danke.«

Lara erinnerte sich nur zu gut an den Ritter mit seinem roten Helm. Und seiner schlechten Laune. Auf eine Begegnung mit ihm konnte sie verzichten. Aber da würde sie wohl nicht drum herumkommen.

»Ich will nicht, dass du gehst«, erklärte Marc plötzlich.

Sie atmete tief durch. »Ich muss.«

»Warum? Du musst nicht immer die ganze Welt retten.«

Lara grinste plötzlich. »Wenn ich es schaffe und Isabel samt Karte zurückhole, ist mir die Weltenhüterin zu ewigem Dank verpflichtet. Diese Chance kann ich mir nicht entgehen lassen.« Sie stellte das leere Glas ab und stand auf. »Ich versuche, mir möglichst viele Sternbilder einzuprägen.«

Lara lächelte Marc an, und für einen Moment schien es, als beginne seine harte Fassade zu bröckeln.

Bis er ihrem Blick auswich. »Glaubst du, du kriegst ein Alien?«

»Was?«

»Ihr habt auf einem anderen Planeten gevögelt. Vielleicht kriegst du keinen Menschen, sondern so ein seltsames Viech. Wie die, die auf dieser Erde rumgesprungen sind.«

Sie musterte ihn ruhig. »Warum können wir keine Freunde sein?«, fragte sie leise.

Er sah sie nicht an, als er die folgenden Worte sprach. »Du weißt doch. Ich brauche keine Freunde.«

Lara wartete noch einen Moment. Worauf, das wusste sie nicht genau. Dann ging sie. In der Empfangshalle streichelte sie Susi noch einmal, ehe sie draußen auf den nächsten Jungen stieß, dessen Laune mindestens genauso schlecht war.

Timo musterte sie finster. Seufzend ging Lara zur Haltestelle und wartete auf den nächsten Bus, der sie zum Hexenhaus zurückbrachte.

Und während sie über den Anblick des Willens nachdachte, überlegte sie gleichzeitig, wie sie Karin ihre Abwesenheit erklären sollte.

Marc sah Lara nach, als sie in den Bus stieg und davonfuhr. Noch immer spürte er ihre Hand auf seiner. Am liebsten hätte er sie zu sich gezogen und geküsst. Wie auf der Welt der Pflanzen, als sie die einzigen zwei Menschen auf einem ganzen Planeten gewesen waren. Was würde er darum geben, wenn sie dort hätten bleiben können. Wenn Lara sich nicht dafür entschieden hätte, mit Timo zusammen in den Tod zu springen.

Sie war völlig wahnsinnig. Eine andere Erklärung fiel Marc nicht ein. Bereit, ihr Leben zu opfern, um den Menschen den Tod wiederzubringen. Bereit, ihr ganzes Leben für ihr Kind auf den Kopf zu stellen.

Als Isa damals schwanger gewesen war, hatte er alles unternommen, um nichts für dieses Kind zu empfinden. Dann hatte Isabel es verloren. Und mit dem Kind hatten sie alles verloren, was zwischen ihnen gewesen war. Das war von seiner Seite aus ohnehin nicht viel gewesen. Jetzt war Isabel in anderen Welten unterwegs. Marc freute sich für sie. Wirklich. Sie hatte sich verändert. Hatte ihre Lebensfreude zurück und ihre Angst verloren. Als hätte jemand das Licht in ihr angemacht. Dieser jemand war nicht er gewesen.

Jetzt war er allein. Das hatte er gewollt. Wenn man allein war, konnte man niemanden verlieren. Warum also tauchte Lara ständig hier auf? Und erinnerte ihn daran, wie gut es mit ihr zusammen war?

Ihm war bewusst, dass sie in ihm etwas bewegt hatte. Sie hatte ihm ein Lebensgefühl zurückgegeben, an das er sich nicht mehr erinnert hatte. Hatte auch etwas in ihm angeknipst.

Aber sie würde Mutter werden. Mutter von Timos Kind. Als sie ihm das erzählt hatte, war ihm klar geworden, dass er sie gehen lassen musste. Als sie auf einer Welt ohne Timo gewesen waren, hatte er ihn ausblenden können. Hatte ihre Liebe für ihn ausblenden können. Mit diesem Körnchen an ihrer Seite würde Timo immer dabei sein. Ein Zustand, den Marc nicht ertragen konnte. Die Liebe hatte ihm nie gutgetan. Also musste sie aus seinem Leben weg. So weit, so gut. Lara ließ sich nur einfach nicht vertreiben. Kam immer wieder her. Erinnerte ihn an dieses wunderbare Gefühl, das er für sie hatte.

Verdammt!

»Susi!«, rief er ins Hotel hinein. Die Hündin kam schwanzwedelnd angelaufen. »Komm!«

Er lief aus dem Hotel in den angrenzenden Wald hinein. Er wollte so lange laufen, bis er so müde war, dass er nicht mehr an ihren Kuss denken musste.

Drei Stunden später kam er atemlos zurück. Auch Susi kam schlecht gelaunt und müde hinter ihm angetrabt. Er schnappte nach Luft, denn die Hoffnung, Lara aus seinem Kopf verdrängt zu haben, hatte sich nicht erfüllt. Ein Blick in die Sterne reichte aus, um ihn eines Besseren zu belehren. Die Sehnsucht traf ihn eiskalt. Die Sehnsucht nach dieser Welt, in der Lara nur ihm gehört hatte. Für diesen kurzen, magischen Moment.

Blasen

Lara stieg in den Bus und löste beim Fahrer ein Ticket. Der etwas dickliche Mann, der seine kahle Stelle auf dem Kopf abdeckte, indem er ein paar Haarsträhnen darüber gelte, starrte sie an. »Bist du nicht die aus Berlin?«

Sie kam nicht zum Antworten, denn sobald der Fahrer ihr in die Augen sah, kribbelte ihr nun freigelegtes drittes Auge schmerzhaft. Über dem Busfahrer flimmerte die Luft, und über seinem Kopf erschien eine Blase. Genau wie bei Marc. Weiß leuchtend und pulsierend. Ein Herzschlag.

Lara sah ein Bild. Der Busfahrer, in einem schicken Büro. Hinter ihm ein Fenster mit Ausblick über eine Großstadt. Eine junge Frau reichte ihm Unterlagen und sah ihn flirtend an. Dann entstand ein zweites Bild. Derselbe Mann, aber mit schlanker Figur in einem Bergsteigeroutfit auf dem Hügel eines Berges. Ein befreites Strahlen im Gesicht.

»Hey! Einsteigen!«

Lara wurde von der Stimme des Fahrers aus ihrer Vision gerissen und setzte sich auf einen freien Platz. Während sie durch das unsanfte Anfahren des Busses in den Sitz gedrückt wurde, rätselte sie darüber, warum ein Mensch zwei so unterschiedliche Willen haben konnte. Der Mann in dem schicken Büro und der Mann auf dem Berg hatten ihrer Meinung nach nichts gemeinsam. Sie sah zu den anderen Fahrgästen, die meist teilnahmslos aus dem Fenster starrten. Ihr wurde bewusst, welchen Einblick diese neue Gabe gewährte.

War es richtig, die Menschen auf diese Weise zu betrachten? Es kam ihr so intim vor. Wie damals, als sie Isabel beim Träumen hatte zusehen können.

Der Bus hielt etwas unterhalb des Hexenhauses, und Lara ging die Straße entlang nach oben. Sie kam dabei am *Holzwurm* vorbei, einem kleinen Hotel, in dem ein Paar aus dem angrenzenden Elsass neben dem Hotelbetrieb ein Café führte. Kuchen und Flammkuchen wurden angeboten. Die besten, die Lara je gegessen hatte. Eva, die Betreiberin des Cafés, bediente vor dem Hotel gerade einen Gast, als sie Lara sah. Sie lächelte und ging auf sie zu. Ihre dunkelblonden Haare waren glatt in einem Zopf gebunden, ihre Haut war so ebenmäßig, dass Lara immer an Elfen denken musste, wenn sie sie ansah. Auch sonst hatte Eva Ähnlichkeiten mit einer Elfe. Sie lächelte immer und wirkte so leicht, als würde sie jeden Moment abheben und davonschweben.

»Hey, Karin war vorhin hier. Sie hat dich gesucht.«

Eva sah Lara direkt in die grünen Augen, was zur Folge hatte, dass im selben Moment eine leuchtende Blase über ihrem Kopf entstand. Im ersten Moment wollte Lara wegsehen. Schließlich würde sie auch kein herumliegendes Tagebuch von Eva lesen. Aber die Versuchung war zu groß, die neue Gabe zu faszinierend. Sie schielte auf den flimmernden Bereich über Evas Kopf und sah die junge Frau in einem Kreis von sich unterhaltenden Frauen unterschiedlichen Alters. Eva reichte den Frauen Essen und Trinken und betrachtete lächelnd die kleine Truppe, die in angeregte Gespräche vertieft war. Sie sah dabei sehr glücklich aus.

»Lara?«

Sie erwachte aus ihrer Vision und fühlte sich ein bisschen ertappt. »Entschuldige«, platzte es aus ihr heraus.

»Wofür? «

»Nichts«, beeilte sich Lara zu sagen. Nach einem Zögern fügte sie hinzu: »Gibt es in deinem Leben einige Frauen? Mit denen du zusammen etwas ... aufgebaut hast?«

Eva musterte sie überrascht. »Ich habe ein paar Freundinnen, die sich selbstständig gemacht haben. Ich hatte überlegt, eine Art Stammtisch zu machen. Bei dem wir uns treffen und austauschen können.«

Lara lächelte. »Mach das.«

Eva wirkte erstaunt. Lara lächelte sie unverbindlich an. »Ich bin auf dem Weg zu Karin.«

»Dany hat noch Baguette für sie. Wartest du kurz?«

Ehe Lara reagieren konnte, ging Eva schon eilig ins Hotel.

Lara wartete ungeduldig, obwohl sie nicht undankbar für den kleinen Aufschub war. Karin hatte sie gesucht, natürlich. Vielleicht hatte sie in Panik, dass Lara wieder für Wochen verschollen sein würde und wahlweise schwanger oder ohne Gedächtnis zurückkam, längst die Polizei gerufen. Jetzt würde Lara wieder verschwinden. Wie lange würden Karin und Jo das mitmachen? Erzählen durfte sie ihnen nichts. Zumindest nicht die Wahrheit. Sollte sie erzählen, dass sie für ein paar Wochen zu Ayse ging? Die beiden würden das sofort hinterfragen, da Lara in der kommenden Woche hier mit der Schule anfangen sollte. Außerdem hatte Lara den Verdacht, dass Karin und

Begüm in ständigem Kontakt standen und sich über Lara austauschten.

»Lara Feingeist?«

Sie sah auf. Der Gast, den Eva gerade noch bedient hatte, stand vor ihr. Er trug Jeans, Hemd und Sonnenbrille und ein charmantes Lächeln. Seine Gestalt schien so mächtig, dass er das Sonnenlicht verdunkelte. Wie groß war er? Zwei Meter?

»Wer will das wissen?«

»Philipp Hauser. Ich arbeite für den *Badischen Blitz*.« Er reichte Lara die Hand, die sie kurz ergriff.

»Ich gebe keine Interviews.«

»Cem schickt mich.«

Lara horchte auf. Im Hintergrund trat Eva mit einem Stapel Baguettes aus dem Hotel.

»Cem? Davon hat er mir gar nichts gesagt.«

»Er hat mir ein ausführliches Interview gegeben. Er meinte, du wüsstest mehr und würdest mit mir reden.«

Lara war mehr als verwundert. Kein Wort zur Presse. Darin hatten sie alle eingewilligt. Außerdem fragte sich Lara, was Cem ihm überhaupt gesagt hatte, so ganz ohne Erinnerungen. *Der Mann lügt*, dachte sie.

»Alles hat mit diesem Computerprogramm angefangen, richtig? Von deinem Vater?«

Eva trat hinzu und drückte Lara die Baguettes in die Hand. »Hier. Und jetzt geh. Karin wartet.« Sie sah Lara so eindrücklich an, dass diese verstand. Eva wollte sie von dem Mann fernhalten.

Lara versuchte, in seine Augen zu sehen, um seinen Willen zu erkennen. In diesem Fall hätte die neue Gabe ihr helfen können, ihr Gegenüber zu entlarven. Aber die Sonnenbrille gewährte ihr keinen Einblick.

»Wie gesagt, ich gebe keine Interviews.«

»Weißt du, was ich rausgefunden habe?« Er trat etwas näher. »Der Tod hat schon einmal ausgesetzt. Es war von so kurzer Dauer, dass dem Ganzen keine besondere Beachtung geschenkt wurde. Aber an einem ganz bestimmten Tag ist für zwei Stunden kein Mensch auf dieser Erde gestorben.«

Lara drehte sich um.

»Das war an dem Tag, als du schon einmal verschwunden bist!«

Es arbeitete in ihr. Der Tod hatte ausgesetzt, da Ayse und Cem den weißen Raum verstopft hatten und deshalb keine Seelen mehr durchreisen konnten. Auch sie war für eine kurze Zeit im weißen Raum gestrandet, ehe ihre Reise durch das Totenreich begonnen hatte.

»Wie stellt man den Tod ab, Lara Feingeist?«

Lara drehte sich um und ging eilig davon. Sie hörte Evas Stimme, die den Mann aufforderte, zu gehen. Im Gehen schrieb Lara eine SMS an Cem.

Hast du mit einem Reporter gesprochen?

Es dauerte keine zehn Sekunden, bis die zu erwartende Antwort eintraf.

Reporter? Nö.

Außer Atem erreichte sie die Waldapotheke und lief eilig hinein. Eine kleine Glocke bimmelte, als sie die Tür öffnete. Jo verkaufte einer älteren Dame gerade Tabletten und sah nur kurz zu Lara, als diese eintrat. Anders als sonst hatte er kein Lächeln für sie übrig.

Der kleine Verkaufsraum war mit Regalen vollgestellt. Neben den üblichen Produkten an Salben,
Cremes, Pflastern und Säften waren zwei Regale voll
mit Tees und Salben, die Karin selbst herstellte. Auch
Laras Tante hatte Pharmazie studiert und war deshalb
dazu berechtigt, die Tees als Arzneimittel zu verkaufen.

Eine ältere Dame ging mit einem Lächeln an Lara
vorbei, und Lara wagte sich zu ihrem Onkel, auch
wenn der sie keines Blickes würdigte.

»Ist Karin da?«, fragte sie.

»Hinten.«

Sie ging an der Theke vorbei und öffnete die Tür zum
kleinen Labor, in dem Karin ihre Salben und Tees herstellte. Sie spürte förmlich Jos Blick auf ihr ruhen.

Karin füllte gerade Wollwachsfett in eine Fantaschale. Sie bereitete eine Salbe zu.

»Hallo, Karin.«

Sie reagierte nicht auf Lara. Sah nicht einmal auf.

»Eva hat mir Baguettes mitgegeben.«

Auch diese Information konnte Karin keine Reaktion
entlocken. Lara legte die Baguettes auf einen Tisch und
musterte Karin nachdenklich. Weder bei Jo noch bei
ihr hatten sich bisher Blasen gezeigt. *Es ist der Blickkontakt*, dachte Lara. *Ohne Blickkontakt zeigt sich mir
ihr Wille nicht.*

»Auf dem Bahnhof, da ist mir was ganz Blödes passiert.« Aber was? Lara war immer noch keine plausible
Ausrede eingefallen. Bis jetzt. »Ich bin zum falschen
Ausgang und hab es nicht kapiert. Und als ich endlich
am richtigen Ausgang war, da warst du weg.«

Lara sah Karin abwartend an. Sie hoffte so sehr, dass Karin ihr die Ausrede abkaufte. Auch wenn sie sich selbst kein Wort geglaubt hätte.

Karin ließ Tropfen aus einer kleinen Flasche in das Fett tropfen. Meistens bereitete sie Ringelblumensalbe zu. Das kleine Allheilmittel.

»Baden-Baden hat nur einen Ausgang«, hörte Lara Jos Stimme hinter sich.

Sie drehte sich um. Jo sah ihr in die Augen. Und schwupp, baumelte eine Blase über seinem Kopf. Jo und Karin, Arm in Arm, mit Mila in ihrer Mitte. Strahlend vor Glück. Lara musste bei dem Anblick lächeln.

»Findest du das witzig?«, hörte sie Jos finstere Stimme.

Gerade noch sah Lara eine zweite Blase aufleuchten. Sie zeigte Jo im Kreise von Musikern. Mit geschlossenen Augen saß er am Klavier und spielte. Auch jetzt wieder hatte Lara das Gefühl, etwas Verbotenes zu sehen. Etwas, das nicht für sie bestimmt war. Und doch war es so spannend, einen Einblick in den Willen anderer zu erhalten.

Sie konzentrierte sich auf das Hier und Jetzt und schaute in sein Gesicht. Er sah nicht glücklich aus. Kurz musterte er seine Frau, die scheinbar ganz in ihre Tätigkeit vertieft war. Nur die Ringe unter ihren Augen verrieten, welche Sorgen sie sich in den letzten Wochen gemacht hatte. Und diese Sorgen würden nicht weniger werden, wenn erst Lara wieder verschwand und dann, wenn Lara erfolgreich mit der magischen Karte zurückkommen sollte, ihre eigene Tochter verschwinden würde.

Wenn Mila Weltenhüterin war, war sie für die Menschen unsichtbar. Hieß das eigentlich, dass sie ... starb? Dass Jo und Karin ihren leblosen Körper finden würden? Oder würde sie einfach so verschwinden? Lara wusste nicht, was für die beiden schlimmer sein würde. Und sie trug mit ihrer Mission dazu bei.

»Also gut, Lara«, begann Jo. »Karin hat offensichtlich aufgegeben. Aber ich will wissen, wo du warst. Und ich will wissen, warum du beim Bahnhof in Baden-Baden einfach abhaust und Karin dort stehen lässt.«

Karin vermischte das Fett mit den Tropfen. Drehte den Stößel immer in eine Richtung. Jo sah Lara in die Augen. Die Blasen über ihm waren immer noch da. Sie schimmerten jetzt nur weniger, waren verblasst.

»Du hast dich entschieden, bei uns zu leben. Was mich sehr freut. Aber wir sind kein Hotel. Wir sind eine Familie. Ich weiß, dass mein Bruder eine andere Vorstellung von Familie hatte. Aber hier läuft das so: Wir wissen immer, wo der andere gerade ist.«

Eine schöne Vorstellung, wie Lara fand. Ihr Vater hatte in den seltensten Fällen gewusst, wo sie ihren Tag verbrachte.

Jo atmete tief durch und sah noch einmal zu Karin, die die fertige Salbe in einen Tiegel umfüllte. Er wandte sich an Lara. »Wenn dir unsere Sorge, unsere Art der Familie zu viel ist, dann solltest du deine Entscheidung noch mal überdenken.«

Lara sah Jo erschrocken an, dessen Miene keinen Zweifel ließ. Er würde Lara wegschicken, wenn sie so weitermachte. Karin, die den Tiegel auf den Tisch geklopft hatte, um die Salbe darin zu verteilen, hielt in ihrer Arbeit kurz inne und musterte Jo.

Lara dachte nach. Welche Möglichkeiten hatte sie? Wenn sie noch einmal ohne Erklärung verschwand – und das war genau das, was Mila und Styx von ihr verlangten –, konnte sie danach sofort ihren Koffer packen. Körnchen würde wie Lara ohne ihre Familie aufwachsen.

Was war Lara wichtiger? Die Regeln einer dicken Katze und einer Sechsjährigen oder ihre eigene familiäre Zukunft und die ihres Körnchens? Sie hatte von Lügen noch nie etwas gehalten.

Lara zögerte noch einen Moment. Dann holte sie tief Luft. »Nachdem ich Ayse verabschiedet habe, war Styx plötzlich da. Am Bahnhof. Sie hat mich in die Wade gebissen. Das ist so ein Trick von ihr. Sie kann mich auf diese Weise durch die Gegend beamen.«

Karin starrte Lara an. Genau wie Jo. Schon konnte Lara die Luft über Karin flirren sehen, sie brach den Blickkontakt ab. Sie wollte sich jetzt nicht von irgendwelchen Willensblasen ablenken lassen.

»Ich kann euch nicht sagen, wer oder was Styx ist. Ich weiß nur, dass sie meine Hilfe braucht. Weshalb ich heute Nacht noch einmal aufbrechen werde. Ich weiß nicht, wie lange ich weg bin. Ein paar Tage, hat Styx behauptet. Aber ich komme zurück. Und wenn ich zurückkomme, dann verspreche ich, dass ich die beste Nichte der Welt werde. Ich gehe zur Schule. Ich entscheide mich für eine Ausbildung. Ich will hier sein. Bei euch. Mit meinem Kind. Bitte schickt mich nicht weg!« Lara sah Karin und Jo abwartend an.

Jetzt nahm sie sich die Zeit, Karins leuchtende Blase zu betrachten. Überrascht stellte sie fest, dass in der Blase ihrer Tante das exakte Spiegelbild dieser Welt war. Karin drehte gerade den Deckel auf den Tiegel. Ihr Spiegelbild in der Blase tat es ihr gleich. Dann beschriftete sie ein Schildchen und klebte dieses auf den Tiegel. Genau wie ihr Spiegelbild wischte sie sich die Hände ab und ging zu den Baguettes.

»Ich mache dir ein Vesper.«

Jo schien über diese Reaktion genauso überrascht wie Lara. Er musterte seine Frau, sah dann wieder zu Lara. »Ja, also, das ...«

»Nein, Jo. Das ist in Ordnung.«

»In welcher Welt ist das in Ordnung?«

Wäre die Situation nicht so ernst gewesen, hätte Lara über diese Formulierung lachen müssen.

Karin drehte sich mit den Baguettes in der Hand um und sah ihren Mann an. »Ich weiß nicht genau, was da vorgeht. Genauso wenig wie du. Aber ich weiß mittlerweile, dass unsere Tochter besondere Fähigkeiten hat. Vielleicht liegt es in der Familie. Und Lara hat sie auch. Was auch immer die beiden da treiben, ich glaube Lara.«

»Karin, sie behauptet, dass Styx sie beamt!«, rief Jo wütend. »Entweder ist sie verrückt oder sie verarscht uns!«

Lara wollte widersprechen, aber Karin kam ihr zuvor. »Und was willst du tun? Lara auch zu irgendwelchen Psychologen bringen? Wie Mila? Unsere Tochter hat Sachen gesehen, die sie nicht wissen konnte! Es gibt nun mal Dinge, die wir nicht verstehen.«

»In deiner Welt vielleicht!«

Lara war der Streit, den sie ausgelöst hatte, mehr als unangenehm.

Karin stiefelte bereits aus dem Labor. »Lara. Komm mit.«

Ein Blick in Jos finsteres Gesicht reichte, damit Lara dieser Aufforderung augenblicklich nachkam.

Während Karin Lara ein Baguette mit selbst gemachter, vegetarischer Pastete bestrich, redete Karin weiter. »Jo lässt mich meine Salben machen. Und meine Tees. Die heilende Wirkung von Pflanzen stellt er nicht infrage. Aber alles, was man nicht messen und beweisen kann.« Karin goss kochendes Wasser in eine Thermoskanne. »Der Tee ist speziell für Schwangere. Da, wo du hingehst«, Karin musterte sie, »ist es da sicher für dein Kind?«

Lara nickte. Was Karin zu reichen schien. Sie wickelte das Baguette in Folie. Lara konnte nicht glauben, dass Karin wirklich damit einverstanden war.

»Geht Mila mit? Oder bleibt sie zur Abwechslung mal hier?«

»Sie geht nicht mit. Ich ... gehe an ihrer Stelle.«

Karin hielt kurz inne und sah Lara überrascht an. »Danke ... nehme ich an.«

Lara nickte wieder. Auch wenn es ihr im Herzen wehtat. Karin musste glauben, dass Lara Mila beschützte. Dabei würde sie ihre Tochter verlieren. Lara hatte so oft diesen Satz gehört: Kein Kind sollte vor seinen Eltern sterben. Es war das Schlimmste, was einer Mutter passieren konnte. Lara würde selbst Mutter werden. Sie würde selbst erfahren, wie groß diese Liebe war. Diese Hingabe an ein kleines Geschöpf. Auf das man so lange gewartet hatte – wie Jo und Karin.

»Karin, wegen Mila ...« Lara wusste selbst nicht, was sie Karin sagen wollte. Aber sie kam auch nicht dazu, denn als hätte Mila Lunte gerochen, trat die kleine Person in genau diesem Moment in die Küche.

»Lara. Da bist du ja.«

Sie musterte Mila, die sie mahnend ansah. Sie litt definitiv an Kontrollwahn. Genau wie Zwitscher, die Lara finster anfunkelte. Über Mila entstand keine Blase. Vermutlich war sie ein einziger, lebendiger Wille auf zwei Beinen.

Ein Sprung ins kalte Wasser

Und diese zwei Beine stiefelten mühelos die Straße entlang. Im Gegensatz zu Lara. Vorsichtig setzte sie einen Fuß vor den anderen. Ihr taten die Beine weh. Bis auf ein paar Umrisse in der Dunkelheit konnte sie nichts erkennen. Timo leuchtete zwar schwach, aber nicht hell genug, um den Weg zu erkennen.

Sie liefen jetzt schon eine Stunde die Straße entlang. War das überhaupt noch eine Straße? Es gab keine Laternen, und das letzte Auto war ihnen vor einer halben Stunde begegnet. Erst war es eine halbe Ewigkeit bergauf gegangen. Nach Sasbachwalden durch Schönbüch, einen Ort, der aus einer Ansammlung von Häusern bestand und sich den Hügel hinauf schlängelte. Dann ging es den Berg auf der anderen Seite wieder runter.

Lara spürte ihre Verletzungen und hatte Schmerzen, weshalb sie nur langsam vorankamen. Wo war Styx, wenn man sie mal zum Beamen brauchte?

Mila tapste die ganze Zeit schweigend vor Lara her. Sie kam nicht mal außer Atem, während Lara ständig Pausen einforderte. Nicht nur ihre Knochen, auch ihre Kondition brauchte nach der Zeit im Krankenhaus Zeit zum Aufbau. Die beiden sprachen ansonsten kein Wort, obwohl Lara so viele drängende Fragen hatte. Wusste Mila, dass sie Karin die halbe Wahrheit gesagt hatte? War sie deshalb sauer? Und was konnte Mila ihr über die Blasen sagen, die Lara neuerdings sah? Doch ein Thema stand all diesen voran.

»Was passiert mit dir, wenn du Weltenhüterin bist?«, fragte Lara.

»Das hat Styx dir doch erklärt.«

»Ja, aber was passiert mit dem *Kind* Mila? Mit Jos und Karins Tochter.«

Für einen Moment verlangsamte sich Milas Tempo.

»Werden sie dich beerdigen? Oder wirst du einfach unsichtbar?«

»Das muss nicht deine Sorge sein.«

»Ist es aber!« Lara holte Mila ein und drehte sie zu sich um. »Ich werde mit den beiden zusammenleben. Ich werde für sie da sein, wenn sie dich verloren haben. Ich will wissen, was mich erwartet. Was die beiden erwartet.«

Mila schwieg einen Moment, ehe sie leise weitersprach. »Sie werden eine neue Tochter haben.« Die kleine Gestalt mit ihren wirren Haaren drehte sich abrupt um und lief weiter.

»Wen meinst du damit? Mich?«

Keine Antwort. Lara beeilte sich, Mila zu folgen. »Hast du überhaupt kein Problem damit?«, bohrte Lara jetzt wütend weiter. »Das sind zwei tolle Menschen! Sie haben so lange auf dich gewartet. Sie haben das nicht verdient.«

»Das spielt keine Rolle.«

»Natürlich spielt das eine Rolle!«

»Meine Aufgabe, die spielt eine Rolle. Ich kann keine Rücksicht nehmen.«

»Es gibt aber mehr als Regeln und Aufgaben! Es gibt ein Miteinander. Es gibt Familie. Das ist viel wichtiger!«

»Du verstehst es nicht, oder?« Mila drehte sich nun um. »Ihr alle, ihr seid meine Familie. Alle Menschen. Jeder Einzelne von euch.«

Lara schwieg. So hatte sie es noch nie gesehen. Mila hatte ihr Dasein der ganzen Menschheit gewidmet. Und auch wenn sie ihre Aufgabe Laras Geschmack nach ein bisschen zu ernst nahm, so spürte sie doch, wie wichtig Mila die Menschen waren. War das wirklich so einfach?

»Und die Vorstellung, wie sehr Karin leidet, stört dich nicht?«

»Was ist dein Vorschlag? Dass ich keine Weltenhüterin werde?«

»Sie weiß bereits, dass du besonders bist. Warum sagen wir ihr nicht die Wahrheit?«

»Sie würde nicht verstehen.«

»Aber ...«

»Wir sind da.« Mila verschwand so schnell in einem kleinen Weg, der direkt in den Wald führte, dass Lara ihren Satz nicht beenden konnte.

Lara tastete vorsichtig mit dem Fuß in der Dunkelheit, als sie über eine Wurzel stolperte. Unsanft landete sie am Boden und wollte sich mit den Händen abstützen, als ihre linke Hand einen geschliffenen, runden Stein ertastete. Der Botswana-Achat. Den Ayse ihr geschenkt hatte! Er war ihr beim Sturz aus der Tasche gefallen. Schnell steckte sie ihn wieder ein. Wenn die Energie, die sie bei diesen Steinen nun sehen konnte, wirklich existierte, dann schadete es bestimmt nicht, einen dabei zu haben.

Einen Moment blieb sie noch auf dem Boden sitzen und holte ihr Handy heraus. Der Stein hatte sie daran erinnert, dass sie Ayse unbedingt noch Bescheid geben musste, bevor diese wieder aus Sorge von Berlin hierherfuhr. Sie tippte eine Nachricht und schaltete das Handy dann aus. Die Diskussion darüber, warum sie jetzt wohin ging, sparte sie sich für ihre Rückkehr.

Sie stand auf und wollte Mila hinterher, als sich ihr Timo plötzlich in den Weg stellte. Er schüttelte den Kopf und wirkte nervös. Lara hatte ihm erklärt, was sie vorhatte, hatte den Plan auf einige Zettel geschrieben und diese danach gewissenhaft vernichtet. Timo war wenig begeistert von Laras erneutem Ausflug zu den Welten. Sie atmete tief durch und ging an ihm vorbei. Er machte sich natürlich Sorgen. Aber sie vertraute Styx. Ihr und Körnchen würde nichts passieren.

Der mit Wurzeln und Steinen bestückte Weg führte durch die Tannen hindurch. Lara konnte Milas Gestalt nur noch schemenhaft erkennen. Bald schon führte der Weg auf eine kleine Lichtung, und endlich blieb Mila stehen.

»Hier ist es.«

Lara konnte nichts erkennen. »Wo sind wir?«

»Das ist der Eingang zum Silbergründle. Eine stillgelegte Silbermine, in der heute nur noch Führungen stattfinden.«

Lara wunderte sich. »Ein offizieller Ort? Ist das nicht ... gefährlich? Könnte da nicht jemand aus Versehen in den magischen Ausgang stolpern und sich in der Welt der Krieger wiederfinden?«

»Das passiert nicht. Du wirst gleich sehen, warum.« Mila ging auf ein dunkles Loch in einem Hang zu und verschwand darin.

Das war ja mal einladend. Lara wollte folgen, als Timo sich ihr wieder in den Weg stellte. Er schüttelte den Kopf. Heftiger diesmal.

Lara ging lächelnd auf ihn zu. »Ich muss das tun, Timo. Isabel muss zurück. Mit ihrer Kamera. Gerade du müsstest verstehen, dass man solche Aktionen für die anderen tut.«

Obwohl er sie nicht verstehen konnte, schüttelte er wieder den Kopf. Lara ging entschlossen auf Timo zu. Er würde sowieso mit ihr kommen. Würde begreifen, dass ihr keine Gefahr drohte. Sie trat ganz nah an ihn heran, bis ihre Gesichter dicht voreinander waren. Ein Sturm der Sehnsucht brach über sie herein. Ein Kuss. Nur ein Kuss.

Sie küsste die schimmernde Erscheinung, die er war, und ging weiter. Ganz langsam. Schritt für Schritt durch ihn hindurch. Für einen Moment raste ihr Herz. Dann war sie in der Höhle.

Die Wände waren feucht. Lara musste geduckt gehen, so schmal und eng war der Gang. Sie vermochte sich nicht vorzustellen, wie es sein musste, Tag für Tag in einer solchen Höhle zu arbeiten. Sie bekam schon Beklemmungen, wenn sie nur einmal hier durchlaufen musste.

Irgendwann hatte sie Mila eingeholt, die ihre Hand nahm und zu einer Eisenstange führte.

»Hier. Halt dich daran fest. Das ist eine Leiter. Du musst da runter.«

»Warum haben wir eigentlich keine Taschenlampen?«

»Ich kann im Dunkeln sehen.«

Natürlich konnte sie das.

Mila kletterte bereits die Leiter hinunter. Als Welten-hüterin mangelte es ihr definitiv an Einfühlungsver-mögen. Aber ganz im Stillen bewunderte Lara Mila für ihren Mut. Trotz allem, was sie bereits gesehen hatte, war Mila dennoch ein sechsjähriges Mädchen. Oder sah zumindest wie eines aus.

Lara stieg die Leiter hinab, als sie bemerkte, dass Timo ihr nicht folgte. Sie erreichte festen Boden und sah sich nach Mila um.

»Wo ist Timo?«, fragte sie.

»Er kann dir hier nicht folgen.« Lara vernahm durch-aus die Zufriedenheit in Milas Stimme.

»Warum?«

»Er hat seine Aufgabe. Und die ist auf dieser Welt. Er kann den Eingang nicht betreten. Und er kann nicht zu den anderen Welten reisen.«

Lara erstarrte. »Warum hast du mir das nicht ge-sagt?«

»Weil du dann nicht mitgekommen wärst.«

»Ganz genau!«, rief Lara und wollte die Leiter wieder nach oben klettern.

»Er ist hier, wenn du zurück bist«, rief Mila laut.

Lara zögerte. Sie ließ die Leiter los und starrte im Dunkeln die Umrisse der kleinen Gestalt an. Auch wenn sie Mila nicht sehen konnte. Mila konnte sie se-hen.

»Versprichst du mir das?«

Ein kurzes Zögern. Dann: »Ich verspreche es dir.«

Lara nickte. »Okay. Dann lass uns keine Zeit ver-geuden.«

Noch ein paar Meter im Dunkeln, dann wurde es heller. Lara sah nun die grauen Wände um sich herum. Es tropfte von der Decke, die von dicken Holzbalken gestützt wurde. Das Licht kam von einem kleinen See, nicht größer als ein Teich, der von einem Geländer schützend umgeben war. Fasziniert trat Lara näher. Sie starrte in das klare Wasser. Es gab keine Lampen. Das Licht schien eine natürliche Quelle zu haben. Aber welche? Den Grund des Sees konnte sie nicht erkennen.

»Was ist das?«

»Du weißt ja, dass der Mummelsee mit allen magischen Orten auf dieser Welt verbunden ist. Dieser See ist es auch. Wenn man in ihn hineinspringt und ganz nach unten taucht, immer dem Licht entgegen, dann erreichst du den Ausgang.«

Lara lugte in das glitzernde Wasser hinein. »Und das ist noch keinem Besucher aufgefallen? Die haben die Höhle doch bestimmt ausgekundschaftet.«

»Sie sind getaucht. Und haben Kameras nach unten geschickt. Aber es gibt eine Stelle, die aussieht, als würde es nicht weitergehen. Als wäre da ein Stein. Du wirst dieses Zeichen darauf sehen.« Mila hielt Lara die offene Hand hin. Zwitscher starrte sie an, und in ihrem Auge konnte Lara ein Zeichen in einer fremdartigen Sprache sehen.

»Was heißt es?«, fragte sie.

»Guten Flug«, erwiderte Mila trocken.

»In welcher Sprache?«

»In der ältesten der Welt. Die Sprache der Weltenhüter.«

»Ihr habt eine eigene Sprache?«

Mila nickte und wirkte dabei ein bisschen stolz. »Wenn du das Zeichen siehst, lass dich von deinem Willen leiten. Dein Wille findet den Weg in die andere Welt. Wer diese nicht sucht, wird nichts weiter sehen als einen Stein. Es ist wie mit Zwitscher. Kaum jemand erkennt, dass sie ein echtes Auge ist.«

Lara überlegte einen Moment, was ihr wohl noch alles entging, während sie die Hand ins Wasser hielt. Eilig zog sie sie wieder heraus. »Ist das kalt! Da soll ich rein?«

»Quellwasser hat überall dieselbe Temperatur. Sieben Grad.«

Lara schauderte. »Warum haben alle Ein- und Ausgänge bei uns was mit Wasser zu tun?«

»Es ist die Quelle eures Lebens. In Wasser kommt ihr zur Welt. In Wasser ist das erste Leben entstanden. Ihr findet Wasser super.«

Lara sah ihren Rucksack an. »Meine Vorräte? Die werden klitschnass!«

»Du brauchst sie nicht. Man wird für dich sorgen.«

Mila nahm ihr den Rucksack ab, und Lara dachte mit großem Bedauern an das Baguette, das Karin ihr zubereitet hatte.

»Spring«, forderte Mila in ihrer gewohnten Weltenhüterart.

Lara trat an das Wasser heran. Das Licht darin wirkte einladend und freundlich.

»Der Krieger erwartet dich. Du wirst wieder in derselben Reihenfolge reisen wie schon beim ersten Mal.«

Trotz der Situation musste Lara sich eingestehen, dass sie sich auf einen weiteren Besuch der anderen

Welten freute. Vor allem, da sie diesmal nicht befürchten musste, umgebracht zu werden.

Sie setzte zum Sprung an, als ein Geräusch sie herumfahren ließ. Ihr Mund öffnete sich vor Erstaunen, als sie Marcs Gesicht erkannte. Er packte sie an der Hand und zog sie ins Wasser.

Lara hörte ein verzweifeltes »Nein!« von Mila, als ihr Körper in das eiskalte Wasser eintauchte. Sie wehrte sich, versuchte, Marc die Hand zu entziehen. Aber er zog sie mit sich. Immer tiefer ins Wasser. Dem Licht entgegen. Lara bekam keine Luft mehr. Die Kälte legte sich schwer auf ihre Brust. Nur schemenhaft nahm sie das Zeichen wahr, das eben noch in Zwitschers Augen zu sehen gewesen war.

Was um alles in der Welt machte Marc hier? Sie sah gerade noch, dass er einen in Folie gewickelten Rucksack auf dem Rücken trug. Dann drohte ihre Lunge zu explodieren, als ein starker Sog ihren ganzen Körper erfasste.

Milas protestierender Schrei verstummte, während Marc Lara in die eiskalte Tiefe zog.

Scherbenhaufen

»Nein!« Ayse starrte auf das Chaos zu ihren Füßen. Der Joghurt lag zwischen etlichen Scherben auf dem Gehweg. Die drei Gläser, die Ayse für ihre Mutter besorgt hatte, waren durch die nasse Papiertüte auf den Boden gerutscht. Genau in dem Moment, als Ayse Laras Nachricht gelesen hatte.

Bin für ein paar Tage weg. Mach dir keine Sorgen. Melde mich, sobald ich zurück bin.

»Geht's noch?«, rief Ayse sauer.

Einige Passanten sahen sich nach ihr um.

Ayse steckte das Handy ein, das vom leichten Regen bereits nass wurde. Sie hockte sich auf den Boden und begann, die Scherben einzusammeln. Es war schon nach neun Uhr abends gewesen, als ihrer Mutter eingefallen war, was sie alles für das morgige Wieder-Zuhause-Essen kochen wollte. Also hatte sie Ayse noch einmal zum Supermarkt geschickt. Es war das erste Essen im Kreis der ganzen Familie. Ihre Brüder und ihr Vater hatten sie mit Fragen überschüttet, als sie nach Hause gekommen war. Fragen, auf die sie keine Antwort geben konnte. Oder wollte.

»Wo bist du gewesen?«

»Erinnerst du dich wirklich an gar nichts mehr?«

»Wer ist dieser Cem?«

Neben ihrem Aufenthaltsort nahm Cem das Hauptinteresse ihres Vaters und ihrer Brüder ein. Ihr Vater schielte jedes Mal auf ihr Handy, wenn dieses den Eingang einer Nachricht verkündete. Leugnen war zwecklos. Sie spürte, wie ihre Wangen heiß wurden, sobald sie Cems Namen auf dem Display sah. Für ihre Familie war sie ein offenes Buch. Ein *verliebtes* offenes Buch. Sie war gerade mal einen Tag von Cem getrennt und vermisste ihn wie verrückt.

Ayse hatte jahrelang über das verzehrende Gefühl der Liebe geschrieben, ohne es jemals selbst empfunden zu haben. Sie hatte sich ausgemalt, wie es sein würde. Kurzgeschichten über Intrigen, Missverständnisse und Happy Ends fabuliert. Geschichten ohne Happy End oder – noch schlimmer – mit offenem Ende waren gar nichts für sie. Sie hasste diese Autoren, die ihre Bücher im spannendsten Moment beendeten und den nächsten Band erst ein Jahr später herausbrachten. So etwas würde sie ihren Lesern niemals antun!

Es machte sie verrückt, nicht zu wissen, wie eine Liebesgeschichte ausging. Im wahren Leben ging es ihr da genauso. Lara hatte sie deshalb immer *Kontrolletti* genannt. Aber Ayse konnte ihr Gedankenkarussell nicht stoppen. Was würde aus Cem und ihr werden? Sie hatten etwas erlebt, an das sie sich beide nicht erinnern konnten. Sie fühlten sich einander nah. Eine Art der Verbundenheit, die Ayse nicht einmal mit Lara teilte. Nun, da es sie voll erwischt hatte, musste Ayse sich eingestehen, dass alle Geschichten nicht mal annähernd an die Realität herankamen. Liebe war überhaupt nicht toll. Sie tat weh, machte unaufmerksam und unfähig, das alte Leben weiterzuführen.

Keine Kontrolle, das war Liebe.

Nicht nur ihre Gefühle entzogen sich neuerdings ihrer Kontrolle. Auch Lara hatte sich verändert. Vor ihrer Abreise in den Schwarzwald waren Lara und Ayse jeden Tag zusammen gewesen, waren alles füreinander gewesen. Jetzt hatte Lara ein völlig neues Leben. Sie hatte eine neue Familie und würde Mutter werden. Und das alles 800 Kilometer von Ayse entfernt. Welche Rolle würde sie noch für Lara spielen? Wie oft würden sie sich wirklich sehen können, wenn bei Lara erst einmal die schlaflosen Nächte begannen und sie parallel dazu noch eine Ausbildung machen musste? In der Schule würde sie neue Freunde finden, danach irgendwelche Mütter aus der Krabbelgruppe. Und Ayse? Lara würde sie nicht mehr brauchen.

Was war sie jetzt noch wert?

Die letzte Nachricht bestätigte Ayses Befürchtungen. Lara würde schon wieder gehen. Was Ayse eines ganz klar machte: Lara wusste nicht nur, wo sie gewesen waren, sie wusste auch, wie man wieder dorthin gelangte.

Warum ersparte sie Ayse die Qualen nicht und sagte ihr die Wahrheit? Seit wann verheimlichten sie sich etwas? Wurde Lara dazu gezwungen? Wurde sie erpresst? War sie in Gefahr?

Ayse zog ihr Handy heraus, um Lara eine Antwort zu schreiben, als ihr der Junge auffiel. Er stand einige Meter von ihr entfernt vor dem Schaufenster eines Kiosks. Kopfhörer über den Ohren, ausgebleichte Jeans, ein an mehreren Stellen zerfetztes Hemd, löchrige Schuhe. Die Haare vom Regen nass. Sie kannte ihn von irgendwoher.

Ayse erwiderte seinen Blick, der ihr zunehmend unangenehm wurde. »Was?«, rief sie gereizt.

Der Junge nahm die Kopfhörer ab und starrte sie weiter an. Dann ging er auf sie zu. Ayse behielt eine der Scherben in der Hand und stand auf.

Der Junge blieb vor ihr stehen. Aus der Nähe sah er gar nicht mehr so jung aus. Seine grünen Augen wirkten, als hätten sie schon eine Menge gesehen.

»Deine Melodie«, sagte er. »Sie hat sich verändert.«

Ayses Handy klingelte. Der kurze Blick aufs Display zeigte Cems Namen. Ayse ließ die Scherbe fallen, nahm ab und ging eilig davon. Während sie Cem die Nachricht überbrachte, dass Lara schon wieder einen Ausflug machte, drehte sie sich um und starrte zu dem Jungen zurück. Er sah ihr nach, während er sich die Kopfhörer wieder aufsetzte.

Da erinnerte sie sich, wann sie ihm das erste Mal begegnet war.

Ein unliebsamer Begleiter

Lara konnte den Anblick von Laniakea diesmal nur bedingt genießen. Marc hielt ihre Hand umklammert, während sie in atemberaubender Geschwindigkeit durch das Universum sausten. Funken, Lichter, Nebel, all das flog an ihr vorbei. Nach wenigen Sekunden wurde es dunkel. Sie spürte, wie ihr Flug sich verlangsamte, und atmete erst wieder, als sie etwas unsanft auf sandigem Boden landete.

Ein erster Blick zeigte, dass sie in einer Höhle gelandet waren. Unweit von ihnen entfernt konnte Lara einen Ausgang erkennen. Der Himmel dahinter war grau. Es donnerte leise. Sie hustete den Sand aus ihrem Mund, während sie sich aufsetzte und Marc ihre Hand grob entriss.

»Spinnst du?«, rief sie wütend. Dann fasste sie sich sofort an den Unterleib. Trotz des Aufpralls verspürte sie keine Schmerzen. Aber war diese Art der Fortbewegung wirklich unbedenklich? Lara musste sich auf Styx' Versprechen verlassen.

»Komm. Ich helfe dir.« Marc wollte sie wieder an der Hand nehmen und hochziehen.

Sie funkelte ihn nur an. »Was machst du hier?«

»Ich bin nicht wegen dir hier.«

Wieder ein Donnern. Sand rieselte von der Decke. Waren das die Riesen, die sich gegenseitig bekriegten? Beim letzten Mal waren sie an einem Strand gelandet.

Sie stand leicht schwankend auf. Ihre Knie fühlten sich wie Gummi an. »Styx hat mich geschickt. Allein.«

Marc zog den schweren Rucksack von den Schultern. In Laras Kopf ratterte es. Der Rucksack war sorgsam verpackt. Wasserfest. Natürlich. Er kannte den Weg durch den kleinen See bereits und war vorbereitet gewesen. Und es gab nur eine Sache, die ihm so wichtig sein konnte.

»Bitte sag jetzt nicht, dass du dein Tablet dabeihast.«

Er öffnete die Folie und zog ein Tablet aus dem Rucksack, das er direkt anschaltete.

»Du willst die Sternenhimmel fotografieren? Um die genaue Lage der Welten zu bestimmen?« Laras Stimme klang heiser.

Er reagierte nicht mal mehr auf sie.

Lara ging auf ihn zu und riss ihm das Tablet aus der Hand. »Ich soll Fotos verhindern! Nicht noch mehr machen!«

»Im Gegensatz zu Isa will ich die Fotos ja gar nicht veröffentlichen. Ich brauche sie nur für mich.« Er wollte sein Tablet zurücknehmen.

Aber sie hielt es fest. »Da mache ich nicht mit.«

»Habe ich dich darum gebeten?«

»Hast du vergessen, was die Weltenhüter alles mit uns angestellt haben? Der Riese hier hat Timo fast umgebracht. *Sie* hat uns ausgezogen und in einen Käfig gesperrt. Der Hüter der Pflanzenwelt hätte mich fast ertrinken lassen!«

»Was diesmal nicht passieren wird. Weil du einem besonderen Schutz unterstehst. Oder?«

Lara war sprachlos.

Was Marc prompt ausnutzte, um sich sein Tablet zurückzuholen. »Styx hat den anderen doch bestimmt Bescheid gegeben, dass du vorbeikommst?«

»Und du glaubst, dieser Schutz gilt auch für dich?«

Er erwiderte ihren Blick ungerührt. »Wenn du dich für mich einsetzt.«

Sie verschränkte die Arme und starrte ihn an. Ihre nasse Kleidung klebte unangenehm am Körper. »Warum sollte ich das tun?«

»Ich habe dir das Leben gerettet. Du schuldest mir was.« Er legte das Tablet zurück in seinen Rucksack, verschloss diesen samt der Folie darum und ging los. Lara sah ihm fassungslos nach. Er nahm selbstverständlich an, dass sie ihn schützen würde. Dabei verkomplizierte seine Anwesenheit ihren Auftrag unnötig.

»Du bist so ein Idiot!«, rief sie ihm hinterher.

»Du wiederholst dich.« Er trat aus der Höhle.

Lara stapfte ihm hinterher. »Wo ist überhaupt Susi?«

Das Grollen und die Erschütterungen des Bodens nahmen zu.

»Bei Mathilda. Eine alte Freundin von Opa. Und Timo?«, fragte er leicht provozierend. »Ist er wie immer direkt neben dir?«

»Er konnte nicht mit«, erwiderte Lara leise.

Marc sah sie kurz an, sagte aber nichts.

Sie traten zusammen aus der Höhle heraus. Diese Welt war genauso grau, wie Lara sie in Erinnerung hatte. Der Himmel unterschied sich in seiner Farbe kaum vom Horizont. Dieses Mal erstreckte sich vor Lara jedoch nicht das endlose Meer, sondern eine graue Wüste. Kein Grashalm wuchs hier. Nur Steine und Sand, so weit das Auge reichte. Und eine Erschütterung, die den ganzen Boden erbeben ließ. Lara ging instinktiv ein paar Schritte zurück in die Höhle, während Marc völlig unbeeindruckt stehen blieb.

»Wir müssen warten, bis es Nacht ist«, stellte er mit einem Blick zum Himmel gerichtet fest.

»Ich muss auf den Weltenhüter warten. Dein Sternenhimmel interessiert mich nicht.« Lara würde diese Welt so schnell wie möglich wieder verlassen. So viel war klar.

Marc drehte sich zu ihr um. »Du brauchst keine Angst zu haben. Weißt du nicht mehr? Die haben sich das letzte Mal auch nur gegenseitig abgeschlachtet. Uns passiert nichts.«

»Mir passiert nichts!«, konterte Lara wütend.

Was Marc nur ein Lächeln entlocken konnte. »Zur Not passe ich wieder auf dich auf.«

»Ich brauche dich nicht.«

Sie konnte sein Grinsen aus den Augenwinkeln heraus erkennen. Er amüsierte sich prächtig und hatte wesentlich bessere Laune als auf der Erde. Ein Blick in die Wüste verriet Lara, dass die kämpfenden Riesen zu weit weg waren, als dass ihr und Körnchen wirklich Gefahr drohte. Sie waren nur zu hören, nicht zu sehen.

Ihre Hände wanderten an den Unterleib, als ihr in diesem Moment Timos Abwesenheit schmerzhaft bewusst wurde.

Marc musterte sie und schien genau zu wissen, was in ihr vorging. »Behauptest du immer noch, dass du ihn sehen kannst?«

Sie erwiderte seinen Blick und wollte gerade antworten, als sie Schritte hörte. Sie drehte sich um. Da stand er. Ungefähr zweieinhalb Meter groß, in seiner silbernen Rüstung, die mittlerweile einige Dellen hatte. Sein roter Helm leuchtete in dieser grauen Umgebung. Durch den Schlitz im Helm konnte Lara seine dunklen Augen erkennen, deren Blick von ihr zu Marc wanderte.

»Es war nur von einer die Rede«, dröhnte seine Stimme und holte Lara zurück.

Diesmal war es Marc, der einen Schritt zurücktrat.

Sie konnte sich ein schadenfrohes Lächeln nicht verkneifen, als sie Marcs Blick sah. All seine Souveränität war beim Anblick des Hünen wie weggeblasen.

»Ein Mädchen«, dröhnte der Riese weiter. »Du bist das Mädchen«, stellte er fest.

Lara erinnerte sich an das gesichtslose Wesen, das sie unter der Ritterrüstung gesehen hatte. Sie hatte nie darüber nachgedacht, ob diese Ritter ein Geschlecht hatten, war aber erleichtert, dass sie offensichtlich für ihn so deutlich zu erkennen war.

»Und wer bist du?« Der Riese ging einen Schritt auf Marc zu.

Lara ließ Marc noch einige Sekunden zappeln. Genau bis zu dem Moment, als sie die kleine Kugel in der Hand des Weltenhüters sah. Diese Kugel hatte sich bei ihrem letzten Besuch in eine tödliche Harpune verwandelt und Timo getroffen.

»Er ist zu meinem Schutz dabei«, erklärte sie mit fester Stimme.

Marc atmete sichtlich erleichtert durch, während der Weltenhüter sich zu ihr umdrehte.

»Du stehst unter dem Schutz der Weltenhüter. Du brauchst ihn nicht.«

Lara warf Marc einen intensiven Blick zu. Er musterte sie abwartend.

»Ich bin schwanger. Und war besorgt, dass ich das Reisen in die Welten nicht gut vertrage. Er ist hier, um mich notfalls zu vertreten und mich wieder nach Hause zu bringen. Nur für den Fall.«

Der Riese zögerte einen Moment. Dann schien er ihre Erklärung zu schlucken. »Folgt mir.« Er setzte sich in Bewegung.

Marc sah Lara mit einem Blick an, den sie schwer deuten konnte. Dann ging sie dem Riesen hinterher.

»Wie lange dauert es, bis wir den Kristall erreichen?«, fragte sie, ohne eine Antwort zu bekommen. Sie beeilte sich zu folgen. Genauso wie sie sich beeilen würde, Isabel zu finden. Als Marc hinter ihr herging, musste sie sich eingestehen, dass seine Anwesenheit sie beruhigte.

»Lass mich raten. Der Kristall ist ein weiterer magischer Ort?«, fragte er leicht zynisch.

»Keine Ahnung«, erwiderte sie knapp.

Eher würde sie diesen Kristall schlucken, als Marc zu gestehen, dass sie sich über seine Anwesenheit freute. Aber wenn sie Isabel fand und überzeugen musste, mit ihr zu kommen und ihr die Fotos auszuhändigen, konnte es nicht schaden, Marc dabeizuhaben. Er kannte Isabel besser als Lara. Vielleicht würde sie auf diese Weise schneller nach Hause kommen. Zurück zu Timo. Zurück in ihr neues Leben. Sie hatte nämlich vor, ihr Versprechen Karin gegenüber zu erfüllen.

Jo

Jo gab gerade die neuen Bestellungen im Laptop ein, als Karin, beladen mit getrockneten Kräutern, an ihm vorbeistapfte und den hinteren Raum der Apotheke in Beschlag nahm. Seit er sie kannte, roch Karin nach irgendwelchen Kräutern. Pfefferminz, Salbei, Thymian ...

Als er sie das erste Mal in der Schule gesehen hatte, aß sie ein Pausenbrot, das hauptsächlich aus Kräutern bestand. Er hatte sie darauf angesprochen und sich während ihres darauffolgenden Monologs über die Wirkung der Kräuter in sie verliebt. Deshalb hatte er einen Kräutergarten angelegt. Das Projekt eines Sommers. Peter half ihm damals dabei. Und Maja, der sehr daran gelegen war, dass Jo Karin für sich gewann. Peter fand den Umweg über einen Kräutergarten umständlich und fragte sich, was an der Einladung für die Sommerparty in der Schule auszusetzen war. Maja fand es romantisch.

Als Jo Karin dann zu sich eingeladen und ihr den Kräutergarten gezeigt hatte, belehrte sie ihn sofort, welche Kräuter er an die falsche Stelle gesetzt hatte. Thymian brauche sandigere Erde, die Minze mehr Sonne ... Wenn Jo geglaubt hatte, dass ihm diese Aktion zumindest einen Kuss einbringen würde, hatte er sich getäuscht. Karin betrachtete ihn noch zwei weitere Monate genau, ehe sie endlich ihre Hand in seine legte.

Doch das Gefühl, dieser Frau nie das geben zu können, was sie wirklich glücklich machte, blieb erhalten. Sie wollte in die Stadt, er erbte die Waldapotheke und konnte sich nicht vorstellen, woanders zu leben. Sie wollten Kinder, er konnte ihr lange keines schenken. Sie wollte für Lara da sein, als Maja starb. Er konnte seinen Bruder nicht überzeugen, bei ihnen zu bleiben. Das Muster setzte sich fort, und Jo fühlte sich, als würde er immer noch die Minze an der falschen Stelle pflanzen. Er wünschte sich so sehr, dass Karin wieder so lachte wie früher. Aber die Erlebnisse mit Lara und Mila hatten ihr Spuren hinterlassen.

Seine Tochter betrat in diesem Moment die Apotheke. Und hatte sichtlich schlechte Laune. Wie gern würde er sie fragen, was oder wer sie heute in der Schule so geärgert hatte. Mila hatte sich angewöhnt, alle seine Fragen mit »War ganz okay« zu beantworten. Wenn er jetzt schon die Kontrolle über sie verlor, wie würde es erst in ihrer Pubertät werden? Würde Mila dann immer noch mit ihrem Auge in der Hand reden? Und in ständiger Begleitung von Styx sein, die in dieser Sekunde vor der Apotheke in der Sonne lag und ihren dicken Bauch in den Himmel streckte?

Diese Katze sollte Lara durch die Gegend beamen? Er glaubte kein Wort davon. Und war wütend, dass Lara ihnen solche Lügen auftischte und Karin das auch noch hinnahm.

Oder hatte der Verlust ihres Vaters und Timos und die Schwangerschaft Laras Gehirn vernebelt? Bildete sie sich das alles ein? Trauer machte alles Mögliche mit den Menschen. Genau wie Schwangerschaftshormone. Aber brachten sie einen dazu, zu halluzinieren? Wohl kaum.

Der Gedanke, dass der Tod ausgesetzt hatte, drängte sich in Jos Bewusstsein. Wenn das möglich war, warum sollten Katzen dann nicht auch beamen können? *Blödsinn*, dachte er. Dass der Tod wochenlang seinen Dienst verweigert hatte, war das eine. Dafür gab es bestimmt schon bald eine medizinische Erklärung, die die Wissenschaftler noch finden würden. Das bedeutete noch lange nicht, dass Laras Ausreden der Wirklichkeit entsprachen.

Mila räusperte sich. »Was gibt es denn zu essen?«

»Suppe«, erklärte Karin, als sie aus dem Hinterraum trat. Sie nahm Mila an der Hand und ging mit ihr aus der Apotheke.

Jo sah den beiden nach. Würde er sich immer als stiller Begleiter fühlen, der eine andere Sprache sprach?

Für einen Moment beobachtete er Styx, die sich aufsetzte und Mila etwas sagte, als diese an der Hand ihrer Mutter vorbeiging.

Moment.

Styx hatte Mila etwas gesagt?

Es hatte so ausgesehen. Aber das musste Jo sich eingebildet haben. Jetzt war die Katze weg.

Er blinzelte und ging zur Tür. Als er sie öffnete, war Styx nicht mehr zu sehen. Er sah Richtung Wald. Auch da keine Spur von der dicken, trägen Gestalt. Von einer Sekunde auf die andere war sie einfach verschwunden.

Na und? Katzen hatten nun mal diese Eigenschaft. In der einen Sekunde waren sie noch da, in der nächsten waren sie weg. Alles völlig normal.

Er ging zurück in den Laden und wollte noch schnell die Bestellungen fertig machen, als er die Nachricht entdeckte. Markus hatte ihm einen Link zu einem YouTube-Video geschickt. Sein Kommentar: *Das wäre was für unsere Jamsession.* Seit Jahren veranstaltete Jo einmal im Monat eine Jamsession bei sich zu Hause. Ein Haufen Hobbymusiker trafen sich bei ihm, brachten ihre Instrumente mit und spielten die ganze Nacht. Er klickte das Video an. Kein Hinweis auf den Komponisten oder woher das Video kam. Als Hintergrund war nur das Bild eines Sonnenuntergangs zu sehen.

Die Melodie ließ Jo erstarren. Sofort stellten sich die Haare auf seinen Unterarmen hoch. Eine Melodie, wie er sie noch nie gehört hatte. Neuartig und doch bekannt. Sie zu hören, ließ seinen Magen kribbeln. Als wäre er verliebt.

Regungslos verharrte er, bis das Lied nach fünf Minuten zu Ende war. Erst da bemerkte er, dass er geweint hatte.

Ayses Melodie

Er stand vor ihrem Haus. Welch ein Genuss, endlich wieder raus zu können! Er hörte immer noch jede Melodie eines jeden Passanten, der an ihm vorbeiging, aber dank der Kopfhörer konnte er die Beschallung ausblenden. Die Idee war ihm natürlich auch schon vor seiner »betrunkenen« Zeit gekommen. Aber seine Gabe hatte ihn zu sehr erschreckt, sodass er sie einfach nur unterdrücken wollte. Jetzt wollte er das nicht mehr.

Er hatte die letzten Biere seinem Nachbarn geschenkt und sich auf diesem Weg für die nächtliche Ruhestörung entschuldigt. Die Töne seines Nachbarn waren fest und bestimmend gewesen. Sie passten so gut zu dem Mann, dass Leo fast gelacht hätte.

Seit er seine eigene Melodie gehört hatte, konnte er wieder lachen. Sie hatte ihn beruhigt. Hatte ihm den Mut gegeben, sich nicht vor dieser Gabe zu verstecken, sondern sie zu entdecken. Er hatte sie mit Beats und sphärischen Klängen vertont und anonym auf YouTube gestellt. Auch wenn er immer noch nicht das passende Instrument gefunden hatte.

Weshalb er seinen alten Lehrer kontaktiert hatte. Herr Reinhardt hatte sich sehr über den Anruf gefreut. Und hatte ihn bei seinem Bericht über die Melodien kein einziges Mal unterbrochen. Leo hatte befürchtet, dass er ihn für verrückt erklären würde. Aber sein alter Lehrer erklärte später, dass die Musik auf jede erdenkliche Weise zu einem gelangte. Er versprach, nach dem von Leo beschriebenen Sound zu forschen. Vielleicht würde er herausfinden, um welches Instrument es sich handelte?

Warum Menschen ihre eigenen Melodien hatten, das konnte Herr Reinhardt Leo auch nicht erklären. Besonders interessant fand er Ayses Fall, bei der sich die Melodie sogar verändert hatte.

Leo hatte sie erkannt, als sie gestern auf dem Gehweg zwischen Scherben und Joghurt gesessen hatte. Das Mädchen von der Brücke. Er hatte ihre alte Melodie sofort wieder im Kopf gehabt. Und deshalb gleich bemerkt, dass ihre Melodie sich geändert hatte. Leo musste herausfinden, wieso.

Er war ihr gefolgt. Jetzt, einen Tag später, stand er wie ein Stalker vor ihrem Haus und wartete. Sie *musste* ihn für verrückt halten. Schließlich hatte sie schon auf der Brücke vor ihm Angst gehabt. Deshalb hatte er sich eine kleine Rede überlegt, in der er sich ausführlich vorstellte und sich für sein vergangenes seltsames Verhalten entschuldigte, um ihr im gleichen Moment sein aktuelles seltsames Verhalten zu erklären. Fraglich war nur, ob sie ihm genug Zeit dafür geben oder gleich die Polizei rufen würde.

Nachdem Leo sich noch zwei weitere Kaffees am Kiosk geholt hatte, kam sie aus dem Haus. Sie wirkte blass und schnürte sich das Kopftuch enger, wahrscheinlich, damit der Wind es ihr nicht davonwehte. Dann zog sie ihr Handy aus der Tasche und klickte darauf herum. Was auch immer sie las oder eben nicht las, verschlechterte ihre Laune sichtlich. Sie steckte das Handy zurück in die Tasche und ging, nach rechts und links blickend, über die Straße. Direkt auf ihn zu!

Leo wäre am liebsten geflohen, nachdem er nun schon so lange auf sie gewartet hatte. Plötzlich kam ihm sein ganzes Vorhaben total lächerlich vor. Es bestand nicht nur die Möglichkeit, dass sie ihn für verrückt hielt. Sie musste ihn für verrückt halten. Als sie ihn schon fast erreicht hatte, traten zwei junge Männer mit dunklen Haaren aus dem Haus. Leo erkannte mit einem Blick, dass es die Brüder des Mädchens waren. Die Ähnlichkeit war frappierend. Einer rief etwas, und das Mädchen drehte sich mitten auf der Straße um. Sah sie das Auto nicht, das von rechts kam? Es hupte und bremste scharf ab.

Das Mädchen erschrak und lief zu den beiden Jungs, um sie intensiv zu beschimpfen. Leo konnte zwar nichts verstehen, aber ihre Körpersprache ließ keinen Zweifel offen. Sie hatte Temperament. Was Leos Anliegen nicht einfacher machte. Nachdem sie mit den beiden fertig war, lief sie erneut über die Straße, direkt auf ihn zu, und ging eilig an ihm vorbei, ohne von ihm Notiz zu nehmen.

Leo hätte sie angesprochen.

Aber sie weinte.

Er verfolgte sie zwei Stunden. Erst lief sie eine gute Stunde am Maybachufer entlang. Blieb immer wieder stehen, um auf ihr Handy zu schauen, nur um dann mit noch finsterer Miene weiterzugehen. Irgendwann bog sie in eine Seitenstraße und ging in einen Supermarkt, wo sie sich eine Flasche Wasser holte.

Leo folgte ihr. Er stand hinter ihr an der Kasse. Sie war so in Gedanken versunken, dass sie ihn auch jetzt nicht bemerkte. Für einen Moment zog er sich die Kopfhörer ab und hörte ihr zu. Er nahm auch die Melodie der Kassiererin und der Kunden hinter ihm wahr, die allesamt so gar nicht zusammenpassten.

Aber wenn er in ihre Richtung starrte, dann gelang es ihm, die anderen Melodien auszublenden. Als sie den Supermarkt verließ, zog er die Kopfhörer wieder über und folgte ihr.

Schließlich setzte sie sich auf eine Bank am Maybachufer und starrte ins Wasser.

Leo nahm all seinen Mut zusammen, setzte sich neben sie und zog die Kopfhörer ab. »Hi.«

Sie drehte sich zu ihm um und sprang sofort auf. Angst im Gesicht.

»Bitte!«, rief er eilig. »Ich muss mit dir reden.«

Sie wich vor ihm zurück.

»Ich bin dir gefolgt.« Eine Nachricht, die kein Vertrauen schuf, weshalb er schnell weiterredete. »Ich bin Leo. Und ich habe dich schon mal getroffen. Auf der Brücke. Kurz vorm Kotti. Du warst mit einer Freundin unterwegs. Ich weiß, das klingt verrückt. Aber ich kann Melodien hören. Ich habe deine gehört. Und die deiner Freundin. Jetzt ist deine Melodie anders, und ich muss einfach wissen, warum.«

»Lass mich in Ruhe. Oder ich ruf die Bullen!« Das Mädchen drehte sich um und wollte weg.

Wenn er sie jetzt verlor, hatte er seine Chance vertan. »Ist irgendwas passiert? Zwischen dir und deiner Freundin? Hat sich etwas verändert?«

Sie blieb stehen. Drehte sich zu ihm um und musterte ihn mit einem Blick, der schwer zu deuten war.

Langsam kam sie näher. »Warum fragst du mich das?«

»Es könnte ein Grund sein, warum deine Melodie sich verändert hat. Eure Melodien haben perfekt harmoniert. Jetzt bist du irgendwie ... aus dem Takt.«

Ihre Nase kräuselte sich. Und diese Augen ... Leo hatte nicht gewusst, dass die Farbe Schwarz so viele Facetten haben konnte.

»Du hörst also Musik?«, fragte sie, während sie sich ein Stück Pizza in den Mund schob.

Er hatte eine Stunde. Um ihr alles zu erklären. An einem öffentlichen Ort. Sie hatte die Pizzeria der Punks gewählt, die direkt am Maybachufer lag. Und auf seine Rechnung Pizza geordert. Er schwitzte, was sie hoffentlich nicht bemerkte. Sie hatte ihre vier Brüder erwähnt, die ihn mit großer Freude in der Luft zerreißen würden, sollte ihr etwas zustoßen.

»Ich höre Melodien«, betonte er.

»Von jedem Menschen?«

»Ja.«

»Auch von jedem hier im Raum?«

Er nickte. Sie sah sich um. Das Lokal war wie immer um diese Uhrzeit voll. Die Unterhaltungen waren lebhaft. Die Geräuschpegel für ihn kaum zu ertragen.

»Dann hörst du in diesem Moment ein komplettes Konzert«, stellte sie fest.

Er nickte. Um sich mit ihr zu unterhalten, hatte er die Kopfhörer natürlich abnehmen müssen.

»Ein schräges Konzert. Nichts passt zusammen.«

Sie kaute bedächtig und biss das nächste Stück ab.

»Und wie sind die so, die Melodien?«

»Keine ist wie die andere. Manche sind ganz kurz. Als würde dir jemand in ein paar Worten einen Menschen beschreiben und du weißt sofort, wie er drauf ist. Andere Melodien sind länger, fangen ganz hoch an und enden dann in der Tiefe. Oder umgekehrt. Es ist, als würden sie in ihrer eigenen Sprache erzählen.«

Für einen Moment flog ein Lächeln über ihr Gesicht. Wusste sie, wie schön sie war? Er räusperte sich.

»Und meine Melodie? Wir war die?«

»Wie ein Glockenspiel. Auch wenn ich dir das Instrument nicht nennen kann, das diese Klänge erzeugt.«

»Also war sie schön?«

»Ja!«, beeilte er sich zu sagen. »Sie war voller ... Liebe.«

Das schien ihr zu gefallen. Dann aber wurde sie ernst. »Und jetzt hat sie sich verändert, sagst du?«

»Das Mädchen, mit dem du unterwegs warst. Das war deine Freundin?«

Sie nickte. »Lara.«

»Eure Melodien zusammen, das war ... unbeschreiblich. Ich kann sie dir vorspielen. Ich habe sie zu Hause aufgenommen.«

»Vielleicht komme ich vorbei.« Sie kaute ein bisschen weiter und schob dann die Pizza in die Mitte des Tischs. Sie musterte ihn. »Warum verändert sich eine Melodie?«

»Das will ich herausfinden.«

»Meine Freundin und ich ... Wir haben Streit. Ich habe gestern mit ihr Schluss gemacht. Per SMS. Sie hat die Nachricht noch gar nicht gelesen, weil sie mal wieder irgendwo unterwegs ist.«

Er sah sie mit großen Augen an.

»Also, nicht so Schluss gemacht. Wir haben keine Beziehung. Keine Liebesbeziehung. Wir sind Schwestern. Schon immer gewesen. Und jetzt verheimlicht sie mir etwas. Etwas, das mich auch betrifft. Also habe ich mit ihr Schluss gemacht. Natürlich nur, um sie zu erpressen. Damit sie mir endlich sagt, was Sache ist. Jetzt sagt sie gar nichts mehr. Dabei habe ich einen Teil meines Gedächtnisses verloren. Und sie könnte mir helfen, es wiederzufinden. Aber macht sie es? Nein!« Sie atmete tief durch und hatte sich sichtlich Luft verschafft. Der Streit belastete sie, das war ihr deutlich anzusehen. »Meine Brüder finden, dass ich die Polizei benachrichtigen muss. Weil sie schon wieder weg ist. Mache ich nicht. Ich weiß, dass Lara gesund und munter zurückkommt. Wo auch immer sie ist.«

Während sie gesprochen hatte, waren ihre schrägen Töne lauter geworden, sodass Leo Probleme gehabt hatte, ihr zu folgen. Aber er hatte herausgehört, dass sie von ihrem verlorenen Gedächtnis gesprochen hatte. War das der Knackpunkt? Hatte sie dadurch ihre Melodie verloren?

»Ich will meine Melodien hören«, erklärte sie nun. »Meine alte. Und meine neue.«

»Okay. Wir können gleich zu mir und ...«

»Nein«, unterbrach sie ihn entschlossen. »Ich muss jetzt noch zum Psychodoc. Du gibst mir deine Adresse. Morgen nach der Schule komme ich zu dir.«

»Schönleinstraße sieben.«

Sie nickte und stand auf. »Ich bin um fünf bei dir. Danke für die Pizza.« Sie ging.

Leo sah ihr nach. Dann setzte er sich die Kopfhörer auf und aß die Pizza auf. Er fühlte etwas, das er schon lange nicht mehr gefühlt hatte, und musste eine Weile nachdenken, um das Gefühl benennen zu können. Dann wurde es ihm klar. Zum ersten Mal seit Jahren, vielleicht zum ersten Mal in seinem Leben, war Leo glücklich.

Am silbernen Faden

Lara und Marc folgten dem Riesen in einigem Abstand. Sie hatten Mühe, mit ihm Schritt zu halten. Was bei ihm wie ein entspannter Spaziergang aussah, war für Lara fast schon Rennen.

»Sag schon, erinnerst du dich?«

Lara verdrehte die Augen. »Ich hatte Todesangst. Also nein, ich weiß nicht, ob wir hier damals einen Sternenhimmel hatten.«

Marc war die ganze Zeit damit beschäftigt, auf die Dämmerung zu warten, um endlich Fotos vom Sternenhimmel zu machen. Ein 3D-Programm des Universums. Das war sein Ziel. Und wenn er das berechnen konnte, dann konnte er anhand dieser Sternenhimmel feststellen, wo sie waren.

Aber Lara konnte sich wirklich nicht erinnern, ob sie damals irgendeinen Stern gesehen hatte. Sie hatte nur die Bomben gehört und die vielen Toten gesehen. Auch jetzt war der anscheinend stetig andauernde Krieg deutlich zu hören.

»Du musst ihn hinhalten. Bis es Nacht wird.«

Jetzt blieb sie stehen. Ihre Geduld war am Ende. »Ich weiß, es spielt für dich keine Rolle, aber ich bin schwanger. Und ich will so schnell wie möglich nach Hause zurück. Ich habe keine Lust und auch keine Zeit für dein Ego-Programm. Ich gehe mit ihm zu diesem Stein und dann ...«

»Was dann?«, unterbrach er sie. »Was passiert dann eigentlich? Hast du jetzt irgendwelche magischen Superkräfte?«

»Ich sehe Blasen.«

»Blasen?«

»Ja. Wie bei den Träumern. Blasen, in denen sich mir der Wille des Menschen zeigt.«

Er musterte Lara überrascht. »Und ... was siehst du bei mir?«

Sie blickte auf die Blasen über ihm. Sie schimmerten ganz schwach, waren kaum noch zu erkennen. Sie ignorierte die Blase, in der sie sich selbst sah. »Dich und deinen Sternenhimmel. Das sehe ich. Du zeigst ihn einem Kind.«

Er stutzte und wich ihrem Blick aus, um zum Himmel zu sehen. »Vielleicht gibt es hier gar keine Nacht.«

Wieder einige Zeit später war sie am Ende ihrer Kräfte. Warum konnten Eingang, Stein und Ausgang in einer Welt nicht einfach nebeneinanderliegen?

»Ich brauche eine Pause!«, rief sie.

»Keine Pause«, gab der Riese zurück.

Sie mühte sich noch eine Weile, mit ihm Schritt zu halten, als der Schwindel sie überkam. Die sandige Welt bog sich einmal hoch und wieder herunter, ehe Lara sich selbst im Sand wiederfand. Marc an ihrer Seite.

»Hey!«, rief er dem Riesen hinterher. »Warte!« Er zog eine Flasche Wasser aus dem Rucksack und gab Lara zu trinken.

»Wir haben keine Zeit!« Die Stimme des Riesen klang nervös.

Lara trank gierig, aber das diffuse Gefühl in ihrem Kopf wurde nicht besser. Sie wollte dennoch aufstehen, als der Boden unter ihr erbebte. Sie hielt sich an Marc fest, der mit entsetztem Gesichtsausdruck in eine Richtung sah. Sie folgte seinem Blick. Da waren sie. Ein ganzes Bataillon Riesen, das direkt auf sie zustürmte. Wo kamen die so plötzlich her? Lara drehte sich zu dem Weltenhüter um und erkannte nun, dass von der anderen Seite ebenfalls ein Heer auf sie zugerannt kam. Sie waren in der Mitte einer sich anbahnenden Schlacht. Schon schlugen die ersten Harpunen rechts und links neben ihnen ein.

»Halt sie auf!«, schrie Marc, der mit einem Mal gar nicht mehr so sicher schien, dass niemand sie töten würde. »Du bist doch ihr Boss!«

»Ich bin ihr Weltenhüter!«, rief der Riese.

»Und was ist der Unterschied?«, wollte Marc gehetzt wissen.

»Sie sehen ihn nicht«, flüsterte Lara, die sich immer noch an Marc festklammerte. »Die meisten Weltenhüter sind für die Bewohner ihrer Welt unsichtbar.«

Marc sah beklommen zu den Riesen, deren Gestalten nun schon deutlich zu erkennen waren. Lara sah das Geschoss auf sich zukommen, ehe ein Schmerz sie durchzuckte und sie das Bewusstsein verlor.

Als sie zu sich kam, hörte sie die Geräusche der Schlacht. Explosionen erschütterten den Boden. Ein stechender Schmerz ließ sie aufstöhnen.

»Lara!«

Sie öffnete die Augen.

Marc saß vor ihr. Verzweiflung im Gesicht. »Du blutest. Die haben hier kein Verbandszeug. Ich weiß nicht, was ich machen soll.«

Lara hatte nur einen Gedanken. Ihre Hände wanderten zu ihrem Unterleib. Sie fühlte etwas Warmes. »Nein!«

»Bau jetzt keinen Scheiß, klar?« Marcs Stimme drang wie aus weiter Ferne zu ihr.

Sie starrte ihre Hand an, die voller Blut war.

»Tu was!« Marc schrie den Weltenhüter an.

Lara nahm gerade noch wahr, dass sie in einer Höhle lagen. Von außen leicht erhellt. Der Weltenhüter stand neben ihnen.

»Wir sind hier nicht auf Heilung ausgerichtet«, hörte sie seine tiefe Stimme. »Hier gibt es nur den Tod.«

»Scheiße, Mann!«, schrie Marc und zog Lara fest an sich. Er sah ihr in die Augen. »Du stirbst mir hier nicht weg, ist das klar? Du nicht!«

Seine Panik ging direkt auf sie über. Styx hatte ihr versprochen, dass Körnchen nichts geschehen würde. Hatte sie gelogen?

Du trägst alles bei dir, was du zum Überleben brauchst.

Lara dachte nicht nach, handelte nur noch instinktiv. »Der Stein«, flüsterte sie.

»Der Stein? Scheiße, Lara. Dein Auftrag interessiert niemanden. Du blutest ohne Ende!«

»Der Stein ... in meiner Hosentasche.«

Marc zögerte einen Moment, dann tastete er ihre Hose ab und zog den Achat daraus hervor. Der Weltenhüter trat näher.

»Was soll ich mit dem Kiesel machen?«, fragte Marc verzweifelt.

Lara nahm den Stein und legte ihn auf ihren Unterleib. Überzeugt, dass nichts passieren würde, aber mit einer letzten Hoffnung.

»Was wird das?«

Sie hielt inne, schloss die Augen und konzentrierte sich ganz auf den Stein. Auf das, was sie gesehen hatte, als sie ihn das erste Mal in der Hand gehalten hatte. Die Wärme, die von ihm ausgegangen war. Wie sich eine flimmernde Energie um ihren Unterleib gelegt hatte.

Du trägst alles bei dir, was du zum Überleben brauchst.

Sie spürte den Stein auf ihrer Wunde liegen. Spürte den Schmerz, das Blut, das herausfloss. Und dann spürte sie etwas Neues. Eine Wärme, eine Energie. Sie hielt die Augen weiter geschlossen. Konzentrierte sich ganz auf diese Kraft. Auf die Natur des Steins. Die Geräusche um sie herum ebbten ab. Sie hörte nur noch ein Rauschen. Spürte zunehmend die Wärme, die sich in ihrem Unterleib breitmachte. Sie wusste nicht, wie lange sie da lag. In der wohligen Wärme. In dem plötzlichen Gefühl, behütet und beschützt zu sein. Irgendwann war der Schmerz ganz weg. Da war nur noch Wärme. Und Sicherheit.

Und Marcs Stimme, die dies alles durchbrach. »Wow.«

Langsam öffnete Lara die Augen und setzte sich auf. Der Schmerz war vollständig verklungen. Als sie auf ihren Bauch sah, konnte sie gerade noch ein Schimmern wahrnehmen, das langsam verblich. Der Stein lag auf ihrem Shirt, das von Blut durchtränkt war. Sie zog das Shirt hoch. Wischte das Blut beiseite. Die Wunde war ... weg.

»Was hast du gemacht?«, fragte Marc, der leichenblass war.

»Ich habe nichts gemacht.« Lara nahm den Stein in die Hand und betrachtete ihn. So unscheinbar sah er aus. Sie konnte es selbst nicht fassen.

»Ich habe von euren Zaubersteinen gehört«, erklärte der Riese nun.

Lara sah zu ihm. »Zaubersteine?«

»Eure Welt schenkt euch Zaubersteine. Das habe ich gehört.«

»Zaubersteine. Bullshit.« Marc stand völlig neben sich. »So was ist bei uns noch nie passiert.«

»Dann passiert es vielleicht nur in Verbindung mit ihr.«

Jetzt sah Marc Lara an. Anders als zuvor. Eine Mischung aus Vorsicht und Verwunderung. »Kannst du aufstehen?«, fragte er.

Sie nahm seine Hand und erhob sich. Tatsächlich fühlte sie sich großartig. Als sie die Hände auf den Bauch legte, spürte sie deutlich die Präsenz ihres Kindes. Wenn auch nicht körperlich, dazu war Körnchen noch zu klein.

»Alles gut?«, hakte Marc nach.

Sie nickte und nahm ihre Tasche. Dann schaute sie zu dem Riesen auf. »Müssen wir noch mal da raus?«

»Nein. Es geht jetzt nur noch weiter hinein.« Er deutete auf die Höhle, die sich in die sandige Erde hinunterschob.

Langsam bewegten sie sich vorwärts. Je tiefer sie in die Höhle hineingingen, desto weniger hörte man die Bomben und fühlte die Erschütterung des Bodens.

»Warum eigentlich dieser Krieg?«, fragte Marc, der die ganze Zeit schweigend hinter ihr hergegangen war.

Die Frage galt nicht ihr, sondern dem Weltenhüter. »Sie schlachten sich hier nur ab. Die ganze Zeit. Wer sucht sich so was freiwillig aus?«

»Das tun sie bei euch doch auch?«, stellte der Riese fest.

Marc schwieg. Und Lara stellte fest, dass er seit Langem seinen Sternenhimmel vergessen hatte.

»Wir sind da.«

Die Höhle wurde breiter und mündete in einen großen Raum. Die Wände waren grau, aber von einem weißen Licht erleuchtet, das aus einem kleinen See in der Mitte der Höhle drang. Aus dem See wuchs ein Baum. Lara war über die Anwesenheit des Baums so überrascht, dass sie stehen blieb, um ihn anzustarren. Sie hatte auf dieser Welt nicht mehr mit etwas Lebendigem gerechnet. Schon gar nicht so tief unter der Erde.

»Wie kann er hier wachsen? Ohne Licht?«, fragte sie erstaunt, während sie näher an den Baum herantrat.

Sein Holz war grau, so wie alles hier. Anstelle von Blättern hatte er kleine Lichter an den Zweigen, die immer wieder aufglommen. Lara musste bei ihrem Anblick lächeln. Das Licht stimmte sie ganz friedlich.

»Er hat sein eigenes Licht. Bist du bereit?«, fragte der Riese.

Lara sah zu ihm. Er war an einen großen, schimmernden Kristall getreten, der neben dem See lag. Der Stein war im Gegensatz zu den schroffen Felswänden glatt poliert.

Der Riese tauchte die Hände ins Wasser und legte sie dann auf den Stein.

Lara wollte zu ihm gehen, als Marc sie aufhielt. »Moment. Was passiert jetzt?«

»Das weiß ich selbst nicht genau.«

»Na toll. Und wenn du wieder zerfetzt vor mir liegst?«

»Mir wird nichts passieren. Styx hatte recht. Ich trage alles bei mir, was ich zum Überleben brauche.«

Marc zögerte, ehe er mit einem trockenen Lächeln betonte: »Damit meinte Styx bestimmt nicht mich.«

»Nein. Vermutlich nicht«, bestätige sie.

»Wenn dir doch was passiert, drehe ich dem Streuner persönlich den Hals um!«

»Wenn du wüsstest, was Styx ist, würdest du sie nicht Streuner nennen«

»Was ist sie denn?«

»Warten wir es ab.« Lara machte sich von Marc los und ging zu dem Weltenhüter. Sie stellte sich ihm gegenüber, während er damit begann, den Kristall mit den nassen Händen zu reiben.

»Der Wille auf eurer Welt ist einzigartig in unseren sieben Welten«, bestätige er Styx' Worte, während seine Hände immer schneller über den Stein glitten. »Wenn eure Weltenbewohnerin hier ist, wirst du sie anhand ihres Willens finden. Breite dich aus und such einen Willen.«

Lara konnte den Bewegungen seiner Hände kaum noch folgen. Aber sie hörte etwas. Einen Ton, der aus dem Kristall zu ihr empordrang. Tief und leise kündigte er sich an. Doch je schneller die Bewegungen des Weltenhüters wurden, desto lauter wurde der Ton und wurde schließlich von den Wänden der Höhle wiedergegeben. Die ganze Höhle war erfüllt vom Klang des Tons, der Lara entfernt an den Gesang der Wale erinnerte. Sie schloss die Augen, konzentrierte sich ganz auf den Ton, ganz auf den Willen, den sie bei den Menschen gesehen hatte. Sie senkte die Hände auf den Kristall, der vibrierte. Das Vibrieren ging in ihren Körper über.

Ein Schmerz durchzuckte sie, als ihr drittes Auge zu kribbeln begann. Sie ignorierte den Schmerz und konzentrierte sich nun ganz auf den Punkt zwischen ihren Augen. Sie würde mit diesem Auge sehen, das verstand sie. Und während sie noch diesen Gedanken hegte, hatte Lara das Gefühl, als würde sich etwas aus ihrem Körper lösen. Als würde sie über sich selbst hinauswachsen. Sie sah mit geschlossenen Augen. Schwebte aus sich heraus. Sah Marcs erstauntes Gesicht. Den Riesen, dessen Hände über den Stein sausten. Lara sah sich selbst, mit ihren Händen an dem Kristall klebend. Ein silberner Faden drang aus ihr heraus, bis zu ihr nach oben. Er hielt sie fest, sorgte für Verbundenheit. Sie versuchte, an sich selbst herabzusehen. Aber sie konnte nichts erkennen. Hatte jegliche Form verloren.

Nun streckte sie sich erneut, flog die Wände der Höhle entlang und drang wie der Ton selbst durch das Gestein Richtung Erdoberfläche. Sie schoss aus dem sandigen Boden heraus und sah die Ebene über ihnen, auf der sich die Krieger einen erbitterten Kampf lieferten. Aber sie wurde noch größer, noch breiter. Als hätte sie die Grenzen ihres Körpers verlassen und wäre nun endlos. Sie sah die Ebenen vor sich, dann den Strand und schließlich das graue Meer, auf dessen Wellen die Kriegsschiffe waren. Sie flog über kantige Bergrücken, durchbrach dichte Wolken und entdeckte Quellen in den Felsen. Quellen mit glitzerndem Wasser. Dann schoss sie wieder über ein Meer, weiter über sandige Ebenen. Flog über kleine Ansammlungen von Hütten hinweg, in denen die Riesen hausten und das Kämpfen erprobten. Keiner von ihnen hatte eine Willensblase über sich. Sie waren wie ferngesteuert.

Lara flog über Ebenen hinweg, die über und über mit Leichen bedeckt waren. Und sie sah, wie eine der vermeintlichen Leichen sich erhob, aufstand und einfach weitermachte. All das konnte sie sehen. Aber keine Willensblase. Sie flog noch weiter und erreichte schließlich wieder diese Wüste. Ihre Gedanken konzentrierten sich auf den Ort unten in der Höhle, und wie von magischer Hand wurde Lara zurückgezogen. Durch das Gestein direkt in ihren Körper hinein.

Sie plumpste auf den Boden, wieder ganz in der begrenzten Hülle ihres Körpers, und starrte benommen vor sich hin. Unfähig, ein Wort zu sagen, starrte sie von dem Riesen, dessen Hände mit der Bewegung aufhörten, zu Marc. Der saß vor ihr auf dem Boden und starrte sie mit riesigen Augen an.

»Was ist passiert?«, fragte sie leise. Ihre Stimme hörte sich fremd an. Als müsste sie sich erst wieder an ihren Klang erinnern.

»Du ... warst ... überall. Hier in der Höhle«, flüsterte Marc. »Du hast geleuchtet. Dein Körper war hier. Und du ... du warst draußen. Und dennoch habe ich dich erkannt.«

Lara lächelte. »Ich war überall auf dieser Welt.«

»Und? Hast du ihren Willen gesehen?«, dröhnte der Weltenhüter, der von den Vorgängen keineswegs überrascht schien.

Lara schüttelte den Kopf. »Nein. Isabel ist nicht hier.«

»Gut. Dann könnt ihr jetzt auch gehen.«

Sie waren bis zum nächsten Strand gelaufen. Schweigend diesmal. Marc starrte Lara immer wieder von der Seite an. Er hatte seine Agenda für den Moment vergessen. Es interessierte ihn nicht mehr, ob es noch einmal Nacht wurde und er die Chance bekommen würde, den Sternenhimmel zu fotografieren. Lara schluckte, als ihr klar wurde, dass auch sie für einen Moment nicht mehr an Timo gedacht hatte, als sie nur noch ... Styx gewesen war.

Sie erreichten einen Strand. Das endlose graue Meer erstreckte sich vor ihnen.

»Hier ist der Ausgang«, erklärte der Riese.

Lara sah zu seiner Hand, die eben noch auf so wundersame Weise den Kristall zum Klingen gebracht hatte. Das Weltenhüter-Auge blickte sie intensiv an. Es hatte keine Ähnlichkeit mit Milas Zwitscher, das viel kindlicher und doch gleichzeitig so streng wirkte. Sein Auge war älter, reifer, erfahrener. Und entsprechend gelassen.

»Was glaubst du, warum unsere Weltenhüterin Isabel nicht sehen kann? Durch ihr Auge? Wie kann sie sich vor ihr verstecken?«

»Ich glaube nicht, dass sie sich versteckt«, erklärte der Riese. »Ich glaube, dass sie versteckt wird.«

Lara dachte noch über seine Worte nach, als der Riese sie plötzlich packte. Ehe sie protestieren konnte, warf er Lara mit aller Kraft hoch in die Luft. Hinaus ins

Meer. Sie schrie, ehe sie in den hohen Wellen landete. Ein Sog erfasste sie.

Im nächsten Moment sah sie Laniakea.

Ayses Song

Zögernd betrat sie seine Ein-Zimmer-Wohnung. Setzte vorsichtig einen Fuß vor den anderen. Als würden die leeren Bierflaschen da immer noch liegen. Dabei hatte er sich extra den Staubsauger seines Nachbarn ausgeliehen. Er hatte behauptet, dass seiner kaputt sei. Dabei hatte er noch nie einen besessen.

Hinter ihr trat ein groß gewachsener Junge ein. Keiner der beiden, die das Mädchen gestern vor dem Haus aufgehalten hatten. Der Junge hatte kurze schwarze Haare, die glattgekämmt waren. Er trug Jeans und ein Hemd und hatte Leo, seit sie das Zimmer betreten hatten, nicht aus den Augen gelassen. Sein Blick schien zu sagen: Was hast du mit meiner Schwester vor? Genau wie seine Schwester sah er wahnsinnig gut aus, hatte dieselbe goldbraune Haut und diese krassen, dunklen Augen.

Leo starrte ihn an. Lauschte. Seltsam. Er konnte kaum etwas hören. Ganz dumpf war da ein Ton. Viel zu leise. Als hätte jemand ein Kissen auf eine Box gelegt.

»Das ist Malik.«

Leo nickte Malik zu, der sein Lächeln nicht erwiderte. Er reichte ihm die Hand, die Malik sofort ergriff und sehr fest drückte. Während Leo seine Hand wieder entzog und leicht schüttelte, schien das Mädchen sich ein Grinsen kaum verkneifen zu können.

»Übersetzt bedeutet sein Name *Wächter*.«

»Aha.« Leo konzentrierte sich auf sie. »Und dein Name?«

»Er bedeutet lebensfroh. Lebendig.«

»Ich meinte: Wie heißt du?«

»Ach so, stimmt! Habe ich dir gar nicht gesagt.«

»Nein. Hast du mir nicht gesagt.«

»Ich bin Ayse.«

Leo nickte und atmete erleichtert durch. Der Anfang war gemacht. Er deutete auf drei Gläser – das dritte gehörte ebenfalls dem Nachbarn – und eine Flasche Wasser. »Wollt ihr was trinken?«

»Klar.« Ayse setzte sich auf einen Stuhl und starrte auf den Schreibtisch. Zwei Rechner, einer davon angeschlossen an ein Keyboard. Der Drum-Computer, die alte Gitarre ... »Damit machst du Musik?« Sie wirkte enttäuscht.

»Und mit dem Klavier«, betonte er schnell.

Leo reichte den beiden je ein Glas Wasser. Malik machte keine Anstalten, sich zu setzen. Zum Glück, denn einer der Stühle hielt gerade noch so. Aber Malik starrte auf das Equipment.

Leo setzte sich neben Ayse. »Okay. Ich spiele dir jetzt deine Melodie vor. Die, die ich auf der Brücke gehört habe. Als du mit Lara unterwegs warst.«

Ayse nickte ernst. Leo klickte sich durch die gespeicherten Dateien und fand die entsprechende. Gespeichert unter *Kopftuch*.

»Damit bin ich in Erinnerung geblieben?«, fragte sie trocken.

»Ähm, ich ... benenne sie um.«

Sie lächelte.

»Es ist immer noch nicht das richtige Instrument. Daran arbeite ich noch.« Er stellte die Lautsprecher noch etwas lauter und klickte dann die Datei an.

Ayse starrte auf den Bildschirm. Vor ihren Augen zog sich eine Linie den Bildschirm entlang. Sie starrte auf die kleinen Ausflüge, die die Linie in Höhen und Tiefen unternahm. Der Typ war verrückt. Das war ihr gestern schon klar gewesen. Aber nicht gefährlich verrückt. Sondern anders. Er hörte etwas, das andere nicht hörten. Ayse hatte jedoch schon immer den Verdacht gehabt, dass es da etwas gab. Etwas, das sie alle miteinander verband. Warum sollte es nicht Musik sein? Etwas, das sie ohnehin schon verband? Nur zu leise, als dass es alle Menschen hören konnten?

In dem Moment, als dieser Leo von ihrer Melodie gesprochen hatte, war Ayse klar gewesen, dass sie sie hören wollte und Malik mitnehmen würde. Sie hatte keine Angst vor Leo. Brauchte keinen Aufpasser. Der Typ war harmlos. Vermutlich würde sie ihn locker zu Boden werfen können, schmächtig und tollpatschig, wie er war.

Sie hatte Malik mitgenommen, weil sie sich erinnert hatte.

Als Malik auf die Welt gekommen war, war Ayse gerade mal ein Jahr alt gewesen. Ihre Mutter hatte ihr erzählt, dass Malik immer gesungen hatte. Die ganze Zeit. Er hatte die Leute um ihn herum angestarrt und dann leise Melodien gesummt. Begüm hatte daraus kleine, selbst gedichtete Lieder gemacht, die sämtliche Kinder in ihren Schlaf gebracht hatten. Irgendwann, mit sechs oder sieben, hatte Malik aufgehört zu singen. Ihre Mutter war davon überzeugt, dass Malik diese Melodien gehört hatte. Woher auch immer sie gekommen waren. Aber die Quelle war versiegt. Malik war ein verschlossener Junge geworden, der selten redete und definitiv soziale Schwierigkeiten hatte. Er vergötterte seine große Schwester. Dennoch hätte Ayse niemals sagen können, was in ihrem kleinen Bruder vor sich ging.

Als Leo von seinen Melodien gefaselt hatte, hatte Ayse sofort gewusst, dass sie Malik mitnehmen würde. Sie hatte ihm von einem Typen erzählt, den sie besuchen wollte. Die Musik hatte sie nicht erwähnt, sondern nur, dass er zu dem Programm der Nachbarschaftshilfe gehörte, dem sich Ayse anschließen wollte. Seine wohnlichen Zustände unterstrichen diese Behauptung. Sodass Malik bis zu diesem Moment keinen Verdacht hatte schöpfen können.

Was Ayse eigentlich wollte, war, dass Malik die Melodien hörte. Vielleicht erkannte er sie wieder? Vielleicht hatte auch er die Gabe, sie zu hören? Und vielleicht würde er dann endlich wieder lächeln.

Da kam die Melodie. Wie ein Glockenspiel, nur tiefer. Untermalt von sphärischen Klängen. Die Töne drangen langsam an Ayses Ohr. Zunächst nahm sie sie nur einzeln wahr. Jeder für sich war nichtssagend. Aber die Töne waren in einer Endlosschleife angelegt, sodass die kleine Melodie immer wieder von vorn begann. Je öfter sie ertönte, desto mehr formten sich die Töne zu einer Melodie zusammen.

Ayse setzte sich gerade auf. Sie schloss die Augen und lauschte. Und während sie lauschte, sah sie sich selbst. Im Kreis ihrer Familie. Bei einem Besuch in der Heimat ihrer Eltern, Cide. Direkt an der Küste des Schwarzen Meeres. Sie saßen um einen großen Tisch herum, die

Frauen. Schälten Erbsen aus den Hüllen. Ayse selbst war vielleicht fünf Jahre alt. Die älteren Frauen redeten und lachten, und Ayse lauschte ihnen.

Dann eine Erinnerung, als Ayse auf einer Demonstration gewesen war. Sie sah in die hasserfüllten Gesichter der Menschen, die den Bau der Moschee verhindern wollten. Und obwohl Ayse damals Ungeduld und Wut empfunden hatte, so fühlte sie jetzt nichts als Liebe für diese Menschen. Für alle Gesichter, die sie sah. Und dann sah sie Cem. Beim Abschied. Der ihre Hand vorsichtig ergriff, als könnte er etwas kaputt machen, ihr in die Augen sah und lächelte, und Ayse wusste in diesem Moment, dass sie an seiner Seite sein würde. Ihr ganzes Leben lang.

Sie öffnete die Augen und merkte, dass ihre Wangen von Tränen nass waren. Sie starrte Leo an, der sie gebannt musterte. Sie schluckte und wischte sich die Tränen weg. Dann sah sie zu Malik. Ihr Bruder war wie erstarrt.

»Und jetzt meine Melodie mit Lara, bitte?«

Leo nickte und suchte in den Dateien. Er fand eine Datei, die *Mädchen auf der Brücke* hieß, und klickte sie an.

Ayse schloss wieder die Augen. Sie hörte ihre eigene Melodie von gerade. Ihre Klänge, von denen sie nun bereits das Gefühl hatte, sie ihr Leben lang schon gekannt zu haben. Jetzt mischten sich andere Töne dazwischen. Tiefer als Ayses. Die Töne vermischten sich. Wieder waren sphärische Klänge darunter gelegt und die Töne so miteinander arrangiert, dass sie gemeinsam eine neue Melodie erzeugten. Eine Melodie, die Ayse den Atem raubte. Keine Worte, um sie zu beschreiben. Die Melodie schien direkt aus dem Himmel zu kommen, oder wo auch immer die Schönheit herkam. Sie ließ es in Ayses Magengegend kribbeln und gab ihr das Gefühl, verliebt zu sein. Verliebt in das Leben.

Sie sah Bilder vor sich. Lara und sie in ihrem Kinderzimmer. Ein Klatschspiel. Lara vergaß ständig die Reihenfolge. Mit Absicht. Um Ayse zum Lachen zu bringen. Dann ein Ausflug an den Wannsee. Da waren sie beide zehn gewesen. Sie flitzten in ihren Badeanzügen über das Ufer, und Lara ließ sich dauernd hinfallen, um Ayse zum Lachen zu bringen. Dann ein Abend in Laras Zimmer. Sie flochten sich gegenseitig die Haare. Lara hatte sich Ayses Kopftuch umgewickelt, und Ayse hatte ihre Haare offen getragen, wie Lara es immer tat. Sie hatten sich nebeneinander vor den Spiegel gestellt und einfach nur angesehen. Der Anblick hatte sie beide bewegt, aber keine von ihnen hatte etwas gesagt. Dann der Moment, als Lara erfahren hatte, dass sie schwanger war. Und geheult hatte. Vor Glück und Trauer um Timo gleichzeitig. Sie hatte nach Ayses Hand gegriffen.

Jemand schaltete die Musik aus. »Was ist das?«, hörte Ayse die Stimme ihres Bruders.

Sie lächelte Malik an. Er wirkte nervös. »Erkennst du die Melodien?«

Er schwieg.

Leo sah verwundert von ihrem Bruder zu ihr. »Hast du sie schon mal gehört?«

Malik zögerte noch einen Moment. Dann nickte er. »Die erste Melodie. Die kenne ich.«

Ayse lächelte glücklich. Dann sah sie Leo an. »Ich will wissen, wie ich mich jetzt anhöre.«

»Das habe ich noch nicht aufgenommen«, erklärte Leo.

»Kannst du sie auf dem Klavier spielen?«

»Es ist nicht das richtige ...«

»Instrument. Ich weiß«, unterbrach ihn Ayse. »Spiel sie trotzdem.«

Leo stand auf und setzte sich ans Klavier. Während Ayse den Tönen lauschte, die Leo nun spielte, fand sie sich in Cems Zimmer wieder. Der Moment, als sie aufgewacht war, weil Cem den Eyecode geknackt hatte. Sie erinnerte sich, dass sie ihr Handy einsteckte. Und Cem auf Return drückte. Sie erinnerte sich an das grüne Licht. Und dann an gar nichts mehr.

Tonka

Wie ein Kirschkern wurde Lara ausgespuckt. Von einer weichen, gummiartigen Masse. Sie flog gute zwei Meter hoch in die Luft und fiel dann auf den Boden, der dankbarerweise nachgab. Trotz ihrer noch verheilenden Brüche fühlte sie keinen Schmerz. Lara blieb einen Moment liegen und starrte in den blauen Himmel über ihr. Bei näherem Hinsehen erkannte sie, dass der Himmel im steten Ablauf seine Farbe änderte. Ein dunkles Blau wechselte zu einem helleren, dann ging es in ein glitzerndes Weiß über.

Sie setzte sich auf und erkannte eine ihr vertraute weite Fläche, in der sich eine dicht bewachsene Graslandschaft befand, die sich im Wind sanft hin und her bewegte. Von unten nach oben hin flackerten sämtliche Farben des Regenbogens auf, sausten über jeden Halm hinweg. Auf der weiten Ebene mit all ihren Halmen war das ein unfassbares Farbspiel. In der Ferne entdeckte Lara ein Gebirge, das sich hoch in den Himmel erstreckte und ebenfalls einen Wechsel von Braun- und Grautönen zum Besten gab. Kein Zweifel, sie war zurück in der Welt der Frauen.

Sie fasste sich an den Unterleib und hoffte, dass es Körnchen gut ging. Einen Moment überlegte sie, ob Timo der Name Johanna gefallen würde. Warum geisterte dieser Name jetzt in ihrem Kopf herum? Es gab etliche andere Namen, die sie im Falle einer Tochter in Erwägung ziehen konnte. Sie würde sie alle aufschreiben und Timo vorhalten, damit er mit ihr gemeinsam einen aussuchen konnte. Lara lächelte. Irgendwie war es absurd, einem Sesamkorn einen Namen zu geben. Und gleichzeitig war es wunderschön.

Sie wollte sich gerade nach Marc umsehen, als sie einen empörten Schrei hörte. Neben ihr öffnete sich der Boden, und Marc wurde im hohen Bogen ausgespuckt. Seine Arme ruderten, während er auf dem Boden landete. Hart. Der Boden gab nicht mal ansatzweise nach. Marc stöhnte vor Schmerz.

»Mir hat *sie* eine leichtere Landung beschert«, stellte Lara fest.

Er stand auf und funkelte sie an. »Wer?«

»Na ... *sie*«, erwiderte Lara. »Die Welt. Du weißt doch, dass sie ein Eigenleben besitzt und hier alle wesentlichen Entscheidungen trifft.«

»Und sie kann Menschen heilen«, erinnerte sich Marc.

Lara traf es wie ein Schlag, als sie Timo wieder vor sich sah. Wie er auf einer Wiese genau wie dieser gelegen hatte. Blutend und ohne Bewusstsein. Wie die Erde sich aufgetan hatte, um ihn zu verschlingen. Um ihn dann, Stunden später, nackt und völlig geheilt wieder herauszugeben. Warum hatten sie nicht versucht, sich hier das Leben zu nehmen? Vielleicht hätte diese Welt sie beide heilen können? Wobei es keine Rolle gespielt hätte, fiel Lara ein. Denn wenn Timos Seele im Totenreich geblieben war, dann hätte auch diese Welt hier nichts daran ändern können.

Sie konnte seine Abwesenheit förmlich spüren. Ein Schmerz im ganzen Körper. Als könnte sie nicht mehr so leicht aufstehen wie früher.

Marc sah sie an. Wusste er, was in ihr vorging? Sie versuchte, ihre Gedanken und Gefühle zu verdrängen, und stand entschlossen auf. »Wir müssen die Weltenhüterin finden.«

»Hallo!«, rief eine helle Stimme.

Sie drehten sich überrascht um. Hinter ihnen stand eine Gestalt, ein paar Zentimeter kleiner als Lara. Ihre großen, schwarzen Augen musterten sie, während ihre Haut in rascher Abfolge ihre Farbe änderte. Die langen Haare trug sie offen, eine wilde Mähne. Ein gelber Schimmer floss an ihrem Körper herunter, gefolgt von Orange, Rot und Grün. Schneller, als Lara es in Erinnerung hatte. Als wäre sie nervös. Über ihr entdeckte Lara eine kleine, bunte Willensblase. Das Bild darin konnte sie nicht erkennen. Es war zu verschwommen.

»Seid ihr gut gelandet?«

»Ähm ... ich schon«, erwiderte Lara mit einem Blick zu Marc.

Die Frau kam näher. »Ich habe euch erwartet.«

Lara betrachtete die kleine Gestalt. Die Weltenhüterin war bei ihrem ersten Besuch die Einzige gewesen, die ihre Sprache gesprochen hatte. Aber sie hatte anders ausgesehen. Vor allem war sie größer gewesen. Und diese Frau hier hatte eine Willensblase. Ganz schwach nur, Lara konnte nicht erkennen, was darin war. Die anderen Weltenhüter hatten jedoch keinen eigenen Willen.

»Bist du die Weltenhüterin?«, fragte sie dennoch zögernd.

Die Frau lachte, was ihre Haut nun in den verschiedensten hellen Farbtönen aufflackern ließ. »Nein. Ich bin Tonka.« Sie verneigte sich mit vor der Brust gefalteten Händen. »Namasté.«

Lara und Marc sahen sich kurz an, ehe sie sich ebenfalls vor Tonka verneigten.

Diese spürte ihre Unsicherheit. »So begrüßt man sich doch bei euch?«

Sie mussten verwundert geschaut haben, denn Tonka wirkte mit einem Mal bedrückt. Die Farbe ihrer Haut ging in ein dunkles Braun über.

»Meine Seele grüßt deine Seele. Das bedeutet es?«

»Ja! Na klar«, beeilte sich Lara zu sagen. »Es gibt viele Menschen, die diese Geste machen. Sie ist nur uns nicht so vertraut.«

Tonka wirkte unzufrieden. »Ihr seid die Welt der Unterschiede. Daran hätte ich denken sollen.«

»Du sprichst unsere Sprache wirklich gut«, betonte Lara. Sie hatte in Erinnerung, dass die Frauen hier die Sprachen aller Welten lernen konnten.

Tonka sah sich einen Moment um und kam dann näher, um leiser weiterzusprechen. »Als ihr das letzte Mal hier wart. Und *sie* euch eingesperrt hatte ...«

... *und ausgezogen*, ergänzte Lara in Gedanken.

»... da bin ich zu euch gegangen. Mit einer Freundin. Wir wollten euch ansehen. Kennenlernen. Es war so aufregend! Also haben wir uns euch genähert. Aber du ...«

Lara sah fasziniert, dass auch die Farbe ihrer Augen sich änderte. Waren sie vorhin noch schwarz gewesen, so musterte sie Lara nun mit einem dunklen Braun.

»Du hast uns angeschrien.«

»Oh, daran erinnere ich mich gut«, betonte Marc.

»Bring ihn zurück! Das hast du geschrien.«

Lara nickte.

»Es war toll!«, rief Tonka mit Begeisterung. »So viel Gefühl.«

Lara stutzte verwundert. Sie hatte Panik gehabt und war mehr als nur ein bisschen unfreundlich zu ihr gewesen.

»Ich habe nach dieser Begegnung eure Sprache gelernt«, erklärte Tonka nun. »Und als ich gehört habe, dass ihr kommt, war ich so aufgeregt!«

»Warum?«, entgegnete Marc trocken. »Damit sie dich noch einmal anschreien kann?«

Tonka schnalzte aufgeregt, was ihre eigentliche Sprache war. Dann schien sie sich an die Sprachbarriere zu erinnern. Sie schloss einen Moment die Augen, konzentrierte sich. »Wir haben hier nicht so viel Gefühl. Außer Liebe findet ihr hier nichts. Aber du hattest Angst. Das ist faszinierend!«

Lara ignorierte die für sie absurde Feststellung, da eine andere Sache sie beschäftigte. »Wir waren erst vor ein paar Wochen hier. Wie kann es sein, dass du unsere Sprache schon so gut sprichst?«

Tonka musterte sie verwundert. »Ich habe singend um das Wissen gebetet, und dann hatte ich es.«

Sogar das Erlernen von Sprachen funktionierte hier mit Singen.

»Wir benutzen wesentlich mehr Prozent unseres Gehirns als ihr. Deshalb fällt mir das Lernen leichter«, betonte Tonka.

»Und das hier ist also euer magischer Eingang?«, fragte Lara verwundert und sah sich dabei um. Nun, da die Erde sie ausgespuckt hatte, hatte sie sich wieder verschlossen, und nichts deutete auf einen Eingang oder eine Höhle hin.

»Nein. Unser magischer Eingang ist überall. *Sie* wirft einen da raus, wo *sie* einen haben will. Der Ausgang ist an einem festen Ort. Den kennt nur die Weltenhüterin.«

»Warum hat sie uns dann hier ausgespuckt? Und nicht bei der Weltenhüterin?«, fragte Lara verwundert.

»Weil sie wollte, dass wir uns treffen.« Tonkas Augen nahmen ein tiefes Rot an. Es wirkte, als würde sie gleich vor Spannung platzen. »Ich will mit euch gehen.«

Lara hätte mit allem gerechnet, aber nicht damit. »Du willst ... was?«

»Ich will eure Welt kennenlernen!« Die Farben flossen in hellen Rottönen über ihren Körper hinweg. Ihre Willensblase blähte sich etwas auf. »Ich will wissen, wie das ist. Diese Gefühle. Angst. Und Wut. Es muss so aufregend sein!«

»Was hast du vorhin über euer Gehirn gefaselt?«, fragte Marc dazwischen. »So intelligent kannst du nicht sein, wenn du so einen Quatsch erzählst.«

Tonkas Augen wurden schwarz. Ihr Körper färbte sich ebenfalls dunkel. »Warum Quatsch?«, fragte sie mit großen Augen.

»Hey, guck mich nicht so an. Ich habe das nicht böse gemeint.«

Lara musterte Marc erstaunt. Tonkas offensichtliche Betroffenheit schien ihn mitzunehmen.

»Aber Angst ist etwas sehr Unangenehmes. Kein Gefühl, das du unbedingt erfahren solltest.«

»Warum macht ihr es dann?«

»Es gehört zum Leben dazu. Wir wollen das nicht!«

»Natürlich wollt ihr es. Ihr habt es euch doch ausgesucht.«

»Wir haben was?«

»Marc ist mit dieser Theorie nicht vertraut«, mischte sich Lara nun ein.

Tonka musterte ihn interessiert. »Du bist ein ... Mann. Richtig?« Sie sprach das Wort *Mann* langsam und bedächtig aus. Als wisse sie noch nicht richtig, was damit anzufangen war. »Männer und Frauen, ich finde das total faszinierend. Wir empfinden auch Liebe. Liebe für alles, was uns umgibt. Für alle anderen Wesen hier. Aber ihr, ihr sucht euch jemanden aus, den ihr noch mehr liebt als alle anderen. Richtig? Stimmt es, dass ihr gemeinsam Leben erschafft?«

Lara wollte überfordert antworten, als Tonka bereits weitersprach.

»Und der Junge, wegen dem du so wütend warst, den liebst du, richtig?«

Lara schwieg.

Marc kramte in seinem Rucksack. »Ja. Sie haben sich geliebt. Und haben zusammen ... Leben erschaffen.«

Tonka sah Lara begeistert an. »Du hast es dabei?« Sie sah an Lara hoch und runter. »Wo ist es? In dem Rucksack?«

Bei dieser Vorstellung musste Lara nun doch lachen. Sogar auf Marcs Gesicht konnte sie ein Grinsen erkennen. Sie deutete auf ihren Bauch. »Hier. Es wächst in mir.«

Tonka starrte Lara mit offenem Mund an. »Faszinierend«, fand sie. »Und wo ist der, den du liebst?«

»Er ist tot«, erklärte Marc, ehe Lara reagieren konnte. Wütend sah sie ihn an. »Sie hat mich gefragt.«

»Und was hättest du geantwortet?«, konterte er.

»Warum hat er sich entschieden, jetzt schon zu gehen? Ihr habt gerade neues Leben erschaffen?«, wollte Tonka wissen.

»Er ... hat es aus Liebe getan. Für die anderen Menschen in unserer Welt.«

Eine Antwort, die Tonka mit einem Nicken bestätigte und Marc ein verächtliches Schnauben entlockte.

Er schloss den Rucksack wieder. »Sie kann seinen Geist sehen. Sie führt eine Beziehung mit einem Toten.«

»Ich führe keine Beziehung!« Laras Herz schlug nervös.

»Doch. Tust du. Eine völlig kranke Beziehung, die dich an deinem Leben hindert.«

Lara war sprachlos.

Im Gegensatz zu Tonka. »Da sind sie wieder«, rief sie begeistert, während sie auf Marc und Lara deutete. »Diese Gefühle. Ihr liebt euch also auch?«

Überrumpelt sahen Marc und Lara sich an. »Wir lieben uns nicht!«, riefen sie beide gleichzeitig.

»Er ist emotional total verkrüppelt«, betonte Lara.

»Ich bin lebendig. Im Gegensatz zu Timo. Und dir.« Er durchbohrte sie mit seinem Blick, sodass sie ihm auswich.

»Diese Gefühle sind toll! Das will ich erleben.«

»Glaub mir. Das ist nicht so toll«, erwiderte Lara.

»Hier haben wir ein Leben lang dasselbe Lebensgefühl«, erklärte Tonka. »Und es ist toll. Wirklich. Aber es ändert sich nicht. Es geht nicht auf und abwärts wie bei euch. Ich wünschte, ich könnte ...« Sie brach ab, als ihr Blick Richtung Himmel ging. »Da kommt sie.« In ihrer Stimme schwang Enttäuschung mit.

Lara folgte ihrem Blick. Am Himmel wurde etwas sichtbar. Ein fliegendes Objekt. Mit Freude erinnerte sich Lara an die flunderähnlichen Wesen mit ihren gütigen Augen, die Lara und die anderen damals getragen hatten. Auch der Gesang der Frauen war jetzt zu hören.

Auf der Flunder saß in aufrechter Haltung die Weltenhüterin. Lara erkannte sie sofort. Es lagen Stolz und Weisheit in ihrer Haltung. Sie hatte den Eindruck, dass dieses Wesen einem alle Fragen des Lebens beantworten konnte. Hinter der Weltenhüterin flogen noch zwei weitere Flundern. Die Frauen, die auf ihnen saßen, waren kleiner als die Weltenhüterin. Sie hatten ungefähr Tonkas Größe. Ihre Farben glitten ruhig und unerschrocken über ihre Haut. Sie sangen eine ruhige Melodie, die zum Träumen einlud und es schwermachte, sich zu konzentrieren. Sie trugen keinen Willen über sich. Wie war es möglich, dass Tonka einen Willen entwickelt hatte?

Die drei Flundern landeten sanft vor ihnen und schauten sie mit ihren wundersamen Augen an. Lara musste lächeln. Sie erinnerten sie an Susi.

»Willkommen«, sagte die Weltenhüterin. »Ich dachte, du kommst allein.« Sie musterte Marc abschätzig.

»Er ist zu meinem Schutz dabei«, erklärte Lara ruhig. »Außerdem kennt er Isabel und weiß noch besser, wie man sie finden und aufhalten kann.«

Einen Moment lang schwieg die Frau. Dann sah sie Lara an. »Eure Weltenhüterin hat mir ausgerichtet, dass er gegen ihren Willen mitgegangen ist.«

Mila hatte also schon gepetzt.

»Ich bin aus meinem Willen mit«, konterte Marc. »Und der zählt bei uns genauso viel.«

Die Weltenhüterin zögerte. Lara war fast ein bisschen beeindruckt von Marcs Souveränität. Er ging wohl davon aus, dass keine Frau ihm widerstehen konnte. Egal von welchem Planeten sie stammte.

»Also gut«, sagte die Weltenhüterin zu Laras Überraschung. »Wir fliegen direkt zum Stein. Je schneller ihr wieder weg seid, desto besser.« Bei diesen Worten sah sie in Tonkas Richtung.

Die schnalzte leise. Rote Wellen flossen über ihren Körper.

Die drei Flundern erhoben sich in die Luft, und die Frauen sangen. Schon bewegte sich unter Lara der Boden. Sie freute sich regelrecht, als sie die Konturen der Flunder entdeckte, die nun entstand. Auch Marc wurde in die Luft gehoben. In kurzer Zeit flogen sie hoch, den beiden Sonnen dieser Welt entgegen. Lara sah noch einmal zum Boden, wo Tonka stand und ihnen nachblickte.

Jamsession

Ayse starrte auf den Bildschirm, auf dem ihre aktuelle Melodie als Linie in der Endlosschleife lief. Eine nichtssagende Melodie. Die Töne wollten nicht recht zueinander passen. Sie machte Ayse schlechte Laune. Immer wieder schob sich das letzte Bild ihrer Erinnerung in ihr Bewusstsein. Dann war es, als hätte die Melodie einen Sprung, wisse nicht mehr weiter. Die Töne tanzten ins Nichts. Unzusammenhängend und ohne Verbindung.

»Ich dachte immer, meine Melodie hat sich verändert, weil ich Streit mit Lara habe«, sagte Ayse leise. »Aber das stimmt nicht. Sie hat sich verändert, weil ich mich an einen Teil meines Lebens nicht erinnern kann.«

»Das würde Sinn ergeben«, bestätigte Leo ihre Überlegung. »Ich hatte den Gedanken schon beim Pizzaessen. Es ist, als hätte deine Platte einen Sprung.«

»Das ergibt überhaupt keinen Sinn«, rief Malik nun. »Keine Ahnung, was hier abgeht. Ich will jetzt jedenfalls nach Hause.«

Ayse musterte ihren kleinen Bruder. »Begreifst du nicht? Ihr habt dieselbe Gabe. Auch er hört die Melodien. Genau wie du früher.«

»Ich weiß nicht, was du meinst. Ich gehe jetzt. Kommst du?«

Ayse ignorierte ihren Bruder. Ohne sie würde er ohnehin nicht gehen. »Was hast du noch?«, konzentrierte sie sich wieder auf Leo.

»Ich habe erst vor Kurzem mit dem Vertonen angefangen.«

»Warum? Du hörst die Melodien doch schon länger.«

»Ja, aber ... ich wollte sie nicht hören.«

Malik gab ein Schnauben von sich.

»Ich habe getrunken. Der Alkohol hat die Musik abgestellt.« Leo wirkte bei diesen Worten so verloren, dass Ayse ihn am liebsten in den Arm genommen hätte. »Dann habe ich eine Melodie gehört, die ... keine Ahnung, ob es meine ist und sie mich deshalb so berührt hat. Aber seit ich sie gehört habe, habe ich keine Angst mehr.«

Ayse grinste. »Na, dann her damit.«

Leo klickte sich ins Internet und öffnete YouTube. Er gab seinen Namen ein und öffnete seinen Account. Dann blieben seine Hände wie erstarrt in der Luft hängen.

»Was ist?«, fragte Ayse.

Seine Stimme war leise, als er antwortete. »Über 100.000 Likes.«

Ayse hörte, wie Malik wieder hinter sie trat. Als sie aufschaute, bemerkte sie, wie er Leo über die Schulter sah.

»Das ist eine Menge«, stellte sie fest.

Mit offenem Mund starrte Leo auf den Bildschirm. Er rührte sich nicht, als Ayse auf *Play* drückte.

Die Melodie erklang. Gleichzeitig. In so vielen Wohnungen und Häusern. Erklang in so vielen Seelen und jeder, wirklich jeder hielt inne und lauschte. Als würde für diesen Moment die Zeit stillstehen.

Jo hielt die Djembe zwischen den Händen, während er und der Rest seiner kleinen Band dem Song lauschten.

Sie hatten sich im Wohnzimmer zusammengesetzt, wie immer, wenn sie eine Jamsession veranstalteten. Titus und Bodo, beide an der Gitarre, saßen auf der abgewetzten Couch. Ralf, der eigentlich jedes Instrument spielen konnte, das man ihm in die Hand drückte, hockte angelehnt an das Sofa, auf dem Mila saß und ein Bild malte. Jo hockte den dreien gegenüber und beobachtete ihre Reaktion auf das Lied. Titus hatte die Augen geschlossen, Bodo fummelte noch an seiner Gitarre rum, erstarrte nun aber in der Bewegung. Ralf starrte mit verlorenem Blick ins Leere und sah unfassbar traurig aus. Sogar Mila hörte mit dem Malen auf und betrachtete die anderen.

Sie beobachtete am liebsten Menschen, das war Jo schon vor Langem aufgefallen. In seiner Fantasie würde Mila mal Künstlerin werden. Autorin oder Zeichnerin. Und all ihre Beobachtungen zu Papier bringen. In welcher Form auch immer. Sie sah nun zu ihm, während das Lied seinen Refrain ansteuerte. Sie lächelte.

Wann hatte sie das letzte Mal gelächelt? Jo erwiderte das Lächeln, während Ralf plötzlich zu weinen begann. Jo sah ihn erschrocken an, doch er winkte nur ab und signalisierte ihm, dass er okay sei. Das Lied lief weiter, und auch Bodo hatte nun die Augen geschlossen.

Jo hatte es gewusst. Dieser Song würde alle umhauen. Er selbst hatte etwas Derartiges noch nie gehört. War noch sie so berührt worden von einem Lied.

Karin trat ein. Sie stand im Türrahmen und lauschte dem Lied. Auch sie blickte ins Leere und wirkte traurig. Lag es an Lara? Ihrem erneuten Verschwinden? Obwohl Karin betont hatte, sich keine Sorgen zu machen. Lara würde wie immer wiederkommen und wie immer kein Wort darüber verlieren, wo sie gewesen war. Es war das letzte Mal, dass Jo das mitmachte. Sollte sie nach dieser Tour noch einmal abhauen, würde er seine Tür verschließen. Aus rein egoistischen Motiven.

Er hatte es Lara nie gesagt, aber vom Tag ihrer Geburt an war sie in seinem Herzen gewesen. Mit vier Jahren hatte er sie das erste Mal verloren. Als sie dann vor ihm gestanden hatte, vor einigen Wochen, auf der Suche nach Peter, da hatte sich ein Kreis geschlossen, und er hatte sich geschworen, sie niemals wieder zu verlieren. Er wollte sie festhalten. Sie beschützen. Lara schien es ganz anders zu gehen. Sie konnte gehen, konnte loslassen. Sie war es gewohnt, schließlich hatte sie ihren Vater lange vor dessen Tod immer wieder loslassen müssen.

Das Lied lenkte ihn von seinen Gedanken ab. Die Melodie schien noch einmal Anlauf zu nehmen, um auf ihren Höhepunkt zuzusteuern. Jetzt schloss auch Jo die Augen. Diesen Moment wollte er genießen. Es war der Moment, wenn seine Gedanken einfach ausgeschaltet wurden. Da war nur noch Gefühl. Ein Kribbeln in seinem Magen.

Als das Lied aufhörte, herrschte Stille. Erst nach und nach hörte Jo Bewegungen, ein Räuspern. Er öffnete die Augen wieder und klappte den Laptop zu. Karin starrte immer noch ins Leere, während Ralf sich seine Tränen wegwischte. Titus und Bodo starrten Jo an.

»Von wem ist es?«, fragte Titus.

»Anonym. Keiner weiß es. Ich habe schon recherchiert. Das ganze Netz scheint den Urheber zu suchen.

Aber der Account ist geschützt. Auf Anfragen kommt keine Antwort.«

»Scheiße, Alter«, ließ Bodo vernehmen. »Wenn ich so einen Song geschrieben hätte, dann würde ich mir ein T-Shirt drucken lassen, auf dem groß und breit gedruckt steht: Hab ich gemacht!«

Jo und Karin mussten lachen, und auch Mila grinste.

»Dann weiß doch keiner, was du gemacht hast«, kicherte sie.

Bodo sah Mila an und grinste zurück. »Keine Sorge. Jeder würde wissen, was ich meine. Ich würde mich dafür abfeiern lassen und Millionen verdienen.«

»Offensichtlich will der Künstler keine Kohle«, mutmaßte Ralf.

»Hast du geflennt?«, wunderte sich Titus.

»Ja, ich habe geflennt! Wie kann man bei dem Song denn nicht flennen?«

»Wollen wir ihn spielen?«, fragte Jo.

»Dann flennt Ralf aber die ganze Zeit.«

Ralf schnappte sich ein Kissen und warf es zu Bodo, der es grinsend auffing.

»Memme!«, rief er lachend.

Da warf auch Mila ein Kissen nach Bodo.

»Na warte!«, rief Bodo und warf je ein Kissen in Milas und Ralfs Richtung.

Lachend ging Karin dazwischen und warf sich schützend vor ihre Tochter, die sich kichernd hinter ihrem Rücken verschanzte und noch ein Kissen zu Bodo warf. Eine Kissenschlacht begann, und Jo konnte sich nicht erinnern, wann sie das letzte Mal so ausgelassen gewesen waren. Hatte der Song das bewirkt?

Als die Tür langsam aufgeschoben wurde, entdeckte Jo Styx, die behäbig zum Kamin trottete, sich hinlegte und das Treiben beobachtete. Er konnte ihr Schnurren hören.

Eine Stunde später machten sie Musik. Anders als sonst waren die Männer nicht unter sich. Auch Mila und Karin hatten sich je eine Trommel geschnappt und spielten mit. Jo betrachtete Karin und seine Tochter, die sich immer wieder anlächelten. Das war einer von diesen Momenten, die perfekt waren. Bei denen er vor Glück hätte platzen können.

Warum nur hatte er ständig das Gefühl, dass dieses Glück ein Ablaufdatum hatte?

»Wenn ich dieses Lied höre, bin ich verliebt«, erklärte Ayse leise, als sie das Lied zum vierten Mal anklickte. Die Gänsehaut prickelte am ganzen Körper. Wie mochte es den anderen Menschen gehen, die die Melodie bereits gehört hatten? Auch Malik war verdächtig ruhig. Sie hatte gesehen, wie er sich eine Träne weggewischt hatte.

Leo lachte auf.

»Ist das lustig?«, fragte Ayse verwundert.

»Ja. Das ist lustig.« Er wurde ernst. »Weil ich in meinem ganzen Leben noch nie geliebt habe.«

Ayse sah Leo an, der immer noch auf den Bildschirm starrte. »Dann wird es aber Zeit«, fand sie.

»Die wollen alle wissen, wer du bist«, stellte Malik fest, der mit seinem Stuhl näher rückte und es mit einem Mal gar nicht mehr so eilig hatte, von hier wegzukommen. Er las die Kommentare unter dem Video.

»Hier. Von San07: ›Geiler Song. Wer bist du?‹ oder hier, von JoBlackF: ›Mein Kumpel findet, du sollst dir ein T-Shirt bedrucken lassen. Hast du noch mehr davon?‹ Oder der hier ...«

»Niemand darf das erfahren!«, rief Leo plötzlich.

Sie sahen ihn erstaunt an.

»Warum nicht? Schreib noch so ein paar Songs, mach eine Platte und schwupp, bist du aus dem Schimmelloch hier raus.«

»Ich habe keinen Plan, wo diese Melodien herkommen. Aber ...« Leo schien nach den richtigen Worten zu suchen. »Sie gehören nicht mir. Diese Melodien gehören allen, versteht ihr? Ich bin nur der Überbringer.«

»Das Medium«, betonte Ayse, was ihr einen fragenden Blick der beiden Jungs einbrachte. »Es gibt automatisches Schreiben. Das habe ich mal geübt. Die Theorie ist, dass alle Geschichten schon da sind. Um uns herumschweben. Und man sich als Autor für eine Geschichte öffnet, die man aufschreibt. Sie stammt dann nicht von einem selbst. Man ist nur das Medium.«

»So ein Quatsch«, fand Malik. »Deine kitschigen Liebesgeschichten kommen eindeutig von dir.« Jetzt sah er Leo an. »Und du hast diesen Song geschrieben. Du musst ihn nicht verschenken.«

Leo schwieg nachdenklich.

Ayse sah ihren Bruder an, dessen Augen seit Langem wieder einmal leuchteten. »Was ist mit seiner Melodie?«, fragte sie und deutete auf Malik.

Leo sah zu ihm, der ihn nun mit seinen großen, dunklen Augen musterte. »Ich kann sie nicht hören«, gestand er. »Sie ist ganz dumpf.«

Ruckartig schob Malik seinen Stuhl zurück und stand auf. »Wen interessiert das schon?« Überstürzt verließ er die Wohnung.

Ayse sah ihm einen Moment erschrocken über diese Heftigkeit nach.

»Sorry, ich wollte ihn nicht beleidigen.«

»Er ist nicht beleidigt«, sagte sie zögernd. Sie würde sich später mit ihrem Bruder auseinandersetzen. Sie lächelte Leo an. »Wir sollten herausfinden, was die Melodien bewirken. Wir sollten sie zu den Menschen bringen.«

Namasté

Der Flug dauerte bereits gute zwei Stunden. Lara war lange in den faszinierenden Anblick dieser Welt versunken gewesen. Wenn man eine Weile in die sich immer verändernden Farben starrte, lullte es einen regelrecht ein.

Das lenkte sie ab, denn der lange Flug gab Zeit zum Nachdenken, und wann immer sie Zeit zum Nachdenken hatte, war da nur Platz für Timo. Nun, da sein Geist sie nicht begleitete, vermisste Lara ihn umso mehr. Auch die Tatsache, dass sie um das Leben nach dem Tod wusste, änderte nichts an diesem Gefühl. Sie wusste, dass sein Geist weiter existierte. Wusste, dass sie sich wiedersehen würden. Wusste, dass sie ohne ihn existieren konnte. Aber mit ihm wäre es um so vieles schöner gewesen. Als Lara Feingeist würde sie ihn nie wieder berühren oder küssen. Das Leben würde sie ohne ihn entdecken. Konnte diese Erfahrung nicht mit ihm teilen. So war die Aussicht auf die Ewigkeit in diesem Leben nichts weiter als ein theoretisches Konstrukt. Weshalb sie unendlich dankbar dafür war, wenigstens Timos Geist sehen zu können.

Hatte Marc recht? Führte sie eine ungesunde Beziehung? Lebte sie selbst dadurch weniger? Sie sah zu Marc, der auf seiner Flunder saß und zu den beiden Sonnen starrte. Lara wusste, wie gern er jetzt sein Tablet rausgeholt und Fotos gemacht hätte. Aber das wagte er sich angesichts der Weltenhüterin nicht.

Was konnte ausgerechnet er ihr denn über Beziehungen erzählen? Er war jahrelang mit einer Frau zusammen gewesen, die er wie den letzten Dreck behandelt hatte. Marc hatte keine Ahnung von Liebe. Sie würde sich von ihm gar nichts einreden lassen!

Plötzlich wurde ihr schlecht. So schnell und unerwartet, dass sie nur noch daran denken konnte, zu landen. Als hätte ihre Flunder ihren Willen gespürt, sank sie Richtung Boden.

»Was ist los?«, hörte Lara die Weltenhüterin rufen.

»Ihr ist schlecht«, erklärte Marc.

Wie zur Bestätigung sprang Lara von der Flunder, ehe diese den Boden erreichen konnte, und übergab sich in das farbenfrohe Gras. Danach blieb sie auf dem Boden sitzen. Die bunte Welt drehte sich leicht vor ihren Augen. Mittlerweile waren die anderen auch gelandet und Marc hockte sich zu ihr.

»Alles okay?«

»Zu viele Farben«, murmelte sie.

Er stand auf und kramte in seinem Rucksack nach der Flasche Wasser. »Wir brauchen eine Pause.«

»Keine Pause. Es wird bald Nacht.«

»Dann fliegen wir eben morgen weiter«, beharrte er.

Lara sah verwundert zu ihm hoch. Spielte er sich jetzt als ihr Beschützer auf, um sie zu schonen? Oder witterte er eine Möglichkeit, den Sternenhimmel zu fotografieren?

»Wie weit ist es noch?«, fragte Lara leicht benommen.

»In eurer Zeiteinteilung ... drei Stunden?«

Ein erneuter Schwall Übelkeit überkam sie und beantwortete die Frage nach einer Weiterreise.

Die Weltenhüterin willigte darin ein, Marc und Lara über Nacht hier zu lassen. Sie wollte ihnen etwas zu essen bringen und sie dann am frühen Morgen wieder abholen.

Entspannt lehnte sich Lara im Gras zurück. Ein leichter Wind wehte und brachte die Halme zum Schwingen. Die Farben wechselten langsam, und Lara wurde schläfrig. Als Marc die Lebensmittel entgegennahm, bekam sie gerade noch mit, wie die Weltenhüterin und ihre Begleiter auf den Flundern davonflogen. Dann schlief sie ein.

Wieder schwebte sie im Dunkeln. Wieder flog die kleine, goldene Kugel auf sie zu. Diesmal wusste Lara, dass es ein Traum war, und sie wollte ihn kontrollieren. Wollte auf die goldene Kugel aufpassen. Sie flog darauf zu und nahm sie schützend in die Hände. Dann sah sie wieder die Umrisse der Gestalten. Auch ihre Gesichter. Timo! Er war überall. Jede Gestalt trug sein Gesicht. Wie eine Maske. Laras Herz machte einen Sprung. Sie flog auf einen von ihnen zu. Er sah an ihr vorbei. Sie flog zum nächsten. Auch dieser Timo ignorierte sie. Verwirrt sah Lara von einem zum anderen.

»Welcher bist du wirklich?«, fragte sie.

Jetzt lachten die Gestalten. Lachten sie aus!

Lara wollte nach einer greifen. Sie berühren. Aber ehe ihre Hände sie fassen konnten, verschwand er. Löste sich in Luft auf. Lara flog zur nächsten Gestalt. Dasselbe Spiel. Wann immer sie zu Timo wollte, verschwand er. Schließlich war sie ganz allein im Dunkeln. Mit ihrer goldenen Kugel in der Hand. Ganz klein war sie geworden. Nur noch so groß wie ein Tischtennisball. Ohne nachzudenken, steckte Lara sich die Kugel in den Mund und schluckte sie.

Sie spürte, wie sich die Kugel ihre Kehle hinunterquetschte. Schwer landete sie in ihrem Magen. Lara sah an sich herunter, als sie mit einem Mal bemerkte, dass der Bauch größer wurde. Die Kugel in ihrem Bauch wuchs heran! In kurzer Zeit war ihr Bauch zur Größe eines Fußballs angewachsen. Und immer weiter wuchs er. Immer praller wurde er. Lara fasste an ihren Bauch und wollte ihn schützend zusammenhalten. Der Druck in ihrem Inneren war enorm.

Jeden Moment würde sie platzen! Jeden Moment würde sie ...

Mit einem Schrei wachte sie auf. Sie saß senkrecht in den Gräsern. Um sie herum Totenstille. Ihre Hände wanderten zu ihrem Bauch. Alles noch da! Nichts war geplatzt. Aber das Gefühl, nach Timo greifen zu wollen und ihn immer wieder zu verlieren, war allgegenwärtig. Lara sah sich um und entdeckte direkt neben sich das Obst, das die Frauen gebracht hatten. Hungrig begann sie zu essen. Sie erinnerte sich, dass es einige Sachen gab, die sie nicht mehr essen sollte. Rohen Fisch, Rohmilchkäse, rohes Fleisch ... Letzteres kam für sie sowieso nicht mehr infrage. Lara betrachtete das Obst in ihrer Hand und hoffte, dass es für sie und Körnchen gesund sein würde.

Als sie ihren Hunger gestillt hatte, sah sie sich nach Marc um. Er war nirgends zu sehen. Sie stand auf und ging ein Stück weit die Wiese entlang. Der Wind wehte leicht, und die Luft roch so gut, dass Lara einen Moment stehen blieb und tief einatmete. Diese Welt hatte noch nie ein Auto oder eine Fabrik gesehen. Ob ihre Welt auch einmal so gut gerochen hatte?

Als sie in den Himmel sah, verschlug es ihr die Sprache. Er war von so vielen Sternen erleuchtet, dass er einen silbernen Schimmer auf sie und diese Welt warf. Sie versank einen Moment in diesem unglaublichen Anblick, den sie bei ihrem letzten Aufenthalt gar nicht zu würdigen gewusst hatte, ehe sie sich umsah und ein paar Meter von ihr entfernt eine Gestalt im Gras sitzen sah. Langsam trat sie näher.

Marc saß auf dem Boden und tippte auf seinem Tablet herum.

»Hey.« Sie ging näher und setzte sich neben ihn. »Warum schläfst du nicht?«

»Geträumt.« Er musterte sie kurz und widmete sich dann wieder seinem Tablet.

»Ist seltsam, oder? Diese Welt hier trifft eigene Entscheidungen. Sie hat entschieden, uns die Kleidung zu stehlen. Sie hat entschieden, Timo zu heilen. Sie hat entschieden, uns einzusperren. Warum lässt sie jetzt zu, dass Isabel und du Fotos machen? Ich meine, sie hätte Isabel einfach verschlucken können. Problem gelöst.«

Marc hielt das Tablet Richtung Sternenhimmel und machte Fotos. »Keine Ahnung«, erklärte er. »Vielleicht ist es ihr egal?«

»Oder sie findet es gut«, überlegte Lara. »Vielleicht sind nicht alle der Meinung, dass die Welten ein Geheimnis bleiben sollten.«

»Vielleicht.«

»Machst du dir keine Sorgen? Dass sie dich verschluckt oder so?«

Er machte weitere Fotos. »Sie wird mir nichts tun.«

»Was macht dich so sicher?«

»Sie hat mich damals nackt gesehen. Vielleicht habe ich ihr gefallen. Sind ja nicht viele Männer hier.«

Lara starrte Marc einen Moment an, ehe sie schallend loslachte. »Das ist das Dümmste, was du je von dir gegeben hast. Und das Schlimmste ist, dass du das auch noch wirklich glaubst!« Sie lachte so sehr, dass ihr der Bauch wehtat.

Er musterte sie und grinste. Lara ließ sich auf den Rücken fallen und blickte, noch immer kichernd, in den Himmel.

»Hast du mal darüber nachgedacht, dass es mit einer Welt begann?«, fragte er nun.

»Mit einer Welt?«

»Als die Seelen angefangen haben ... mit dem Erschaffen ... irgendwo muss es noch diese Welt geben. Die erste, die jemals erschaffen wurde. Die würde ich gerne sehen«, erklärte er.

Lara betrachtete Marc lächelnd. Da war sie wieder. Diese Seite an ihm, die ihr so gut gefiel.

»Wenn du rausgefunden hast, wo diese Welt hier ist, was machst du dann?«

»Nichts«, erklärte er ruhig.

»Du könntest berühmt werden. Du könntest die Welt sogar nach dir benennen.«

»Wenn, dann würde ich sie nach Gustav benennen.«

Lara richtete sich wieder auf. »Fehlt er dir?«

Marcs Blick wanderte nur kurz zu ihr, ehe er sich wieder auf sein Tablet konzentrierte. »Jedenfalls kommt er mich nicht als Geist besuchen.«

»Fängst du wieder damit an?«

»Ich werde immer damit anfangen. Bis du kapierst, dass du dich verrennst.«

»Ich verrenne mich nicht!«

»Was willst du deinem Körnchen erzählen? Guck mal, da ist dein Papa. Er ist leider unsichtbar, aber ich kann ihn sehen. Und jetzt gerade lächelt er dich an.« Marc sah sie ernst an. »Ist das gut für ein Kind?«

Lara schwieg.

»Ich habe meine Eltern auch verloren, Lara. Genau wie du. Das war hart. Aber wenn Gustav mir erzählt hätte, dass ihre Geister um mich rumspringen, dann hätte ich nie aufgehört, sie zu vermissen.«

»Er ist nicht für immer weg«, flüsterte sie.

»Er ist jetzt weg!«, rief er laut.

Sie zuckte zusammen.

»Er ist weg. Tot. Begraben. Sag mir eines: Warst du an seinem Grab?«

»Seine Eltern wollten nicht, dass ...«

»Seine Eltern? Den Müll kannst du dir selbst erzählen. Du gehst nicht an sein Grab, weil du dich dann mit seinem Tod konfrontieren müsstest.«

»Das stimmt nicht!«

»Natürlich stimmt das.«

Sie spürte, wie ihr Herz schneller schlug. Sie stand auf. »Sag du mir nicht, wie ich zu trauern habe! Du hast deinen Opa verloren. Der Mutter und Vater für dich war. Und du hast noch nicht mal eine Träne vergossen. Habe ich recht?«

Auch Marc stand auf. »Ich habe nicht geflennt. Aber ich habe ihn verabschiedet. Und das Einzige, was mich aufregt, ist, dass ich ihm seinen letzten Wunsch nicht erfüllen kann.«

»Und was war sein letzter Wunsch?«

Er atmete schwer und sah ihr tief in die Augen.

»Hallo?«

Beide zuckten zusammen und sahen sich im Halbdunkeln um.

Eine Gestalt war zu ihnen getreten. »Ich bin es. Tonka.«

Marc fluchte genervt. »Tolles Timing.« Er drehte sich einen Moment weg, um seine Fassung wiederzuerlangen.

Lara konnte sehen, dass sein ganzer Körper bebte.

Tonka trat vorsichtig näher. Ihre Farben leuchteten leicht in der Dunkelheit. Sie wechselten von Lila zu Rosa. »Ich habe euch gesucht«, gestand sie. »Ich bin so froh, dass ihr noch da seid.«

»Willst du immer noch mit uns kommen?« Lara sah, wie Tonkas Augen rot zu leuchten begannen.

»Unbedingt!«

»Aber eure Weltenhüterin weiß nichts davon?«

»Sie würde es verbieten. Um mich zu schützen. Aber *sie* sorgt ständig dafür, dass wir uns treffen. Deshalb weiß ich, dass ich mit euch reisen soll. Und dass mir nichts geschehen wird.«

»Dir wird etwas passieren«, betonte Lara. »Spätestens wenn du zu uns auf die Erde kommst. Die Menschen kennen keine Außerirdischen. Sie wissen nichts von den anderen Welten. Sie wissen nicht mal, dass sie eine Weltenhüterin haben. Oder im Moment gerade nicht haben ... Wenn sie dich sehen, werden sie dich mitnehmen. Sie werden dich untersuchen wollen. Du weißt nicht, wozu sie in der Lage sind. Es ist zu gefährlich.«

Tonka schwieg und starrte Lara einfach nur an.

»Glaub mir«, fuhr diese fort. »Es ist besser, wenn du hierbleibst.«

»Nein. Das ist nicht besser.« Tonkas Stimme war leise, aber entschlossen. »Diese Welt hier hat mir nichts mehr zu bieten. Ich will mehr.«

»Dann wähl dein nächstes Leben auf der Erde«, schlug Lara ruhig vor. »Du hast selbst gesagt, dass ihr entscheiden könnt, wann ihr geht und ...«

»Ich bin nur einmal Tonka«, betonte sie. »Und als diese Tonka will ich eure Welt kennenlernen. Mit meinem Bewusstsein. Wenn ich als Mensch auf eure Welt komme, habe ich alles vergessen, was ich vorher war. Ihr könnt mich beschützen!«

»Wenn sie dich finden, kann ich dich nicht beschützen.«

»Aber Marc. Er ist doch auch zu deinem Schutz dabei?«

Marc sah Tonka überrascht an.

»Marc ist zu seinem eigenen Vergnügen hier«, betonte Lara.

»Von mir aus komm mit«, sagte er.

»Was? Bist du wahnsinnig?«

»Wenn sie sie finden, hüpft sie in den See und springt zurück in ihre Welt. Wo ist das Problem?«

Tonka strahlte.

»Wo das Problem ist? Dass sie es vielleicht nicht mehr zum Ausgang schafft!« Sie sah Tonka an. »Hör nicht auf ihn. Er sagt das nur, weil ihm alles egal ist.«

»Sie will unsere Welt kennenlernen. Soll sie doch. Wenn sie dabei draufgeht, hat sie wenigstens was zu erzählen.«

Lara rutschte die Hand aus, ehe ihr Verstand eingreifen konnte. Die Ohrfeige knallte in der Stille der Nacht.

Wütend starrte Marc sie an. Dann packte er sein Tablet und ließ die beiden stehen. Lara sah ihm nach. Erschrocken über sich selbst. Erschrocken über seine Kälte.

»Was ist passiert?«, fragte Tonka mit Sorge in der Stimme.

»Er macht das mit mir«, gestand Lara leise. »Er macht mich so unfassbar wütend. Weil er ständig so tut, als wäre ihm alles egal. Dabei ist er gar nicht so.« Sie atmete tief durch und musterte Tonka. »Wie kommt es, dass du etwas willst? Ihr wollt doch eigentlich nichts ... auf dieser Welt. Außer im Einklang mit allem zu leben.«

»Ich weiß es nicht.« Tonkas Augen wirkten traurig. »Ich war schon immer anders. Habe nie wirklich dazugehört. Und das ist okay für mich. Ich will nur den Weg gehen, der für mich der richtige ist.«

Lara nahm Tonkas Hand, woraufhin ihre Farben in aufgeregter Abfolge wechselten. »Du bist in unserer Welt nicht sicher«, murmelte sie. »Ich kann dich nicht mitnehmen.«

Das Farbspiel endete abrupt.

Lara ließ Tonkas Hand los und folgte Marc in die Dunkelheit, ohne sich noch einmal zu ihr umzudrehen.

Sie fand ihn bei den Lebensmitteln und den Rucksäcken. Er lag im Gras, die Jacke eng um den Oberkörper gehüllt. Schlief er? Oder stellte er sich schlafend? Sie setzte sich neben ihn und legte sich auf den Rücken. Eine Entschuldigung wollte ihr einfach nicht über die Lippen kommen.

Dafür überschlugen sich ihre Gedanken. Sie hatte Tonka eine Absage erteilt. Weil sie sich Sorgen machte? Oder weil sie es für das Richtige hielt, wenn jeder auf seinem Planeten blieb? Was war das Richtige?

Wenn Körnchen alt genug sein würde, um ihr die wichtigen Fragen zu stellen, was würde sie ihm erzählen, über die Welt? Würde sie ihm sagen, dass es andere Welten gab? Dass diese so ganz anders und wunderbar und doch ähnlich ihrer eigenen waren? Würde sie ihm von der Welt der Träumer erzählen, auf der ihr Kind selbst einmal gewesen war, um sich auszusuchen, wo es als Nächstes hinging?

Lara wusste nicht, ob sie dieses Wissen würde verheimlichen können. Sie wusste nicht einmal, ob sie das wollte. Sie empfand dieses Wissen als ein Geschenk. Hatte Mila recht und die Entdeckung der Welten war ein Versehen? Etwas, das nicht hätte stattfinden sollen? Aber vielleicht war es genau der Weg, den Lara gehen wollte. Den sie sich ausgesucht hatte. Vielleicht hatte sie ihre Eltern gewählt, in dem Wissen, dass ihr Vater das Computerprogramm Styx erfinden und sie es benutzen würde. Und wenn dies so war, vielleicht waren die Menschen dann ja bereit für das Wissen um die anderen Welten? Worauf sollten sie denn noch warten? Darauf, dass jemand eine Rakete erfand, die so weit fliegen konnte? Die Reise würde so lange dauern, dass erst Generationen nach ihnen eine Ankunft erleben würden. Die einzige Möglichkeit war der Sprung ins Wasser.

Vielleicht lag Mila falsch und Isabels Entscheidung, Fotos von den Welten zu machen, war richtig und wurde von den Menschen unbewusst erwartet? Vielleicht hatten sie sich ausgesucht, diejenigen zu sein, die den Menschen von den anderen Welten erzählten?

Styx hatte vom Gleichgewicht erzählt, das gestört werden könnte. Aber die Erde war sowieso nicht im Gleichgewicht. Wenn das Wissen über die Welten auch bei den anderen dafür sorgen würde, dass die Ehrfurcht und Liebe für das Leben und die fremden Geschöpfe zunahm, dann war das doch etwas Gutes? Dann war es das, was ihre Welt brauchte?

Die Gedanken wirbelten durcheinander, irgendwann fiel Lara in einen unruhigen Schlaf.

Sie wurde vom Gesang der Frauen geweckt, die mit der Hüterin auf ihren Flundern zu ihnen geflogen kamen. Während Lara sich aufsetzte, bemerkte sie, dass Marcs Jacke auf ihr lag. Sie sah ihn an und reichte sie ihm. Einen Moment berührten sich ihre Hände, während Marc ihrem Blick auswich.

»Seid ihr bereit?«, fragte die Weltenhüterin ungeduldig. Sie konnte es offensichtlich nicht erwarten, Lara und Marc wieder loszuwerden.

Wusste sie von Tonkas Wünschen? Oder konnte sie, genau wie Mila, nicht alles sehen, was ihre Weltenbewohner planten?

Lara setzte sich auf ihre Flunder, die sie mit großen Augen erwartete. Sie streichelte kurz über den Kopf des eigenartigen Wesens, woraufhin die Flunder die Augen schloss und sich für einen Moment schüttelte.

»Sie sind kitzlig«, erklärte die Weltenhüterin.

Lara musste schmunzeln und setzte sich auf den Rücken des Tieres. Sie hoben ab, und Lara sah zurück zum Nachtlager, wo ihre Abdrücke noch im farbigen Gras zu erkennen waren. War Tonka noch hier? Sah sie ihnen jetzt hinterher?

Der Flug dauerte lange, genau wie es die Weltenhüterin vorhergesagt hatte. Während Lara die farbenprächtige Welt betrachtete, hatte sie irgendwann das Gefühl, dass die Farben sich auch auf ihrer eigenen Haut ausbreiteten. Als würde sie selbst ein Teil dieser Welt werden. So wie damals im Totenreich. Und auf der Welt ihrer Eltern.

Irgendwann sah sie am Horizont ein Gebirge. Sie flogen direkt darauf zu und ein Stück weit die Berge hinauf, wo Lara einzelne Lager der Frauen erspähen konnte. Sie lebten in einer Art Zelt, das nach oben hin offen war.

Regnete es in dieser Welt gar nicht? Wahrscheinlich konnte *sie* alle mit eigenem Wasser versorgen. Es gab so vieles über diese Welten zu erfahren. Ein wenig beneidete Lara die Frauen hier, die Zugang zu allem Wissen hatten.

Sie landeten auf einem Felsplateau. Die Weltenhüterin wirkte geschäftig. »Hier ist der Stein.«

Mitten auf dem Plateau war ein Kristall, der Lara bis an die Hüften reichte. Er war glattpoliert und leuchtete noch intensiver in verschiedenen Farben als der Rest dieser Welt. Auch neben diesem Stein war ein kleiner See, dessen Grund nicht zu erkennen war. Ein Baum wuchs aus dem See hervor und trug anstelle von Blättern kleine Lichter, die in verschiedenen Farben leuchteten. Lara konnte ihren Blick kaum von diesem Kristall abwenden. Wie gern hätte sie davon ein Foto gemacht.

»Warum ist dieser Ort nicht auch in einer Höhle?«, fragte sie.

»Weil wir ihn vor niemandem schützen müssen«, erklärte die Weltenhüterin, während sie die Hände ins Wasser tauchte. »Niemand außer mir kennt den Weg. Meine Begleiterinnen schweigen.« Sie ging zu dem Stein und begann genau wie der Riese, den Stein zu reiben. Immer schneller glitten ihre Hände über die polierte Oberfläche, und schon bald konnte Lara einen ersten Ton erklingen hören.

Marc stand in einigem Abstand. Wie gern hätte Lara ihn gebeten, das Folgende aufzunehmen. Wie sah sie aus, wenn sie ihren Körper verließ und als ein Energieschwall einmal um diese Welt sauste?

Aber daran war nicht zu denken. Wenn auch *sie* Marc sein Tablet gelassen hatte, die Weltenhüterin würde es sicher zerstören. Und irgendwie wollte Lara das nicht.

Sie ging näher an den Stein heran, legte die Hände darauf und schloss die Augen. Der Ton, den der Stein nun von sich gab, schien durch das Erdreich in sie hineinzufließen. Ihr ganzer Körper vibrierte mit ihm. Dann ging alles sehr schnell. Als hätte sie sich schon daran gewöhnt, ihren Körper zu verlassen. Ein Ruck fuhr durch sie hindurch, und sie erlebte das bekannte Gefühl, als würde sie aus einer Enge heraus in die Unendlichkeit fliegen. Sie fand sich in einiger Höhe über dem Plateau wieder.

Diesmal nahm sie sich etwas Zeit und versuchte, an sich selbst herunterzusehen. Sich selbst zu erkennen. Natürlich war ihr Körper da unten. Weit von ihr entfernt. Sie war nur noch mit dem silbernen Faden verbunden. Da bekam sie Panik. Wenn sie hier war, wer war dann bei Körnchen? Sie wurde unruhig, aber als würde die Energie in ihr ein Eigenleben führen, sauste sie einmal um die Welt.

Sie sah alles Bekannte und noch viel mehr. Ganze Dörfer, in denen die Frauen lebten. Die Frauen wirkten glücklich, alle hatten ein Lächeln im Gesicht. Eine ganze Welt voller Frieden. Doch nirgendwo wollte sich eine Willensblase auftun, die auf Isabels Anwesenheit hätte schließen lassen. Erst als Lara wieder das Plateau erreicht hatte, erkannte sie etwas. Marcs Willen. Sein Blick suchte den Himmel ab, als wollte er Lara in ihrer jetzigen Daseinsform erkennen. Da war noch eine Blase. Kleiner, aber nun deutlich zu erkennen: Tonka, die an Laras Seite durch den Wald rannte.

Mit einem Schwung zog sich die Energie zusammen, und Lara fand sich in ihrem Körper wieder. Sie hatte noch weiche Knie, als sie aufstand und die Weltenhüterin vor sie trat.

»Und? Hast du einen Willen gesehen?«

Und ob. Tonka war hier, keine fünfzig Meter entfernt.

Sie erwiderte den fragenden Blick. Durfte man eine Hüterin anlügen? »Isabel ist nicht hier«, antwortete Lara wahrheitsgemäß.

Die Hüterin musterte sie einen Moment.

Sie weiß, dass ich etwas verheimliche, schoss es Lara durch den Kopf. »Wir können weiter«, betonte sie deshalb schnell. »Zeigst du uns den magischen Ausgang?«

»Er ist direkt hier«, erwiderte die Hüterin. »Folgt mir.«

Marc ging an Lara vorbei und drückte ihr den Rucksack in die Hand, ohne ihren Blick zu erwidern. Die Begleiterinnen blieben stehen. Der magische Ausgang war nur für die Hüterin bestimmt.

Lara ging zu ihrer Flunder. »Danke für den Transport.« Die Flunder gab einen quietschenden Laut von sich. Dann folgte Lara Marc und der Hüterin.

Sie gingen einen schmalen Weg entlang, der auf eine weitere Anhöhe führte. Während sie der Hüterin folgte, konnte Lara das Gedankenspiel nicht lassen. »Warum glaubst du, hat *sie* Isabel gehen lassen? Samt den Fotografien?«

Die Hüterin verlangsamte kurz ihren Schritt. »Ich habe mir dieselbe Frage gestellt. Es würde bedeuten, dass sie das Handeln eurer Bekannten unterstützt. Was in diesem Fall unüblich wäre.«

»Also ist es vielleicht doch in Ordnung, was Isabel tut? Dass sie die Welten fotografiert?«

Nun sah Marc Lara für einen Moment fragend an.

»Es ist gegen die Regeln, die seit Beginn dieses Universums Bestand haben«, betonte die Hüterin. »Ich halte mich an diese Regeln. Das ist meine Aufgabe.«

Sie klingt genau wie Mila, dachte Lara.

Hinter der nächsten Kurve erreichten sie ein weiteres Plateau. Lara blieb einen Moment lang sprachlos stehen. Auf der flachen Ebene war ein ovaler Kreis zu erkennen. Er schwebte ein Stück über der Erdoberfläche und schimmerte in allen nur denkbaren Farben. Blickte man in diesen Kreis hinein, konnte man nichts erkennen. Als würde ein Schleier darauf liegen.

Der magische Ausgang.

»Es ist wunderschön«, platzte es aus Lara heraus.

»Wenn ich könnte, würde ich den Durchgang verschließen, wenn ihr weg seid«, sagte die Hüterin.

»Und wenn der Durchgang auch für uns gemacht ist?«, hakte Lara nach. »Wenn es irgendwann so sein soll, dass auch wir Bewohner durch die Welten reisen können? Und nicht nur die Weltenhüter?«

Missbilligend sah die Hüterin Lara an.

»Das würde so vieles erklären. Vielleicht sind wir irgendwann so weit, dass wir unser Wissen miteinander teilen können.«

Der Blick der Hüterin wurde kalt. »Ihr liebt die Zerstörung. Ihr wollt selbst die Herrschaft übernehmen. Wollt göttlich sein und seht doch nicht, dass eure Welt euch genau wie unsere alles schenkt, was ihr braucht. Was glaubst du, würde passieren, wenn ihr in unsere Welt kommt? Ihr würdet sie vernichten. Deshalb: nein. Keiner von euch wird mehr durch diese Welt reisen. Nicht, so lange ich Hüterin bin.«

So viel Feindseligkeit und Arroganz lag in der Stimme, dass Lara wütend wurde. »Wir sind nicht alle so!«, rief sie erregt.

Die Hüterin packte Marc und zog ihn in Richtung des schwebenden Ovals. »Glaubst du, ich habe nicht gesehen, was er gestern Nacht getan hat? Wenn ich könnte, würde ich eingreifen! Aber ich habe nicht die

Befugnis!« Sie zerrte Marc dicht vor das Oval, der sich genervt wehrte.

»Schon gut. Wir gehen«, betonte Lara ruhig.

Die Hüterin ließ von Marc ab, und Lara trat neben ihn. Mit einem Mal war sie froh, diese Welt verlassen zu können. Sie wirkte im Einklang miteinander, aber nur, solange nichts kam, das sie aus dem Gleichgewicht brachte.

Marc und Lara sahen durch das Tor. Auch aus dieser Nähe konnte sie nicht erkennen, was dahinterlag. Es war, als würde etwas ihren Blick trüben. Lara freute sich jedoch auf das, was sie erwartete. Diese stille Welt voller Pflanzen.

Sie sah zu Marc. In dieser Welt waren sie allein gewesen. Sie hatten sich geküsst. *Er* hatte sie geküsst, verbesserte sich Lara schnell. Und er hatte ihr von der habitalen Zone erzählt und ihr erklärt, warum er Lara den Spitznamen *Goldi* gegeben hatte. So hatte er sie schon lange nicht mehr genannt.

Sie erinnerte sich, wie sie mit dem Weltenhüter kommuniziert hatte. Er hatte keine körperliche Gestalt, sondern war ihr in Form von Elementen begegnet. Als Wind, als riesige Welle ... Wie würde er mit ihnen das Ritual durchführen? Wie brachte er den Stein zum Singen? Und was hatte er mit Isabel gemacht, als sie allein unterwegs gewesen war? Hätte Lara damals nicht mit dem Weltenhüter kommuniziert, hätte er sie ertrinken lassen. War Isabel längst tot? Aber müsste Mila das dann nicht wissen?

Marc nahm Anlauf und sprang ohne Zögern in das Oval. Lara wollte ihm folgen. Schon fühlte sie, wie ein

Sog sie erfasste, als sie eine Entscheidung traf. Mit dem Wissen, dass Tonka ihnen gefolgt war, drehte sie sich um. Sie faltete die Hände vor der Brust und verneigte sich.

Meine Seele grüßt deine Seele.

Würde Tonka verstehen?

Ja! Sie verstand!

Keine Sekunde später war ein aufgeregtes Schnalzen zu hören. Und ehe die Weltenhüterin eingreifen konnte, rannte Tonka an ihr vorbei, griff nach Laras Hand und sprang mit ihr gemeinsam in den farbigen Kreis.

Keine Fotos!

Lara hielt Tonka während des Flugs fest umklammert. Sie sah kaum etwas von Laniakea, da Tonka ihr die Sicht versperrte. Was sie hörte, war Tonkas begeistertes Schnalzen und Pfeifen. Ihr Körper war ein einziges Farbspiel.

Als sie schließlich auf sandigem Untergrund in einer nur schwach erleuchteten Höhle landeten, sprang Tonka sofort auf die Füße und sah Lara mit großen Augen an. Sie schnalzte und pfiff unaufhörlich und gestikulierte dabei wild. Lara brauchte keinen Dolmetscher, um zu verstehen, was Tonka ihr sagen wollte. Sie hatte Laniakea das erste Mal gesehen, und offensichtlich hatte es ihr gefallen.

Während Tonka sich langsam wieder beruhigte und auch das Farbspiel auf ihrer Haut abklang, sah Lara sich in der Höhle nach Marc um. Wo steckte er? Er war vor ihr gesprungen. Aber auch er musste in dieser Höhle gelandet sein. Warum wartete er nicht auf sie? War er schon draußen und fotografierte den Sternenhimmel?

»Du hast mich mitgenommen«, rief Tonka in diesem Moment und trat nah an Lara heran.

»Du hast einen Willen entwickelt. In einer Welt, in der es keinen Willen gibt«, betonte Lara. »Das muss doch etwas bedeuten?«

»Ich danke dir.« Tonka verneigte sich vor Lara.

Die lächelte und umarmte Tonka. Augenblicklich setzte das Farbspiel wieder ein. »Das machen Freunde«, betonte Lara.

Tonkas Arme umfassten Laras Körper zögernd und drückten sie dann an sich.

Lara löste sich nach einem Moment aus der Umarmung und sah in Tonkas dunkle Augen. »Wir sind jetzt in der Welt der Pflanzen.«

»Die Welt des Wachstums«, betonte Tonka.

»So nennt ihr sie bei euch?«

»Ja. Alles wächst unaufhörlich in dieser Welt. Ich bin so gespannt.«

Sie traten aus der Höhle ins Dunkel. Es war Nacht. Tonkas Körper war angespannt, als könnte sie es kaum erwarten, diese Welt zu entdecken. Auch Lara freute sich auf den einmaligen Anblick der Pflanzenwelt, mit ihren wunderbaren Blumen und den Graslandschaften.

Als sich ihre Augen an das Dunkel gewöhnt hatten, erkannte Lara jedoch nur Sand. Eine riesige Wüste erstreckte sich vor den beiden, und der Wind wehte. So stark, dass er den Sand aufwirbelte.

Lara stutzte. Sie war davon ausgegangen, dass die ganze Welt so wunderbar bewachsen war. Aber natürlich hatte sie nur einen kleinen Teil dieser Welt gesehen. Warum sollte hier nicht auch eine Wüstenlandschaft sein? Sie mussten nur den richtigen Weg finden, um zum magischen Ort und zum Stein zu gelangen.

»Wo ist Marc?«, fragte Tonka.

»Keine Ahnung.«

Lara wurde nervös. Irgendwas an der ganzen Sache gefiel ihr nicht.

»Bist du sicher, dass wir in der richtigen Welt gelandet sind?«

»Ich bin davon ausgegangen, dass wir nur in eine Welt fliegen können. Schließlich kann man ja nirgendwo abbiegen?« Lara trat einen Schritt aus der Höhle raus. »Weltenhüter?«, rief sie in den Wind hinein. »Bist du da?«

Der Wind wurde etwas stärker.

»Weltenhüter! Wo bist du?«

Der Wind wurde stärker.

Hier.

Vor Laras Augen ließ der Wind den Sand tanzen. Hoch in die Luft, bis er sich zu einer Windrose formte.

»Hallo«, sagte Lara höflich, und auch Tonka schnalzte und pfiff, ehe sie die Hände vor der Brust faltete und sich verneigte.

Zu viele.

»Ja, ich weiß«, betonte Lara schnell. »Ich sollte alleine kommen. Aber Tonka hat sich entschieden, die Welten zu bereisen. Sie ist jetzt meine Begleiterin und steht unter meinem Schutz.« Was auch immer das heißen sollte, dachte Lara beklommen. Wenn der Weltenhüter beschloss, dass Tonka nicht weiterreisen durfte, würde Lara wenig dagegen ausrichten können.

Die Windrose kam näher an Tonka heran. Diese wich einen Schritt zurück, und Lara stellte sich dazwischen.

»Ich hatte noch einen anderen Begleiter. Er war zu meinem Schutz dabei und ist vor uns angekommen. Hast du ihn gesehen?«

Die Windrose blieb vor Lara in der Luft hängen.

»Hast du?«, fragte sie noch einmal.

Ich habe ihn.

Laras Herz klopfte schneller. »Was bedeutet das?«

Ich habe ihn.

»Gib ihn zurück.«

Er ist hier falsch. Genau wie die andere.

»Hast du sie auch?«

Sie ist weiter. Ich war für sie uninteressant.

Uninteressant? Das konnte Lara sich nicht vorstellen. »Isabel wollte Fotos von den Welten machen. Deine ist besonders schön. Warum solltest du für sie uninteressant sein?«

Der Wind heulte einen Moment auf. Es klang nach Schmerz.

Alles zerstört.

Lara trat etwas näher an die Windrose heran, unsicher, ob sie den Satz richtig verstanden hatte. »Was hast du gesagt?«

Alles zerstört.

Lara wurde kalt. Sie starrte in die endlose Wüste.

»Er hat alles zerstört«, bestätigte Tonka ihre Gedanken. »Hat alle Pflanzen und alles Leben in Sand verwandelt.«

»Aber warum?«, schrie Lara.

Keine Fotos.

Lara fuhr sich übers Gesicht. Der Weltenhüter hatte seine eigene Welt zerstört. Damit Isabel keine Fotos machen konnte. Sie spürte Tränen in sich aufsteigen. Diese Welt war ein in sich ruhender Frieden gewesen. Voller Leben und Wachstum. Jetzt gab es hier nichts mehr. Nur noch Sand. Lara wurde in diesem Moment klar, warum es so düster war. Der Sand erfüllte die ganze Luft und verdunkelte den Himmel. Und das alles, weil Isabel eine Wahl getroffen hatte, ohne sie mit den Weltenhütern abzustimmen.

Lara musste sich auf den Boden setzen. Mila und Styx hatten recht behalten. Isabels Entscheidung hatte Konsequenzen, die nicht abzusehen gewesen waren. Mit einem Blick zu Tonka bekam Lara Zweifel, ob ihre eigene Entscheidung die beste gewesen war.

Abwartend sah Tonka Lara an. Sie würden besprechen müssen, wie es weiterging. Würden direkt nach ihrer Ankunft auf der Erde mit Mila reden. Vielleicht konnte man Tonka weiterschicken, damit sie auf ihre Welt zurückgelangte. Um sie zu beschützen.

Aber was, denn die Weltenhüterin wirklich die Zugänge dichtgemacht hatte? Dann würde Tonka nicht zurückkönnen.

»Was ist?«, fragte Tonka.

Lara stand auf. Sie konnte ihre Entscheidung nicht mehr rückgängig machen. Sie musste handeln. Marc finden und so schnell wie möglich mit den beiden weiterziehen.

»Weltenhüter, bitte bring mich zu meinem Begleiter. Und zum Stein.«

Der Wind heulte auf.

Ich habe ihn.

»Ich weiß. Und ich hätte ihn gerne zurück.«

Er hat Fotos.

»Diese Fotos werde ich zerstören. Ich verspreche es. Gib ihn mir zurück.«

Die Windrose heulte noch einmal auf.

»Bitte!« Lara spürte, wie Tonka ihre Hand nahm. »Wenn du ihn mir nicht zurückgibst, dann führe ich das Ritual nicht aus. Was bedeutet, dass wir nicht gehen können. Und für immer bleiben.« Lara konnte nur hoffen, dass diese Aussicht für den Weltenhüter so schrecklich war, dass er ihr helfen würde. Der heulte bereits wieder auf, und der Wind nahm weiter zu. Sie hatte ihn verärgert.

»Dir bedeutet deine Welt etwas!«, schrie Lara ihm entgegen. »Mir bedeutet mein Begleiter etwas!«

Ein letztes Aufheulen, dann kam die Windrose näher. Tonka wich einen Schritt zurück, aber Lara erkannte, dass der Sand sie nicht angreifen wollte. Er verformte sich in der Luft. Direkt vor ihren Augen sammelten sich unzählige Körner an, wurde dichter und dichter, bis sie eine Gestalt formten.

War das möglich?

Immer deutlicher wurde die Form in der Luft.

Marc!

»Er hat ihn zu Sand verwandelt«, schrie Tonka entsetzt.

Lara wurde schlecht, während der Sand sich weiter formte. Noch hatte er die rötlich braune Farbe, doch nach und nach verfärbte er sich. Formte sich zu Marcs Haut, seinen Haaren, seiner Kleidung. Lara verfolgte das Spektakel sprachlos. Seine Finger wuchsen aus Stümpfen heraus, die Konturen seines Gesichts wurden deutlicher, bis Marc schließlich in seiner ganzen Form vor ihr in der Luft schwebte.

Der Wind ebbte ab, und Marc plumpste auf den Boden.

Während die Windrose sich ein Stück von ihnen entfernte, rannte Lara zu Marc und tastete seinen Körper vorsichtig mit den Händen ab.

Seine Haut fühlte sich sandig an, er rieselte unter ihren Fingern.

Wie Timo damals.

»Marc!«

So etwas konnte niemand überleben! Auch Tonka setzte sich zu den beiden. Lara wischte eine Sandschicht von seinem Gesicht. Sie nahm seinen Kopf in die Hände und schrie seinen Namen. Immer und immer wieder. Sie durfte ihn nicht auch noch verlieren!

Völlig leblos lag er da. Reagierte nicht auf sie. Erst als sie ihn in die Arme nahm, ihn fest an sich drückte und unter Tränen seinen Namen wisperte, ging ein Ruck durch seinen Körper. So heftig, dass er Lara von sich stieß. Sie landete auf dem Boden, während Marc aufsprang, sich völlig verwirrt umsah und seinen Körper abtastete.

»Was war das?«, schrie er und hustete. Er musste sich vornüberbeugen und übergeben. Er würgte Sand hervor.

Sie stand auf und näherte sich ihm langsam. Legte die Hand auf seinen Rücken. »Bist du okay?«

Er richtete sich auf. Wirkte völlig verwirrt. Sein Blick wanderte einmal herum, bis er schließlich an ihr hängenblieb. »Ich ... war ... zerbröselt.«

Lara nickte. »Er hat dich in Sand verwandelt.«

Verständnislos sah Marc sie an. Dann suchte sein Blick wieder die Umgebung ab. Er sah die Windrose. Und trat einen Schritt zurück.

Jetzt spürte Lara die Erleichterung. Marc lebte. Aber noch eine Chance würden sie nicht bekommen. Sie mussten hier weg. So schnell wie möglich. »Zeig mir den Kristall!«, rief sie dem Weltenhüter entgegen.

Der Wind blies stärker, und erneut ließ der Welten-hüter etwas vor ihren Augen entstehen. Der Wind ge-staltete eine große, runde Form, die schließlich schwer vor Lara auf dem Boden aufschlug. Ein brauner, großer Stein. Der Kristall! Der Weltenhüter verwandelte sich selbst in ihn. Lara spürte Dankbarkeit, dass sie in die-sem Moment keine lange Wanderung vor sich hatten.

Der Kristall war nicht wie die anderen poliert. Er hat-te tiefe Furchen und Risse. Auch brauchte der Welten-hüter kein Wasser, um den Kristall zum Singen zu bringen. Als Wind fuhr er durch den Stein hindurch und brachte ihn so zum Klingen.

Lara trat näher. Sie sah Marc an, der immer noch verwirrt wirkte, und warf dann Tonka einen Blick zu. Die verstand und ging zu Marc, um seine Hand zu nehmen. Lara trat an den singenden Stein heran und legte die Hand darauf.

Nach einer Reise um diese Welt sauste sie in ihren Körper zurück. Sie fand sich auf dem Boden wieder. Während der Stein sich bereits vor ihren Augen in sei-ne Bestandteile auflöste, traten Marc und Tonka zu ihr, die sich noch immer an den Händen hielten.

»Und?«, fragte Tonka. »Hast du Isabel gesehen?«

»Sie ist nicht hier«, erwiderte Lara und stand auf. Traurig sah sie sich um. »Die ganze Welt ist eine ein-zige Wüste.« Betroffen schüttelte sie den Kopf. »Zeigst du uns den Ausgang?«, bat sie nun. »Wir gehen.«

Der Wind ebbte augenblicklich ab. Stille breitete sich aus. Der herumgewirbelte Sand legte sich. Als würde es schneien.

Folgt der Quelle.

Lara sah sich um. Was meinte er?

Folgt der Quelle.

Auch Tonka suchte den Boden ab. Wo sollte in dieser trostlosen Welt eine Quelle sein? Plötzlich legte sich ein Lächeln auf Tonkas Gesicht. »Da! Hörst du?«

Tatsächlich! Lara hörte ein Gurgeln, das immer lauter wurde. Bis schließlich direkt zu ihren Füßen der Sand aufbrach und klares, kühles Wasser aus dem Boden hervordrang. In kurzer Zeit bahnte es sich einen Weg durch den Sand und wurde mehr, immer mehr! Lara ließ die Hand durch das sprudelnde Wasser gleiten. Dann sah sie zu Tonka und Marc, stand auf und ging voran. Immer dem Wasser hinterher.

Die Wanderung dauerte Stunden. Sie tranken vom Wasser, um sich fit zu halten. Marc stand immer noch völlig neben sich und sagte kein Wort. Tonkas Farbspiel war auf sandige Erdtöne begrenzt. Sie wirkte matt und erschöpft, als würde sie sich dem Äußeren anpassen. Auch Lara spürte, wie ihre Kräfte schwanden. Wie lange mussten sie wandern, um das Plateau zu erreichen, das die Höhle verbarg? Sie konnte sich noch gut an den Ort erinnern, an den Timo und Isabel sie damals geführt hatten.

Timo.

Wieder waren da Momente gewesen, in denen sie nicht an ihn gedacht hatte. In ihrer Angst um Marc und diese Welt hatte sie ihn für einige Sekunden vergessen. Es fühlte sich wie Betrug an. Was hatte das alles für einen Sinn? Timo war fort, weil er die Menschen hatte retten wollen. Diese Welt hier war zerstört, weil

Isabel sie hatte fotografieren wollen. Wohin sollte das alles führen? Mit einem Mal verspürte Lara eine große Leere in sich. Eine Trauer, die mehr umfasste als ihr eigenes Dasein.

Das hier sollte die Schöpfung sein.

Nicht die Zerstörung.

Die Quelle war mittlerweile zu einem kleinen Fluss herangewachsen, und nun konnte Lara auch die Umrisse eines Bergs am Horizont erkennen. Das musste das Gebirge sein, bei dem der magische Ort war. Hoffentlich.

Als sie plötzlich Tonkas Stimme hörte, zuckte sie zusammen.

»Da!«

Sie drehte sich zu Tonka um, deren Farben aufgeregt wie eine Fackel flackerten.

»Seht doch!«

Lara sah zu der Stelle am Boden, auf die Tonka deutete. Ein Strahlen legte sich auf ihr Gesicht. Zwischen dem Sand bohrte sich ein grüner Halm aus dem Boden. Ganz klein war er noch, aber mit kräftiger Farbe. Nun erkannte Lara in dem Boden weitere Sprösslinge. Direkt neben dem entstandenen Fluss wuchs erneut Leben. Sie atmete erleichtert aus. Diese Welt wusste sich zu schützen. Sie würde wieder leben. Würde wieder voller Pflanzen sein und weiter wachsen. Es gab also Hoffnung.

Etwas leichter lief sie weiter.

Als sie Stunden später endlich das Plateau erreichten, auf dem die Höhle mit dem magischen Ausgang war, drehte sich Lara um. Der Fluss erstreckte sich über der weiten Ebene und an ihm entlang war bereits ein grüner Streifen zu erkennen.

»Mein Rucksack«, murmelte Marc plötzlich.

Lara sah ihn fragend an.

»Er hat meinen Rucksack.«

»Wir gehen bestimmt nicht noch einmal zurück.«

»Aber mein Tablet ...«

Lara wandte sich an die endlose Ebene. »Weltenhüter? Hast du seinen Rucksack?«

Einen Moment lang geschah nichts. Dann wehte der Wind und wirbelte noch einmal Sand auf. Vor ihren Augen formte der Wind die Körner zu etwas, das entfernt an einen Rucksack erinnerte, der kurz darauf vor ihnen auf den Boden plumpste. Daneben ließ der Weltenhüter das Tablet erscheinen. Es materialisierte sich direkt vor Marc, der schon danach greifen wollte, als das Tablet vor seinen Augen wieder zu Sand zerbröselte.

»Nein!«, schrie er und sank zu Boden, um den Sand zusammenzuhalten.

Der Wind blies noch einmal kräftig und verteilte den Sand, der einmal Marcs Tablet gewesen war, in der Luft.

Lara meinte, ein leises Kichern zu hören.

Mit dem fluchenden Marc an ihrer Seite gingen Tonka und sie in die Höhle hinein. Während der Sog sie erfasste und in die Welt der Träumer brachte, hoffte Lara, dass so schnell kein Mensch mehr hier vorbeikommen würde.

Ein Geist mit Blockade

Er starrte auf das Wasser. Es konnte jeden Moment passieren. Sie würde auftauchen, ans Ufer schwimmen, und er könnte sie wieder begleiten.

Als Timo verstanden hatte, dass Lara ihn sehen konnte, war alles andere unwichtig geworden. Sie konnten weiter zusammen sein. Kommunizieren. Er konnte nicht nur dabei sein, wenn ihr gemeinsames Kind auf die Welt kam. Er konnte den Moment auch mit Lara teilen. Sie konnten das Leben miteinander teilen, obwohl er nicht mehr lebte. Nach allem, was sie erlebt hatten, fand Timo das fair. Natürlich würde er sich auch um die anderen kümmern. Dazu hatte er noch Zeit genug. Oder nicht? Keiner der Sechs brauchte ihn mehr als Lara. Also ging er seiner Aufgabe nach, wenn er bei ihr war.

Warum hatte sie sich dann auf diesen Trip eingelassen? Die Welten nach Isa abzusuchen. Schwanger! Das war Wahnsinn!

Anstatt auf ihn zu achten, war sie einfach durch ihn hindurchgegangen, sodass er ihr nicht signalisieren konnte, dass Marc den beiden gefolgt war. Jetzt war er an ihrer Seite. Timo spürte die Eifersucht. Wie war das möglich? Wo er doch gar keinen Körper mehr hatte?

Er stellte fest, dass es für ihn keinen Unterschied machte, ob er lebte oder tot war. Er fühlte und dachte genauso wie zuvor. Auf der eigenen Beerdigung dabei zu sein, das war allerdings krass gewesen.

Dabei zuzusehen, wie sein lebloser Körper in einen Sarg gelegt wurde, seine Eltern sich für diesen Tag vorbereitet hatten, seine Mutter zusammengebrochen war und sein Vater, von jeher darauf getrimmt, Gefühle zu unterdrücken, sie gestützt hatte ... Heftig. Seine Familie hatte sich in der kleinen Kapelle getroffen, um dann gemeinsam seinen Sarg zu dem Loch in der Erde zu tragen. Timo war es wie ein Film vorgekommen, den er vor sich ablaufen sah, der aber nichts mit ihm zu tun hatte. Obwohl dieser Moment doch alles mit ihm zu tun hatte.

Als seine Mutter einen Weinkrampf bekommen hatte, war er zu ihr gegangen. Hatte sie in den Arm nehmen wollen, ihr sagen wollen, dass er okay war. Dass er Vater werden würde. Was natürlich nicht möglich gewesen war. Er hatte seine Hand oder das Abbild davon, auf ihre Schulter gelegt. Obwohl sie ihn nicht hatte fühlen können, hatte seine Mutter einen Moment wie erstarrt dagestanden. Sie hatte sich sogar umgedreht und an ihm vorbei ins Leere gestarrt. Sie hatte ihn zwar nicht gesehen, aber sie hatte nicht mehr geweint.

Es gab eine Verbindung.

Aber alles, was Timo wollte, war eine Verbindung zu Lara.

Besessen. So hatte Cem ihn damals bezeichnet, als Timo in dessen Schwester Sazan verliebt gewesen war. Timo hatte seinen Vorwurf abgetan, hatte seinerseits Cem vorgeworfen, noch nie verliebt gewesen zu sein.

Vermutlich hatten sie beide recht gehabt.

Das Wasser auf dem Mummelsee kräuselte sich. Lara und Marc waren seit drei Tagen verschwunden. Timo hatte keine Ahnung, wie die Zeitrechnung in den anderen Welten ablief. Wie lange würden sie brauchen, um Isa zu finden?

»Timo?«

Er fuhr herum. Hinter ihm war Styx aus dem Wald getreten.

»Was machst du hier?«

»Ich warte auf sie.« Timo starrte wieder auf den See.

»Oh, das kann noch eine Weile dauern.« Styx hockte sich neben ihn auf den Boden.

»Macht nichts. Ich habe Zeit.«

»Die hast du tatsächlich«, tönte Styx. »Aber wie wäre es, wenn du diese Zeit auch sinnvoll nutzt? Anstatt hier rumzuhängen?«

»Was soll ich sonst machen? Die anderen besuchen? Ihnen beim Leben zusehen? Warum? Reicht doch, wenn ich im Moment des Todes bei ihnen bin.«

»Du hast Fähigkeiten«, betonte Styx, als könnte sie nichts aus der Ruhe bringen. »Je länger du deine Sechs beobachtest, desto mehr wirst du verstehen, was sie brauchen. Du kannst ihnen helfen, ihre Wünsche zu erfüllen. Ihnen Hinweise geben, wenn sie in die falsche Richtung laufen. Diese Gabe ist ein Geschenk. Sie wird dich sehr glücklich machen, wenn du sie erlernt hast. Glaub mir. Ich spreche aus Erfahrung. Aber um das zu tun, musst du lernen, deine Sechs zu verstehen. Die Zusammenhänge zu begreifen.«

»Kein Interesse.«

»Du *hast* Interesse. Das war nämlich deine eigene Idee.«

»Kann ich mich nicht erinnern.«

»Du kennst die Regeln. Du bist der Abholer.«

»Ich scheiß auf die Regeln!«, schrie Timo. »Es ist nicht fair!«

»Was ist nicht fair?«

»Dass ich tot bin! Und jetzt sag mir nicht, dass ich es so wollte.«

»Das muss ich nicht. Schließlich weißt du das ja selbst am besten.«

»Ich wollte leben. Mit Lara. Sie kann mich sehen. Das hat doch was zu bedeuten.«

»Als Geist bist du für viele Menschen sichtbar. Alle, die ihren Blick erweitert haben. Das ist bei Lara auch passiert. Aufgrund ihrer Reisen kann sie dich sehen. Sie kann mittlerweile eine Menge sehen. Das bedeutet aber nicht, dass du jede Sekunde an ihrer Seite sein sollst.«

»Nenn mir einen Grund, warum nicht.«

»Weil du sie am Leben hinderst.«

Timo schwieg verwundert.

»Sie führt eine Beziehung mit einem Toten. Das ist, als würde sie nur zur Hälfte leben. Willst du das?«

Styx sah Timo fest in die Augen. Der hielt ihrem Blick nicht stand. »Du verstehst das nicht«, sagte er knapp. »Du warst nie verliebt.«

Styx lachte. Sie lachte wirklich. Timo musterte sie verwundert. Sie reden zu hören, war das eine. Aber dass eine Katze sich wirklich amüsieren konnte ...

»Ich kann nicht lieben?«

Timo schwieg.

»Kümmer dich um die anderen.«

»Nein.«

»Du musst Lara ihr Leben lassen.«

»Das will ich nicht!«, schrie Timo die Katze an. Seine ganze Seele bebte bei dem, was er sagte. Denn er wusste, wie es sich anhörte. Schlimmer noch, dass er es wirklich so empfand. »Es ist deine Schuld! Du hast uns benutzt! Du hast das Programm gestartet. Hast dafür gesorgt, dass Lara und ich überhaupt erst im Totenreich gelandet sind.«

»Konrad hätte euch den Felsen hinuntergestoßen. Indem ich euch ins Totenreich katapultiert habe, habe ich euer Leben gerettet. Eine schöne Ironie, findest du nicht?«

»Du findest das witzig?« Timo war außer sich und griff die Katze im Genick. Obwohl er doch nichts greifen konnte, packten seine Hände zu. Er konnte sie berühren. Mit seinem Willen. Seiner Wut. »Und wie findest du ein Bad im Mummelsee?«

Er wollte die dicke Katze gerade im hohen Bogen in das dunkle Nass schmeißen, als eine unfassbare Kraft ihn zurückstieß. Er hörte ein Fauchen und fand sich zwischen den Tannen wieder. Verdutzt starrte er über sich. Die Luft flirrte, als wäre überall Energie. Die Katze selbst war nicht mehr zu sehen.

»Fass! Mich! Nicht! An!«

Die Worte dröhnten durch ihn hindurch. Timo fühlte sich augenblicklich ganz klein. Erstaunt beobachtete er, wie die flirrende Luft sich zusammenzog und am Ende im Körper der nun wieder sichtbaren Katze landete. Styx schien einen Moment zu brauchen, um sich zu sammeln. Dann sah sie ihn an. »Du weißt doch, Katzen mögen kein Wasser.«

Dann ging Styx auf ihn zu und biss ihn ins Bein.

Timo fand sich auf dem Katzenbuckel wieder. Die Halfpipe zog sich schimmernd hinunter ins Tal. Er saß wieder auf dem Felsen, auf dem er schon zu Lebzeiten gern gesessen war. Aber dies hier war nicht der Katzenbuckel. Es war sein Totenreich. Styx hockte neben ihm.

Natürlich.

»Wie kannst du mich ins Bein beißen? Ich habe keinen Körper mehr.«

»Ich kann euch in jeder Form beißen, in der ihr daherkommt.«

Das klang nicht gut.

»Und du hast gerade gelernt, dass du Dinge mit deinem Willen bewegen kannst. Auch wenn ich bevorzugen würde, dass du diese Gabe nicht mehr an mir auslässt. Und dass du mehr aus Liebe denn aus Wut zupackst.«

»Geht in Ordnung«, murmelte Timo.

»Du kennst deine Sechs«, stellte Styx fest.

Und ob er sie kannte. Die Zusammensetzung hatte ihn überrascht. Immer wieder sah er sie vor sich. Und konnte ihren Anblick nur dann ausblenden, wenn er sich voll auf Lara konzentrierte.

»Sie brauchen dich.«

»Lara braucht mich auch.«

»Aber er ist allein.«

»Lara ist auch allein.«

Styx schwieg einen Moment. Ihr Schwanz zuckte. Timo stand auf, nahm sein Skateboard und legte es auf die Halfpipe.

»Ich fahre wieder runter. Und du kannst mich nicht aufhalten.«

Grinste die Katze? Egal. Timo stieß sich ab und ließ sich auf dem Skateboard nach unten sausen. Er stellte sich den Mummelsee vor und rechnete schon damit, wie immer an genau der Stelle rauszukommen, die er vor Augen hatte, als seine Fahrt abrupt endete. Er sauste gegen eine unsichtbare Wand und wurde von der Bahn geschleudert, flog zwischen die Felsen des Katzenbuckels. Das Skateboard landete weit von ihm entfernt.

Er richtete sich auf und starrte auf die Halfpipe. Da war kein Hindernis, keine Mauer, nichts, was seine Fahrt hätte bremsen können.

»Der Weg ist dir versperrt.«

Timo drehte sich um.

Styx saß hinter ihm. »Es gibt nur noch einen Weg für dich.« Die Katze starrte zur Halfpipe.

Erstaunt stellte er fest, dass eine zweite Halfpipe entstanden war. Sie führte in eine andere Richtung. Er sprang auf. »Du kannst es mir nicht verbieten.«

»Natürlich kann ich das.«

»Du darfst nicht eingreifen.«

»Wenn ihr etwas gegen euren eigenen Willen tut, dann kann ich eingreifen. Und du handelst gegen deinen eigenen Willen.«

»Das stimmt nicht!«

»Unsere Diskussion war beendet, als du versucht hast, mich in den Mummelsee zu werfen. Jetzt hast du die Wahl. Dein Totenreich oder Berlin.«

Schon wollte Timo wieder nach der Katze greifen, als diese davonsprang und in die Halfpipe hüpfte. Sie ließ sich auf ihrem dicken Hintern einfach die Schiene hinuntergleiten und sauste davon.

Die gezähmte Wildkatze

Sie liefen seit einiger Zeit in der Welt der Träumer herum. Warteten darauf, dass der Weltenhüter sie finden würde.

Während Lara und Marc ruhig den Anblick der träumenden Seelen genossen, die einen seltsamen Frieden ausstrahlten, war Tonka kaum zu bändigen. Sie rannte von einer Seele zur nächsten und starrte in die Blasen, in denen die anderen Welten zu erkennen waren. Immer wieder schrie sie vor Freude auf, besonders, wenn sie ihre eigene Welt entdeckte.

Lara hatte ihr erklärt, dass sich die Seelen auf diese Weise aussuchten, wohin sie als Nächstes wollten. Tonka hatte zwar davon gehört, es jetzt aber mit eigenen Augen zu sehen, brachte sie sichtlich aus der Fassung.

»Sie erinnert mich an Susi«, betonte Marc trocken, als Tonka einer neuen Seele hinterhereilte.

Lara musste lachen. Der Vergleich war berechtigt.

Sie war erleichtert gewesen, dass Marc ihr gegenüber wieder milder gestimmt war, seit der Weltenhüter ihn als Sandförmchen benutzt hatte. Dieses Erlebnis hatte seine Mauer für einen Moment zum Einsturz gebracht.

Sie wollte gerade auf ihre Ohrfeige und eine mögliche Entschuldigung hinarbeiten, als sie stehen blieb. Sie hatte das Gefühl, als hätte ihr jemand mit einem Stock gegen die Brust geschlagen. Nervös atmete sie ein und aus.

Marc drehte sich zu ihr um. »Was ist?«, fragte er. »Brauchst du eine Pause?«

»Irgendwas stimmt nicht«, erklärte Lara von einer plötzlichen Unruhe getrieben.

»Was stimmt nicht?« Marc musterte sie besorgt.

Sie atmete noch einmal tief ein. »Timo. Irgendwas ist mit Timo.«

Er verdrehte die Augen. »Er ist tot. Was soll mit ihm sein?«

Lara schüttelte nur den Kopf. Sie konnte es nicht erklären. Sie wusste es einfach. Timo war durcheinander. Irgendetwas war geschehen.

»Da! Eure Welt!«, rief Tonka plötzlich. Sie war vor einer Seele stehen geblieben, in deren Blase Bilder der Erde zu erkennen waren. Tonka starrte hinein. »Nur noch zwei Welten. Dann sind wir da.«

»Wenn wir den Weltenhüter jemals treffen«, seufzte Lara.

Damals war ihnen einfach nur der magische Ausgang entgegengekommen. Eine Blase, in die sie hatten hineinspringen können. Wie konnten sie hier mit dem Weltenhüter kommunizieren? Wo war der magische Stein auf dieser Welt?

Sie gingen eine Weile nebeneinander her. Lara versuchte, das Gefühl für Timo einzuordnen. Mehr denn je verspürte sie den Drang, nach Hause zu gehen, um ihn wiederzusehen. Allein Tonkas stetig wachsende Begeisterung konnte sie von ihren Gedanken ablenken.

»Was mache ich mit ihr? Auf der Erde?«

»Deine Sorge kommt etwas spät«, fand Marc.

»Sie müsste an einen Ort, an den kein Mensch kommt. Wo sie sicher ist. Bis wir sie zum Ausgang bringen können.« Lara wartete einen Moment ab.

Marc reagierte nicht.

»Sie müsste bei jemandem bleiben, der sie kennt und weiß, was sie braucht.«

Jetzt sah Marc sie an. »Nein.«

»Es ist perfekt.«

»Ich habe nein gesagt.«

»Marc, kein Mensch traut sich in dein Hotel, weil alle wissen, wie unfreundlich du bist. Du hast etliche freie Zimmer. Sie kann ein paar Tage bei dir bleiben.«

»Ich nehme kein Alien bei mir auf!«

»Stell dir mal vor, wie Susi und Tonka aufeinandertreffen. Willst du das nicht erleben?«

»Zottel!«

Lara horchte auf. Eine ihr sehr vertraute und schwer vermisste Stimme war das gewesen.

»Huhu!«

Da! Schon wieder! Lara sah sich um. Das hörte sich genauso an, wie ... aber nein. Das konnte nicht sein. Das Auge, mit dem sie eine unterhaltsame Reise im Totenreich gehabt hatte, war Sonne und Mond der Welt ihrer Eltern geworden. Es konnte nicht hier sein.

»Hier drüben!«

Lara sah sich wieder nach der Stimme um. Da! In der Blase einer der träumenden Seelen! Das Auge! Es blinzelte Lara vergnügt an.

»Auge!«, rief sie erfreut und rannte zu der Seele, die nun in der Luft schweben blieb.

Marc und Tonka folgten ihr zögernd.

»Wieso bist du wieder das Auge?«

Das Auge kniff sich etwas zusammen. »Ich bin immer das Auge.«

»Als ich dich das letzte Mal gesehen habe, warst du Sonne und Mond.«

»Willst du diese Diskussion wirklich wieder starten?«

Lara unterdrückte ein genervtes Seufzen. »Schön, dich zu sehen«, gestand sie ein.

Das Auge zwinkerte. »Ihr könnt euch die träumenden Seelen sparen. Isabel ist nicht mehr dort.«

»Du weißt, dass wir sie suchen?«

»Natürlich weiß ich das«, betonte das Auge würdevoll. »Und ich habe sie gesehen.«

»Also weißt du, wo sie ist?«

»Wenn du mir nur einmal zuhören würdest«, seufzte das Auge.

»Das ist ja niedlich!«, rief Tonka nun, die hinter Lara getreten war. Sie starrte das Auge begeistert an.

Zu Laras Überraschung entdeckte sie sogar ein Lächeln in Marcs Gesicht. Nur das Auge schien nicht sonderlich erfreut.

»Ich bin nicht niedlich!«

»Doch. Total süß«, sagte Tonka kichernd.

Das Auge blickte von Tonka zu Lara und fuhr dann mit leicht vorwurfsvoller Stimme fort. »Es war falsch, sie mitzunehmen. Aber das weißt du ja.«

»Lara kann nichts dafür«, rief Tonka schnell. »Ich wäre sowieso gegangen. Ich wusste ja jetzt, wo der Ausgang ist.«

»Außerdem geht dich das gar nichts an«, fand Lara, die sich schon wieder vom Auge kritisiert fühlte.

»Wie auch immer. Ihr könnt direkt zu uns kommen. Luxus erwartet euch.« Das Auge wurde etwas kleiner, zog sich zurück.

»Halt! Moment! Wo ist der magische Ausgang? Ich habe die Karte nicht und kann ihm deshalb nicht folgen.«

Das Auge verdrehte sich selbst nach oben und seufzte hörbar in Laras Innerem. »Hüpft hier rein. In die Blase. Das ist doch nicht so schwer zu verstehen.« Das Auge zog sich ganz zurück, und Lara begriff.

Auf dieser Welt brauchten sie keinen magischen Ausgang. Sie konnten in die Welt springen, die gerade angezeigt wurde.

»Wehe, du schaltest in Tonkas Welt um, wenn sie springt!«, mahnte Lara.

Als das Auge nicht reagierte, nahm Lara Tonka vorsichtshalber an der Hand. »Wir bleiben zusammen.«

Tonka lächelte, und mit einem Satz hüpften sie in die Blase hinein. Marc folgte ihnen.

Sie sprangen ohne den Umweg über Laniakea in die Welt ihrer Eltern und fanden sich mitten im Dschungel wieder.

Die Geräusche der Tiere taten Lara in den Ohren weh. Pfeifen, Kreischen, Fauchen, es klang, als wären überall um sie herum Lebewesen in allen Größen unterwegs. Ein roter, buschiger Körper huschte gerade zwischen zwei Blättern vorbei. Ein Augenpaar starrte sie aus einem Baumwipfel an und zog sich dann rasch zurück. Während Tonka bereits schnalzend und pfeifend die Pflanzen erkundete, ging auch Lara einen Schritt zur Seite. Gerade rechtzeitig, denn da landete Marc an derselben Stelle.

»Na also, geht doch«, hörte Lara die Stimme des Auges in sich.

Sie sah zum Himmel. Zwischen den Pflanzen glitten Sonnenstrahlen bis zu ihnen am Boden. Das Auge strahlte hell am Himmel.

»Und das ist also die Welt deiner Eltern?«, fragte Tonka nun, die neben Lara trat und dabei die Blüte einer Kletterpflanze berührte.

»Das ist die Welt, die sie erschaffen haben.«

Tonka entdeckte ein flauschiges Tier von der Größe eines Eichhörnchens auf einem Stein. Es war hellorange und hatte schwarze Streifen. Tonka ging langsam näher. Das Tier musterte sie, und seine Schnauze rümpfte sich.

»Und sind sie jetzt auch hier? Deine Eltern?«

»Sie sind Teil dieser Welt geworden. In der Gestalt meiner Eltern gibt es sie nicht mehr.«

Tonka wollte das Tier berühren, aber es hüpfte davon.

»Sieh mal an«, mischte sich Marc ein. »Du kannst akzeptieren, dass sie tot sind.«

Lara sah ihn wütend an. »Timo ist der Abholer. Genau wie Luxus es gewesen ist. Und Luxus ist immer noch hier.«

»Allerdings.«

Lara drehte sich um. Hinter ihr war Luxus durch das dichte Blattwerk getreten. Er sah immer noch umwerfend gut aus, mit seinem durchtrainierten Körper und seinen strahlend blauen Augen. Lächelnd ging sie auf ihn zu und umarmte ihn.

»Glückwunsch«, hörte sie seine Stimme an ihrem Ohr.

Sie schälte sich aus der Umarmung und sah ihn fragend an.

»Du erwartest ein Kind.«

»Woher weißt du davon?«, fragte Lara irritiert.

»Na ja.« Er grinste. »Ich kriege alles mit, was auf meiner Welt passiert.«

Lara spürte, wie ihr die Röte ins Gesicht schoss.

»Oh, keine Sorge. Ich habe natürlich weggesehen.«

Das machte es nicht besser.

»Aber ich habe mitbekommen, wie eine Seele hier gelandet ist. Bei dir.« Luxus sah sie nun ernst an. »Das mit Timo tut mir leid.«

Sie nickte. »Mir auch.«

»Ehrlich gesagt hätte ich auch nicht gedacht, dass ich dich noch einmal sehe. Wie hast du überlebt? Ich habe nur mitgekriegt, dass du zurück in deinen Körper gekommen bist. Und dass er dich abgeholt hat.« Dabei sah er zu Marc, der nun seinerseits genervt die Augen verdrehte.

»Ist Isabel hier oder nicht? Wenn du alles siehst, was auf deiner Welt passiert, müsstest du das doch wissen?«

Luxus schwieg einen Moment. Dann fuhr er fort: »Folgt mir. Ihr braucht etwas zu essen und zu trinken. Dabei erzähle ich euch alles.«

Mittlerweile war es Nacht. Sie hatten sich mit Luxus auf dieselbe Lichtung gesetzt, auf der sie schon beim letzten Besuch gewesen waren. Luxus reichte ihnen Früchte und Wasser, und Lara konnte gar nicht genug davon bekommen. Tonka war zu abgelenkt, um zu essen. Etliche Tiere hatten sich um die kleine Gemeinschaft versammelt, die Tonkas ganze Aufmerksamkeit verlangten. Einige von den gestreiften Eichhörnchen sprangen um sie herum. Ein riesiges Geschöpf, dessen Kopf vom Baumwipfel heruntersah und dessen Beine gute fünf Meter unterhalb zwischen den Blättern hervorblitzten, glotzte mit riesigen, dunklen Augen zu Lara.

Dann erkannte sie das eine Wesen wieder, das ihr damals auf dem Baum begegnet war. Mit seinen großen Pfoten voller Saugnäpfen. Das graue Fell stand zu allen Seiten hin ab, und Lara konnte sich nicht erinnern, jemals etwas Niedlicheres gesehen zu haben. Um Luxus hatten sich drei löwenähnliche Geschöpfe versammelt. Das Fell rot und gold leuchtend, die Gestalt würdevoll und die goldenen Augen wachsam auf Tonka gerichtet, die versuchte, jedes der Tierchen anzufassen. Hinter den beiden kauerte eine schwarze, katzenähnliche Gestalt im Dickicht und beobachtete die kleine Versammlung.

»Ich habe Isabel gesehen, als sie hierherkam«, erklärte Luxus nun, da alle satt waren. »Sie war schon ziemlich mitgenommen von den anderen Welten. War kaum dazu gekommen, Fotos zu machen, da die Weltenhüter sie sofort verscheucht haben.«

»Du hast sie nicht aufgehalten?«, fragte Lara.

»Nein. Ich habe sie Fotos machen lassen.« Luxus stand nun auf und holte etwas aus dem Dickicht hervor.

Lara staunte, als er ihr die Kamera und die Karte der magischen Orte reichte. »Du ... hast ihre Sachen?«

»Ich habe sie heute gefunden.«

Er reichte Lara die Gegenstände.

»Aber ... wo ist dann Isabel?«

»Sie war tagelang hier«, erklärte Luxus. »Hat Fotos gemacht. Die Welt erkundet. Wir haben Zeit miteinander verbracht«, erklärte er. »Als ich sie das erste Mal gesehen habe, war ich schon fasziniert. Und ihr schien es andersherum genauso zu gehen.«

Lara staunte. Eine Liebe zwischen einem abtrünnigen Erdling und einem Weltenhüter? »Der Riese«, erinnerte sich Lara. »Er hat geglaubt, dass jemand Isa versteckt. Warst du das?«

Luxus zögerte. »Ich war es. Ich wollte Zeit mit ihr verbringen. Ein paar Tage, ehe sie zurück nach Hause gehen würde. Ich weiß jetzt, dass das ein Fehler war.«

»Aber wie hast du sie versteckt?«

Er starrte sie an. Nichts als Reue im Blick. »Ich habe sie verwandelt.«

»Verwandelt in was?«, fragte Marc.

»In eines der Tiere.«

»Wie ist das möglich?«, fragte Tonka ehrfürchtig.

»Ich kann erschaffen. Gepaart mit Isabels eigenem Willen konnten wir die Verwandlung erzeugen. Ich habe aus ihr ein Geschöpf dieser Welt gemacht.«

Einen Moment schwiegen alle, dann stand Luxus angespannt auf. »Wir konnten uns weiter unterhalten. Uns austauschen. In Gedanken. Sie ist jemand Besonderes. Zumindest ... war sie das.«

»Und dann?«, fragte Lara atemlos.

»Sie reagierte immer weniger auf mich. Lag die meiste Zeit des Tages nur noch da. Selbst als ich ihr die Kamera vorlegte, kam keine Reaktion. Sie konnte nichts mehr damit anfangen. Hatte vergessen, dass die Kamera ihr gehört hat.«

Lara wurde kalt, als sie begriff. »Sie hat ihren Willen verloren.«

Luxus nickte. »Durch die Verwandlung in ein Geschöpf dieser Welt hat sie sich selbst verloren. Deshalb hat Styx sie nicht sehen können. Du würdest ihren Willen hier nicht mehr finden. Obwohl sie immer noch da ist.«

Marc stand so plötzlich auf, dass alle Tiere erschrocken in den Dschungel sprangen. »Das ist doch Schwachsinn!«, rief er.

Luxus musterte ihn ruhig. »Es tut mir so leid.«

»Isabel ist kein Tier! Du tischst uns den Quatsch auf, damit wir weiterziehen. Und Isabel hierbleibt. Damit ihr für die Ewigkeit Tarzan und Jane spielen könnt!«

Ein Teil von Lara wünschte sich, dass das die Wahrheit war.

Luxus drehte sich um und sah ins Dickicht. »Du kannst kommen.«

Gebannt starrte Lara auf das dichte Blattwerk. Gleich würde sie heraustreten. Mit ihrem modelgleichen Körper und ihrem überlegenen Lächeln.

»Komm schon. Dir wird nichts passieren«, ermunterte Luxus sie.

Die Blätter wurden zur Seite gedrückt und heraus trat ein Wesen, so schön und elegant, dass es Lara die Sprache verschlug. Das kurze Fell schwarz und glänzend, die Beine so lang wie die eines Löwen, große Ohren und ein runder Kopf, aus denen zwei dunkelgrüne Augen blitzten.

Lara starrte das pantherähnliche Tier an, das ihr unter normalen Umständen auf dieser Welt nicht aufgefallen wäre. Aber ein Blick in diese Augen, und es war ganz klar. In diesem Körper steckte Isabel.

Sie hörte Marc neben sich aufschreien. »Nein!«

Das Tier ging langsam auf ihn zu. Sah ihm tief in die Augen. Er starrte zurück. Und sank mit einem Stöhnen auf die Knie. Er hielt den Kopf gesenkt, sein Körper bebte. Das Tier kam näher und stieß ihn sanft mit dem Kopf an.

Lara, Tonka und Luxus beobachteten die Szene, die so innig, so vertraut und doch so entsetzlich war.

Das Tier schleckte nun Marcs Hand, während Lara sich an Luxus wandte. »Wir nehmen sie mit. Mila wird wissen, was zu tun ist.«

Marc sah hoffnungsvoll auf, aber Luxus wirkte zögerlich. »Keine Ahnung, ob das funktioniert.«

»Warum nicht? Sie kann nicht hierbleiben! Als Panther oder was auch immer das für ein Tier sein soll.«

»Es ist meine Schuld«, gestand Luxus heiser. »Ich weiß nicht, ob man die Verwandlung rückgängig machen kann.«

»Du Arsch!«, schrie Marc und ging mit erhobener Faust auf ihn los. Doch ehe er ihn treffen konnte, sprang der Panther dazwischen. Das Tier stellte sich vor Luxus und fauchte Marc an. Der blieb mit erhobener Faust stehen. Sein Blick wirkte hilflos und verwirrt. Das Tier fletschte die Zähne und ging nah an Luxus' Beine heran.

»Sie ist bereits eins mit dieser Welt. Sie versteht nicht, dass sie woanders hingehört.« Luxus war anzusehen, wie sehr er litt.

Marc ging auf den Panther zu. »Isabel! Du gehörst zu uns! Komm mit uns!«

Aber das Tier sprang ins Dickicht und verschwand.

Lara nahm Marc an der Hand. »Lass uns gehen. Wenn wir zu Hause sind, reden wir mit Mila.«

Oder würde Mila am Ende froh über Isabels Verwandlung sein? Immerhin konnte sie nun mit ihren Fotos keinen Schaden mehr anrichten. Ihr Willen, die Existenz der anderen Welten zu veröffentlichen, hatte sich in Luft aufgelöst.

Nein, dachte Lara. Isabel war immer noch ein Geschöpf der Erde und gehörte dort hin. Das musste Mila als baldige Weltenhüterin genauso empfinden.

Langsam gingen sie durch den dichten Wald, als Lara plötzlich stehen blieb. »Vielleicht wäre es auch so passiert.«

Luxus blieb ebenfalls stehen und musterte sie fragend.

»Die Verwandlung. Du weißt doch, als ich auf diese Welt gesprungen bin, habe ich mich auch verwandelt. Vielleicht muss man einfach nur lange genug hier sein ... oder den Willen haben, hierzubleiben ... und verwandelt sich dann.«

»Das ist wahrscheinlich«, gestand Luxus. »Aber selbst dann hätte ich sie rechtzeitig weiterschicken können.«

»Vielleicht wäre sie nicht gegangen.« Lara ging auf Luxus zu. »Ich glaube nicht, dass es deine Schuld ist.«

Marc schnaubte.

»Isabel hatte immer einen eigenen Kopf. Sie hat sich durchgesetzt und den Preis dafür gezahlt«, betonte Lara.

»Aber ich hätte sie aufhalten können«, fand Luxus. »Es wäre meine Aufgabe gewesen. Ich war egoistisch.

Habe nur an mich gedacht. An mein Begehren. Und nicht an das, was Isabel wirklich gebraucht hätte.«

Als sie weitergingen, trat Marc an Laras Seite. »Erinnert dich das an irgendwen?«

Sie starrte ihn an.

»Timo ist auch so drauf. Pass nur auf, dass er dich nicht in eine Tote verwandelt.«

Seine Worte jagten ihr einen kalten Schauer über den Rücken.

Nach einer Weile erreichten sie den Baum, der den magischen Ausgang aus dieser Welt darstellte. Lara sah zum Himmel, wo der Mond hell am Himmel leuchtete. »Tschüss, Auge«, murmelte sie.

»Pass auf dich auf, Zottel!«, hörte sie seine Stimme.

Sie versicherte sich, dass sie Isabels Kamera und die Karte der magischen Orte in Marcs wasserdichtem Rucksack hatte, und nahm Tonka an die Hand, die den restlichen Weg sehr schweigsam gewesen war.

Jetzt sah sie Lara an. »Kann mir das auch passieren? Auf eurer Welt? Diese Verwandlung?«

»Du bist schnell genug in deiner Welt zurück«, beruhigte Lara sie. »Wir passen auf dich auf.«

Tonkas Haut flackerte in hellen Farben.

Lara sah zu Marc. Nach seinem letzten Spruch hätte sie ihn am liebsten hier gelassen. Als bärähnlichen Eremiten, oder was auch immer er für ein Tier geworden wäre.

Dennoch konnte sie nicht einmal mehr vor sich selbst verleugnen, dass seine Worte sie berührt hatten.

Die Melodie

Töne, Töne, Töne ...

Lara schwebte, getragen von Klängen, die an dünnen Saiten von allen Seiten auf sie zuflogen, dabei immer lauter wurden und teilweise durch sie hindurchgingen, als wäre sie selbst ein Ton. Dazu hatten sie alle eine unterschiedliche Farbe.

Lara schrie vor Begeisterung auf. Noch lauter als Tonka, die jedem Ton mit großen Augen entgegensah und aufschrie, sobald er durch sie hindurchging. Diese Welt hatte sie bei ihrer letzten Reise verpasst. Sie empfand nichts als Dankbarkeit, sie nun erleben zu dürfen.

Es war unglaublich. Unendlich verschiedene Töne, die aber doch zusammengehörten. Instrumente, die ihr bekannt vorkamen, dann wieder Klänge, die sie noch nie gehört hatte. Das alles vermischte sich zu einem einzigen, riesigen Konzert, und sie schwebte mittendrin. Hing fest an unsichtbaren Fäden, an denen die Töne durch die Gegend sausten.

Marc trudelte neben ihr.

»Wie ...« Lara hielt inne. Das Wort war wie Musik aus ihr herausgekommen. »Wie kommen wir hier weg?«, trällerte sie.

»Festhalten«, tönte Marc und klang wie ein tiefes Saxophon. Er legte dabei die Hände auf die dünnen Saiten.

Lara sah sich nach Tonka um, die begeistert durch die Gegend sauste. »Geh du vor«, sang Lara in Marcs Richtung. »Wir kommen.«

Er schüttelte den Kopf. Würde nicht ohne sie gehen. Lara schwebte zu Tonka und rief ihren Namen, der wie ein Glockenspiel aus ihrem Mund purzelte. Tonka drehte sich um und strahlte sie an.

»Leg deine Hände auf die Saiten!«, rief Lara und machte es vor.

Tonka tat wie verlangt, genau wie Marc. Lara spürte das Vibrieren der Saiten und hörte, wie sich etliche Töne auf einmal näherten. Dann hielt sie inne. Es waren nicht einfach nur Töne. Sie konnte deutlich hören, wie sich eine Melodie bildete. Eine Melodie, die sie so sehr berührte, dass ihr die Tränen kamen. Regungslos verharrte sie, als würde die Musik sie für einen Moment erstarren lassen. Die Klänge konnte Lara keinem Instrument zuordnen. Aber sie bekam eine Gänsehaut und hatte die ganze Zeit Tränen in den Augen, während sie der Melodie lauschte.

Bilder tanzten in ihren Gedanken. Sie sah die Erde, die Menschen darauf, Städte und Länder. Kinder mit ihren Eltern, so viel Vertrauen in den Augen. Hände, die sich hielten. Münder, die sich küssten. Tanzende Beine, glückliche Gesichter ... Und Lara begriff: Was sie hörte, war die Melodie der Menschen. Das Schönste, was Lara je gehört hatte.

Sie sah sich in der farbenfrohen Welt der Töne um und flüsterte ein leises »Dankeschön«, das wie die Töne einer Triangel erklang und in hellen Farben von ihr wegflog. Hoffentlich würde ihr Dankeschön für immer auf dieser Welt erklingen.

Dann ballten sich die Töne zu einem unfassbaren Krach zusammen. Als hätten sie entschieden, die drei Wesen nun endlich aus ihrer Welt herauszukatapultieren, fuhren sie geschlossen durch Marc, dann durch

Lara und schließlich, so erkannte Lara gerade noch, durch Tonka hindurch.

Lara sauste noch einmal an Laniakea vorbei, ehe sie prustend im Mummelsee auftauchte.

»Still«
Jupiter Jones

Sofort suchte ihr Blick das Ufer ab. War Timo hier? Wartete er auf sie? Sie hörte, wie Tonka und Marc neben ihr auftauchten und nach Luft schnappten.

Konnte Tonka überhaupt schwimmen?

Nein! Sie wedelte wild mit den Armen. Ihre Haut war ein einziges Farbkonzert. Rot, blau, schwarz, gelb, alles leuchtete wild durcheinander. Lara schwamm zu ihr, aber Marc kam ihr zuvor. Schon hatte er Tonka gepackt und zum Ufer gezogen. Dort hievte er sie aus dem Wasser. Lara schwamm zu ihnen. Das Wasser war eiskalt. Zum Glück war es mitten in der Nacht, sodass niemand Tonkas Auftritt mitbekommen hatte.

Lara kletterte ans Ufer und ließ den Rucksack auf den Boden fallen. Tonka lag neben ihr, hustete und klammerte sich immer noch an Marc.

»Hey, alles gut«, erklärte dieser und löste sanft, aber bestimmt die Umklammerung. »Du bist an Land.«

Geschockt starrte sie auf das Wasser und schnalzte dabei unaufhörlich.

»Gehen wir zusammen zum Hotel?«, fragte Lara und sah Marc dabei bittend an.

Er verstand, was sie eigentlich wissen wollte: Nimmst du Tonka bei dir auf?

Er zögerte noch einen Moment. Betrachtete das farbenfrohe Wesen, das immer noch außer Atem war und fast schon angewidert das Wasser von ihrer Haut wischte. Dann nickte er.

Er half Tonka aufzustehen. »Wir gehen den Waldweg an der Schwarzwaldhochstraße entlang. Da ist jetzt niemand.«

Lara stand ebenfalls auf und suchte noch einmal das Ufer ab. Wo Timo wohl blieb? Oder Mila und Styx? Bekam denn keiner mit, dass sie zurück waren?

Obwohl sich niemand zeigte, hatte Lara die ganze Zeit das Gefühl, dass sie nicht allein waren. Immer wieder sah sie sich um, konnte aber im dunklen Wald niemanden erkennen. Vielleicht war es Timo, der nur darauf wartete, dass Marc endlich von Laras Seite verschwand? Ihr Herz pochte laut bei dieser Hoffnung.

Sie brauchten eine Stunde bis zum Hotel, da Tonka aus ihrer Schockstarre recht schnell wieder erwacht war und nun begeistert die Tannen, Steine und Ameisenhügel beäugte. Offensichtlich konnte sie auch im Dunkeln ziemlich gut sehen und war in ihrer Begeisterung für diese Welt nicht zu bremsen. Lara hätte das auch mehr als reizend gefunden, hätte sie es nicht so verdammt eilig gehabt, Timo wiederzusehen.

Im Hotel gab Marc ihnen Handtücher, um die Haare abzutrocknen. Auch das Gebäude versetzte Tonka in Begeisterungsstürme. »So ein großes Zelt! Aus Steinen! Und dann ist auch noch unser Universum auf den Boden gemalt.«

»Sie ist hier eine Weile beschäftigt«, stellte Marc fest. »Ich bringe dich nach Hause und hole Susi ab.«

Lara ging zu Tonka und nahm ihre Hand. »Ich muss jetzt los. Ich komme gleich morgen wieder und sehe nach dir. Bis dahin musst du hier im Hotel bleiben, okay? Nicht rausgehen!«

Tonkas Augen wurden sehr groß, während sie grün aufleuchtete. Dann aber nickte sie verständig.

Lara stieg in den blauen Mercedes, und Marc fuhr sie über die Schwarzwaldhochstraße zurück nach Sasbachwalden.

»Wenn ich Mila die Karte der magischen Orte gebe, frage ich sie, was wir mit Tonka machen. Und ich frage sie nach Isabel.«

»Sie wird ihr nicht helfen.«

Lara musterte Marc erstaunt.

»Du kennst doch unsere kleine Weltenhüterin. Sie wird uns eine Lektion darüber halten, dass wir gefälligst auf unseren Planeten bleiben sollen. Ich kann froh sein, wenn sie mich nicht in irgendwas verwandelt.«

Lara hatte einen ähnlichen Gedanken gehabt. Aber sie wusste, dass Mila auch eine weiche Seite hatte. »Mila liebt uns, auch wenn man das nicht immer merkt«, beharrte sie. »Sie wird Isabel helfen. Und Tonka auch.«

Er ließ das so stehen, als ihn etwas anderes beschäftigte. »Was ist mit der Kamera?«

Überrascht musterte Lara ihn. »Was soll damit sein? Ich lösche die Fotos.«

»Vielleicht hat Isa den Sternenhimmel fotografiert.«

Lara konnte es nicht fassen. »Nein, Marc.«

Er bog in den Waldweg ein, der zum Hexenhäuschen führte, parkte den Wagen und sah Lara ernst an. »Ich sehe die Fotos durch. Vielleicht kann ich etwas davon benutzen. Den Rest lösche ich.«

»Diese Fotos haben uns nur Ärger eingebracht.«

»Dann sollte sich der Ärger auch gelohnt haben! Bitte, Lara. Ich habe die Reise nur deshalb gemacht. Vielleicht ist gar nichts dabei, was ich gebrauchen kann. Aber vielleicht doch.«

Sie zögerte.

»Komm schon«, bat Marc. »Du hast deinen Geist. Ich habe meine Jagd nach den Sternen. Wir brauchen etwas, woran wir glauben.«

»Ach, jetzt ist Timo also plötzlich etwas Gutes?«

Er sah sie lange an. »Wenn wir nicht haben können, was wir wollen, halten wir uns an etwas anderem fest.«

Lara holte die Kamera aus dem Rucksack. »Du löschst die Fotos?«

»Versprochen.«

Lara reichte sie Marc.

»Danke.«

Sie wollte schon aussteigen, als sie sich noch einmal zu ihm umdrehte. »Ich bin froh, dass du mitgekommen bist. Ich weiß, du hast das nicht für mich getan. Aber trotzdem ... danke.«

Er nickte nur. Sie sah ihm nach, als er rückwärts den Waldweg rausfuhr. Sie wandte sich zum Haus, wo bereits die Tür aufging und ein Lichtstrahl nach draußen fiel. Karin stand in der Tür. Ein Lächeln auf dem Gesicht. Lara ging näher, zögerlich. Doch Karin kam ihr entgegen und nahm sie fest in den Arm.

»Jetzt bleibst du?«, fragte sie nur.

»Jetzt bleibe ich«, antwortete Lara lächelnd.

Nach einem ausgedehnten Essen setzte sich Lara aufs Bett. Weder Karin noch Jo hatten ihr Fragen gestellt.

Aber Jo hatte jede ihrer Bewegungen genau beobachtet. Lara ahnte, dass er mit dem Thema noch lange nicht durch war.

Sie gähnte. Eine unfassbare Müdigkeit überkam sie. Sie zwang sich dazu, wach zu bleiben. Bis sie Timo endlich wiedergesehen hatte. Und natürlich Mila, die nun, da Karin sich wieder hingelegt hatte, in ihr Zimmer trat.

»Hat alles geklappt?«, fragte sie nervös.

»Mir geht es gut, danke der Nachfrage«, konterte Lara trocken.

Mila schloss die Tür und kam im Schlafanzug gekleidet zu ihr.

»Wo warst du? Warum hast du uns nicht erwartet?«, hakte Lara nach.

»Ich konnte nicht weg. Ich wollte Karin nicht beunruhigen.«

Das war ja mal ganz was Neues.

»Hast du die Karte?«, drängte Mila.

»Hör zu. Es gibt ein Problem. Isabel hat sich in ein Tier verwandelt, und wir haben einen blinden Passagier.«

»Ich weiß«, erklärte Mila. »Luxus hat mir Bescheid gegeben.«

»Und was machen wir?«

»Nichts.«

»Nichts?«

»Isabel ist im Dschungel verschollen. Ich weiß nicht, ob ihre Verwandlung rückgängig zu machen ist. Außerdem hat sie es sich selbst zuzuschreiben.«

Lara starrte Mila an. »Du willst sie einfach dalassen?«

»Mit meinem Willen hat das nichts zu tun. Sondern mit ihrem«, erklärte Mila. »Gibst du mir die Karte?«

Lara erkannte verwirrt, wie schnell Mila das Thema für beendet erklärte. Sollte sich ihre Ahnung wirklich bestätigen? Sollte Marc recht behalten?

»Und was ist mit Tonka? Kannst du mit diesem Ritter reden, dass er sie durchlässt, wenn sie nach Hause reist?«

»Das kann ich machen«, bestätigte Mila. »Aber ob und wann Tonka weiterreist, hängt von ihrer Entscheidung ab.«

»Und Isabel ...«

»Lara. Isabel hat sich für diese Reise entschieden. Und für ihre Verwandlung. Ich kann sie nicht einfach zurückzaubern. So funktioniert das nicht«

»Du wirkst aber auch nicht sonderlich geschockt«, stellte Lara fest.

»In dieser Gestalt kann sie wenigstens keine Fotos mehr machen«, brach es aus Mila heraus.

Lara schnaubte auf, aber Mila kam ihr zuvor.

»Die Karte. Wo ist sie?«

Wütend schob sie Mila den Rucksack zu. Diese kramte hastig darin. Ihre Augen leuchteten, als sie endlich ihr Heiligtum zu fassen bekam.

»Jetzt hast du ja alles, was du wolltest«, stellte Lara bitter fest.

Mila musterte sie ernst. »Danke«, sagte sie.

»Wo ist Timo?«

Mila schwieg.

Was Lara leicht nervös machte. »Wo ist er?«

»Das muss dir Styx erklären.«

»Was? Wieso?«

»Er erfüllt seine Aufgabe«, tönte eine Stimme in Laras Innerem.

Sie drehte sich um. Styx saß auf dem Bett und musterte sie. »Ich verstehe nicht«, sagte sie heiser.

»Für den Moment kann er nicht zu dir zurück.«

Lara spürte, wie ihr Herz einen kleinen Aussetzer hatte. Als hätte es für den Moment vergessen, weiterzuschlagen. »Ich verstehe nicht«, wiederholte sie, worauf Styx etwas näher kam.

»Er hat eine Aufgabe. Die er jetzt erfüllt. Er ist für die anderen da. Und du hast dein Leben.«

»Ich habe was?«, schrie Lara nun.

»Leise«, flüsterte Mila.

»Leise? Spinnst du?« Lara sah Mila wütend an. »Ihr schickt mich auf diese Reise. Ich riskiere mein Leben! Für diese bescheuerte Karte! Und ja, mein Kind war in Gefahr. Es hätte sonst was passieren können. Aber ich wollte helfen. Und was macht ihr? Ihr lasst Isabel da einfach verrecken! Ihr nutzt die Zeit, um Timo von mir wegzubringen. Ihr macht alles kaputt!«

»Ich habe Timo nur an seinen Willen erinnert und …«

»Hör doch endlich auf! Ihr macht, was *ihr* wollt. Was immer euch am besten in den Kram passt!« Lara konnte nicht klar denken. »Wir sind nur eure Marionetten. Ich will Timo! Jetzt! Bring mich zu ihm.«

»Das geht nicht.« Die Katze war ganz ruhig.

Im Gegensatz zu Lara. »Sofort! Bring mich zu ihm!« Sie wollte Styx packen, aber mit einem Satz war die Katze verschwunden. Frustriert schrie Lara auf.

»Lara?« Karins Stimme drang besorgt durch den Flur.

Lara rannte zum Fenster und öffnete es. Styx saß unten vor der Tür. »Bring ihn mir zurück!«

»Du willst dieses Leben, Lara. Ohne Geist. Glaub mir.«

Sie schnaubte wütend und sah zu Mila. »Tu was«, bat sie nun etwas leiser, während Schritte zu hören waren. »Du hast es mir versprochen. Als ich gesprungen bin, hast du mir versprochen, dass Timo hier ist, wenn ich zurückkomme.«

»Ich kann nicht«, erwiderte Mila. Ebenso leise. »Es tut mir leid.«

Lara hatte das Gefühl, als würde sie innerlich versteinern. »Du gehst jetzt besser.«

Mila erwiderte ihren Blick fest.

»Geh. Und bitte mich nie wieder um einen Gefallen.«

Die Zimmertür ging auf. Blitzschnell ließ Mila die Karte unter ihrem Oberteil verschwinden.

»Was ist denn hier los?«, fragte Karin besorgt.

»Lara hat schlecht geträumt«, behauptete Mila und sauste an Karin vorbei.

Lara sah ihr hinterher. In ihrem Magen ein tonnenschwerer Stein, der jegliche Gefühle unter sich vergrub.

Irgendwann war sie eingeschlafen. Als sie erwachte, war es noch mitten in der Nacht. Ein Geräusch hatte sie geweckt. In der naiven Hoffnung, dass vielleicht doch Timo vor der Tür stand, rannte sie nach unten. Vor dem Haus war niemand.

Sie schleppte sich in ihr Zimmer zurück, strich über ihren Unterleib und nahm den MP3-Player.

»*Ich hab so viel gehört und doch kommt's niemals bei mir an.*

Das ist der Grund, warum ich nachts nicht schlafen kann.

Wenn ich auch tausend Lieder vom Vermissen schreib,
Heißt das doch nicht, dass ich versteh,
Warum dieses Gefühl für immer bleibt.«

So still
Jupiter Jones

Die Entscheidung

Ayse trat neben Leo aus dem Gebäude. Der Lärm der Straße schlug ihnen entgegen. Leo starrte auf den Vertrag in seinen Händen.

Zwei Stunden. So lange hatte die Besprechung mit den Krawattenträgern gedauert. Sie hatten Leo kaum zu Wort kommen lassen, hatten ihm was von Rechteabtretung und weltweiter Vermarktung erzählt, nachdem sie ihn anhand seiner IP-Adresse ausfindig gemacht und Kontakt mit ihm aufgenommen hatten.

Leo hatte einem Treffen zugestimmt, hatte aber Ayse gebeten, mitzukommen. Um keine falsche Entscheidung zu treffen, wie er gesagt hatte.

»Du hast nicht unterschrieben«, stellte sie fest.

Leo sah aus seinen Gedanken gerissen auf. »Nein. Aber ich sollte.«

»Warum?«

»Hast du den Jungs nicht zugehört?«, fragte er. »Die zahlen richtig viel Kohle dafür. Vermarkten den Song weltweit.«

»Er wird bereits weltweit gehört«, erinnerte ihn Ayse. »Und hast du auch die Klausel gelesen, dass du jetzt nachliefern musst? Damit sie ein Album mit dir machen können?«

Leo schwieg.

»Du hast gesagt, dass ich mitkommen soll, damit du keine falsche Entscheidung triffst.« Ayse stellte sich vor Leo und nahm den Vertrag in die Hand. »Dieser Vertrag ist eine falsche Entscheidung.«

Leo schüttelte den Kopf. »Ich habe diesen Typen am Start, der eine Software programmiert. Nur für mich. Um genau den Klang zu erzeugen, den ich gehört habe. Aber dafür brauche ich Geld.«

»Besorg dir das Geld anders.«

»Wie denn?«

»Ich kann dir helfen. Ich habe ein bisschen was auf der Seite.«

»Auf keinen Fall!« Leo nahm den Vertrag wieder an sich. »Ich muss endlich mal vernünftig werden. Wie ein Erwachsener denken.«

»Wenn du ein ganzes Album produzieren musst, dann hast du keine Zeit mehr, nach dem richtigen Klang zu suchen. Vielleicht verlierst du die Gabe sogar, wenn du dich zu sehr auf etwas anderes konzentrierst. Auf das ... Erwachsensein. Du hast selbst gesagt, dass diese Melodien dir nicht gehören. Dass es falsch ist, dafür Geld zu verlangen. Und hast du gesehen, wie viele Rechte du an die abtrittst?« Ayse nahm den Vertrag, um Leo die betreffende Stelle zu zeigen, als ein Windstoß die Papiere erfasste. Erstaunt sah sie mit an, wie der Vertrag davonsegelte. Als würde ihn jemand davontragen.

»Was ...«, murmelte sie, während Leo schon damit begann, den Vertrag zu verfolgen.

Er rannte an den Passanten vorbei, stieß einen grob zur Seite, sprang in die Luft, um die Papiere zu fassen zu kriegen.

Da löste sich der Vertrag in Luft auf.

Leo sah sich verwirrt um.

Ayse starrte auf die Stelle, wo der Vertrag gerade noch gewesen war. Sie hatte sich nicht getäuscht. Die

Papiere waren in der einen Sekunde da gewesen und in der nächsten verschwunden.

Wie war das möglich?

Leo kam außer Atem zu ihr zurück. »Er ist weg«, stellte er fest.

Ayse konnte nur nicken.

»Ich gehe zurück. Die drucken mir doch bestimmt einen neuen aus.« Er ging zum Eingang des Gebäudes zurück.

Plötzlich musste Ayse lächeln. Sie drehte sich um und folgte Leo. Gerade als er in das Gebäude hineinwollte, nahm sie seine Hand und zog ihn mit sich.

»Hey!«

Sie rannte davon, Leo an der Hand hinter ihr. Sein anfänglicher Widerstand brach, und er lief mit. Ayse lachte befreit.

Timo sah den beiden nach. Er hielt den Vertrag in den Händen, der sich nun unter seinem Blick in Luft auflöste.

Ayse war in ihren Bedürfnissen so klar zu lesen wie ein Buch. Es war ein Leichtes gewesen, ihren Wunsch zu erfüllen. Timo wusste, was sie mit Leo vorhatte, und er wusste, dass es für beide das Richtige war.

Er stieg auf sein Skateboard, stieß sich ab und fuhr davon.

Teil 2

Laras Gabe

Herztöne

Ohne Timo.

Lara war oft allein gewesen als Kind. Nach der Schule hatte sie für sich selbst gekocht und dann Hausaufgaben gemacht. Gegen Abend war ihr Vater nach Hause gekommen und hatte sich über das Abendessen gefreut, das Lara für sie beide zubereitet hatte. Lange hatte dieser Zustand nicht angehalten, denn irgendwann hatte Ayses Mutter davon Wind bekommen und Lara kurzerhand für die Zeit nach der Schule bei sich aufgenommen.

Aber das Gefühl des Alleinseins hatte sich in Laras Seele gepflanzt und war immer ein Teil ihrer Gefühlswelt geblieben. Trotz all der Liebe und Aufmerksamkeit seitens Ayses Familie. An manchen Tagen war es ihr gerade durch ihre Zeit mit Ayse erst richtig bewusst geworden. Zu erleben, wie Begüm jedem ihrer Kinder so viel Aufmerksamkeit und Liebe wie nur eben möglich schenkte, führte Lara allzu deutlich vor Augen, wie wenig ihr eigener Vater zu geben in der Lage war. So hatte sie sich in deren Gesellschaft manchmal sogar noch einsamer gefühlt. Was sie Ayse nie erzählt hatte. Es war ihr undankbar und egoistisch vorgekommen.

Alleinsein, das war wie ein konstantes Frieren im Inneren. In den Wochen mit Timo war Lara warm gewesen. Sie hatte nicht mehr gefroren. Selbst in seiner Gegenwart als Geist. Sie hatten Dinge miteinander erlebt, die so unglaublich waren, dass es Lara jetzt noch wie ein Traum vorkam. Wenn man einmal gemeinsam zu den Sternen gereist war ... Es gab nichts, was einen noch mehr verbinden konnte. Außer einem Kind.

Aber dieses Kind würde ohne Vater aufwachsen. Sie würde allein für alles verantwortlich sein. Würde allein all die Fragen beantworten müssen, die das Kind stellen würde. Musste alle Entscheidungen allein treffen. War sie dazu in der Lage? Konnte sie ihrem Kind eine Familie bieten, wo sie doch selbst nie wirklich eine eigene erlebt hatte?

Lara beobachtete Karin, die den Wagen durch Achern lenkte. Sie erzählte ihr von Dr. Schönberger, die bereits seit zwanzig Jahren Karins Frauenärztin war und bei der sie kurzfristig einen Termin für Lara bekommen hatte. Das kam laut Karin einem Wunder gleich, da die Ärztin keine neuen Patientinnen mehr annehmen konnte. In Laras Fall hatte sie eine Ausnahme gemacht. Lara würde gleich ihre erste Ultraschalluntersuchung erhalten. Wenn sie Glück hatten, konnte man schon den Herzschlag sehen.

Diese Aussicht versetzte Lara zugegebenermaßen in Aufregung. Genau wie Karin. Aber wie musste sie sich fühlen? Jo und sie hatten so lange versucht, schwanger zu werden. Mila war vor sechs, bald sieben Jahren auf die Welt gekommen. Nun, da sie ihre Karte hatte, war es nur noch eine Frage der Zeit, bis sie für Karin unsichtbar würde. Karin und Jo würden glauben müssen, dass ihre Tochter verschollen war. Vielleicht würden sie eine Entführung vermuten. Einen Unfall. Oder, oder ... ein nie endendes Gedankenkino. Klarheit würden sie über das Schicksal ihrer Tochter niemals erfahren.

Aber was hatte Mila damit gemeint, dass die beiden ein neues Kind bekommen würden? Meinte sie Lara? Oder Körnchen? Selbst wenn Karin sich jetzt schon voller Hingabe auf Lara stürzte, glaubte Mila ernsthaft, dass sie einfach ersetzbar war? Niemand konnte die eigene Tochter ersetzen. Erst recht nicht, wenn die Ungewissheit niemals verschwinden würde.

Lara starrte auf ihr Handy. Ayse hatte nicht mehr auf ihre Nachrichten geantwortet. Stattdessen hatte sie Lara die Freundschaft gekündigt. Was ihre Welt noch kälter werden ließ. Nun, da sie Tonka mit auf die Erde gebracht und damit alle Regeln gebrochen hatte, konnte sie auch Ayse die Wahrheit sagen.

Etwas hielt sie zurück. Vielleicht war es besser, Ayse in ihrer Amnesie zu lassen. Vielleicht, weil sie sich selbst wünschte, zu vergessen. Vergessen, dass es die anderen Welten gab; vergessen, dass es ein Auge gab, das sie so sehr ins Herz geschlossen hatte; vergessen, dass Styx mehr war als eine dicke Katze; vergessen, dass es Timo gegeben hatte. Vergessen, vergessen, vergessen.

All das Wissen war heute nichts weiter als eine Bürde, die sie noch mehr von den Menschen trennte, die sie liebte. Lara fuhr sich mit der Hand durch das kurze, blonde Haar. Zum ersten Mal seit so vielen Jahren hatte sie ihre Haare kurz schneiden lassen. Zu einem Bob. Ihr Kopf war so viel leichter als zuvor. Ihr Herz leider nicht.

Karin parkte den Wagen auf dem Parkplatz einer Schule, die der Frauenarztpraxis gegenüberlag. Die Schule, in die Lara ab nächster Woche gehen würde. Wie sollte sie sich konzentrieren? Wie motivieren?

Sie sah zum Hof, auf dem sich einige Schüler tummelten. Es musste gerade Pause sein. Als Erstes fielen ihr ein Mädchen und ein Junge auf, die eng zusammenstanden und von den anderen etwas separiert schienen. Der Junge wirkte wie ein männliches Gegenbild des Mädchens. Die beiden mussten Geschwister sein, wenn nicht sogar Zwillinge. Sie wirkten ernst und starrten die Mitschüler an, während sie sich unterhielten. Zwei andere Mädchen, vielleicht fünfzehn Jahre alt, lachten zusammen und sahen zu einem Jungen. Ein wirklich attraktiver Typ, stellte Lara fest. Eines der Mädchen war definitiv verknallt in ihn. Vielleicht sogar beide.

Lara musste lächeln. Vielleicht würde ihr die Rückkehr an eine Schule auch guttun. Endlich wieder so etwas wie Normalität in ihrem Leben. Sie könnte einen Plan machen. Einen Plan für ihre und Körnchens Zukunft.

Kühles Gel tropfte auf ihren Bauch.

»Dann schauen wir mal, wie weit Sie sind«, erklärte Dr. Schönenberger.

Lara hatte sofort Vertrauen zu der Ärztin gefasst. Die Dame mit der kräftigen Figur und den blonden, zu einem losen Zopf gebundenen Haaren hatte sich viel Zeit für das Erstgespräch genommen. Bei der Frage nach Erbkrankheiten innerhalb der Familie war Karin helfend eingesprungen. Die Ärztin lachte so freundlich und herzlich und vor allem viel, dass Lara sich in keiner Weise für ihr frühes Mutterdasein verurteilt fühlte.

Gebannt starrte Lara auf den Monitor. Würde sie heute schon etwas erkennen?

Da hörte sie es plötzlich! Rasche, dumpfe Töne dröhnten ihr entgegen.

»Die Herztöne!«, rief Karin begeistert.

Auch Dr. Schönenberger lächelte. »Das klingt ganz nach meinem Geschmack.«

Lara reagierte nicht. Sie war wie erstarrt. Sie hatte gewusst, dass ein neues Leben in ihr war. Theoretisch. Jetzt tatsächlich einen Herzschlag zu hören, war eine ganz andere Geschichte. Da war jemand. In ihr! Das kleine Herz schlug so energisch und entschlossen, dass Laras eigenes Herz für einen Moment aussetzte.

»Lara? Alles ist gut. Es ist normal, dass das Herz so schnell schlägt.«

Lara setzte schnell ein Lächeln auf, um Karin zu beruhigen. Unfähig, ihre Gefühle zu sortieren.

Dr. Schönenberger lächelte. »Karin, vielleicht gehen Sie schon mal zur Rezeption und lassen sich die Rezepte für Folsäure geben?«

Karin sah Lara noch einmal besorgt an. Doch als diese ihr zulächelte, verließ Karin das Zimmer.

»Kann ich es noch einmal hören?«, fragte Lara die Ärztin.

Diese lächelte und suchte mit dem Ultraschall ein weiteres Mal den Herzschlag.

Lara schloss die Augen und lauschte. Während die dumpfen Töne in ihre Ohren drangen, hatte sie plötzlich das Gefühl, dass alles einen Sinn ergeben könnte. Dass all das hatte passieren müssen, damit nun Körnchens Herz in ihrem Bauch schlug. Sie hätte noch stundenlang zuhören können, aber Dr. Schönenberger nahm das Gerät von ihrem Bauch.

»Ich drucke Ihnen noch das Bild aus. Hier. Damit können Sie Ihren Bauch abwischen.«

Lara stand auf und nahm die gereichten Papiertücher entgegen, während die Ärztin ein Bild ausdruckte und es Lara hinhielt.

»Es ist schon vier Millimeter groß«, erklärte sie grinsend.

Lara musste lachen und betrachtete das Bild, das einen winzigen Punkt in einer Blase zeigte. Es erinnerte sie ein bisschen an die Blasen, die sie in der Welt der Träumer gesehen hatte. Und die über den Köpfen der Menschen schwebten.

Auch Dr. Schönenberger hatte eine solche Blase über sich schweben. In der sie genau das tat, was sie jetzt tat. Ihre Blase war nichts weiter als ein Spiegel ihrer selbst.

»Lara, darf ich Sie noch etwas fragen? Etwas Persönliches?«

Lara zog sich ihre Hose an und nickte.

»Ich habe nur am Rande mitbekommen, was Ihnen alles zugestoßen ist. Die Sache mit Ihrem Vater. Sie waren verschwunden. Und jetzt Timo ...«

Lara wich dem Blick der Ärztin aus.

»Ich will Ihnen wirklich nicht zu nahetreten oder in ein Wespennest stechen, aber ich will sichergehen, dass es Ihnen wirklich so gut geht, wie es den Eindruck macht.«

Lara stutzte.

»Schwanger mit sechzehn. Ohne Eltern. Das ist eine Herausforderung, der kaum jemand gewachsen ist. Ich weiß, dass Sie Ihre Tante auch noch nicht lange kennen. Es ist möglich, eine psychologische Betreuung anzufordern. Wenn Sie das möchten.«

Lara schüttelte den Kopf. »Das brauche ich nicht.«

Die Ärztin nickte. »Wenn Sie es sich anders überlegen, sagen Sie es mir. Wir sehen uns ja in nächster Zeit öfter.«

Während Lara zum Empfang ging, dachte sie über die Worte der Ärztin nach. Vielleicht wäre es gar nicht schlecht, mit jemandem zu reden. Aber wie sollte sie einem Psychologen ihre Situation erklären?

Als Lara ihre Tante sah, die mit einer Arzthelferin über Vitamine für Schwangere diskutierte, hatte Lara jedoch das Gefühl, klarzukommen. Und plötzlich wurde ihr bewusst, was sie mit ihrem Leben anstellen wollte. Eine Idee, die in ihr gegoren hatte, seit sie zurückgekehrt war.

Nachdem sie einen Termin für den nächsten Ultraschall in drei Wochen gemacht hatte, fuhr sie mit Karin zurück nach Sasbachwalden.

»Ich habe noch Bücher über Schwangerschaft zu Hause. Die kannst du alle haben. Und wenn du Fragen hast, immer her damit. Gegen Übelkeit kann ich dir einen Tee machen. Fenchel, Anis, Kümmel ... alles da. Ingwer ist auch gut. Nicht mehr als sechs Gramm pro Tag. Sonst kann er Wehen auslösen.«

Lara nickte dankbar. »Wenn mir schlecht wird, gebe ich Bescheid.«

Karin fuhr eine Weile schweigend weiter, ehe Lara sagte: »Ich werde auf dem Gymnasium die zehnte

Klasse abschließen. Dann gehe ich von der Schule ab. Ich möchte eine Ausbildung zur pharmazeutisch-technischen Assistentin machen.«

Erstaunt sah Karin Lara an, ehe sie sich wieder auf die Straße konzentrierte. »Ach ja?«

»Vielleicht kannst du mir eine Schule empfehlen. Und mir bei meiner Bewerbung helfen?«

»Ja, natürlich.«

Karin wirkte völlig überfahren.

»Dr. Schönenberger hat als Geburtstermin den 5. Juni festgelegt. Und sie hat gesagt, dass die Schule kein Problem ist, solange es mir gut geht. Wenn alles klappt, schreibe ich die Prüfungen noch vor der Geburt. Dann hätte ich die ersten drei Monate Zeit mit dem Baby, ehe es im September mit der Ausbildung losgeht. Das wird heftig. Und ich kann es nicht alleine schaffen, weil sich jemand um das Kleine kümmern muss. Aber ich hatte gehofft, wenn du mir hilfst ... die Schule dauert zwei Jahre. Das halbjährige Praktikum könnte ich vielleicht bei euch machen? Wenn ihr mich als Praktikantin nehmt. Dann würde ich in ungefähr drei Jahren mein eigenes Geld verdienen. Bis dahin reicht mir das Geld, das ich von Papa geerbt habe.« Sie sah Karin hoffnungsvoll an.

Lara hatte nie gewusst, was sie später beruflich machen wollte. Nun hatte sie mit eigenen Augen gesehen, wie ein Stein ihr das Leben gerettet hatte. Sie wusste von Karin um die heilende Wirkung der Kräuter. Die Heilmittel, die auf dieser Erde waren, faszinierten Lara. Sie wollte mehr darüber wissen. Wollte es zu ihrem Beruf machen. Dank Karin und Jo saß sie direkt an der

Quelle und mit ihren Erfahrungen konnte sie dieses Wissen bestimmt so umsetzen, dass sie den Menschen helfen konnte. Die Reisen, die sie unternommen hatte, hatten ihren Blick für diese Dinge gestärkt.

Karin musterte Lara mit einem Seitenblick. »Du kannst auch das Abitur machen und studieren. Und Pharmazie studieren. Wir kriegen das finanziell schon hin.«

»Das ist ein tolles Angebot. Aber nein. Mit der Ausbildung kann ich das arbeiten, was ich will. Außerdem würde ein Studium viel zu lange dauern. Ich könnte nicht vor Ort sein. Für Körnchen.«

Karin lächelte. »Ich hoffe, du weißt, worauf du dich da einlässt. Ich kann ziemlich besserwisserisch sein, wenn es um meinen Kräutergarten geht.«

»Heißt das, du hilfst mir?«

»Natürlich helfe ich dir! Wir kümmern uns gleich um die Bewerbung.«

Als Karin am *Einhorn* vorbeifuhr, hatte Lara eine Idee. »Halt an. Ich will kurz mit ihnen sprechen.«

Karin hielt auf dem einzelnen Parkplatz vor der Bäckerei, die gegenüber dem *Einhorn* war. »Bist du sicher?«

»Ich will, dass sie es von mir erfahren.«

Lara stieg aus und ging über die dicht befahrene Straße zum Restaurant von Timos Eltern. Als sie die schwere Holztür aufschob, sah sie nur vereinzelt Leute an den Tischen sitzen. Um die Mittagszeit war hier nicht so viel los. Ihr Blick wanderte durch den Raum. Schon sah sie Timos Mutter mit einem Flammkuchen zu einem Tisch marschieren.

Entschlossen ging sie auf die kleine Frau zu, die den Gästen einen guten Appetit wünschte, sich umdrehte und wie erstarrt in Laras Gesicht blickte.

»Was willst du hier?«, fauchte sie, sodass einige Gäste neugierig aufsahen.

In dem Moment, in dem sie Lara in die Augen sah, poppten die Blasen über ihrem Kopf auf. In der ersten Blase sah sie Timos Mutter hier, in diesem Restaurant. Sie lachte und boxte jemandem spielerisch in die Seite. Es war Timo. Lara musste bei seinem Anblick schlucken. Er sah genauso aus, wie auch Lara ihn in Erinnerung hatte. Verwuschelte Haare, lachende, braune Augen ...

Schon poppte eine zweite Blase auf, in der Lara seine Mutter bei einer ganz anderen Tätigkeit sah. Sie saß an einem Tisch, um sie herum zahlreiche kleine Kästchen mit glitzernden Steinen. Vor ihr war eine Schleifmaschine an einem Tisch festgemacht. Sie hatte einen Ring in der Hand, eine Lupe vor das Auge geklemmt und hantierte mit einer Pinzette an dem Ring herum.

»Verschwinde«, giftete sie, und Lara sah, wie die beiden Blasen verblassten.

Sie konzentrierte sich auf Timos Mutter, auch wenn es schwer war, den Blick von Timo abzuwenden. »Wir müssen reden.«

»Mit dir rede ich nicht!«, rief sie so laut, dass augenblicklich ihr Mann aus der Küche kam. Er trug eine Schürze, und seine Haare waren komplett grau.

Waren die vor ein paar Wochen nicht noch schwarz gewesen?

»Hau ab!«, rief Timos Mutter.

Sein Vater trat hinzu. »Es ist besser, wenn du gehst«, betonte auch er.

Lara wollte nicht erneut von einer Vision abgelenkt werden und vermied es, Timos Vater in die Augen zu sehen. Sie wandte sich wieder an die Frau. »Wir müssen reden«, wiederholte sie ruhig.

»Du hast meinen Sohn umgebracht! Ich rede kein Wort mit dir. Eine Frechheit, dass du hier auftauchst!«

»Fünf Minuten. Dann bin ich wieder weg.«

»Hau ab!«

»Ich bin schwanger.«

Totenstille. Es war, als wären Timos Eltern in ihrer Bewegung eingefroren. Als hätte jemand die Pause-Taste in einem Film gedrückt. Auch die Gäste starrten Lara an, doch das war ihr völlig gleichgültig.

»Sie werden Großeltern. Ich wollte, dass Sie es von mir erfahren. Ich würde mich freuen, wenn wir darüber reden könnten.«

Immer noch keine Reaktion.

»Sie wissen ja, wo ich wohne.« Lara drehte sich um und verließ das Restaurant.

Karin erwartete sie mit besorgter Miene. »Und?«

»Hat Timos Mutter mal eine Ausbildung zur Goldschmiedin gemacht? Oder so was in der Richtung?«

Karin wirkte mehr als verwirrt. »Ähm ... keine Ahnung. Glaube nicht.«

»Sollte sie«, erwiderte Lara knapp.

Beim Abendessen hatten sie Jo von Laras Plänen erzählt, der genau wie Karin hocherfreut schien. Mila hatte sehr schweigsam dabeigesessen. Nun saßen Jo,

Karin und sie vor dem Kamin. Mila saß am Wohnzimmertisch und blätterte in einem Bilderbuch. Sie wirkte in diesem Moment wie eine typische Sechsjährige.

Jo betrachtete sich das Ultraschallbild. »Viel sehen kann man ja noch nicht.«

»Hey, es sind vier Millimeter«, betonte Lara gespielt beleidigt, was Jo ein Lächeln entlockte.

Er musterte sie aufmerksam. »Irgendwie habe ich das Gefühl, dass ich etwas verpasst habe«, erklärte er nun. »Ich an deiner Stelle würde mich in meinem Zimmer vergraben und mich vor dem Leben verstecken.«

»Jo«, mahnte Karin.

»Was? Ist doch so«, rief Jo. »Aber du sitzt hier. Lächelst, hast einen Plan. Was ist mit dir passiert?«

Lara zögerte, ehe sie sich für die halbe Wahrheit entschied. »Ich habe heute Herztöne gehört. Und ich habe eine Melodie gehört. Und das beides zusammen hat mir klargemacht, was ich noch vor mir habe. Darauf will ich mich konzentrieren.«

»Welche Melodie? Und wo hast du sie gehört?«

In einer anderen Welt, dachte Lara. Sah aber im selben Moment Milas Blick zu ihr wandern. Offensichtlich in Sorge, dass Lara doch noch über ihren kleinen Ausflug auspacken würde.

»Im Internet«, erklärte sie mit Blick zu Mila, die sich augenblicklich wieder auf ihr Bilderbuch konzentrierte.

»Der Typ aus Berlin?«, fragte Jo eifrig und setzte sich eilig ans Klavier. Er begann zu spielen.

Eine Melodie, die Lara augenblicklich eine Gänsehaut bescherte. »Das ist das Lied!«, rief sie.

Wie war das möglich? Sie hatte diese Melodie auf einem anderen Planeten gehört. Und jetzt klimperte Jo sie mal eben auf seinem alten Klavier?

»Alle fragen sich, wer der Komponist ist«, erklärte Jo mit einem Leuchten in den Augen. »Es gibt niemanden, der von diesem Lied nicht völlig gebannt ist. Aber seit zwei Tagen wurde es aus dem Netz genommen.«

Lara versuchte, diese Information zu verarbeiten, als Jo schon weitersprach. »Du findest deine Lebensfreude also aufgrund einer Melodie wieder. Das kann nur meine Nichte sein.«

Lara grinste. Sie wollte gerade mehr über die Melodie erfahren, als es an der Tür klingelte. Jo stand auf, um sie zu öffnen, und kam gefolgt von Marc zurück.

Der musterte Lara ernst. »Hast du mal eine Minute?«

Marc betrat das kleine Zimmer, in dem Lara untergekommen war.

Sie schloss die Tür und sah ihn angespannt an. »Ist was mit Tonka?«

»Tonka? Nein. Der geht es gut. Sie sieht fern und hat versucht, dem Internet etwas vorzusingen, damit es ihr was zu essen gibt.«

Lara musste lachen, ehe sein ernstes Gesicht sie bremste.

»Die Fotos sind weg.«

Die Information brauchte einen Moment, um in Laras Bewusstsein zu sacken. »Die Fotos?«

»Jemand hat die Kamera geklaut.«

Lara spürte, wie ihr das Blut aus dem Gesicht wich. »Isabels Kamera?«

»Natürlich Isabels Kamera!«

»Aber du wolltest die Fotos löschen!«

»Ja. Wollte ich.« Marc sprach nicht weiter.

Sie schüttelte den Kopf. »Du hast mich angelogen.«

»Lara, ich habe die Fotos gesehen und ... sie waren unglaublich. Die Ritter, die Frauen, Isabel hat sogar die Träumer abgelichtet. Es war so faszinierend, ich konnte sie nicht löschen.«

Laras Gedanken rotierten. »Bei dir wurde also eingebrochen?«

»Durch die Glastür.«

»Okay«, beruhigte sich Lara. »Jemand hat die Kamera mitgehen lassen. Er wird sich die Fotos nicht ansehen. Die sind uninteressant für ihn. Er wird die Speicherkarte löschen und die Kamera verkaufen. Richtig?«

Marc musterte sie ernst, ehe er antwortete: »Ich habe Rechner im Wert von 21.000 Euro in meinem Büro stehen. Es ist noch alles da.« Er fuhr sich mit der Hand durch die Locken. »Jemand ist gezielt eingebrochen, um die Kamera zu stehlen. Dieser jemand wusste genau, wonach er suchen musste.«

»Ich habe die Kamera nicht!« Mila sah Lara und Marc ernst an, nachdem sie sie unter einem Vorwand ins Zimmer geholt hatten. »Und hattest du mir nicht gesagt, dass ihr die Bilder gelöscht habt?«

Lara sah kurz zu Marc.

»Das geht auf meine Kappe«, gestand dieser seufzend.

»Natürlich.« Mila stand auf. »Es geht immer auf deine Kappe.«

Er wich einen Schritt vor Mila zurück. Hatte er Angst vor ihr?

»Du springst Lara in andere Welten hinterher, um den Sternenhimmel zu fotografieren. Dein Tablet wird zerstört, aber ach, wie praktisch, die Fotos, derentwegen Lara die ganze Reise unternommen hat, sind ja noch da. Glaubst du eigentlich, ich habe sie Isabel aus Spaß hinterhergeschickt?«

Lara verfolgte das Gespräch schweigend.

»Ich wollte sie ja löschen ...«

»Wolltest du nicht. Versuch nicht, mich anzulügen.«

Jetzt verstummte auch Marc.

Mila tigerte auf und ab. »Das ist nicht gut.«

»Du hast sie also wirklich nicht?«, fragte Lara jetzt verwundert.

»Ich wusste nicht mal, dass Marc die Bilder hatte.«

»Warum kriegst du das alles nicht mit?«

»Weil es so nicht läuft. Ich sehe nicht jede Seele in jeder Sekunde. Ich sehe sie nur, wenn sie in die falsche Richtung laufen.«

»Okay. Also wo auch immer die Fotos jetzt sind, derjenige läuft in die richtige Richtung.«

»Das tut er nicht!«, rief Mila.

»Das hast du doch gerade selbst gesagt«, konterte Lara.

»Wir müssen rausfinden, wer sie hat«, beharrte Mila.

»Wir müssen gar nichts«, erklärte Lara ruhig.

»Aber Lara ...«

»Nein, nichts Lara! Ich will endlich wieder ein normales Leben. Wenn das in meinem Fall überhaupt noch möglich ist. Ich gehe jetzt zur Schule, mache eine Ausbildung und werde Mama. Das sind meine Aufgaben. Das ist das, was ich will.« Sie verließ das Zimmer.

Marc folgte ihr bis nach draußen, wo Susi im Mercedes wartete und so heftig mit dem Schwanz wedelte, dass das ganze Auto wackelte. Lara ging zu ihr und ließ die Hündin raus, um sie ausgiebig zu begrüßen.

»Was soll das?«, fragte Marc.

»Was meinst du?«

»Du lässt Mila hängen. Warum?«

Lara schwieg.

»Du bist ein zweites Mal zu den anderen Welten gereist. Für Mila. Und jetzt? Bist du sauer auf unsere kleine Weltenhüterin?«

»Ich muss nicht immer die Welt retten. Hast du doch selbst gesagt«, erklärte Lara ausweichend.

Sie spürte seinen prüfenden Blick, während sie die überglückliche Hündin streichelte.

»Es geht um Timo, richtig?«

Sie antwortete zögernd. »Auch. Aber nicht nur.«

»Was hat sie angestellt? Hat sie ihn weggezaubert?«

Lara schluckte.

»Echt? Sie hat ihn weggezaubert?«

Sie drehte sich zu ihm um. »Mila kann nicht zaubern, klar?« Sie atmete tief durch. »Und sie war es nicht. Styx. Sie hat Timo den Weg zu mir blockiert.«

»Und warum bist du dann sauer auf Mila?«

»Weil sie ein Versprechen gebrochen hat. Und weil sie alles toll findet, was Styx macht.«

»Damit hat sie doch recht.«

Wütend sah sie ihn an.

»Du kannst jetzt rumtoben und sauer sein, aber Fakt ist: Du kannst dein Leben nicht mit einem Geist verbringen. Das ist ungesund.«

»Warum glaubt eigentlich jeder, das beurteilen zu können?« Lara spürte einen Kloß im Hals. Jetzt bloß nicht heulen. Dafür war nachher noch Zeit.

»Weil ich dich sehe, Goldi.«

So hatte er sie schon lange nicht mehr genannt. Der Blick, den er ihr zuwarf, war neu. Lara konnte ihn nicht deuten.

»Hattest du heute nicht deine erste Untersuchung?«

Sie nickte und schluckte die aufkommenden Tränen herunter. Sie kramte das Foto aus ihrer Tasche heraus. »Hier. Das ist Körnchen.«

Marc nahm das Foto und drehte es mehrmals hin und her. »Aha«, sagte er nur.

»Ich habe sein Herz schlagen hören.«

Marc sah sie an. »War bestimmt besonders.«

»Ja. Das war es.«

Er musterte sie. »Aber?«

»Kriege ich das alles hin?«, fragte sie leise.

Er lächelte. »Wenn das jemand hinkriegt, dann du.«

Als Lara zurück in ihr Zimmer kam, saß Mila auf dem Bett. »Es geht nicht um die Fotos«, rief sie, bevor Lara kehrtmachen konnte. »Morgen Nacht ist es so weit.«

Lara brauchte einen Moment, um zu verstehen. Das Ritual. Morgen Nacht würde Mila also zur Weltenhüterin werden. Sie musterte ihre kleine Cousine. Trotz ihrer Differenzen wühlte Lara diese Nachricht auf.

»Ich weiß, dass du im Moment nicht gut auf mich oder Styx zu sprechen bist. Aber ... ich wollte dich fragen ... Würdest du mitkommen? Wenn das Ritual stattfindet?«

Lara starrte sie verwundert an.

Mila sprach leise weiter. »Es wäre schön, wenn ich nicht alleine wäre.«

Lara zögerte einen Moment, ehe sie antwortete. »Ich kann das nicht.«

Mila atmete tief durch.

»Und es liegt nicht daran, dass ich sauer auf dich oder Styx bin. Ich bin einfach anderer Meinung. Du wirst Weltenhüterin, aber Karin und Jo werden ein Kind verlieren. Ich muss darüber schweigen. Das ist hart genug. Bitte verlang nicht von mir, dass ich dabei auch noch zusehe.«

Mila musterte Lara, nickte dann und ging zur Tür. Dort drehte sie sich noch einmal um. »Ich bin froh, dass du bei Jo und Karin bist. Sie werden dich brauchen.« Die kleine Gestalt verließ das Zimmer.

Lara legte sich ins Bett und hörte über Kopfhörer Timos Playlist. Die leise Stimme, die sich in ihr meldete und immer wieder Milas Namen nannte, ignorierte Lara geflissentlich.

Das Ritual

Lara hatte schlecht geschlafen. Erst hatte sie ständig an Timo gedacht. Dann an Mila. Dann an die Herztöne und schließlich an Ayse, mit der sie all das so gern besprochen hätte.

Sie war froh, als es endlich hell wurde und sie sich mit dem Planen ihrer Zukunft von all ihren Gedanken ablenken konnte.

Als sie vor dem großen Schulgebäude stand, fühlte sie sich jedoch wie gelähmt. Die Schüler strömten an ihr vorbei, einige sahen sie verstohlen an. Als Lara den Blick eines Jungen ihres Alters erwiderte, poppte prompt eine Blase über seinem Kopf auf. Lara sah weg, ehe sie seinen Willen erkennen konnte. Ihre Mitschüler auf diese Weise kennenzulernen, kam ihr falsch vor.

»Sie beißen nicht«, drang eine Stimme an ihr Ohr.

Sie drehte sich um und sah Cem in die Augen. Erleichtert lächelte Lara. »Mann, bin ich froh, dich zu sehen.«

»Ich weiß nicht, ob ich mit dir reden darf. Meine Freundin hat mit dir Schluss gemacht.« Der Ton seiner Stimme verriet, dass er Ayses Aktion nicht wirklich ernst nahm. »Ich habe eine Liste. Was ich alles über dich herausfinden soll, wenn wir jetzt zusammen zur Schule gehen. Heimlich versteht sich. Damit du davon nichts mitkriegst. Aber für so eine Aktion bin ich sozial zu grobmotorisch. Also frag ich dich lieber direkt.«

Lara musste grinsen. Und vermisste Ayse noch mehr.

»Kannst du sie nicht einfach anrufen?«, bat Cem.

»Mach ich. Aber erst muss ich das hier hinter mich bringen.«

»Welche Klasse?«

»Zehnte.«

»Bei Frau Wagner?«

Lara nickte.

»Die ist ein Drachen. Viel Spaß.«

Lara lachte und sah Cem dankbar in die Augen. Über ihm poppten zwei Willensblasen auf. Diesmal wandte Lara den Blick nicht ab. Ihre Neugier war einfach zu groß. In einer Blase sah sie Cem mit Ayse. Hand in Hand, am Tisch mit seiner Familie. In der anderen erkannte sie Cem zusammen mit ... War das Marc? Lara musste ungläubig geguckt haben, denn Cem sprach sie besorgt an.

»Bist du sicher, dass du heute schon loslegen willst?«

Sie sah noch kurz in die Blase. Doch, das war Marc. Zusammen mit Cem saß er vor dem Rechner und diskutierte. Über ihnen hing ein Poster mit Galaxien und Sternen.

Lara zwang sich, den Blick zu senken. »Zeigst du mir den Weg?«

Cem führte sie durch die Schulgänge zu ihrem neuen Klassenzimmer. Die Schule war ein altes Gebäude, die Gänge waren mit Aktionen der Schüler dekoriert. Hauptsächlich ging es um das Thema Integration. Verschiedene Religionen wurden vorgestellt, das Thema *Kopftücher an Schulen* wurde in einer Collage behandelt, in einer anderen der Bürgerkrieg in Syrien. Lara konnte sich kaum auf die ausgestellten Collagen konzentrieren, denn Cem nutzte die Zeit, um sie auszuhorchen. Über einen Typen namens Leo. Kannte sie ihn? War er ein alter Freund von Ayse und ihr? Als Lara verneinte, betonte er, dass es irgendein Musiker sei, mit dem Ayse jetzt dauernd rumhing. Es war offensichtlich, dass Cem sich Sorgen machte, da Ayse nur noch von diesem Kerl zu sprechen schien.

In Lara erwachte die Neugier. Das Schweigen zwischen Ayse und ihr musste aufhören!

Als sie die Tür zum Klassenzimmer erreichte, blieb Cem noch einmal stehen. »Hör mal ...« Er hatte sichtlich Schwierigkeiten, das Folgende anzusprechen. »Viele an der Schule haben Timo gekannt. Und echt gerngehabt. Sie haben tausend Fragen zu dir. Wenn dir einer blöd kommt, sag mir Bescheid.«

»Und dann machst du was?«, fragte Lara erstaunt.

»Ich gebe ihm Antwort«, antwortete Cem grinsend und ging.

Lara sah ihm lächelnd nach. So musste es sich anfühlen, einen großen Bruder zu haben.

Der erste Vormittag an ihrer Schule stellte sich jedoch als recht harmlos heraus. Frau Wagner hatte sie der Klasse vorgestellt und einige Schüler hatten sie in den Pausen angesprochen. Um nicht von ihren Willensblasen abgelenkt zu werden, war Lara mehr für sich geblieben. Sich wieder mit englischer Grammatik und Gedichtinterpretationen zu beschäftigen, hatte ihr erstaunlich gutgetan. Wie schon lange nicht mehr, hatte sich Lara wieder fast wie ein normales Mädchen gefühlt. Im Geschichtsunterricht hatten sie den Bürgerkrieg in Syrien durchgenommen. Die Schüler ihrer

Klasse diskutierten leidenschaftlich über die Lage dort, zwei Schüler kamen aus Syrien und berichteten von ihren Erfahrungen. Lara war erschüttert und dachte an die Welt der Krieger. Sie wusste in diesem Moment, dass sie nie wieder dorthin zurück wollte.

Der Junge und das Mädchen, die Lara schon auf dem Schulhof gesehen hatte, gingen mit ihr in dieselbe Klasse. Tamara und Jonas, zweieiige Zwillinge. Sie sahen sich nicht nur sehr ähnlich, sie hatten auch zu allem dieselbe Meinung. Sie mit einer sehr hohen, piepsigen Stimme, während Jonas immer so klang, als würde er gerade rennen. Als wäre er konstant gehetzt. Unter anderem vertraten sie die Meinung, dass die Flüchtlinge aus Syrien in ihrem eigenen Land bleiben sollten. Die Diskussion nahm dank der beiden eine zunehmend hitzige Form an, die irgendwann von der Lehrerin und der Schulglocke unterbrochen wurde.

Auf dem Nachhauseweg schrieb Lara Ayse eine SMS.

Bin zurück. Körnchen geht es gut. Kündigung der Freundschaft ungültig.

Sie fotografierte das Ultraschallbild und schickte es Ayse, als plötzlich jemand vor ihr stand.

»Hey, Mädchen aus Berlin.«

Lara sah erschrocken in Jonas' Gesicht, der neben seiner Zwillingsschwester vor sie getreten war.

»Hey«, erwiderte Lara unsicher.

»Unser Vater sagt, dass du Timo getötet hast«, sagte nun Tamara mit ihrer hohen, unangenehmen Stimme.

Lara starrte sie verwirrt an. »Wer ist euer Vater?«

»Ihm gehört eine Firma hier. Und er kennt den Polizeichef.«

Lara wich vor den beiden zurück. »Ich habe ihn nicht umgebracht.«

In einem kleinen Bogen lief sie um die Geschwister herum, die nichts mehr sagten, sie aber mit den Blicken verfolgten. Erst als sie einige Meter zwischen sich und die Zwillinge gebracht hatte, merkte Lara, wie sehr sie schwitzte.

Während des kurzen Austauschs hatte sie Blickkontakt mit den Zwillingen gehabt und daraufhin Einblick in deren Willensblasen erhalten.

Die beiden hatten eine große Willensblase gemeinsam, in der sie als Team zu sehen waren, weit entfernt von Mitschülern. Aber sowohl Tamara als auch Jonas hatten noch eine eigene Blase. Und in der standen sie über dem jeweils anderen. Wie in einer Kampfszene. Mit erhobener Faust. Wie innerlich zerrissen musste man sein, um zwei so unterschiedliche Willen zu haben? Und welcher davon war nun der, der sie wirklich glücklich machte? So sahen sie nämlich in keiner der Varianten aus.

Vielleicht ging es gar nicht immer darum, glücklich zu werden, wenn sich die Seelen für eine Welt entschieden. Sondern darum, Erfahrungen zu sammeln.

Lara fragte sich, ob sie sich für das Glück oder das Lernen entschieden hatte. Damals, als ihre Seele sich auf den Weg gemacht hatte.

Am späten Nachmittag stand sie mit Karin im Kräutergarten hinter dem Hexenhaus. Sie hatte ihr von der merkwürdigen Begegnung erzählt.

»Die Bergmann-Zwillinge.« Karin nickte. »Lass dich von denen nicht verunsichern. Sie quatschen alles nach, was ihr Vater sagt. Ohne es zu hinterfragen. Dabei könnte man so ziemlich alles hinterfragen, was dieser Mann von sich gibt. Aber lass uns von was Schönerem reden. Frauenmantel zum Beispiel.«

Karins Augen leuchteten vor Begeisterung, als sie Lara das Wirkungsspektrum dieser Pflanze erklärte, als jemand zögernd ums Haus kam. Die Person, mit der Lara als Letztes gerechnet hätte.

»Hallo, Frau Heller«, begrüßte Karin Timos Mutter.

Lara musterte sie vorsichtig. Der Hass, den sie gestern noch so deutlich in ihren Augen gesehen hatte, war weg.

Karin setzte Tee auf und ließ die beiden dann allein. Eine Weile schwiegen sie. Lara wusste nicht, was sie sagen sollte.

»In welcher Woche bist du?«, fragte Timos Mutter schließlich.

»In der siebten.« Lara konnte regelrecht sehen, wie es in ihrem Kopf ratterte.

»Und es ist sicher, dass ...«

»Ja, ganz sicher.« Lara sah ihr tief in die Augen. »Frau Heller ...«

»Theresa, bitte.«

»Theresa. Ich weiß, Sie haben kein sehr positives Bild von mir. Aber ich liebe Timo. Ich weiß, er und ich haben uns nicht lange gekannt. Doch Zeit spielt in diesem Fall keine Rolle.«

Theresa stand schließlich auf. »Komm mit.«

Sie ging die Hauptstraße des Orts hinunter, und Lara folgte ihr, ohne Fragen zu stellen. Als sie jedoch am Ende des Dorfs links abbog, ahnte Lara, wohin sie wollte.

Sie blieb stehen. »Das ist wirklich nicht nötig«, betonte sie schnell.

Theresa drehte sich um. »Ich habe dir verboten, zur Beerdigung zu kommen. Das war nicht in Ordnung.«

Sie ging so schnell weiter, dass Lara keine andere Wahl blieb, als ihr weiter zu folgen. Mit mulmigem Gefühl betrat sie den Friedhof und ging Theresa langsam hinterher. Sie passierte das Grab ihrer Eltern und blieb in einiger Entfernung stehen, als Theresa vor einem frisch ausgehobenen Grab stehen blieb. Lara stutzte, als sie erkannte, was anstelle eines Kreuzes an dem Grab lag: Timos Skateboard.

»Mein Timo war kein besonders religiöser Mensch. Wir haben uns deshalb gegen ein Kreuz entschieden. Ich glaube, wenn er mit seinem Skateboard unterwegs war, dann war er Gott am nächsten. Deshalb ...«

Langsam ging Lara näher. Auf dem Erdhügel standen Blumen, ein kleiner Baum war daneben gepflanzt. Ein gerahmtes Foto von Timo war an das Skateboard gelehnt. Sie spürte, wie ihre Knie nachgaben. Ein Schluchzen drang ihr aus der Kehle, während sie die Tränen spürte, die ihr das Gesicht hinunterliefen.

Das Grab vor Augen konnte sie sich nicht mehr vormachen, dass Timo nie gegangen war. Er war fort. Nicht einmal sein Geist war noch da. Und auch wenn sie wusste, dass die Ewigkeit auf sie wartete, so war er doch für dieses Leben nicht mehr an ihrer Seite. Würde niemals wieder Timo sein. In seinem Körper. Auf seinem Skateboard. Würde niemals seine Tochter in den Armen halten.

Sie weinte alles aus sich heraus, fühlte erst jetzt, was sich angesammelt hatte. Als wäre sie verstopft gewesen. Ihre Wut, ihre Verzweiflung, ihre Angst und Unsicherheit wegen der Zukunft, all das sauste durch ihren Kopf, während sie auf Timos Grab starrte.

Lara wusste nicht, wie lange sie geweint hatte. Als der Tränenfluss endlich nachließ, fand sie sich in Theresas Armen wieder.

»Es tut mir so leid«, wisperte die. »Ich war wütend. Und ich wollte, dass jemand Schuld hat. Jemand anderes als ich.« Theresa hockte sich einfach neben Lara auf den Boden. »Ich habe ihn allein gelassen. Lange, bevor du gekommen bist. Ich wusste, dass er Probleme hatte. Seit Sazan gestorben ist. Aber ich konnte einfach nicht mit ihm reden. Wir reden nicht so viel. Bei uns in der Familie.« Sie nahm Laras Hand. »Jetzt hat Timo ein Kind. Wenn du es erlaubst, möchte ich gerne daran teilhaben.«

Lara nickte. »Natürlich.«

Theresa lächelte sie an. Es war das erste Mal, dass Lara diese Frau lächeln sah.

»Wollten Sie eigentlich mal Goldschmiedin werden?«

Theresa musterte Lara verwundert. »Wie kommst du denn jetzt darauf?«

»Einfach so.«

Theresa starrte einen Augenblick vor sich hin und zuckte dann mit den Schultern. »Als ich sechzehn war, wollte ich eine Lehre machen. Meine Eltern waren dagegen. Sie meinten, ich hätte kein Talent. Wäre mehr eine Frau fürs Grobe. Irgendwann habe ich es vergessen.«

»Sie sollten es machen. Jetzt«, erklärte Lara und stand mühsam auf.

Auch Theresa erhob sich. »Ähm, aha?« Sie war völlig verwirrt.

Aber Lara hatte keine Zeit mehr. Sie musste zurück. Zurück zu Mila.

Sie riss die Tür zu Milas Zimmer auf. Leer. Bestimmt war sie im Garten. Lara rannte nach unten.

Sie hatte einen Schuldigen gesucht. Genau wie Theresa. Das war ihr auf dem Friedhof klar geworden. Es war leichter gewesen, wütend als traurig zu sein. Der Schmerz war schlimmer als die Wut gewesen.

»Mila?« Sie sah in den Garten hinaus, in dem Karin Kräuter pflückte.

»Was ist?«, fragte sie. »Wo ist Theresa mit dir hin?«

»Erzähl ich dir später. Weißt du, wo Mila ist?«

»Sie wollte in den Wald.« Karin sah zu den Bäumen. »Sie war irgendwie seltsam«, sinnierte sie.

»Seltsam inwiefern?«

»Sie hat mich umarmt. Und mir gesagt, wie lieb sie mich hat. Sogar Styx ist um meine Beine gestrichen. Das hat diese Katze noch nie gemacht.«

Lara schluckte.

»Dann ist sie weggelaufen. Wieso? Was ist denn los?«

»Nichts. Ich ... Sie hat gestern was von mir gewollt. Aber da hatte ich es noch nicht. Und jetzt habe ich es, deshalb ... Ich gehe sie suchen.«

Lara eilte in den Wald, auch wenn sie im Herzen wusste, dass sie Mila dort nicht finden würde. Sie war mit Styx fortgegangen. An den Ort, wo das Ritual stattfinden würde. Lara dachte nach, während sie Milas Namen in den Wald rief. Dieses Ritual würde an einem magischen Ort stattfinden, so viel war klar.

Sie lief zum Haus zurück, ging weiter zur Bushaltestelle und ließ sich zum Mummelsee fahren. Dort suchte sie das Ufer nach Mila ab. Nichts. Sie nahm einen weiteren Bus nach Seebach. Mittlerweile war es Abend. Sie lief den ganzen Weg zum Silbergründle. Als sie endlich die Abbiegung in den Wald erreichte, war es dunkel. Im Schein ihrer Smartphone-Taschenlampe ging sie den Weg hinauf, bis sie die schmale Höhle erreichte.

»Mila?« Ihre Stimme erklang in der Dunkelheit. Sie erhielt keine Antwort. Eilig lief Lara in die Höhle hinein, erreichte die Leiter und kletterte nach unten. Auch beim kleinen See war keine Mila. Lara schrie frustriert auf, als im selben Moment auch noch das Licht ausging. Akku leer. Na wunderbar. Noch leuchtete das weiße Licht aus dem See, doch als Lara die Leiter wieder nach oben kletterte, wurde es stockdunkel.

Während sie sich vorsichtig die Höhle entlangtastete, brach das schlechte Gewissen über sie herein. Mila hatte sich an sie gewandt, als sie Hilfe gebraucht hatte. Nicht die angehende Weltenhüterin, die nach ihren Regeln walten musste. Sondern das sechsjährige Mädchen, das sich innerlich darauf vorbereitet hatte, ihre bisherige Rolle aufzugeben. Sie würde nicht mehr Mila sein, das Kind von Jo und Karin. Diese Mila war für immer weg.

Als würde sie sterben.

Und Lara hatte sie damit allein gelassen. Weil sie zu sehr mit sich und ihrem Kummer beschäftigt gewesen war. Weil sie ein normales Leben gewollt hatte. Aber wollte sie das wirklich? Wollte sie auf all das verzichten, was sie erlebt hatte? Auch wenn sie dabei Verlust erfahren hatte? Wollte sie die anderen Welten wirklich vergessen? Den Moment, als ihre Eltern die neue Welt erschaffen hatten?

Sie versuchte, möglichst schnell zum Ausgang zu gelangen, obwohl sie keine Ahnung hatte, wo sie jetzt suchen sollte. Vermutlich waren diese beiden Orte nicht die einzigen magischen Plätze auf dieser Welt. Außerdem hatte Mila von dem Ort berichtet, wo der Kristall war. Wenn das Ritual dort stattfand, hatte Lara keine Möglichkeit, dort hinzugelangen. Mila hatte ihr gesagt, dass dieser Ort für sie nicht erreichbar war. Was auch immer das bedeutete.

Während Lara noch überlegte, wo und vor allem wie sie Mila suchen konnte, hörte sie plötzlich ein Geräusch. Sie blieb stehen und lauschte. Schritte. Jemand näherte sich ihr.

»Hallo?« Laras Stimme klang höher als sonst.

Die Schritte stoppten abrupt. Lara hörte ihr Herz schlagen. Schnell.

»Wer ist da?«, rief sie in die Dunkelheit.

Wieder Schritte. Schneller diesmal. Sie entfernten sich von ihr und waren bald nicht mehr zu hören. Wer auch immer in der Höhle gewesen war, er oder sie war jetzt weg.

Lara eilte weiter, nur schnell raus aus der Höhle. Sie fand ihren Weg zur Straße runter. Dort sah sie ein Auto davonfahren. Irgendjemand war mit ihr in der Höhle gewesen. Und wollte dabei definitiv nicht erwischt werden.

Außer Atem setzte sich Lara auf eine der Holzbänke, die vor der kleinen Hütte standen. Eine kurze Pause, dann würde sie nach Hause laufen. Oder in den nächsten Ort, um Marc von einer Telefonzelle aus anzurufen, dass er sie abholte. Nein. Sie hatte kein Geld dabei. Und Marcs Nummer kannte sie nicht auswendig. Nicht zum ersten Mal fragte sich Lara, wie ihre Eltern oder deren Eltern ohne Handy eigentlich überlebt hatten.

Viel wichtiger war die Frage, wie sie Mila jetzt noch erreichen konnte. Wenn sie erst einmal Weltenhüterin war, würden sie nicht mehr miteinander kommunizieren können. Aber vielleicht ...

Lara setzte sich aufrecht. Würde das funktionieren? Sie hatte von Styx eine Gabe bekommen. Sie konnte den Willen der Menschen sehen. Vielleicht – wenn sie sich ganz auf Milas Willen konzentrierte?

Lara setzte sich im Schneidersitz hin. Sie faltete die Hände, als würde sie beten. Sie wusste nicht warum, aber es schien ihr eine gute Möglichkeit, um ihre Energie zu kanalisieren.

Sie dachte an Mila. Konzentrierte sich ganz darauf, sie sehen zu wollen. Das kleine Mädchen, das ihr das erste Mal hinter dem Hexenhaus in Sasbachwalden begegnet war. Sie hatte Zwitscher vor Laras Augen wackeln lassen, was für Lara damals wie ein von Kinderhand gezeichnetes Auge ausgesehen hatte. *Styx kann zwischen den Welten reisen*, hatte sie Lara erzählt.

Lara konzentrierte sich auf jedes weitere Detail, das ihr von Mila im Gedächtnis war. Ihre glatten, blonden Haare, ihre glockenhelle Stimme, die Falte zwischen den Augen, während sie die Probleme der Menschheit zu lösen versuchte. Und dann konzentrierte sich Lara auf das, was sie für Mila empfand, nachdem sie ihre Wut hatte loslassen können. Respekt vor ihrem Mut. Liebe für ihren unermüdlichen Einsatz für die Menschen.

Da geschah es.

Lara spürte, wie ihre eigene Energie aus ihrem Körper herausschoss. Für einen Moment sauste sie unkontrolliert über sich selbst, sah ihre Gestalt auf der Bank sitzen. Auch jetzt war die silberne Linie zwischen ihrem Körper und ihrem Selbst gut zu erkennen. Lara war sich unsicher gewesen, ob sie diese ohne die Hilfe der Weltenhüter halten konnte. Sie fokussierte sich wieder auf Mila, und wie von einer fremden Kraft geleitet, flog sie davon. Weit über den Schwarzwald hinweg. Längst hatte Lara die Orientierung verloren, als ihre Energie plötzlich Richtung Boden sauste. Lara hätte geschrien, war dazu aber nicht in der Lage und flog unkontrolliert in den Boden hinein. Als reine Energie stellte dies kein Hindernis dar. Sie sah die Wurzeln der Bäume, das Erdreich, von unzähligen Tieren belebt. Sauste weiter durch die Erde, in immer dichter werdende Gesteinsschichten, um mit einem Mal in einer hell erleuchteten Höhle zu landen.

Mit einem Ruck stand ihre Energie still. Sie sah sich um. Hing fest an ihrem silbernen Faden. In einer Höhle so groß wie eine Kirche. Die Wände voll mit roten

Kristallen, zwischen denen blaue Steine wuchsen. Das Licht stammte von einem Baum, der aus einem silbern funkelnden See wuchs. An seinen Zweigen hingen glitzernde Lichter, deren Schein sich in den Kristallen brach. Ein atemberaubendes Farbspiel. Lara staunte. Die Kristalle wuchsen in unterschiedlicher Größe, und sie erkannte Schriftzeichen auf ihnen.

Dies musste der Ort auf ihrer Welt sein, an dem der magische Kristall war.

Tatsächlich. Als Lara den Blick weiterschweifen ließ, entdeckte sie zwei große geschliffene Kristalle neben dem See auf dem Boden. Ein roter und ein blauer.

Um diese Kristalle herum standen sie. Mila, Styx und Rasmus, der alte Weltenhüter. Neben ihm stand ein Mann, der an Größe alle übertraf. Seine gut zwei Meter große Gestalt steckte in einem ausgeblichenen Bademantel, auf dem Kopf trug er einen schwarzen Zylinder, an dem eine gelbe Wäscheklammer steckte. Der Mann verfolgte sie mit dem Blick und schnalzte dabei, ähnlich wie Tonka.

Sie alle starrten hoch zu Lara. Milas Augen waren vor Verwunderung weit aufgerissen, als sie das folgende Wort aussprach. »Du?«

Lara versuchte, sich Mila zu nähern. Wirklich lenken konnte sie sich in dieser ungewohnten Erscheinungsform nicht. Sie flog etwas unstet durch die Höhle, stets verbunden mit ihrem Faden, einmal dicht vorbei an Rasmus und dem riesigen Mann, der sie interessiert musterte und dabei schnalzte und pfiff. Wie sie wohl aussah?

Schließlich blieb sie dicht vor Mila in der Luft schweben. Sie wollte ihr alles sagen. Sich entschuldigen. Ihr sagen, dass sie für Jo und Karin da sein würde, so gut sie konnte. Aber sie brachte kein Wort raus. Konnte als reine Energie nicht sprechen.

Dennoch zeichnete sich ein Lächeln in Milas Gesicht ab. Das Mädchen verneigte sich kurz. »Danke.«

Dann atmete Mila tief durch und ging auf die Kristalle zu.

Der Mann mit dem Zylinder pfiff eine kurze Melodie und schnalzte noch einmal.

»Das ist meine Cousine«, erklärte Mila auf eine offensichtlich gestellte Frage. »Sie hat Styx' Gabe und wird beim Ritual dabei sein.«

Lara sah, wie Styx sie musterte. Die Katze wirkte unruhig. Doch Lara wurde bereits abgelenkt. Mila stand an den großen polierten Kristallen und sah zu Lara. Ihr Gesicht strahlte vor kindlicher Begeisterung.

»Das hier sind unsere Kristalle. Wir haben zwei! Keine Welt außer unserer hat zwei. Denn wir haben zwei Kräfte, die unsere Welt im Gleichgewicht halten.« Sie strich sanft über den roten Stein. »Und der Mann hier ist der Gedankenträger. Er heißt Gabel und kommuniziert unentwegt mit allen Menschen. Siehst du die Zeichen auf den Kristallen?«

Lara näherte sich den Kristallen an der Wand und betrachtete die Zeichen in der fremdartigen Sprache. Sie waren auf den blauen und den roten Steinen eingraviert.

»Es sind Gedanken. Wenn ein Mensch einen ganz besonders schönen, einen erhabenen Gedanken hat ...

eine Erkenntnis der Liebe, dann gelangt dieser Gedanke in Form von Klängen in diese Höhle. Der Hüter empfängt die Klänge, lässt sie in dem Stein ertönen und sendet diesen Gedanken als Botschaft durch das Erdreich zu den Menschen zurück. Auf diese Weise habt ihr Anteil an den Gedanken der anderen.«

Lara lauschte fasziniert.

»Wer auch immer empfänglich ist, kann die Töne hören. Meistens sind es Musiker. Sie empfangen eine Melodie und komponieren ein Lied daraus. Der Gedanke, der dahintersteckt, wird so für die ganze Welt hörbar. Dieses System habt ihr euch ausgedacht. Um miteinander verbunden zu sein. Um zu kommunizieren.«

Lara war sprachlos, und das lag nicht nur an ihrer körperlosen Daseinsform. Sie fühlte sich in diesem Moment tatsächlich verbunden. Mit allen Menschen, die entschieden hatten, ein Leben auf dieser Welt zu verbringen.

»Jeder Gedanke der Liebe wächst in Form eines Rubins aus der Wand. Der blaue Stein empfängt die Gedanken der Angst«, fuhr Mila fort. »Sie wachsen in dieser Höhle in Saphiren. Auch die negativen Gedanken, das Schlimmste, was ein Mensch zu denken imstande ist, wird in Form von Tönen in die Welt hinausgetragen. Du weißt, dass das Gleichgewicht von Liebe und Angst für diese Welt wichtig ist. Deshalb haben die negativen Gedanken die gleiche Daseinsberechtigung wie die positiven.«

Lara betrachtete die verschiedenen Steine. Die Rubine strahlten eine Wärme aus, während die Saphire kalt und hart wirkten. Wie musste es sein, zwischen all diesen Gedanken zu leben? Sie betrachtete Gabel, den Mann mit dem Zylinder, der nun pfeifend und schnalzend die Hände in das silberne Wasser tauchte. Er ging zum roten Kristall, hockte sich auf den Boden und legte die Hände darauf. Er sah Mila an.

Diese sah zu Styx. Der Schwanz der Katze zuckte. Dann blickte sie zu Rasmus, der das Mädchen anlächelte. Schließlich schaute sie zu Lara, die die Angst in den Augen ihrer Cousine sah.

Es war so weit.

Mila würde Weltenhüterin werden.

Der Ton dröhnte durch die Höhle. Gabels Hände glitten in unfassbarer Geschwindigkeit über den Rubin und brachten ihn so zum Klingen. Mila stand vor ihm, die Augen geschlossen. Fasziniert beobachtete Lara, wie der Ton ihre kleine Cousine zunehmend in Schwingung versetzte. Ihre Konturen schienen sich regelrecht aufzulösen.

Während all dies geschah, näherte sich Rasmus langsam. Er hatte die Karte mit den magischen Orten in seinen Händen, stellte sich hinter Mila und schloss ebenfalls die Augen. Gebannt beobachtete Lara, wie Milas äußere Grenzen zunehmend verschwammen. Sie schien sich in dem Ton aufzulösen. Rasmus ging es genauso. Während er langsam die Hände Richtung Milas Schultern legte, wurden ihre Konturen eins. Rasmus' Gestalt löste sich auf und war bald nicht mehr zu sehen. Die Karte schien schwerelos in der Luft zu hängen, während auch Mila immer schwerer zu erkennen war. Der Ton wurde lauter und lauter, brachte die ganze Höhle zum Vibrieren, während Milas Figur gänzlich verschwand und die Karte mit sich nahm.

Dann war sie fort.

Lara starrte auf die Stelle, an der Mila gerade noch gestanden hatte. Wo war sie hin? Unsichtbar, aber immer noch da? Lara schaute zu Styx, deren Blick auf sie gerichtet war. Sie fragte sich gerade, warum die Katze so besorgt schaute, als sie das Gefühl hatte, dass ihr jemand von hinten in den Rücken stieß.

Unkontrolliert trudelte sie durch die Höhle, hoch, runter, zur Seite. Unfähig, ihren plötzlichen Flug zu beruhigen. Einmal sauste sie an Gabel vorbei, der sie schnalzend betrachtete, dann flog sie an dem glitzernden Baum und den beiden Kristallen vorbei, während sie sich immer schneller um sich selbst drehte. Im Vorbeifliegen erkannte sie den silbernen Faden, der sie mit ihrem Körper verbunden hatte. Er hing lose in der Luft.

Ihre Verbindung zu sich selbst. Abgetrennt.

Als Lara auf den Boden zusauste, genau an die Stelle, an der Styx saß, starrte die Katze sie an. Sie sprang in die Höhe, wurde mit einem Mal unfassbar groß, das Maul weit aufgerissen. Lara versuchte instinktiv auszuweichen, als sie auch schon im Maul der Katze verschwand.

Styx hatte sie verschluckt.

Ihr Flug dauerte an. Sich um sich selbst drehend konnte Lara nicht erkennen, wo sie war. Hatte sie gerade richtig gesehen? Oder nur halluziniert? Styx konnte sie unmöglich gefressen haben!

Als der Flug sich endlich verlangsamte, fand Lara die Kontrolle über ihre Bewegung wieder. Sie schwebte im Dunkeln. Doch je mehr sie sich an das Dunkel gewöhnte, desto besser konnte sie die kleinen Lichter erkennen, die sie umgaben. Unzählige kleine Punkte glitzerten um sie herum, in scheinbarer Unendlichkeit. Wie ein Sternenhimmel.

Staunend entdeckte Lara in der Ferne einen Nebel, der in roten und blauen Farben leuchtete. Etwas löste sich daraus. Ein riesiger Felsbrocken, der direkt auf sie zusauste! Lara wollte ausweichen, war nun aber nicht mehr in der Lage, sich zu bewegen. Der Fels würde sie zerschmettern! Sie wollte die Augen schließen, als der Fels noch schneller wurde und durch sie hindurchglitt. Lara hatte das Gefühl, kurz in die Länge gezogen zu werden, als der Fels sich bereits von ihr entfernte.

Sie sah ihm erstaunt nach und drehte sich dann einmal im Kreis. Bis zum Horizont sah sie glitzernde Lichter, bunte Nebel und sich bewegende Felsbrocken. Nun, da sie genauer hinsah, erkannte sie, dass alles in Bewegung war. Jedes Licht, jeder Fels, bewegte sich, drehte umeinander.

Sie kannte diesen Anblick. Von all den Bildern bei Marc. Von ihrer Reise durch die Welten. Sie war mitten im Universum.

Das Innere der Katze war das Universum.

Und sie war mittendrin!

Während Lara diese Erkenntnis noch verarbeitete und sich fragte, wie es zum einen möglich war und was das zum anderen für sie bedeutete, wurde sie von einem Sog erfasst. War das wieder ein Felsbrocken, der durch sie hindurchschoss?

Der Sog riss sie mit sich und zog sie immer schneller, sodass die unzähligen Lichter der Sterne zu leuchtenden Linien wurden. Silberne Fäden, wie die gekappte Verbindung zu sich selbst, zogen sich durch das All, ehe es dunkel wurde.

Dann landete Lara unsanft auf dem Boden.

Sie richtete sich schreiend auf und sah sich um. Neben ihr erkannte sie die Hütte am Silbergründle. Vor sich war die Straße. Lara hob die Hände und starrte auf ihre Finger, die sie nun wieder bewegen konnte. Sie blickte zu ihren Füßen, mit denen sie wackelte. Sie fühlten sich taub an, begannen zu kribbeln, als wären sie eingeschlafen. Lara tastete an ihrem Bauch. Kein Zweifel. Sie war wieder in ihrem Körper.

»Das war in letzter Sekunde«, hörte sie eine Stimme in ihrem Inneren.

Sie drehte sich zur Seite. Styx saß neben ihr auf dem Boden und leckte sich das Maul.

»Hast du ... hast du mich gefressen?«, fragte Lara atemlos.

»Ich habe dich transportiert.«

»Ich war in dir drin«, keuchte Lara.

»Das erschien mir der einzig sichere Transportweg.«

»In dir drin ist das Universum!«

Die Katze begann damit, ihre Pfoten zu putzen.

»Du hast mich ... ausgespuckt?«

»Irgendwie musstest du ja aus mir raus.«

Lara kam es vor, als würde sich alles in ihr drehen. Ihr war bewusst gewesen, dass Styx mehr war als eine gewöhnliche Katze. Auf diesen Anblick jedoch war sie nicht vorbereitet gewesen.

»Nicht schlecht, oder?« Die Katze grinste.

Überfordert schüttelte Lara den Kopf. »Was ist mit mir passiert? Da unten in der Höhle?«

»Du warst zu lange weg. Die Verbindung zum Körper hält nicht ewig.«

Lara starrte Styx an. »Heißt das, ich hätte sterben können?«

»Nicht direkt«, erklärte Styx. »Wenn ich dich nicht verschluckt hätte, wäre deine Energie auf der Erde geblieben, hätte aber nicht zurück in deinen Körper gekonnt. Auch nicht weiter ins nächste Level. Du wärst ziellos auf der Erde herumgeirrt. Unsichtbar für die Menschen. Getrennt von deinem Körper.«

Lara atmete geschockt ein. »Wie im Koma?«

»Das ist ein ganz guter Vergleich«, ließ Styx vernehmen.

»Und das sagst du mir jetzt?«

»Wann denn sonst?«

»Zum Beispiel, bevor ich zu den Welten aufgebrochen bin. Das hätte mir auf der Suche nach Isabel doch auch passieren können.«

»Nein, hätte es nicht. Durch die Berührung mit dem Kristall warst du verbunden. Diese Verbindung konnte nicht abreißen. Die Weltenhüter hätten dich in jeder Sekunde zurückholen können. Hier bist du auf eigene Faust los. Ohne jemanden, der die Verbindung hält.«

»Was wäre mit Körnchen passiert? Wenn ich nicht zurückgekommen wäre?«

Styx schwieg.

»Oh Gott!«, rief Lara und strich sich über den Bauch.

»Vielleicht bleibst du von jetzt an besser in dir drin«, kommentierte Styx. »Ich habe keine Lust, dich noch mal zu essen.«

»Keine Sorge!«, rief Lara, deren Herzschlag sich nur langsam beruhigte. »Dann, also ... danke, dass du mich gefressen hast.« Sie stand auf. Ihre Knie waren weich wie Watte. Sie hielt sich an dem großen Holztisch fest.

Die Katze funkelte Lara an. »Du bist nicht mehr sauer? Dass ich Timo den Weg zu dir blockiert habe?«

Langsam fand Lara Halt und atmete tief durch. »Ich hasse die Tatsache, dass er weg ist. Aber ich habe verstanden, dass du mich schützen willst.«

Die Katze machte einen Buckel. »Hat ja lange genug gedauert.«

»Wo ist Mila jetzt?«

»Auf Weltenreise.«

»Bei den Kriegern?«

»Dort beginnt es.«

»Geht es ihr gut?«

»Oh ja. Wer seiner Bestimmung folgt, dem geht es meistens gut.«

Beide schwiegen einen Moment. Dann sah Lara die Katze fragend an. »Ich sehe jetzt immer Blasen über den Menschen.«

Der Schwanz der Katze zuckte.

»Bei manchen sind es zwei. Bei manchen eine. Was bedeutet das?«

»Ein Mensch, der seiner Bestimmung bereits folgt, hat einen Willen. Im Idealfall ist die Blase dann ein Spiegel dessen, was die Person im wahren Leben tut.

Das ist die höchste Daseinsform, die ihr hier erreichen könnt. Wer zwei Blasen über sich hat, hat diese
Daseinsform noch nicht erreicht. Der folgt noch nicht
seinem Willen. Dann zeigt die erste Blase, was er ak-
tuell anstrebt. Und die zweite zeigt, was ihn eigentlich
glücklich machen würde.«

Lara dachte an all die Blasen, die sie bereits gesehen hatte. Die meisten hatten zwei Blasen gehabt. Nur
Karin und die Frauenärztin gingen genau dem nach,
was sie auch glücklich machte. Oder waren wie Eva,
die Betreiberin des Cafés im *Holzwurm*, auf dem Weg
dahin. Würde Karin morgen immer noch glücklich
sein?

»Was sage ich Jo und Karin?«, fragte Lara leise.
»Wenn sie morgen aufwachen und Mila nicht da ist.«

»Gar nichts«, erwiderte Styx. »Im Normalfall hättest
du von alldem nichts mitbekommen. Also weißt du
von nichts.«

»Aber ich weiß alles.«

Lara spürte das Kichern der Katze in ihrem Inneren.
»Nein, Lara. Du weißt nicht alles.«

»Ich kann sie nicht anlügen«, beharrte sie.

»Du kannst tun, was du willst. Aber wenn du ihnen
erzählst, was wirklich geschehen ist, werden sie dir
nicht glauben. Wie könnten sie? Das ist alles meilen-
weit von dem entfernt, was sie begreifen.« Styx starrte
Lara in die Augen. »Wie lange hast du gesehen, dass
das Auge auf Milas Hand gemalt ist?«

Lara schwieg.

»Du musst die Dinge erst erfahren, bevor du sie begreifen kannst. Was mit Jo und Karin geschieht, ist im

Sinne ihrer Seelen. Aber du kannst für sie da sein. Sie in ihrem neuen Leben ohne Mila begleiten.«

Lara schüttelte verzweifelt den Kopf.

»Lara, du ziehst die Verantwortung für Dinge auf dich, die nicht zu dir gehören. Auch Timos Tod wäre so oder so geschehen. Genau wie Milas Verwandlung. Du hast damit nichts zu tun«, betonte Styx noch einmal. »Und wenn du ihnen davon erzählst, riskierst du eine Reaktion, die nicht mehr zu kontrollieren ist.«

»Wie mit den Fotos? Von Isabel?«

Styx schwieg.

»Kannst du sehen, wer sie hat?«

»Oh ja.«

Die Art, wie Styx diese zwei Worte aussprach, ließ nichts Gutes erahnen. »Und doch bittest du mich nicht, zu dieser Person zu gehen und ihr die Fotos wieder wegzunehmen?«

»Das kann ich nicht«, betonte Styx.

»Du konntest mich auch hinter Isabel herscheuchen.«

»Weil ich wusste, dass ich dich damit nicht in Gefahr bringe.«

Lara sah die Katze erstaunt an. »Wer auch immer die Fotos hat, ist gefährlicher als eine Reise durch die Welten?«

»Sein Wille könnte dir gefährlich werden. Und dieses Risiko gehe ich nicht ein.« Die Katze stand auf und machte einen Buckel.

»Was wird mit den Fotos geschehen?«

»Wir werden sehen.« Langsam lief die Katze auf die dunkle Straße. »Geh jetzt nach Hause, Lara.«

Sie stand auf. »Eine Frage noch.«

Die Katze blieb stehen und sah Lara an.

»Warum bist du ausgerechnet eine Katze?«

Styx' Schwanz zuckte. »Die Katze ist das einzige Tier, das mit euch leben und doch ganz frei sein kann.«

Damit stapfte sie in die dunkle Nacht hinaus. Lara sah der dicken Gestalt nach und empfand eine tiefe Dankbarkeit, dass dieses Wesen auf ihrer Welt war.

Der Versuch

»Ich weiß nicht, was das bringen soll«, stellte Malik fest, während Ayse und Leo den Klapptisch an der Straße aufstellten.

»Es ist ein Versuch. Nichts weiter«, betonte Ayse.

»Leo macht einen auf Straßenmusiker. Obwohl er einen fetten Vertrag bekommen hätte.«

Verunsichert sah Leo auf. »Der Vertrag hat sich in Luft aufgelöst. Ich schwöre ... Das war total abgefahren.«

»Und das war dann ein Zeichen oder was?«

»Natürlich war das ein Zeichen.« Ayse sah Malik an, als hätte er das Grundprinzip dieser Welt immer noch nicht verstanden.

»Leo, du bist zu viel mit meiner Schwester zusammen«, stellte er fest.

Leo holte sein Keyboard aus einer abgewetzten Tasche, während Ayse seine Gitarre auspackte. Den Strom erhielten sie vom Kiosk, mit dessen Angestellter Leo wohl irgendwas am Laufen hatte. Sie stand dabei und beobachtete das Treiben.

»Wollt ihr was zu trinken?«, fragte sie.

Die Jungs verneinten. Doch Ayse hatte Durst und begleitete das Mädchen in den Kiosk.

Malik ergriff seine Chance sofort. »Hör zu«, raunte er Leo zu, »ich weiß, sie kann total bossy sein. Aber du musst das hier nicht machen.«

Leo lachte. »Ich bin monatelang nicht mehr aus der Wohnung, weil ich gedacht habe, dass ich verrückt bin. Ich denke es immer noch. Aber wenn deine Schwester recht hat und ich wirklich lernen kann, mich auf einzelne Menschen und deren Melodien zu konzentrieren, dann verstehe ich vielleicht endlich, warum ich das alles höre.« Leo lächelte nervös. »Du hast gesehen, was mit Ayse passiert ist, als ich ihr ihre alte Melodie vorgespielt habe. Stell dir vor, ich könnte alle Menschen so glücklich machen. Dann hätte das alles einen Sinn!«

Einen Moment lang sahen sich die beiden in die Augen. Dann wandte sich Malik ab. »Das ist so Ayse.«

»Und genau deshalb liebst du mich so«, sagte die grinsend, als sie mit ihrem Wasser zurückkam.

»Okay«, resümierte Malik, »wir holen einzelne Leute an den Tisch. Leo glotzt sie an, hört ihre Melodie und spielt sie dann mit Gitarre und Keyboard. Und dann?«

»Das werden wir sehen.«

Während Leo sein Keyboard anschloss, piepte Ayses Handy.

»Lara?«, fragte Malik und versuchte, auf das Display zu spähen.

»Cem.« Sie ging ein Stück zur Seite.

Während sie eine Nachricht beantwortete, sah Leo fragend von Ayse zu Malik. »Was ist zwischen den Mädels passiert?«

»Geheimnisse«, antwortete Malik düster.

»Und dir passt das nicht?«

»Lara ist auch irgendwie meine Schwester. Jetzt ist sie schwanger und dauernd verschwunden. Keiner sagt mir was. Das nervt.«

»Magst du Lara als Schwester? Oder als ...«

Malik sah Leo erstaunt an. »Hey, nicht dein Terrain, klar?«

»Klar«, bestätigte Leo und verursachte eine Rück-kopplung, sodass sich Malik, Ayse und einige Passan-ten die Ohren zuhielten.

»Sorry!«, rief Leo und drehte den Sound leiser.

Ayse kam zurück.

»Und? Was wollte er diesmal?«, fragte Malik.

»Lara geht jetzt mit Cem in die Schule.«

»Ich weiß. Sie hat dir doch eine Nachricht ge-schickt.«

Ayse musterte Malik wütend. »Du checkst mein Handy?«

»Wenn du mir nichts erzählst«, konterte er. »Hast du ihr zurückgeschrieben?«

»Nein«, erwiderte Ayse etwas trotzig. »Ich lasse sie zappeln.«

»Ausgerechnet heute?«

Ayse schluckte kurz, setzte dann aber eine gelassene Miene auf. »Fangen wir an?« Sie schaltete das Handy aus und widmete sich Leo, der seine Gitarre kritisch betrachtete.

»Ich glaube, es ist zu früh.«

»Auf was willst du denn warten?«

»Auf den richtigen Klang. Ich warte noch auf die Software.«

»Und das soll funktionieren?«, zweifelte Ayse.

»Warum nicht?«

»Leo. Was du hörst, sind so was wie magische Me-lodien. Oder nicht? Sie kommen vielleicht nicht mal von dieser Welt. Wie soll ein Computer sie herstellen können?«

Nachdenklich schwieg er.

»Nicht von dieser Welt?«, äffte Malik Ayse nach. »Willst du behaupten, dass Leo Alienmusik hört? Wenn einer von euch verrückt ist, dann definitiv du.«

Ayse ignorierte ihn und sah Leo unverwandt an. »Lass es uns versuchen. Wenn es nicht klappt, packen wir zusammen und gehen Pizza essen. Deal?«

»Deal.«

Schmerz

»Mila!«

Bestimmt zum hundertsten Mal schrie Jo den Namen seiner Tochter. Erst im Haus, dann war er in den Wald gerannt. Jetzt kam er zurück.

Lara stand in der Küche und sah in den Kräutergarten. Sie las die Sorge in Jos Gesicht. Zwei Nächte ohne Mila bedeuteten zwei Nächte ohne Schlaf.

Am ersten Morgen waren Jo und Karin noch nicht sonderlich beunruhigt gewesen. Mila war schon oft vor ihnen aufgestanden und in den Wald marschiert. Zum Frühstück war sie jedoch immer zurückgekommen. Die beiden hatten die Apotheke geöffnet, Lara war in die Schule gegangen, hatte aber Schwierigkeiten gehabt, sich zu konzentrieren. Wenn sie nach Hause kommen würde, wäre Mila nicht da. Unter dem Vorwand einer schwangerschaftsbedingten Übelkeit verließ Lara die Schule eine Stunde früher. Frau Wagner kündigte noch an, mit Lara und ihren Erziehungsberechtigten über die Schwangerschaft reden zu wollen.

Zu Hause angekommen wusste Lara, dass sie dieses Thema heute nicht ansprechen würde. Karin stand allein in der Apotheke. Jo hatte den Wald nach Mila abgesucht. Vergeblich. Jetzt kam er zurück.

»Ich gehe zur Polizei«, verkündete er.

Lara nickte nur. »Soll ich mit?«

»Bleib hier. Falls sie zurückkommt, meldest du dich sofort bei uns. Und falls Kunden kommen, vertröste sie auf morgen.«

Die beiden fuhren davon. Lara blieb allein zurück. Bizarrerweise gab es tatsächlich einen Teil von ihr, der hoffte, die Tür werde aufgehen und Mila eintreten. Alles als ein großes Missverständnis aufklären und Lara sagen, dass sie natürlich keine Weltenhüterin sei und schon gar nicht unsichtbar.

Nichts davon geschah. Es war unfassbar still an diesem Nachmittag. Um sich abzulenken, ging Lara in den hinteren Bereich der Apotheke und sah sich Karins Arbeitstisch an. Es wirkte völlig chaotisch, auch wenn Lara wusste, dass Karin ein genaues System hatte. Verschiedene Kräuter lagen auf dem Tisch, manche getrocknet, andere frisch. Ein Tiegel mit Wollwachs stand neben einer Fantaschale. Lara betrachtete die Blüten, die danebenlagen. Ringelblume, dachte sie. Für eine Salbe.

Sie nahm sich ein völlig zerfleddertes Buch über Kräuterkunde und wollte die Wirkung von Ringelblume nachschlagen, als sie die kleine Glocke über der Tür hörte.

»Hallo?« Sie ging mit dem Buch in der Hand in den Verkaufsraum. Die ältere Dame, die die Apotheke betreten hatte, kam ihr bekannt vor.

»Lara, richtig?«, fragte diese.

Sie nickte und ergriff die dargebotene Hand.

»Ich bin Mathilda, Schätzchen.«

Lara war unsicher, ob die Dame mit *Schätzchen* sich selbst oder Lara meinte.

»Ich war eine Freundin von Marcs Großvater.«

»Genau. Sie haben auf Susi aufgepasst«, erinnerte sich Lara.

»Jetzt will ich ein Rezept einlösen.«

Sie hielt Lara das Rezept vor die Nase, als Lara einen Schritt zurückging. Wow! Die Willensblasen dieser Dame waren enorm. Genau wie ihr Auftreten. In der ersten sah Lara, wie Mathilda sich im Pflegeheim um zahlreiche ältere Menschen kümmerte. In der zweiten jedoch sah sie Mathilda neben einem Pferd. Sie strich dem Pferd über den Rücken und flüsterte ihm etwas ins Ohr.

»Hallo? Mädchen aus Berlin?«

Lara bemerkte, dass ihr das Buch heruntergefallen war. »Entschuldigung«, sagte sie. »Ich kann das Rezept nicht einlösen. Ich gehe noch zur Schule.«

»Ach, das bemerkt hier doch keiner.«

»Die Apotheke ist eigentlich gar nicht auf. Jo und Karin mussten dringend weg.«

»Wohin denn schon wieder?«

Lara suchte nach irgendeiner Erklärung, die für Mathilda aber unwesentlich schien.

»Egal. Ich brauche die Tabletten. Sofia ist seit Gustavs Tod nicht mehr sie selbst. Total deprimiert. Karin hatte versprochen, dass sie uns ein Johanniskrautöl macht. Das hat sie bestimmt fertig?« Mathilda ging einfach um die Theke herum und marschierte in den Arbeitsraum.

»Ähm, stopp!«, rief Lara und eilte hinterher. »Sie können hier nicht einfach rein.«

»Das ist kein Problem, Schätzchen. Karin hat das Öl hier irgendwo.«

Schon griff Mathilda nach einer der Flaschen, die geschützt im Dunkel eines Schranks standen.

»Das können Sie nicht mitnehmen!«, erklärte Lara und nahm der Dame die Flasche wieder weg.

»Aber das sind die Blüten da drin. Diese Gelben.«

»Das Öl ist noch nicht fertig. Man muss es noch zweimal filtern.«

»Ach, das wirkt auch so. Geht ja mehr um den Placebo-Effekt.«

Mathilda griff schon wieder nach der Flasche, als Lara von ihren Willensblasen fast erschlagen wurde. »Sie sollten aufhören, sich dauernd um andere zu kümmern«, platzte es aus Lara heraus.

Baff sah Mathilda sie an. Zum ersten Mal sprachlos. Doch nicht ganz. »Wie bitte?«

»Sie sollten sich besser um Pferde kümmern. Das ist das, was Sie eigentlich wollen. Und jetzt gehen Sie!« Lara schob die völlig überrumpelte Frau aus dem Arbeitsraum, durch den Verkaufsraum und aus der Tür hinaus. Hinter ihr schloss sie die Tür.

Mathilda sah Lara noch einmal durch die verglaste Tür an. In ihrem Gesicht die reinste Verwunderung. Dann ging sie. Lara atmete erschöpft durch.

Sie nutzte die Zeit und versuchte, die bereitliegenden Kräuter zu identifizieren und ihre Wirkung zu studieren. Aber all das konnte nicht die Unruhe vertreiben. Jo und Karin waren immer noch nicht zurück. Doch wenn sie zurückkamen, dann mit der Hoffnung, dass Mila mittlerweile aufgetaucht sein würde.

Sie kamen in Begleitung der Polizei. Ein Beamter befragte Lara, wann und wo sie Mila das letzte Mal gesehen hatte.

In einer Höhle. Sie hat sich in Luft aufgelöst. Dann wurde ich von Milas Katze gegessen. Verrückt, oder?

Lara behauptete, dass es bei dem Streit in ihrem Zimmer gewesen sei, was Karin bestätigen konnte. Der Wald und die nähere Umgebung wurden abgesucht. Die Beamten durchsuchten Milas Zimmer, konnten aber nichts Verdächtiges finden. Die zahlreichen Bilder von Augen und Katzen schrieben sie der typischen Fantasie eines kleinen Mädchens zu.

Lara hielt es kaum aus. Die Beamten konnte sie ignorieren. Nicht aber Jo und Karin, die in ihrer Sorge völlig unterschiedlich reagierten. Jo war ruhelos und brach immer wieder auf, um selbst nach Mila zu suchen. Karin jedoch war seltsam ruhig. Sie saß in der Küche und starrte nach draußen. Während die Beamten ihre Suche im Haus nach Hinweisen aufgaben, setzte sich Lara zu ihr.

»Ich habe so oft nach ihr gesucht«, erklärte Karin leise. Dann hob sie den Blick und sah Lara an. Ihre Stimme war nicht mehr als ein Flüstern. »Immer habe ich gewusst, dass ich sie finde. Dass sie zurückkommt. Aber jetzt fühle ich es ganz genau. Meine Mila kommt nicht zurück.«

Lara erwiderte Karins Blick. Unfähig, ihr diesen Gedanken auszureden. Karin starrte wieder nach draußen. Schweigend.

Als Jo zurückgepoltert kam, war er kreideweiß. »Ich habe etwas gefunden.«

Karin schoss sofort in die Höhe, und in Lara erwachte für einen Augenblick die naive Hoffnung, dass er Mila im Schlepptau hatte. Als wäre die Realität noch nicht bei ihr angekommen. Aber Jo hielt nur ein Stück Stoff in der zitternden Hand. Eine von Milas Blusen. Total zerfetzt. Ein roter Fleck war darauf zu erkennen.

»Irgendwas ist unserem Kind passiert«, rief Jo, die Augen nun rot vor Anspannung. »Irgendwas ist Mila passiert!«

Karin griff mit zitternder Hand nach der Bluse, als Jo einen Schrei von sich gab, der Lara bis ins Mark erschütterte. Sie vergaß zu atmen, während Jo außer sich vor Sorge die Arbeitsplatte der Küche leerfegte. Geschirr fiel klirrend zu Boden. Er rannte wieder nach draußen. Kopflos und unschlüssig, wohin er jetzt sollte. Karin wiederum konnte sich nicht mehr auf den Beinen halten und sackte mit dem Stoff in der Hand vor Lara in die Knie.

Lara verstand nicht, was passierte. Was sollte das mit der blutigen Bluse? Mila war nicht verletzt gewesen, das hätte sie bemerkt. Die einzige Erklärung war, dass jemand die Bluse absichtlich drapiert hatte, um Milas Eltern auf eine falsche Fährte zu locken.

War das möglich? Konnten sie so grausam sein?

Lara trat zu Karin und nahm sie fest an den Schultern. »Das ist bestimmt nur Farbe. Sie hat doch dauernd irgendwas angemalt.«

»Es ist Blut«, stammelte Karin. Dann schnappte sie aufgeregt nach Luft und schien kurz davor, zu hyperventilieren.

Lara ertrug den Anblick nicht. »Hör zu«, begann sie, ohne nachzudenken. »Mila geht es gut. Sie ist nicht tot.«

Karin schnappte weiter nach Luft.

»Deine Tochter war immer besonders, das weißt du. Das Auge in ihrer Hand ... Du hast gewusst, dass es nicht aufgemalt war. Richtig? Es war echt. Es hatte sogar einen Namen. Zwitscher. Mila konnte damit in andere Welten schauen. Welten, die ich besucht habe. Es gibt sie wirklich. Und jede dieser Welten hat einen Weltenhüter. Eine Seele, die auf die anderen aufpasst. Die darauf achtet, dass niemand in die falsche Richtung läuft. Deine Tochter ist unsere Weltenhüterin. Vor zwei Tagen gab es ein Ritual. Ich war dabei. Ich habe es gesehen. Mila ist nicht tot. Es geht ihr gut. Sie ist jetzt ... verändert.«

Karin atmete ruhiger. Wenn Lara es genau betrachtete, atmete sie gar nicht mehr. Ihr Blick sah auf und suchte Laras Augen. Diese Frau verdiente die Wahrheit. Und nicht den Glauben, dass ihr eigenes Kind ermordet worden war.

»Aber du hast recht. Sie kommt nicht zurück«, fuhr Lara leise fort.

»Was redest du da?!«

Lara spürte, wie sie jemand an den Schultern packte und nach oben zog.

»Was hast du mit Mila gemacht?« Jo packte sie fest an den Oberarmen.

»Lass mich los!«

»Von welchem Ritual redest du? Was hast du mit meiner Tochter gemacht?«

»Ich habe gar nichts gemacht!«

»Ich habe es doch gehört!«, donnerte Jos Stimme. »Ein Ritual. Vor zwei Tagen. Du warst dabei! Du hast es gesehen.«

»Ja, aber ...«

»Wo ist mein Kind?!«

»Jo, wenn du dich in Ruhe hinsetzt, dann kann ich dir alles erklären.«

Er wich vor ihr zurück und starrte sie an. Als würde er sie mit anderen Augen ansehen. »Sie hatten recht.«

Verwirrt schaute Lara von Jo zu Karin, die sich langsam erhob und an die Seite ihres Mannes stellte.

»Sie haben gesagt, dass du was mit dem Verschwinden der Kids zu tun hast. Ich habe dich immer verteidigt.«

»Nein, so ist es nicht.«

»Du bist hergekommen. Dann bist du mit Timo verschwunden. Ihr kommt zurück und könnt euch an nichts erinnern. Dann verschwinden noch mehr. Ayse, Cem, Marc, Isabel ... und jetzt Mila!« Jo ging langsam auf Lara zu. »Du bist es. Du lässt sie verschwinden.«

»Nein!«

»Was hast du mit meiner Tochter gemacht?«, schrie er. »Mit wem arbeitest du zusammen? Was geht hier vor?« Seine Stimme und sein ganzes Wesen waren völlig außer Kontrolle. Die Willensblasen über seinem Kopf waren verzerrt. Die Bilder darin unscharf. »Rede endlich!« Doch er wartete keine Erklärung ab, sondern riss Lara am Arm mit sich nach draußen zur Polizei. Er teilte den Beamten seinen Verdacht mit, dass Lara etwas mit Milas Verschwinden zu tun hatte.

Ihr blieb nichts anderes übrig, als alles zu leugnen. Als Jo Karin dazuholte, um seine Aussage zu untermauern, war diese in einer Schockstarre und konnte keine Fragen beantworten.

Die Beamten machten Lara klar, dass sie der Sache nachgehen würden. Als sie gingen, stürmte Jo ins Haus.

Lara wandte sich an Karin. »Bitte! Du musst mit ihm reden. Du weißt, dass Mila speziell war. Du weißt, dass ich die Wahrheit sage!«

Karin starrte sie einfach nur an. Aus dem Haus war Poltern zu hören.

»Sie ist unsere Weltenhüterin. Jetzt in diesem Moment ist sie in den anderen Welten. Und lernt diese kennen. Ich weiß, wie das klingt, und wenn du es mir erzählt hättest ... ich hätte dir kein Wort geglaubt. Aber du musst mir glauben!«

Keine Reaktion. Dafür kam Jo mit einer gepackten Tasche nach draußen gelaufen. Er knallte Lara die Tasche vor die Füße. »Hau ab!«, schrie er.

Lara sah ihren Onkel an.

»Du bist hier nicht mehr willkommen.«

Sie flehte ihn an: »Jo, tu das nicht.«

Aber er baute sich vor ihr auf. Seine Stimme, seine Seele eiskalt. »Ich finde raus, was du getan hast!« Er ging zu Karin und legte schützend den Arm um sie.

Etwas in Lara zerbrach, als sie sich bückte und ihre Tasche nahm. Sie drehte sich um und ging davon.

Beben

Timo beobachtete Ayse, Leo und Malik, die ihr seltsames Projekt durchführten. Diese Idee konnte nur von Ayse stammen, das war Timo klar. Ohne sie wäre Leo in seiner Wohnung geblieben, und vermutlich hätte niemand von seiner Begabung erfahren. Irgendwann hätten sie ihn vielleicht eingewiesen. Oder er hätte sich zu Tode gesoffen.

Er musste lachen, als Ayse zu einem ersten Beat von Leo seltsam anmutende Tanzbewegungen machte und ihren Bruder zum Lachen brachte.

Lebendig. Das war das Wort, das Timo mit Ayse in Verbindung brachte. Sogar im Streit mit Lara war Ayse noch voller Energie.

Als er an Lara dachte, schien es für einen Moment, als würde der Boden unter ihm beben. Irgendwas hatte die Welt um ihn herum erschüttert. Mit einem Blick zu Ayse und Leo erkannte er, dass es nur seine Welt gewesen war. Von der Erschütterung, die wie ein kleines Erdbeben gewesen war, hatte sonst niemand etwas bemerkt.

Lara. Irgendwas war mit Lara.

Die aufkommende Unruhe war unerträglich. Er musste zu ihr! Unbedingt!

»Nein. Das musst du nicht.«

Natürlich. Da hockte sie. Dick und erhaben. Styx.

»Was ist passiert?«

»Lara hat sich für die Wahrheit entschieden. Die kommt bei den wenigsten gut an.«

»Was heißt das?«

»Das heißt, sie hat sich gegen meinen Rat entschieden. Und ist sich selbst treu geblieben.«

»Ich wusste nicht, dass es eine Option ist, sich gegen deinen Rat zu entscheiden.«

»Natürlich. Deshalb heißt es ja Rat. Und nicht Befehl.«

»Dann entscheide ich mich auch gegen deinen Rat. Ich will zu ihr.«

»Oh, das war jetzt ein Missverständnis. In deinem Fall ist es kein Rat, sondern ein Befehl.« Das rechte Ohr der Katze wackelte. Als hätte sie gute Laune.

»Ich muss wissen, dass es ihr gut geht.«

»Das tust du. Ihr habt weiterhin eine Verbindung. Du kannst fühlen, was sie fühlt.«

»Das ist nicht genug!«

»Doch. Für den Moment ist es das.« Styx betrachtete Ayse und Leo. »Du bist bei ihnen. Das freut mich.«

Timo schwieg. Er konnte Styx gegenüber einfach nicht zugeben, wie zufrieden ihn seine Aufgabe machte. Als es ihm gelungen war, Ayses Wunsch zu folgen und Leo den Vertrag wegzunehmen, hatte sich das verdammt gut angefühlt. Je länger er Ayse begleitete, desto mehr sah er ihren Weg vor sich. Wie ein Film, der vor seinen Augen ablief. Ihre Gedanken und Wünsche wurden zu seinen eigenen. Als würde ein Teil von ihm zu Ayse werden. Es passierte ganz automatisch. Einfach dadurch, dass er Zeit mit ihr verbrachte. Auf diese Weise seine Sechs kennenzulernen und sie zu begleiten, fühlte sich tatsächlich ziemlich gut an. Was Timo beschäftigte, war jedoch, was er sehen würde, wenn er jemals wieder an Laras Seite sein durfte. Würde er damit klarkommen, dass sie einen Weg ohne ihn vor sich hatte? Vielleicht sogar mit einem anderen Mann? Wie konnte er das unterstützen? Wie konnte er ihr dabei helfen wollen? Wie hatte diese Form der Folter einmal seine eigene Idee sein können?

»Du bist für alle Sechs zuständig.« Wie immer schien Styx jeden seiner Gedanken zu kennen.

»Ich weiß.«

»Auch für ihn.«

Timo schnaubte. »Er kommt wunderbar alleine klar. Das war schon immer so.«

»Im Moment nicht«, konterte Styx.

»Ich werde ihm nicht helfen.«

»Es wäre eine Möglichkeit, sie zu sehen«, betonte Styx noch, ehe sie sich streckte und einen Buckel machte.

Timo horchte auf. »Sie ist bei ihm?«

»Vielleicht?«

Die Katze beobachtete Timo genau, der von einer Welle der Eifersucht überflutet wurde.

»Dann hat er doch endlich, was er wollte.« Er atmete tief durch.

Durch die Trennung von Lara war ihm bewusst geworden, wie egoistisch sein Verhalten gewesen war. Nach dieser einen Nacht und der darauffolgenden Schwangerschaft hatte er nicht mehr klar denken können. Aber jetzt? Natürlich musste sie ihr Leben ohne ihn aufbauen. Konnte keine Beziehung zu einem Geist führen. Lara sollte glücklich sein. Das war das Wichtigste.

Er sah zu Styx. »Lass mich so schnell nicht zu ihr«, bat er. »Nicht, solange ich nur diese Eifersucht fühle.«

»Eifersucht auf ihn?«, hakte Styx nach.
»Eifersucht auf das Leben.«
Styx' Schwanz zuckte. »So sei es.«

Asyl

Lara betrat das Hotel. Susi kam ihr schwanzwedelnd entgegen. Sie reagierte nicht auf sie. Stand einfach nur da. Mit ihrer Tasche in der Hand. Sie war den ganzen Weg hierhergelaufen, hatte ihre Optionen abgewogen. Unter anderen Umständen wäre sie sofort zu Ayse nach Berlin gefahren. Aber sie konnte Ayse unmöglich um Hilfe bitten, ohne sich mit ihr versöhnt zu haben. Und versöhnen konnte sie sich nicht, weil sie Ayse dann die Wahrheit hätte sagen müssen. Und die Wahrheit sagen, das würde Lara die nächste Zeit vermeiden.

Dieser Blick.

Susi winselte und leckte Laras Hand. Schritte näherten sich.

»Lara?« Tonka kam auf sie zu. Die Farben ihres Körpers flossen ruhig ineinander.

Lara kannte sie gut genug, um zu wissen, dass sie sich wohl fühlte. Sie trug einen braunen Hut.

»Schau mal. Ich trage jetzt Kleidung. Wie ihr.« Tonka drehte sich einmal im Kreis und demonstrierte ihren Hut. »Und ich sehe fern. Weil Marc mir verbietet, rauszugehen. Fernsehen ist toll. Das ist wie auf der Welt der Träumer. So praktisch, ich kann mir die ganze Welt ansehen und muss nicht mal hin. Obwohl ich es schon lieber selbst sehen würde. Habt ihr jetzt eigentlich wieder eine Weltenhüterin? Ich würde gerne mit ihr über meine Optionen sprechen. Marc sagt, er hält es nicht mehr lange mit mir aus. Aber vielleicht kann ich ja zu dir?«

So viel Hass.

»Lara?«

Sie spürte, wie ihre Knie nachgaben. Jemand fasste sie an den Schultern. Sie machte sich frei und schrie.

»Hey! Was ist denn passiert?« Das war Marcs Stimme.

»Sie ist auf die Knie gefallen. Und schreit.«

»Ich höre selbst, dass sie schreit.«

»Was hat sie denn?«

»Keine Ahnung!«

Lara spürte nur die Tränen, die ihr die Wangen herunterliefen. Vorsichtig nahm jemand ihre Hand.

»Ist was mit dem Körnchen?«, fragte Marc leise.

Sie schüttelte den Kopf.

»Timo?«

Wieder ein Kopfschütteln.

»Liebt sie denn noch mehr Menschen?«

Jetzt hob Lara den Blick und sah Tonka an, deren Körper im Wechsel rot und schwarz aufleuchtete. »Ja, Tonka. Ich liebe noch mehr Menschen. Aber die hassen mich jetzt.«

Sie saßen auf großen Kissen zusammen. Tonka hatte bereits ihren weiblichen Einfluss geltend gemacht und im ehemaligen Speisezimmer des Hotels einen Kreis voller Kissen gelegt. Vor dem Fernseher, verstand sich. Er lief ohne Ton.

Marc hatte Kaffee verteilt. Lara wärmte sich die Hände an der Tasse, während Susi ganz nah bei ihr lag.

»Du hast Milas Eltern erzählt, dass ihre Tochter durch ein Ritual zur Weltenhüterin wurde und nie wieder zurückkommt. Und hast allen Ernstes geglaubt, dass das eine gute Idee ist?«

Sie atmete tief durch. »Du hättest Karin sehen sollen.«

»Du kannst nicht immer die Welt retten, Goldi.«

»Muss die Welt denn gerettet werden? Ich dachte, es geht um ihre Tante?«

Diese Frage hatte etwas so Skurriles, dass Lara fast gelacht hätte.

»Sie versteht keinerlei Ironie«, erklärte Marc hilfsbereit. »Sie glaubt alles, was im Fernsehen läuft. Und wenn sie Kaffee trinkt, das ist wirklich lustig. Los, Tonka. Trink einen Schluck Kaffee.«

»Ich finde das nicht witzig.«

»Komm schon, wir müssen Lara aufheitern.«

Lara beobachtete erstaunt, wie gut gelaunt Marc mit Tonka umging. Hatte sie nicht gerade erwähnt, dass er sie loswerden wollte? In diesem Moment wirkte er regelrecht ... glücklich.

Tonka trank einen Schluck. Nichts passierte.

»Gib ihr eine Minute«, sagte Marc grinsend.

Tonka trank noch einen Schluck. Und dann sah Lara es. An der Stelle, an der bei den Menschen der Magen war, leuchtete es rot auf Tonkas Haut. Und gleich einer Explosion sauste das Rot von diesem Punkt aus nun über ihren ganzen Körper. Kleine rote Pünktchen, die Tonka offensichtlich zu kitzeln schienen. Sie wand sich kichernd.

Lara musste tatsächlich lachen.

»Wenn du mal Scheiße drauf bist, gib einer Außerirdischen einen Schluck Kaffee.« Marc grinste noch einmal und musterte Lara dann entschlossen. »Du bleibst hier.«

Sie sah ihn überrascht an. »Du hasst Gäste.«

»Ich ertrage Tonka. Da ertrage ich auch einen Gast mehr.«

Lara war gerührt, schüttelte aber den Kopf. »Ich werde Mutter. Ich muss mich darauf vorbereiten. Ich brauche ein Kinderzimmer. Vor allem brauche ich eine langfristige Lösung.«

»Ich habe 45 leere Zimmer«, entgegnete Marc. »Ist das langfristig genug?«

»Marc, im Juni kommt Körnchen auf die Welt. Es wird schreien und in die Windeln machen, und ich werde nicht mehr schlafen und muss eine Ausbildung machen, damit ich Geld verdiene ...« Ihr Herz klopfte schneller. »Ich brauche Hilfe. Ich schaffe das nicht allein.«

»Ich bin hier«, betonte er.

Sie sah ihn an, als wäre er der Alien und nicht Tonka. »Aber du hasst Körnchen.«

»Jetzt vergiss doch mal, was ich gesagt oder nicht gesagt habe. Und wen oder was ich angeblich alles hasse. Du bist obdachlos. Ich habe Platz. Wenn dein Körnchen erst mal da ist und du deine Ausbildung machst, sehen wir weiter. Wir sind zwei Mal durch die Welten gereist. Da kriegen wir das auch noch hin.«

Ihr Blick wanderte von Marc zu Tonka. »Was hast du mit ihm gemacht?«, fragte sie fassungslos.

»Ich habe Kaffee getrunken.«

Marc zeigte Lara das Zimmer. Es war groß genug, um zusammen mit einem Baby darin zu leben. Ein Doppelbett, das eine neue Matratze brauchte. Die Tapete löste sich von der Wand. Aber das Bad war funktionsfähig, und um alles andere würde sich Lara kümmern können.

Es war eine Lösung. Keine, auf die Lara gekommen wäre. Aber eine Lösung. Dass ausgerechnet Marc für diese Lösung stand, konnte sie immer noch nicht fassen. Auch wenn sie es tief in ihrem Inneren vielleicht gehofft hatte.

»Ist nicht schlecht, wenn man nicht alleine ist, mhm?«, fragte sie mit einem Grinsen.

»Keine Ahnung, was du meinst«, behauptete Marc, der den Kleiderschrank auf seine Stabilität hin prüfte.

»Du fühlst dich wohl mit Tonka. Du hast sogar gelächelt. Ich habe es genau gesehen.«

»Weil ihre Haut bei Kaffee Disco macht. Deshalb habe ich gelächelt.« Er musterte sie. »Also, wie ist der Plan?«

Erschöpft setzte sich Lara aufs Bett. »Ich hatte einen Plan. Für Körnchen. Der ist jetzt schon gescheitert. Ich bin die schlechteste Mama, die Körnchen sich aussuchen konnte.«

»Nein. Du bist die beste.« Er setzte sich neben sie. »Du ziehst dein Ding durch. Du glaubst an die Wahrheit. Denkst wirklich, dass sie befreit und den ganzen Quatsch. Das ist nichts, woran ich glaube. Aber das ist eine gute Sache. Es ist etwas, das man einem Körnchen beibringen sollte.«

»Hat Tonka dich irgendwie verwandelt?«

»Hey, ich kann auch nett sein.«

»Das hast du bisher erfolgreich verheimlicht.«

Einen Moment lang lächelten die beiden sich an. Dann wurde Marc wieder ernst. »Vielleicht beruhigt sich Jo ja auch wieder.«

»Mila wird nicht zurückkommen. Er hat keinen Grund, sich zu beruhigen.«

»Also glaubst du, es ist endgültig?«

»Keine Ahnung«, gestand Lara. Sie konnte sich nicht vorstellen, die beiden zu verlieren, wo sie sie gerade gefunden hatte. »Milas Verlust wird sie verändern.«

Einen Moment lang war es ruhig, ehe sich Lara konzentrierte. »Aber ich will hierbleiben. In ihrer Nähe. Ich kann auch Miete bezahlen. Ich habe Geld geerbt.«

»Für die Bruchbude? Ich mache mich strafbar, wenn ich was verlange. Außerdem habe ich einen neuen Auftrag für eine Software. Irgend so ein Spinner aus Berlin. Sucht den perfekten Ton. Und ist bereit, dafür eine Menge zu zahlen.«

»Ich werde trotzdem für meine Kosten aufkommen.«

Marc nickte. »Ist Jo dein Erziehungsberechtigter?«

»Ja.«

»Wir brauchen seine Unterschrift. Dass du hier leben darfst. Weil du noch nicht volljährig bist.«

»Ich kümmer mich darum.«

»Was mit dem Körnchen ist, weiß ich nicht. Bestimmt hat das Jugendamt mitzureden.«

»Ich erkundige mich.« Unwohl sah Lara sich in dem verfallenen Zimmer um. »Die überprüfen bestimmt unsere Lebensumstände.«

»Wann wirst du denn achtzehn?«, fragte Marc.

»In einem Jahr.«

»Welcher Tag genau?«

»Heute.«

Marc schwieg überrumpelt. Offensichtlich unschlüssig, wie er darauf reagieren sollte, starrte er sie an, als Tonka ins Zimmer geplatzt kam.

»Das glaubt ihr nicht!«, rief sie aufgeregt.

»Schlechter Zeitpunkt, Tonka«, erwiderte Marc.

»Aber im Fernsehen ...«

»Das ist nicht alles echt. Habe ich dir doch schon erklärt.«

»Meine Welt! Sie ist im Fernsehen! Ganz viele Fotos!«

Wissen ist Macht

Der Mercedes raste um die scharfe Kurve. Lara klammerte sich am Griff fest. Sie hätte Marc dazu aufgefordert, langsamer zu fahren, aber auch sie musste es mit eigenen Augen sehen.

Isabels Fotos. Sie waren überall. Im Fernsehen. Im Internet. Auf sämtlichen Videokanälen und Social-Media-Plattformen. Ein Journalist hatte sie veröffentlicht und behauptet, noch mehr von diesen echten Aufnahmen anderer Welten zu haben.

Lara hatte ihn sofort erkannt. Philipp Hauser. Der Journalist, der sie wegen eines Interviews bedrängt hatte. Sie hatte seine Willensblase nicht sehen können, weil er eine Sonnenbrille getragen hatte. Sonst hätte sie bestimmt erkannt, was er vorhatte.

Er hatte Marc die Kamera gestohlen. Und nicht nur das. Er wusste genau Bescheid. Über die Aus- und Eingänge dieser Welt. Auf seinem Blog mit dem theatralischen Namen *Wissen ist Macht* erklärte er bis ins Detail, dass die Reisenden, die die Fotos gemacht hatten, im Silbergründle ihre Reise begannen und im Mummelsee wieder auftauchten.

Heute wollte er am Silbergründle seine ganz persönliche Weltenreise antreten. Wer auch immer mitkommen wolle, sei herzlich eingeladen. Schließlich, so betonte er, teile er sein Wissen. Im Gegensatz zu anderen ...

Er war Lara gefolgt. Sie war sich ganz sicher. Die Person in der Höhle, als sie Mila gesucht hatte. Die Momente, als sie sich verfolgt gefühlt hatte, nachdem sie aus dem Mummelsee aufgetaucht waren. Hatte er Tonka gesehen? Wusste er, dass sie hier war?

Das Netz hatte eine klare Ansage an Philipp: »Spinner.« »Idiot.« »Wichtigtuer.« »Welche Firma steckt hinter dem Werbegag?«

Niemand glaubte, dass die Fotos echt waren oder dass es wirklich einen Zugang in andere Welten gab. An diese Hoffnung klammerte sich Lara, und auch weiterhin an den Türknauf bei dieser turbulenten Fahrt. Sie hatten nur ein kleines Zeitfenster. Philipp gab an, eine Stunde von 15 bis 16 Uhr auf Mitreisende zu warten und dann in den See zu springen. Es war jetzt halb vier. Wenn sie Glück hatten, konnten sie ihn von dieser Reise abhalten und ihm eine Geschichte auftischen, die seine These infrage stellte.

Sie bogen Richtung Silbergründle ab, als Marc den Wagen mit einer Vollbremsung zum Stehen brachte. Die Straße war dicht. Wagen an Wagen reihte sich hintereinander. Es gab kein Durchkommen. Zahlreiche Leute pilgerten zwischen den Autos die Straße hoch. Marc zog die Handbremse. Er sah zu den Leuten und dann zu Lara.

»Die glauben ihm doch nicht?«, fragte Lara leise.

Nein. Das taten sie nicht, wie Lara schnell heraushörte, während sie mit ihnen Richtung Höhle gingen. Aber man wollte unbedingt sehen, welcher Spinner so einen Quatsch behauptete. Die Vorstellung, dass »unser Silbergründle« ein Portal in eine andere Welt sein sollte, sorgte für große Belustigung und auch ein bisschen für Stolz. War dieser Ort mit seiner kleinen Höhle und dem hübschen unterirdischen See bisher nur den

Einheimischen und ein paar Touristen vertraut gewesen, so sprach heute die ganze Welt über ihn. Oder zumindest die, die über Fernsehen und Internet verfügten. Diesen vermutlich vorübergehenden Ruhm wollte man doch wenigstens genießen.

Während Marc und sie sich ihren Weg durch die Menschenmasse bahnten, dachte Lara mit schlechtem Gewissen an ihre Streitereien mit Mila und Styx. Sie hatte behauptet, es sei nicht schlimm, wenn die Menschen von den anderen Welten erfuhren. Aber die Vorstellung, dass wirklich jemand sprang und sich in der Welt der Riesen wiederfand, war unerträglich. Die Weltenhüter hatten nur allzu deutlich gemacht, was sie mit den nächsten Durchreisenden anstellen würden.

Es ging nicht mehr weiter. Auf dem kleinen Waldweg zur Höhle hin staute sich die Masse. So viele waren gekommen. Marc nahm Lara an der Hand und lief mit ihr einen kleinen Umweg. Er war nicht der Einzige, der auf diese Idee gekommen war. Dennoch erreichten sie um kurz vor vier von oben kommend die Höhle. Sie sahen all die Menschen, die erwartungsvoll Richtung Eingang blickten.

»Was machen wir jetzt?«, fragte Lara.

»Abwarten. Vielleicht kommt der Typ gar nicht.«

»Herzlich willkommen!«

Marc verdrehte die Augen, als sie von oben beobachten konnten, wie Philipp aus der Höhle trat. Er strahlte die Wartenden an. »Ich freue mich, dass so viele gekommen sind.«

Einige belustigte Beleidigungen flogen über die Köpfe der Menschen hinweg.

»Ich weiß, dass ihr mir nicht glaubt.«

Zustimmendes Gelächter.

»Und ich weiß, dass ihr nicht glaubt, dass es sich bei den Bildern um echte Aufnahmen handelt. Schließlich kann man heutzutage jegliche Welt auf ein Stück Papier zaubern.« Philipp sah nun ernst in die Runde. »Deshalb werde ich euch beweisen, dass ich nicht lüge. Ich habe umfassende Recherchen angestellt. Und ich kenne die Menschen, die diese Reise bereits angetreten haben. Sie wollten ihr Wissen für sich behalten. Ich hingegen lade euch ein, mich zu begleiten.«

Lara und Marc sahen sich an. Was sollten sie tun?

»Und zwar bevor Polizei und Militär vor Ort sind«, fuhr Philipp fort. »Denn auch sie werden vertuschen, was hier wirklich geschieht. Schließlich sollen wir dumm und unwissend bleiben. Aber damit ist jetzt Schluss!« Er hielt eine kleine Kamera hoch. »Ich werde meinen Sprung ins Wasser filmisch festhalten. Die Kamera ist wasserfest, und ich werde all meine Erfahrungen filmen. Für die, die sich heute noch nicht für einen Sprung entscheiden können. Ich schätze, dass die Verbindung in die anderen Welten nicht funktionieren wird. Aber nach meiner Rückkehr werde ich euch daran teilhaben lassen. Bleibt einfach meinem Blog treu. Und nun«, er machte eine theatralische Pause, »werde ich meine Reise antreten.« Philipp ging in die Höhle zurück, und tatsächlich machten die ersten bereits Anstalten, ihm zu folgen.

Ohne nachzudenken sprang Lara auf. »Stopp!«

»Halt bloß die Klappe!«, flüsterte Marc.

Aber Lara musste die Menschen aufhalten. »Der Mann ist ein Lügner! Die Höhle ist einsturzgefährdet. Geht da bloß nicht rein!«

»Die ist nicht einsturzgefährdet«, tönte eine männliche Stimme. »Ich arbeite hier. Ist alles auf dem neusten Stand.«

Philipp trat wieder aus der Höhle raus und sah zu Lara und Marc. Er lächelte. »Lara Feingeist und Marc Janson. Welche Ehre.«

Diese Ironie hätte sogar Tonka verstanden.

»Die beiden waren bereits in den anderen Welten und wollten euch deren Existenz verheimlichen.«

Alle Blicke wanderten zu Lara und Marc.

»Gut gemacht, Goldi«, kam es trocken von Marc.

»Aber bitte, seid meine Ehrengäste«, sagte Philipp grinsend. »Und seid dabei, wenn ich springe.«

»Niemand springt!«, entfuhr es Lara. »Es ist zu gefährlich.«

»Also gibst du es zu?«, schrie Philipp.

Lara ging zu ihm hinunter.

Marc folgte ihr murrend und stellte sich dann vor sie. »Keine Ahnung, was für einen Mist Sie beobachtet haben wollen. Natürlich waren wir nicht in anderen Welten. Diese Fotos hat meine Ex gemacht. Alles Montage. Sie wollte sich damit für eine Ausstellung bewerben.«

Die Menge murmelte zustimmend. Tatsächlich wandten sich bereits die Ersten ab und traten den Rückweg an.

Philipp wurde sichtlich nervös. »Aber es stimmt! Ich habe selbst gesehen, wie sie verschwunden sind.«

Die meisten winkten ab und betrachteten den Scherz als beendet. Nur wenige blieben stehen und verfolgten interessiert das Streitgespräch zwischen Marc und Philipp.

»Am besten gehen Sie nach Hause und löschen den ganzen Mist. Bevor irgendwer noch auf dumme Gedanken kommt.«

»Genau«, betonte Lara. »Das Wasser in dem kleinen See ist extrem kalt. Sie riskieren nur einen Herzinfarkt.«

»Netter Versuch«, fand Philipp und ging in die Höhle hinein.

Lara und Marc sahen sich kurz an, ehe sie ihm folgten.

Er hatte den Weg erleuchtet und eilte zu der Leiter, die ihn nach unten zum See führte. Lara und Marc kletterten hinterher. Auch wenn der Typ ein Idiot war. Er durfte nicht springen.

Hinter den beiden kamen einige Leute zögerlich hinterhergelaufen. Am See angekommen, stellte Philipp sich ans Ufer.

»Tun Sie das nicht«, bat Lara.

»Warum sollten die Welten mir vorenthalten bleiben?« Er war kurz davor zu springen.

Lara wusste sich nicht anders zu helfen. »Weil es gefährlich ist.«

Stille kehrte ein. Lara schaute in die Gesichter. Ihr Blick blieb kurz an einem großen Mann hängen, der sie aufmerksam musterte.

»Ja. Es gibt diese anderen Welten«, sagte Lara verzweifelt. »Und ja, dieser See ist ein Zugang. Aber in dieser Welt erwartet euch Krieg. Ich habe die Reise nur überlebt, weil ich unter einem besonderen Schutz stand. Sie haben diesen Schutz nicht.« Lara sah Philipp an. »Sie werden diese Reise nicht überleben.«

Einen Moment schien es, als hätte Lara ihn mit ihren Worten erreicht. Dann holte er tief Luft und sprang ins Wasser. Lara entfuhr ein Laut des Entsetzens. Sie konnte nur hoffen, dass er den Zugang nicht fand. So wie die Menschen, die diese Höhle untersucht hatten, ihn nicht gesehen hatten. Tatsächlich tauchte Philipp kurz danach wieder auf. Erneut handelte er sich Gelächter ein. Ein paar kehrten um und kletterten die Leiter wieder hoch. Philipp holte noch einmal tief Luft und tauchte nach unten ab.

Kurze Zeit später schoss ein Lichtstrahl in die Höhle hinauf.

Alle starrten auf die Wasseroberfläche, die sich beruhigte. Keine Luftblasen, keine Wellen. Philipp war weg.

Unruhe brach aus. Die Leute glaubten an einen Trick. Eine unterirdische Höhle. Lara wusste, jetzt war es nur noch eine Frage der Zeit. Sie wich von dem See zurück. Marc folgte ihr. Sie verließen die Höhle. Die Tatsache, dass Philipp nicht wieder aufgetaucht war, machte die Runde. Die Leute drängten sich in die Höhle hinein.

Lara und Marc setzten sich etwas abseits. Nicht einmal die Wahrheit hatte ihn abhalten können. Was würden die Folgen sein?

Konnte Mila sehen, was geschah? Würde sie die Menschen schützen können? Sogar in anderen Welten? Das war Laras einzige Hoffnung.

»Ich Idiot!«, beschimpfte sich Marc schließlich selbst. »Du hattest recht. Die Fotos. Ich hätte sie gleich löschen sollen.«

»Er hat uns nachspioniert. Er hätte es rausgefunden. So oder so«, glaubte Lara, als sie zu ihren Füßen ein vertrautes Gefühl wahrnahm. »Styx!«, rief sie. »Du bist hier. Du musst etwas tun! Halt sie auf!«

Die Katze starrte auf die Menschen, die in die Höhle drängten.

»Und? Was sagt sie?«, fragte Marc.

Lara wartete einen Moment ab. »Nichts. Sie sagt nichts«, erklärte sie schließlich.

Styx starrte stumm auf die neugierigen Menschen. Ihr Schwanz zuckte leicht.

Ausgeschaltet

»Kennen Sie schon Ihre Melodie?« Ayse lächelte die Frau mittleren Alters mit der Vogelnestfrisur freundlich an. »Dieser Musiker hier komponiert Ihnen Ihren persönlichen Song.« Sie zog die Dame zu Leo an den Tisch.

»Und was soll das kosten?«, fragte die Frau vorsichtig.

»Es ist umsonst«, erklärte Ayse und sah Leo auffordernd an, der mit den Kopfhörern auf den Ohren am Tisch saß.

Jetzt konzentrierte er sich. Er würde es so machen, wie Ayse ihm geraten hatte. Kopfhörer absetzen, sich ganz auf diese eine Person konzentrieren und alles andere ausblenden. Eine Art Achtsamkeitsübung. Ayse hatte die Theorie, dass, je öfter Leo das ausprobierte, er es umso besser könnte.

Was Leo nun hörte, war ein schräges Konzert unterschiedlichster Töne, Instrumente und Tonarten. Nichts passte zusammen. Er verzog das Gesicht.

»Also, ihr veräppelt mich doch!«, mutmaßte die Vogelnestdame.

Ayse hielt sie fest. »Geben Sie ihm noch einen Moment.«

Leo sah der Frau in die Augen. Und tatsächlich bildete sich eine Melodie aus allem heraus. Erst ganz leise. Aber dann immer deutlicher. Leo spielte die Töne auf seinem Synthesizer. Die Dame musterte ihn. Genau wie Ayse, der ihre Nervosität anzumerken war. Er spielte die Töne noch einmal.

»Das soll meine Melodie sein?« Sie ging einfach davon.

Ayse sah ihr perplex nach.

Malik, der danebengestanden hatte, lachte. »Das nenne ich mal Erfolg auf ganzer Linie«, kicherte er.

Leo zog sich wieder die Kopfhörer auf.

»Hey, das war unsere Erste«, erklärte Ayse, während sie den rechten Hörer etwas anhob, damit Leo sie auch verstehen würde. »Wir ziehen das durch. Einen Tag lang.«

Nachdenklich sah Leo auf den Synthesizer. »Es liegt am Instrument.«

»Aber mich hast du mit der Melodie auch eiskalt erwischt.«

»Du bist für diesen Wahnsinn ja auch offen«, konterte Malik.

»Das ist kein Wahnsinn!«, rief Ayse.

»Malik hat recht. Ich glaube, Menschen wie du hören aus der Melodie schon etwas raus. Aber wenn ich das richtige Instrument hätte, könnte ich sie alle erreichen.«

Während Leo sich wieder die Kopfhörer aufsetzte und in seine Welt zurückzog, sah Malik seine Schwester an. »Du könntest Lara eure Melodie schenken. Zum Geburtstag.«

Sie wich seinem Blick aus. »Musst du nicht irgendwann nach Hause?«

»Ich schreibe ihr jetzt!« Er zückte sein Handy. Doch bevor er etwas schrieb, stutzte er. »Das ist ja abgefahren«, meinte er.

»Was denn?«, fragte Ayse.

Leo hörte nichts. Die Kopfhörer ließen sämtliche Geräusche um ihn herum verstummen. Er beobachtete die Passanten und grübelte. Er musste unbedingt noch einmal den Programmierer kontaktieren und ihm klarmachen, was genau er suchte.

Dieses Experiment hier war, wenn auch gut gemeint, zu früh. Er stand auf, um es Ayse zu sagen. Während er sich innerlich schon auf eine längere Diskussion einstellte, hielt er inne. Die Menschen um ihn herum standen still. Auf der Straße, auf den Gehwegen. Sie starrten auf ihre Smartphones.

Auch Ayse und Malik waren in irgendwas vertieft. Es wirkte, als hätte jemand die Zeit angehalten. Einer Ahnung folgend zog er die Kopfhörer ab.

Stille.

Kein Ton drang an ihn heran.

Die Melodien waren verstummt.

Während Leo seine Mitmenschen musterte, kehrte langsam die Bewegung in sie zurück. Einige liefen weiter, andere steckten das Handy ein. Und ganz leise setzten die Lieder wieder ein.

Aber sie klangen anders.

Irgendetwas hatte den Klang der Menschen verändert.

Happy Birthday

Lara und Marc kamen zum Hotel zurück. Während der ganzen Fahrt hatten sie kein Wort gesprochen.

Als Philipp nicht mehr aufgetaucht war, hatte eine besorgte Frau irgendwann den Krankenwagen gerufen. Das war für Lara und Marc der Moment des Aufbruchs gewesen. Auch Styx war daraufhin im Wald verschwunden. Lara war versucht gewesen, hinterherzuspringen. Marc hatte sie zurückgehalten. Er hatte sie an die Weltenhüter erinnert und die eindeutige Ansage des Riesen, bei weiteren Durchreisenden keine Geduld mehr zu zeigen. Als Lara trotzdem hatte springen wollen, hatte Marc sie an Körnchen erinnert. Und Lara dann zum Auto gezerrt.

Es gab nichts mehr zu tun. Das Geheimnis war gelüftet, und Lara sah sich außerstande, jetzt noch etwas dagegen zu unternehmen. Was würde geschehen? Was war mit Philipp geschehen? Hatte der Weltenhüter bei den Kriegern ihn längst mit seiner selbst geformten Harpune ins Jenseits befördert?

Nachdenklich betraten sie das Hotel und erstarrten. Susi sprang ihnen wie gewohnt entgegen. Aber sie war nicht allein. Tonka stand mitten in der Eingangshalle. Mit einer Schüssel voller Erdnüsse in der Hand. Ihre Farben flackerten aufgeregt durcheinander. Ihr gegenüber stand Karin. Sie starrte Tonka an.

»Shit!«, platzte es aus Marc heraus.

Karin zuckte zusammen und drehte sich zu ihnen um. In ihren Augen das pure Erstaunen.

Tonka entschuldigte sich sofort. »Sie ist einfach reingekommen. Gerade eben!«

Marc ging auf Tonka zu, packte sie am Arm und zog sie mit sich. Lara sah er auffordernd an.

Na toll. Was sollte sie tun? Karin erzählen, dass Marc eine neue Freundin mit einer Vorliebe für Ganzkörperkostüme hatte? Die ihre Farbe ändern konnten?

Karin sah Marc und Tonka nach, ehe sie sich wieder an Lara wandte. »Die Nachrichten. Über die Welten. Ist es wahr?«

Lara schwieg.

»Kommt dieses Wesen von den anderen Welten?« Karin deutete vage in die Richtung, in der Tonka verschwunden war.

Lara lächelte unsicher. Fieberhaft suchte sie nach einer Lösung.

Karin blieb ganz ruhig. »Es stimmt, nicht wahr? Das ist der Ort, an den du ständig verschwindest. Und Mila. Ist sie jetzt dort?«

Lara sah sie erstaunt an. Ein Blick in ihr Gesicht reichte aus, um zu erkennen, dass sie es völlig ernst meinte. Aber sie zeigte keine Angst.

»Ja. Es gibt die anderen Welten. Ja, Tonka ist von einer dieser Welten, und ja, Mila ist jetzt dort. Obwohl wir sie sehr dringend hier bräuchten.«

Karin kam näher. »Meine Mila ...«

Lara nickte. »Sie ist unsere Weltenhüterin.«

Karins Gesicht ließ keine Schlüsse zu. Es arbeitete sichtlich in ihr. »Ich verstehe das alles nicht.«

»Ich weiß.«

»Ich will sie sehen«, rief Karin unvermittelt. »Du hast Kontakt mit ihr! Hilf mir! Ich muss sie sehen. Wenn es so ist, wie du sagst, dann will ich mich wenigstens verabschieden.« In ihren Augen standen Tränen.

»Ich kann sie nicht mehr sehen«, erwiderte Lara leise. »Es geht mir genau wie dir. Ich habe sie auch verloren.«

Karin taumelte einen Moment. Lara hielt sie am Arm, um sie zu stützen.

»Aber ich weiß, dass sie glücklich ist. «

Ihre Tante starrte sie an. »Werde ich jemals begreifen?«

»Ja«, erwiderte Lara voller Überzeugung. »Ich wollte es verhindern, Karin. Wirklich. Jetzt verstehe ich, dass ich es gar nicht verhindern sollte.«

Karin nickte, noch immer verwirrt. Sie holte aus ihrer Tasche den schwarzen Stein, den Lara ihr vor ein paar Wochen im *Steinlädele* gekauft hatte. »Er war wohl doch für mich«, flüsterte sie, während ihr die Tränen über das Gesicht liefen.« Lara wollte sie in den Arm nehmen. Karin wich überfordert zurück. »Es tut mir leid, was Jo dir vorgeworfen hat. Aber es ist besser, wenn du ein paar Tage wegbleibst.«

»Ich wohne hier. Marc hat mich eingeladen.«

»Das ist gut. Bis er sich beruhigt hat.« Sie seufzte überfordert. »Ich weiß nicht, was ich von alldem halten soll.« Etwas unbeholfen nahm sie eine Tasche auf, die am Boden lag und ihr wohl aus der Hand gefallen war. Sie holte ein verpacktes Geschenk daraus hervor und reichte es Lara. »Alles Gute zum Geburtstag«, flüsterte sie.

Lara nahm das Geschenk unsicher entgegen. »Danke.«

»Ich melde mich«, fügte Karin noch hinzu und wollte gehen, doch Lara hielt sie fest.

»Egal, was du von alldem glauben kannst, Karin. Bitte, erzähl niemandem von Tonka. Sie ist harmlos und wunderbar, und es darf ihr nichts passieren.«

Karin erwiderte Laras Blick und verließ dann das Hotel.

Lara wusste nicht, was mit ihrem Verhalten anzufangen war. Glaubte sie Lara? Oder suchte sie Halt in jeder Erklärung, wo ihre Tochter steckte, und wenn sie noch so abwegig war? Oder würde sie, als Laras Erziehungsberechtigte, einen Psychiater auf sie ansetzen?

Nachdenklich starrte Lara auf ihr Geschenk. Das war mit Sicherheit der seltsamste Geburtstag, den sie je erlebt hatte.

Am Abend saßen sie zusammen vor dem Fernseher. Sie tranken alkoholfreien Sekt und hatten Pizza bestellt. Ein paar Kerzen brannten. Lara hatte Karins Geschenk ausgepackt. Ein Buch über Kräuterkunde.

Es konnte sie nur kurz von den Geschehnissen dieses Tages ablenken. Tonkas Anwesenheit war vor Karin aufgeflogen und niemand konnte wissen, was sie mit dieser Information anstellen würde. Außerdem fragte sich Tonka, was die Entdeckung der anderen Welten für sie bedeutete.

»Vielleicht ist es besser, wenn du zurückgehst«, murmelte Marc, während Tonka das Buch über Kräuterkunde durchblätterte.

Wie Lara mittlerweile wusste, war dies Tonkas Art zu lesen. Sie warf nur einen Blick auf eine Buchseite und hatte dessen Inhalt für immer gespeichert. Wie ein fotografisches Gedächtnis.

Tonka sah vom Lesen auf.

»Er hat recht«, betonte Lara. »Es ist sicherer. Für dich.« Auch wenn Lara sich ein Leben ohne Tonka schon gar nicht mehr vorstellen konnte.

»Wir bringen dich heute Nacht zum Ausgang«, erklärte Marc.

Tonka ließ nicht durchblicken, was sie von dieser Idee hielt. Sie hob ihr Glas. »Auf Laras Geburtstag!« Sie stießen an.

Als Lara vor dem Schlafengehen noch in den Garten ging, wünschte sie sich nichts mehr, als hinter der Tanne wie vor ein paar Wochen das ihr vertraute Flimmern zu entdecken. Aber Timo zeigte sich nicht. Auch von Ayse kam keine Nachricht. Obwohl Lara nicht allein war, sehnte sie sich nach den beiden mehr denn je. Ayse hatte auf ihre SMS nicht einmal geantwortet. Bestimmt wollte sie sie zappeln lassen. Ausgerechnet heute?

Mitten in der Nacht wurde sie durch ein lautes Klopfen an der Tür und Susis Bellen geweckt. Sie war vor dem Fernseher eingeschlafen. Jemand hatte sie zugedeckt. Sie hörte, wie Marc fluchend durch die Eingangshalle zur Tür ging. Hatte er wieder an diesem Musikprogramm gearbeitet? Lara hörte, wie die Tür geöffnet wurde und ein dumpfes Gespräch erklang. War das Karin? Mit der Polizei? Wollten sie Tonka holen?

Sie stand auf und eilte in die Eingangshalle, um Zeuge zu werden, wie Marc gerade Cem die Tür vor der Nase zuschlagen wollte.

»Komm morgen wieder.«

»Cem!«, rief Lara nervös.

Marc verdrehte die Augen, während Lara zu ihm lief.

»Wolltest du zu mir?«

»Ja. Bevor dein Wachhund auf mich los ist.« Cem stand etwas unbeholfen da und reichte Lara ein Geschenk, dessen Papier bereits völlig zerdrückt und an manchen Stellen eingerissen war. »Alles Gute zum Geburtstag und so. Ich habe dich heute in der Schule verpasst.«

Lara nahm das Geschenk entgegen.

»Ayse hat es mir dagelassen, bevor sie zurück nach Berlin ist. Ich sollte es dir heute bringen. Hat sie mir heute extra noch mal geschrieben. Ich war schon bei Jo und Karin. Aber die haben mir gesagt, dass du jetzt hier wohnst?«

»Ja ... das ist ... kompliziert.«

Cem stand etwas unschlüssig rum.

»Willst du noch bleiben?«, fragte Lara.

»Kannst du Ayse endlich anrufen? Und sie über diesen Leo aushorchen?«, platzte es aus Cem heraus.

Lara schüttelte den Kopf. »Warum fragst du sie nicht selbst?«

»Habe ich doch. Sie behauptet, da läuft nichts.«

»Dann läuft da auch nichts. Ayse würde niemals lügen. Diese Fähigkeit ist in ihrer DNA nicht angelegt.«

Cem schnaubte. »Ruf sie einfach an, okay? Sie ist nicht dieselbe ohne dich.«

Lara schluckte und nickte dann.

Er wandte sich zum Gehen, als er noch einmal innehielt. »Dieser Spinner am Silbergründle ... Weißt du da was drüber?«

Lara war auf der Hut. »Warum?«

»Jo hat so was gesagt.«

»Jo? Er hat von mir gesprochen?«

»Er meinte, wenn du recht hast, kann er Mila finden.«

Sie erstarrte. »Mila finden? Wie will er das denn machen?«

»Er will in den See springen.«

Lara ließ das Geschenk fallen, rannte zu Marc, und kurz darauf rasten sie durch die Nacht.

Sie erreichten den Eingang zur Höhle diesmal schneller. Es war immer noch eine Menge los, aber längst nicht so überlaufen wie am Nachmittag. Während sie die Menge nach Jo absuchten, schnappte Lara im Vorbeigehen auf, dass bereits einige Leute hinter Philipp hergesprungen waren. Auch sie waren nicht wieder aufgetaucht.

»Da! Sein Wagen!«, rief Lara, als sie Jos Auto geparkt am Straßenrand sah. Sie stieg schon aus dem Wagen, als Marc noch einen Parkplatz suchte, und rannte den schmalen Weg in den Wald hinauf. Vor der Höhle standen einige Leute, die Lara irritiert musterten. Erst jetzt wurde ihr bewusst, dass sie noch ihre Schlafsachen trug.

Marc kam hinter ihr hergerannt. »Da vorne! Ich sehe ihn!« Er lief an ihr vorbei, drängte sich durch die protestierende Menge und zog Jo mit Gewalt zur Seite. Der wehrte sich.

Lara lief zu ihnen. »Jo! Du darfst nicht springen!«

Er starrte Lara an. Mit einem Blick, als wäre er ein anderer Mensch. Seine Willensblase gab immer noch ein verzerrtes Bild preis. Es war nichts mehr zu erkennen.

»Ist meine Mila dort hin?« Er ging auf Lara zu und packte sie am Kragen. »Ist meine Mila in diesen See gesprungen?«

»Nein!«, flüsterte Lara. »Sie braucht das nicht. Für sie gibt es einen anderen Weg. Jo, du wirst sie nicht finden! Es wird dich umbringen. Außerdem ist Mila vielleicht schon längst wieder hier.«

»Wieso hier? Wo?«

Lara sah an Jo vorbei zu den Leuten, die an der Höhle anstanden und sie interessiert belauschten.

»Wenn du mitkommst, erkläre ich dir alles«, sagte Lara ruhig.

Jo zögerte, als plötzlich Polizeisirenen zu hören waren. Alle Anwesenden sahen Richtung Straße. Durch die Bäume hindurch konnte man das Blaulicht sehen.

»Bitte, Jo. Komm mit.«

Er machte sich grob frei und sah Lara wieder mit diesem Blick an. »Du hast es gewusst. Du hast gewusst, dass sie geht. Und nichts gesagt.«

Lara traf sein Blick wie ein Messerstich.

Als die ersten Polizisten Richtung Höhle kamen, lief Jo an ihnen vorbei und war im nächsten Moment verschwunden.

Marc musterte Lara vorsichtig. »Er ist nicht gesprungen. Das ist die Hauptsache. Lass uns abhauen.«

Die beiden gingen an den Polizisten vorbei, die Richtung Höhle kamen und die Leute baten, ihnen Platz zu machen. Heute Nacht würden sie Tonka nicht nach Hause schicken.

Angst

An diesem Vormittag sah Lara ihren Mitschülern in die Augen. Alle redeten von den jüngsten Ereignissen und diskutierten über Philipps Verschwinden. Sogar im Unterricht war es Thema. Die Verzerrung, die Lara bereits in Jos Willensblase wahrgenommen hatte, war auch bei den Schülern zu erkennen, wenn auch nicht bei allen. Lara erkannte es besonders bei den Schülern und Schülerinnen, die sich gegenseitig in ihrer Sorge und Angst bestärkten. Allen voran Tamara und Jonas, die sich bereits bizarre Szenarien ausdachten, was mit den verschwundenen Menschen geschehen war. Ihre Blasen hatten sich am meisten verändert. Waren nur noch ein grauer Bildschirm in einer völlig verzerrten Form. Es war, als habe die Entdeckung des Durchgangs zu einer Veränderung des Willens geführt. Sie musste unbedingt Styx finden und sie danach befragen.

In der Pause waren Laras Gedanken jedoch abgelenkt. Sie war vertieft in Ayses Geschenk. Das Freundschaftsbuch, das Ayse und sie in der dritten Klasse begonnen hatten. Jede von ihnen hatte es an je einem Tag mit nach Hause genommen und etwas hineingeschrieben, um es dann am nächsten Tag der anderen zu geben. So hatten sich über die Jahre einige Bücher angesammelt. Dieses hier, mit den Blümchen und den Pferden drauf, war ihr erstes. In ordentlicher Schreibschrift waren Grüße und spannende Erlebnisse aus ihrem Leben zusammengetragen, obwohl die beiden sich sowieso jeden Tag gesehen hatten. So viele Rechtschreibfehler. So viel Liebe. Und ein entscheidender Wortwechsel:

Ayse: Du bist meine beste Freundin. Wir bleiben für immer zusammen.

Lara: Egal wie doof du mich mal findest?

Ayse: Ganz egal, welchen Mist du baust. Ich werde dir immer verzeihen.

Lara fotografierte die Stelle ab und sendete sie an Ayse. Darunter die Nachricht: *Danke für dein Geschenk. Ich liebe dich. Verzeihst du mir?*

Keine fünf Sekunden später kam die Antwort.

Liebe dich auch. Kannst du jetzt über dein Geheimnis reden?

Lara hatte erlebt, welche Konsequenzen es haben konnte, wenn sie die Menschen mit der Wahrheit überfiel. Sie wollte warten, bis Ayse sich von selbst erinnerte. Sie musste endlich Cem küssen! Aber dieser Leo, wer auch immer es war, schien zu einem ernsten Hindernis zu werden. Lara nahm entschlossen ihr Handy und schrieb eine Nachricht.

Küss Cem. Nicht Leo!

Sie klickte auf Senden und atmete glücklich durch. Sie würde ihre beste Freundin zurückholen. Mit oder ohne Erinnerung.

In diesem Moment fiel ihr auf, dass Tamara und Jonas in einigem Abstand auf dem Hof standen und sie beobachteten. Lara bekam eine Gänsehaut, stand auf und ging eilig wieder in das Gebäude hinein.

Als Lara nach der Schule zurück ins Hotel kam, war Tonka in heller Aufregung, was ein buntes Farbspektakel ihrer Haut verriet.

»Die Polizei war da«, erklärte Marc.

»Und sie haben Tonka gesehen?«

»Nein. Sie haben mich ausgequetscht. Was ich über die Höhle weiß. Wo wir waren, als wir verschwunden waren.«

»Was hast du ihnen gesagt?«

»Ich habe geleugnet, irgendwas zu wissen. Sie meinten, dass sie noch mal wiederkommen. Um dich zu befragen. Schließlich hast du laut genug rumposaunt, was es mit dem See auf sich hat.«

Lara nickte nervös und sah zur aufgeregten Tonka. »Und warum versetzt dich das in Panik?«

»Die Menschen, die gesprungen sind, kommen nicht zurück. Es waren insgesamt fünfzehn. Erwachsene, Jugendliche …«, erklärte Marc. »Die Polizei, die gestern Nacht kam, ist geblieben. Sogar das Militär ist vor Ort. Sie haben das Gebiet weiträumig abgesperrt.«

»Ich wollte nicht gehen. Und jetzt kann ich nicht gehen«, erklärte Tonka.

Als sie draußen Autos hörten, schob Marc Tonka schnell in sein Büro. Gerade rechtzeitig, denn schon drängten sich zwei Männer ins Hotel und sahen Lara und Marc feindselig an.

Es waren keine Polizisten. Sie waren um die fünfzig, hatten grau meliertes Haar, der eine trug einen dichten Bart.

»Wo sind sie hin?«

»Mein Sohn ist gesprungen. Jetzt ist er verschwunden.«

Lara wich vor den beiden zurück.

»Ihr wisst darüber Bescheid!«

»Was geht hier vor?«

»Wo ist mein Junge?«

Lara starrte ihnen in die Augen. Auch bei ihnen waren die Willensblasen verzerrt.

»Was sind die anderen Welten?«

»Was wollen sie von uns?«

»Haut ab!«, rief Lara überfordert.

Einer der beiden packte sie und schleuderte sie zu Boden. Lara hatte keine Kontrolle über ihren Fall, sie schlug hart am Boden auf. Als sie aufsah, standen beide Männer über ihr.

»Du sagst mir jetzt, wo mein Sohn ist. Oder ich mache dich kalt!«

In diesem Moment klarte sich das Bild in der Willensblase des Mannes auf. Lara sah deutlich eine Szene, in der sie selbst eine Rolle spielte. Der Mann holte mit seiner Faust aus und schlug ihr ins Gesicht. Er schlug noch mal zu. Bis sie ohnmächtig war. Lara keuchte vor Angst.

»Die Welten wollen nichts von uns. Wir sind für sie völlig uninteressant«, rief sie.

»Was machen sie mit unseren Leuten?«

»Ich habe keine Ahnung«, gestand Lara.

»Sind sie tot? Haben sie alle umgebracht?«

Als Lara überfordert keine Antwort einfiel, holte der Mann mit der Faust aus. Sein Wille würde Wirklichkeit werden. Schützend hielt sie die Hände vors Gesicht und rollte sich zusammen, um ihr Kind zu schützen.

Da fiel ein Schuss.

Lara zuckte zusammen. Wer hatte geschossen? War sie getroffen? Sie spürte keinen Schmerz. Sah nur etwas Putz, der neben ihr von der Decke kommend auf den Boden rieselte.

»Raus aus meinem Haus! Sofort!«

Lara sah zu, wie die beiden Männer aus dem Hotel liefen. Sie setzte sich auf und schaute ungläubig hinter sich.

Da stand Marc.

Er hatte ein Gewehr in der Hand.

Er blickte den beiden nach und eilte dann zu Lara. »Bist du verletzt?«

Sie starrte ihn ungläubig an. »Du hast ... ein Gewehr?«

»Hat Opa gehört. Bist du okay?«

»Ich glaube schon.« Obwohl sie am ganzen Körper zitterte. Sie hatte das Gefühl, auf all ihren Reisen nicht so eine Angst gehabt zu haben wie gerade vor diesen beiden Männern.

Marc schien das zu spüren. »Niemand kommt hier rein und bedroht uns.« Er stand auf, ging zum Tresen, kramte in einer Box und hielt Lara einen Schlüssel hin. »Da ist eine Hütte. Ungefähr zwei Kilometer den Weg hinter dem Haus entlang. Bring Tonka dort hin. Wenn sie sie sehen, bringen sie sie um.« Er legte das Gewehr unter den Tresen. »Ich besorge neue Schlösser und eine Alarmanlage.«

»Glaubst du, sie kommen wieder?«

Marc sah Lara an. »Die Menschen haben einen Zugang zu den Welten entdeckt. Was hier gerade gelaufen ist, ist erst der Anfang. Und jetzt bring Tonka weg.«

Mit zitternden Händen nahm Lara den Schlüssel entgegen. Sie hatte den Willen der Menschen als etwas Gutes angesehen. Etwas, das erschaffen konnte. Das heilig war.

Bis dieser Wille sich entschieden hatte, auf sie einzuschlagen.

Lara und Tonka liefen eilig in Susis Begleitung zur Hütte. Es dauerte etwas, bis sie sie fanden. Sie lag versteckt hinter einigen Tannen. Außerdem war Tonka nervös und verschwand bei jedem Geräusch hinter irgendeinem Baum. Was nicht zu ihrer Tarnung beitrug, da ihre Haut aufgeregt in allen möglichen Farben flackerte. Jeder hätte sie gesehen. Lara holte sie hinter einem Baum hervor und zog sie an der Hand weiter.

»Das ist also Angst«, stellte Tonka fest.

»Ja. Das ist Angst«, erwiderte Lara. »Willst du das immer noch erfahren?«

Tonka schwieg, bis sie die Hütte erreichten.

»Es ist Liebe. Nur anders herum«, sagte sie dann.

Lara dachte an die blauen und roten Kristalle in der Höhle. Warum konnten sie keine Welt voller roter Steine sein?

Sie schloss die Tür auf und betrat ein dunkles Zimmer. Es roch nach feuchtem Holz. Die Fensterläden waren geschlossen. »Wir sollten alles zu lassen. Damit keiner merkt, dass du hier bist.«

Tonka sah sich unglücklich um.

»Ich bringe dir Bücher und Essen. Okay?«

»Wie lange muss ich hierbleiben?«

»Ich weiß es nicht«, gestand Lara ehrlich. »Wir behalten den Zugang im Auge. Vielleicht gibt es eine Möglichkeit, dich nachts einzuschmuggeln. Außerdem will ich versuchen, Kontakt zu Mila aufzunehmen. Sie kann uns bestimmt helfen. Wir bringen dich hier weg.«

Tonkas Farben schimmerten in Grau- und Schwarztönen.

Lara wollte die Hütte verlassen. »Komm, Susi.«

Aber die Hündin legte sich neben Tonka auf den Boden. Lara lächelte. Susi wusste immer, wo sie am meisten gebraucht wurde.

Anschließend versuchte Lara, Kontakt zu Mila aufzunehmen. Sie saß im Schneidersitz im Wald und stellte sich ihre Cousine vor, so wie sie es getan hatte, ehe sie als pure Energie in diese Höhle gelangt war. Sie wagte nicht, ihren Körper wirklich zu verlassen. Aus Angst, dass der silberne Faden wieder reißen würde.

Was vermutlich auch der Grund war, warum sie Mila nicht erreichen konnte. Aber sie musste doch wissen, was hier los war. Wieso kam sie nicht? Wieso half sie ihnen nicht? Und warum hatte Styx geschwiegen und nicht irgendwelche Tricks angewandt oder irgendwelche Menschen gebissen oder verschluckt, um sie wieder auf den richtigen Weg zu bringen?

Lara hielt die Warterei im Hotel nicht aus. Sie nahm den Bus, der eine halbe Stunde zu spät kam. Die Leute waren durch die Ereignisse sichtlich durch den Wind. Es war das Gesprächsthema Nummer eins.

Lara stieg an der Haltestelle am Hotel *Holzwurm* aus. Sie hatte einen Schrieb dabei, mit dem Jo und Karin ihren Einzug bei Marc bewilligen sollten. Was natürlich nur ein Vorwand war, um die beiden zu treffen. Sie sah Eva, die einen Tisch abräumte.

Als diese Lara entdeckte, ging sie eilig zu ihr. »Hey, alle reden über dich.«

»Habe ich befürchtet.«

»Ist es wahr? Du warst in anderen Welten?«

»Glaubst du denn, dass es die Welten gibt?«

»Das habe ich schon immer geglaubt«, antwortete Eva lächelnd. Ihre Willensblase klebte deutlich über ihr. Das Bild in ihr war unverändert und nicht verzerrt. »Willst du mir von ihnen erzählen?«

Lara musterte Eva erstaunt, für die das Gespräch über die anderen Welten etwas völlig Normales zu sein schien. Trotzdem schüttelte sie den Kopf. »Bisher war es nicht von Vorteil, davon zu reden.«

»Wann immer du so weit bist.« Eva lächelte noch einmal. »Übrigens, ich habe es gemacht«, erklärte sie. »Den Stammtisch. Wir überlegen, einen Verein zu gründen. Selbstständige Frauen aus der Region, die sich gegenseitig unterstützen. Ich hätte es vermutlich sowieso gemacht. Aber dank dir ging es schneller. «

»Das freut mich.«

»Sie wollen dich kennenlernen. Überlege es dir. Du bist immer willkommen.«

Lara lächelte überfordert, ehe sie ging. Als sie die Waldapotheke erreichte, war die Tür verschlossen. Auch im hinteren Raum konnte Lara niemanden sehen. Sie ging zum Haus und blieb erstaunt stehen. Styx lag vor der Tür.

»Styx! Hier bist du. Wir müssen reden. Ist Mila ...« Lara brach mitten im Satz ab.

Die Katze lag am Boden, hob kaum den Kopf. Das Fell wirkte noch zottiger als sonst. Die Augen waren trüb, und sie wirkte kraftlos. Als könnte sie nicht einmal aufstehen.

»Was ist mit dir?« Vorsichtig ging Lara näher. »Kannst du sprechen?«

Keine Antwort.

Unruhe machte sich in Lara breit.

»Nimm ...«

Lara horchte auf, als die Stimme der Katze sich in ihrem Inneren bemerkbar machte. »Was?«

»Mitnehmen«, wisperte Styx.

»Was soll ich mitnehmen? Dich?«

Styx' Schwanz zuckte. Diese Bitte bereitete Lara mehr Sorge als der Zustand der Katze. Ein Wesen, das sich problemlos durch die Gegend beamen konnte, wollte getragen werden? Im Wissen, dass Styx nicht berührt werden wollte, zog Lara ihre Jacke aus und bettete die dicke Katze darin. In ihren Armen schloss Styx sofort die Augen.

Besorgt rief Lara Marc an und bat ihn, sie abzuholen.

Lara legte Styx auf eines der Kissen im alten Speisezimmer, während Marc damit begann, den Türen und Fenstern neue Schlösser zu verpassen und eine Alarmanlage zu installieren, was an dem heruntergekommenen Hotel ein bizarrer Anblick war.

Als er fertig war, setzte er sich neben Lara, die nachdenklich die Katze beobachtet hatte. »Hat sie abgenommen?«, fragte er.

Lara stutzte. Marc hatte recht. Der sonst so aufgedunsene Bauch schien schlanker.

»Sollten wir ihr Katzenfutter holen oder so?«, fragte Marc.

»Ich glaube nicht, dass sie so was frisst.« Lara sah ihn vorsichtig an. »In ihrem Inneren ist das Universum.«

Ausdruckslos erwiderte er ihren Blick.

»Ich war ohne meinen Körper unterwegs. Ist eine lange Geschichte. Jedenfalls ist die Verbindung gerissen, und Styx musste mich fressen, um mich zu meinem Körper zu transportieren. Ich war in ihr drin. Da ist das ganze Universum.«

Marc vergrub sein Gesicht in den Händen.

»Es würde dir gefallen«, stellte Lara fest.

Er brauchte noch einen Moment, ehe er die Katze musterte. »Weißt du, was das Schlimmste ist?«, fragte er erschöpft. »Ich glaube dir.«

»Mit was sollen wir sie also füttern? Sternenstaub?« In ihrer Stimme klang ein Hauch Verzweiflung mit.

Sie versuchten, Styx etwas zu essen vorzusetzen. Wie erwartet war sie weder für Fleisch noch für Gemüse zu begeistern. Nichts und niemand konnte der Katze eine Reaktion entlocken.

»Als wäre sie auf Stand-by«, überlegte Marc.

»Was ist, wenn sie stirbt?«

»Kann sie denn sterben?«

Schweigen. Auch wenn Lara nicht begreifen konnte, welche Rolle genau Styx spielte ... die Vorstellung, sie könnte diese Erde verlassen, war unerträglich.

Sie hatten Tonka mit Lebensmitteln und Büchern versorgt. Susi schien entschlossen, bei ihrem heiß geliebten Alien zu bleiben.

An diesem Tag wagte sich niemand mehr zum Hotel. Kein Auto fuhr die Schwarzwaldhochstraße entlang. Es war so ruhig, dass Lara umso mehr ihre innere Unruhe wahrnahm. Sie wich nicht von Styx' Seite. Blieb bei ihr sitzen und sah mit Marc fern. In den Nachrichten wurden die Geschehnisse um das Silbergründle herum dokumentiert.

Noch immer bezweifelte die breite Öffentlichkeit, dass der See wirklich ein Zugang zu anderen Welten war. Allerdings wurden mittlerweile Untersuchungen in der Höhle und am Mummelsee vorgenommen. Fünfzehn Menschen waren mit Philipp verschwunden. Die Welt brauchte eine Erklärung. Wollte verstehen.

Irgendwann machte Marc den Fernseher aus. Sie blieben im Raum sitzen. Schweigend. In diesem Moment wurde Lara klar, dass sie den ganzen Tag nicht an Timo gedacht hatte.

Zu

Ayse ging aufgeregt durch die Straßen. Alle redeten davon. Der Zugang im Schwarzwald. Die anderen Welten. Cem, der ihr von seinem Besuch bei Lara erzählt hatte. Sie hatte nicht geleugnet, etwas über diesen Journalisten zu wissen, der von den Welten erzählt hatte. Sie war sogar in Panik aufgebrochen, als Cem ihr von Jo erzählt hatte.

War das ihr Geheimnis? Die anderen Welten? Wusste Lara davon? War das der Ort, an den sie noch mal gereist war? War das der Ort, an dem sie selbst gewesen war?

Und dann diese SMS.

Küss Cem. Nicht Leo.

Woher wusste sie von Leo? Und wie kam sie auf die Idee, dass sie ihn küssen würde?

Ayse hatte Lara anrufen wollen. Aber dann hatte Leos Nachricht sie abgelenkt. Sie kam an seinem Haus an und wollte klingeln, als sie ihn sah. Mit einem Kaffee in der Hand trat er aus dem Kiosk. Ohne Kopfhörer.

Ayse ging auf ihn zu. »Hey!«

»Das ging schnell«, stellte er fest.

»Ist es wahr?«

Er sah sich noch einmal um. Zwei Leute gingen an ihm vorbei. Sie redeten über die Höhle und über die anderen Welten. Darüber, dass Menschen verschwunden waren. Vermutlich tot.

»Ich brauche die Kopfhörer nicht mehr«, bestätigte Leo.

»Du hörst gar nichts mehr?«

»Doch. Vereinzelt. Manche Menschen haben noch ihre Melodie. Manche haben nur noch ein paar schräge Töne. Die meisten sind verstummt.«

»Wie ist das möglich?«

Leo lachte.

»Ist das lustig?«

»Na ja. Du hast mich nie gefragt, wie es möglich ist, dass ich die Melodien höre. Und jetzt fragst du dich, wie es möglich ist, dass sie verstummen.«

»Seit wann hörst du sie nicht mehr?«

»Seit die Nachrichten über diese Welten kamen.«

»Ich verstehe das alles nicht!«, rief Ayse frustriert.

»Wie könntest du?«, entgegnete Leo verwundert.

»Keiner versteht es. Ist es überhaupt wahr?«

»Irgendwas ist dran. Lara hat sich gemeldet.«

»Was hat sie gesagt.«

»Dass ich dich nicht küssen soll.«

Die beiden starrten sich an.

»Hattest du das denn vor?«

»Nein.«

»Na dann.«

Schweigen.

»Hättest du es gewollt?«

»Nein.«

»Gut.«

Die beiden betrachteten einen Moment die vorbeigehenden Menschen.

»Ich habe vielleicht das richtige Instrument gefunden.«

Ayses Blick wanderte zu Leo zurück. »Die Software?«

»Nein. Die ist noch nicht fertig. Aber vielleicht hattest du recht. Mit der Idee, dass eine Melodie dieser Art nicht von einem Computer gespielt werden sollte.«

»Welches Instrument ist es?«

»Ist noch zu früh, um was darüber zu sagen. Ich habe meinen alten Musiklehrer kontaktiert, und der hat eine Idee. Wenn ich mehr weiß, gebe ich dir Bescheid.« Er atmete entspannt durch. Schien die Konzertpause zu genießen. »Dieser Mummelsee, von dem alle reden. Warst du da nicht?«

»Ja, da war ich«, entgegnete Ayse nachdenklich.

»Sie behaupten, dass die Aliens dort rauskommen.«

Sie sah ihn mit großen Augen an. »Das ist doch Schwachsinn.«

»Habe ich auch gedacht. Aber sechzehn verschollene Menschen haben eine Panik ausgelöst.«

»Was heißt das?«

»Sie schütten ihn zu.«

Lara und Marc starrten auf das Spektakel. Sie waren den asphaltierten Weg zur Hornisgrinde ein Stück hochgelaufen. Die schmale Straße führte direkt zum höchst gelegenen Punkt dieser Gegend und gab auf halbem Weg einen guten Blick auf den See frei.

Die sonst so friedliche Atmosphäre war empfindlich gestört.

Bagger und Kräne waren an die zugänglichen Stellen des Mummelsees gefahren worden. Nach und nach schütteten sie Steine und Sand in den See. Das verdrängte Wasser floss in Strömen ins Tal hinunter.

Die ganze Umgebung war abgesperrt. Lara und Marc waren durch den Wald hergelaufen.

»Sie sind völlig verrückt«, stellte Marc fest. »Ich dachte, sie glauben nicht einmal daran.«

»Man hat etwas gefunden.«

Lara und Marc drehten sich um. Ein Mann trat neben sie. Er trug Wanderstiefel, hatte einen Rucksack auf dem Rücken und eine dicke Nase über einem dichten, schwarzen Bart. Die zuckte nun, als würde er gleich seinem Begleiter, dem schwarzen Riesenschnauzer, die angespannte Stimmung wittern.

»Auf dem Grund des Sees. Einen Stein, den es nicht in unserer Welt gibt.«

Marc und Lara sahen den Mann erstaunt an.

»Verrückt, oder?«

»Total«, erwiderte Lara schnell.

»Ich bin hier so oft vorbeigekommen. Habe mich immer gefragt, warum ausgerechnet dieser kleine See so eine Aufmerksamkeit bekommt. Er ist ganz nett. Aber mal ehrlich, so eine schwarze Brühe, in der nur Molche überleben ... Jetzt weiß ich, warum wir so gerne hierherkommen.«

Lara und Marc sahen sich kurz an und blickten wieder zum See.

»Wir haben es gespürt. Die Verbindung. Zu den anderen Welten«, sinnierte der Mann weiter. »Was glaubt ihr, passiert, wenn man diese Verbindung kappt?«

Lara sah dem Mann nun in die Augen. Seine Willensblase leuchtete hell über ihm. Kein verzerrtes Bild. Tiere rannten durch einen Wald.

»Sind Sie Jäger?«, fragte Lara.

»Nein. Ich plane eine Tierstation. Hier oben am Breitenbrunnen.«

Lara nickte nachdenklich, als ein lauter Knall sie zusammenzucken ließ. Sie sah zum See. Von einem Lastwagen war ein riesiger Steinbrocken gerollt worden. Das Wasser spritzte hoch. Lara sah in die Gesichter der Arbeiter. In keiner Miene konnte sie Zweifel über deren Tun erkennen. Sie waren davon überzeugt, das Richtige zu tun. Dabei fühlte Lara beim Anblick des zugeschütteten Sees nichts als Traurigkeit.

»Falls Mila noch nicht zurück ist von der Weltenreise, könnte sie so eine Gesteinsschicht aufhalten?«, fragte Marc leise.

»Ich glaube nicht«, entgegnete Lara schnell. »Sie kann bestimmt durch sämtliche Gesteinsschichten dieser Welt fliegen.«

»Die Verschollenen aber nicht. Die kommen nicht zurück.«

Liebe statt Pudding

»Dein Baby ist nun so groß wie eine Avocado.«

Avocado. Das wäre jetzt auch lecker. War nicht noch eine in der Küche? Zusammen mit Tomaten, Reis und Schafskäse wäre das ein toller Salat.

»Sie sollten jetzt noch eine Reise machen.«

Lara sah irritiert von ihrer Tätigkeit auf. Sie zupfte Kräuter auseinander, um sie zu trocknen. Tonka saß auf einem der Kissen und las aus der Baby-App vor.

»Eine Reise?«

»Ja, weil du später nicht mehr rumfliegen sollst.«

»Aha.«

Pinienkerne dazu wären auch lecker. Ihr Magen knurrte.

»Sanft tupfen statt fest rubbeln.«

»Was?«

»Beim Duschen. Du sollst tupfen und nicht rubbeln.«

Lara gab ein ratloses »Aha« von sich. Erstaunlich, worauf man in der 15. Woche alles achten sollte.

Tonka konnte fließend Texte vortragen. Sehr zum Leidwesen von Lara und Marc, da Tonka in ihrer Begeisterung nicht zu bremsen war. Lesen war ja noch besser als Fernsehen, hatte sie festgestellt. Sie hatte ihr Wissen diesmal nicht durch Singen erhalten, denn auf ihren Gesang reagierte diese Welt leider immer noch nicht, aber sie hatte es sich selbst beigebracht. Sie brauchte dafür kein ganzes Schuljahr, weil die Nutzung von 65 Prozent des Gehirns wesentlich effektiver war als eine Nutzung von 10, und sie wurde nicht müde zu betonen, dass die Welt mit diesen 65 Prozent jetzt nicht in dieser misslichen Lage stecken würde.

Noch immer gab es keine Spur von den verschwundenen Menschen. Kaum jemand rechnete noch damit, dass sie lebend zurückkommen würden. Wie auch? Der Mummelsee war dicht und mittlerweile ausgetrocknet. Das Wasser, das von der Hornisgrinde ins Tal floss, wurde um den See herum geleitet.

Lara war noch drei Mal verhört worden. Sie hatte sich an Marcs Hinweis gehalten und behauptet, sich auch weiterhin an nichts erinnern zu können und nichts von den Welten zu wissen. Die Tatsache, dass mehrere Zeugen das Gegenteil behaupteten, tat Lara vor der Polizei als Unsinn ab. Sie habe zwar behauptet, dass es gefährlich sei, in den See zu hopsen, aber nur, weil das Wasser so kalt sei. Und bestimmt nicht, weil es sich um einen Zugang in andere Welten handelte.

Am liebsten hätte sie etwas ganz anderes in die Welt hinausgeschrien. Dass die Welten eigentlich gar nicht gefährlich waren, sondern wunderschön. Und dass nur die durchaus berechtigte Angst vor den Menschen dazu geführt hatte, dass die sechzehn Personen vermutlich nicht über die Welt der Krieger hinausgekommen waren.

Auch davon hielt Marc sie ab. Gerade in dieser Phase konnte man nicht abschätzen, wie die Menschen auf Laras Rede reagieren würden. Die Mehrheit hatte eine unfassbare Angst vor den Welten entwickelt. Anfangs waren sie noch zum Hotel gekommen oder hatten Lara auf dem Weg zur Schule abgefangen. Irgendwann war sie nur noch in Marcs Begleitung aus dem Haus gegangen. Sie wurde von der allumfassenden Angst angesteckt. Aber nicht vor den Welten. Sondern vor den Menschen. Und was sie ihr in ihrer Angst und Sorge antun könnten.

Die letzte Nachricht vom Silbergründle hatte Lara zu denken gegeben. Die Wissenschaftler hatten den Strudel entdeckt und untersucht. Sie hatten Gegenstände hineingeworfen, die genau wie die verschollenen Menschen verschwunden waren. Als jedoch ein Taucher den Weg antreten wollte, hatte der Sog mit einem Mal aufgehört. Das Licht war ausgegangen.

Während die Wissenschaft noch rätselte, was das zu bedeuten hatte, war es Lara längst klar. Der Riese hatte den Zugang zu seiner Welt ebenfalls dichtgemacht.

Die Welle von Angst und Misstrauen nahm immer weitere Ausmaße an. Andere Nationen schickten Delegierte, um sich ein Bild zu machen. Zahlreiche Behauptungen von Wanderern, seltsame Gegenstände außerirdischen Ursprungs in der Nähe des Mummelsees entdeckt zu haben, taten ihr Übriges.

Andere wiederum warteten gar nicht mehr auf Nachrichten. Sie steigerten sich in ihre Ängste hinein, und wie bei einer stillen Post waren am Ende bereits Aliens auf der Erde, die in Menschengestalt daherkamen und sie ausspionierten, um sie alle zu vernichten. Die Gespräche in der Schule und das Social Network waren voll mit Verschwörungstheorien. Unterschiedliche Meinungen prallten aufeinander. Immer weniger hörte man die Stimmen, die zur Geduld mahnten und betonten, dass abgesehen von dem Verschwinden noch gar nichts passiert sei. Immer lauter wurden die Stimmen, die das Ende der Welt ankündigten. Dass im Vorfeld der Tod für einige Wochen ausgesetzt hatte, unterstützte ihre Weltuntergangsszenarien.

Tamara und Jonas waren längst nicht mehr die einzigen Schüler, die die Ängste mit ihren Vorstellungen verstärkten. Immer mehr verzerrte Willensblasen hatte Lara in der Schule entdeckt. Manche kamen nicht mal mehr, da die Eltern zu besorgt um ihre Kinder waren und sie zu Hause festhielten. Und die, die kamen, musterten Lara mit zunehmendem Misstrauen.

Natürlich war durchgesickert, was sie am Eingang zur Höhle gesagt hatte und ihre Aussage hatte sich von Schüler zu Schüler immer mehr verändert. Bis hin zu der Theorie, dass Lara selbst von einer anderen Welt kam.

Cem stand Lara zur Seite und verteidigte sie gegen diese absurden Anschuldigungen, die besonders von Seiten der Zwillinge kamen. Da Lara tatsächlich mehr wusste, als sie preisgeben konnte, hüllte sie sich in Schweigen, was sie in den Augen vieler Mitschüler noch verdächtiger machte. So gewöhnte sich Lara an, den Unterricht hinter sich zu bringen und dann schnell den Weg nach Hause zu suchen.

Wie gern hätte sie ihren Mitschülern die Angst genommen. Denn in Wirklichkeit passierte gar nichts. Niemand kam auf die Erde. Aber Realität spielte keine Rolle. Die Angst dominierte alles. Auch wenn sie nicht auf Erfahrungen, sondern auf reinen Spekulationen beruhte.

Und diese Ängste veränderten den Willen der Menschen. Waren die Bilder in den Willensblasen zuvor verzerrt gewesen, so verblassten sie zunehmend. Die Blicke der Menschen waren voller Sorge. Es war, als würde die Angst den Willen überschatten. Langsam aber sicher auslöschen.

Mila und Styx hatten recht behalten. Die Menschen waren noch nicht bereit, von der Existenz anderer Welten zu wissen oder sie gar zu erkunden.

Styx ... Bei dem Gedanken an sie legte Lara die Kräuter zur Seite. Die Katze lag neben Tonka auf einem Kissen. Sie war nicht mehr die Katze, die sie noch vor ein paar Wochen gewesen war. Sie nahm nichts zu sich. Weder Flüssigkeiten noch feste Nahrung. Laras Annahme, dass Styx sich ohnehin von etwas anderem ernährte, hatte sich insofern bestätigt, dass die Katze auch jetzt weder verhungert noch verdurstet war. Allerdings hatte sie weiter abgenommen. Von der einstigen Körperfülle war bestimmt die Hälfte zurückgegangen. In einem anderen Fall hätte man sich gefreut. Wenn eine Katze wie Styx so sehr abnahm, machte Lara das Sorgen. Wenn sie kein Fett durch weniger Essen verlor ... Was verlor sie dann?

Jeden Tag saßen sie bei ihr zusammen. Sie hielten sie warm und erfreuten sie mit ihrer Gegenwart, dem Einzigen, was Styx eine Reaktion entlocken konnte. Ab und zu zuckten ihre Augen, wenn sie sie ansprachen. Oder es war sogar ein leises Schnurren zu hören. Besonders an Lara schien die Katze zu hängen. Wenn sie in ihrem Zimmer war, hatte sie sich sogar schon manches Mal zu ihr geschleppt. Und Tonka betonte, dass Styx immer besonders schwach war, wenn Lara in der Schule war und fast ein bisschen auflebte, wenn sie zurückkam.

Nicht nur die Katze machte Lara Sorgen. Ihr Plan, Tonka heimlich zum Silbergründle zu bringen, war weiterhin unmöglich. Nun, da der Riese den Eingang versperrt hatte, war Tonka hier gestrandet.

Sie musste bleiben. Und genau wie bei Styx bemerkte Lara bei Tonka eine beginnende Veränderung. Schleichend und kaum zu beobachten, wenn man sie jeden Tag sah. Ihre Gestalt war dieselbe geblieben. Aber das Farbspiel ihrer Haut hatte nachgelassen. Nur ganz schwach konnte Lara Tonkas Gefühle noch an deren Haut ablesen. Und auch nur noch dann, wenn Tonka ganz besonders aufgeregt war, was oft genug vorkam. War sie jedoch ausgeglichen, konnte man ihre Farben nur noch beim genauen Hinsehen erkennen. Es war, als würde sie aufhören, in ihrer eigenen Sprache zu kommunizieren. Sie trug nun Kleidung, die Lara ihr gegeben hatte. Um peinliche Momente zu vermeiden. Auch wenn sie sich nicht so richtig wohl darin zu fühlen schien.

Wenigstens einen Vorteil hatte das Verblassen der Willensblasen. Das Interesse an Lara und Marc hatte nachgelassen, sodass Tonka und Susi wieder ins Hotel gezogen waren. Susi lag jeden Tag bei Styx und stupste sie immer wieder mit der Schnauze an. Was bei der Katze ein kaum vernehmbares Schnurren hervorrief. Oft betrachtete Lara ihre kleine Gemeinschaft mit Freude. Auch wenn Tonka sie nicht selten mit ihren ständigen Ratschlägen und Hinweisen zum Thema Schwangerschaft in den Wahnsinn trieb. Mit ihrem bestens funktionierenden Gehirn und jeder Menge Zeit hatte Tonka etliche Schwangerschaftsbücher gelesen und voller Sorge erkannt, was alles schiefgehen konnte.

»Sie sollten sich mit Ihrem Partner darüber Gedanken machen, wer in der Erziehung welche Rolle übernimmt«, las sie gerade aus der App vor.

Lara schluckte. Welche Rolle hätte Timo gern eingenommen?

»Das war jetzt ein blöder Kommentar, richtig?«, fragte Tonka verunsichert.

»Richtig«, tönte eine Stimme. Marc, mit Einkaufstüten beladen, kam ins Zimmer gelaufen. »Denn selbst als Geist hätte Timo keine elterlichen Funktionen erfüllen können.«

»Doch«, entgegnete Lara. »Lieben und glücklich sein.«

Marc musterte sie und warf ihr etwas zu, das Lara reflexartig auffing. Sojapudding Karamell.

»Deine Lieblingssorte.«

Sie riss sofort den Deckel auf, während Tonka ihr bereits einen Löffel hinhielt.

»Hau rein, Scuti.«

Sie warf Marc einen bösen Blick zu, den dieser ignorierte. Ihr neuer Spitzname gefiel Lara überhaupt nicht. *Scuti.* Das war der Name der größten Sonne, die im Universum existierte. Ihr Radius war 1708 Mal größer als der der Erdsonne und eine wenig subtile Anspielung auf Laras zunehmendes Körpergewicht.

»Viereinhalb Kilo in der fünfzehnten Woche ist gerade noch okay«, murmelte sie, während sie den Geschmack von Karamell auf der Zunge genoss. »Ich bin gar nicht so dick!«

»Das sind mehr als viereinhalb«, behauptete Marc. »Wann hast du dich das letzte Mal gewogen? Und wenn du so weitermachst, bist du irgendwann wirklich die größte Sonne. Also kann ich dich auch jetzt schon so nennen.«

Lara schielte böse zu Marc und öffnete einen zweiten Pudding.

»Großer Appetit kann ein Hinweis darauf sein, dass Sie sich Liebe und Zuneigung wünschen«, las Tonka aus der App vor.

Lara hielt im Essen inne, als Tonka sie mit großen, mitleidsvollen Augen ansah.

»Wünschst du dir Liebe und Zuneigung?«

»Ähm ...«

Für einen Moment sah sie zu Marc, der schnell auf seine Einkäufe blickte.

»Wenn wir in unserer Welt Liebe wollen, dann singen wir«, erklärte Tonka. »Was macht ihr?«

»Wir umarmen uns«, erklärte Marc zu Laras Überraschung.

Sofort stand Tonka auf, ging auf Lara zu und nahm sie in den Arm. »So?«

»Genau so«, erwiderte Marc amüsiert.

»Du auch, Marc«, rief Tonka. »Sie braucht Liebe statt Pudding.«

»Liebe statt Pudding«, sinnierte er. »Wäre auch ein guter Spruch für einen Strampler.«

Er hatte ein neues Hobby entwickelt. Er ließ online etliche Strampler mit irgendwelchen Sprüchen bedrucken. Lara hatte schon einen ganzen Schrank voller Babyklamotten. »Scuti-Baby« oder »Alien« waren noch die harmlosesten. Auch wenn Lara sich jedes Mal betont aufregte, freute sie sich über seine Anteilnahme.

Sie würde niemals für ihn fühlen, was sie für Timo empfand. Aber Marc war mehr als ein Freund geworden. Genau wie Tonka. Mit ihnen konnte sie die Tage überstehen. Die Nächte allerdings waren weiterhin unerträglich, da Lara sich von ihrem Gedankenkarussell nicht ablenken konnte. Wo war Timo? Ging es ihm gut? Würde sie ihn wiedersehen?

Ihn zu vermissen, war Teil ihres Lebens geworden. Und würde es immer sein.

Am nächsten Tag ging Lara nach der Schule zu Karin in die Waldapotheke. Das war ihr neues Ritual. Jeden Nachmittag verbrachte sie zwei bis drei Stunden in dem kleinen Hinterzimmer. Sie las Bücher über Botanik und Chemie, beides Fächer, die sie neben einigen anderen bei ihrer zweieinhalbjährigen Ausbildung zur PTA studieren würde. Wann immer Karin eine freie Minute hatte, kam sie zu Lara und beantwortete Fragen, zeigte ihr, wie man Salben und Öle herstellte und welche Kräuter welche Wirkung hatten. Lara genoss diese Stunden mit Karin und hatte das Gefühl, dass es auf Gegenseitigkeit beruhte.

Karin hatte Tonkas Anwesenheit nicht verraten, sie sprach das Thema nie wieder an. Auch Mila war eine Tabuzone. Lara hatte mit Fragen gerechnet, aber die Vorstellung, dass ihre eigene Tochter als unsichtbare Energie durch die Welten sauste, schien Karins Auffassungsvermögen zu übersteigen. Lara respektierte das.

»Ich muss noch das Johanniskraut trocknen«, erinnert sich Karin, als sie zu Lara nach hinten trat.

»Hast du denn noch was da?«

»Heute kam eine neue Lieferung.«

Karin stellte selbst ein Öl her, das gegen depressive Verstimmungen helfen sollte. Wirkung zeigte es bei Jo bisher nicht. Er verbrachte die Tage im kleinen Hexenhaus. Manchmal schleppte er sich ins Wohnzimmer und starrte in den Kamin. An manchen Tagen verließ er das Bett überhaupt nicht. Sämtliche Lebensfreude hatte ihn verlassen, und seine Willensblase war gänzlich verblasst. Ihn so zu sehen, war unerträglich. Aufgrund der Tatsache, dass er keine Energie mehr für seine Wut hatte, konnte Lara jedoch ab und zu an seiner Seite sein. Er ertrug ihre Nähe stillschweigend, immer noch davon überzeugt, dass Lara an allem schuld war.

Karin musste ihn füttern und ihn umsorgen wie ein kleines Kind. Sie hatte Lara erklärt, dass die Trauer ähnliche Symptome wie eine Depression haben konnte. Trauer war eine gute Erklärung für Jos Symptome. Auch wenn Lara den Verdacht hatte, dass etwas anderes dahintersteckte. Etwas, das immer mehr Menschen betraf.

Selbst wenn Lara sich die meiste Zeit wie gelähmt fühlte, gab es eine Sache, die sie für die Kunden der Apotheke tun konnte. Die Gabe, die Willensblasen zu sehen, hatte Lara dazu verleitet, die Menschen auf ihren Willen hinzuweisen. Sie hatte festgestellt, dass nur diejenigen ihren Willen verloren, die zuvor zwei Blasen mit sich herumgetragen hatten. Menschen wie Karin oder Eva, die einen starken Willen hatten und diesem bereits folgten, waren von dem Verblassen nicht betroffen. Lara tat alles, um den Willen der Menschen stärker zu machen. Ihre Skrupel, den Willen zu betrachten, waren verflogen. Ihre Gabe kam ihr nun wie ein Geschenk vor. Auch Mila hätte die Menschen in die für sie richtige Richtung geschubst, so entschuldigte Lara ihre Indiskretion vor sich selbst. Solange sie sah, dass ihre Gabe Gutes bewirkte und die Menschen vor Sinnlosigkeit und Depression bewahrte, würde sie weitermachen.

Mathilda hatte sich dank Lara daran erinnert, wie gern sie mit Pferden gearbeitet hatte. Sie hatte die Alten im Pflegeheim den Pflegern überlassen und fuhr jeden Tag auf eine Pferderanch, wo sie mit den Tieren arbeitete. Begeistert hatte sie anderen von Laras Rat erzählt und diese Gabe begann, sich herumzusprechen.

Auch Timos Mutter hatte damit begonnen, kleine Schmuckstücke herzustellen. Die Kette, die Lara um ihren Hals trug und ein vergoldetes Skateboard war, kam von ihr. Unsicher, woher Lara ihre Kenntnis nahm, kamen immer wieder Leute vorbei, die sie baten, ihnen in die Augen zu sehen. Und ihnen zu sagen, was ihnen fehlte.

Als Lara an diesem Abend nach Hause kam, blieb sie erstaunt in der Tür zum Speisezimmer stehen. Styx lag auf ihrem Platz. Tonka und Marc saßen vor dem Fernseher. Susi schleckte aufgeregt Tonkas Hand. Tonkas ganzer Körper bebte.

»Was ist passiert?«, fragte Lara besorgt.

Marc sah sichtlich erleichtert auf. »Endlich. Kannst du dich da bitte drum kümmern?«

Lara ging zu Tonka, der Tränen über das Gesicht liefen.

»Sie hat eine Doku gesehen«, erklärte Marc. »Über einen Hund, der weggelaufen ist und sich verirrt hat.«

»Er sah aus wie Susi«, schluchzte Tonka.

Lara betrachtete interessiert die Tränen. »Ich wusste nicht, dass du weinen kannst.«

Tonka trocknete sich ihre Tränen. Lara legte den Arm um ihre Schulter. Tonkas Haut gab so gut wie keine Farben zu erkennen.

»Ich weiß jetzt, was Trauer ist«, schniefte sie.

»Aber wie ist das möglich?«

Tonka schwieg.

Und Lara traf die Erkenntnis wie ein Hammerschlag. »Du verwandelst dich in einen Menschen!«, rief sie.

Marc warf erst Lara, dann Tonka einen fassungslosen Blick zu. »Ist es, weil sie zu lange auf der Erde ist?«

»Nein«, erklärte Tonka leise.

Lara musterte sie fragend. »Was ist es dann?«

»Ich weiß, wie Luxus Isabel verwandelt hat. Ich habe es ihm nachgemacht. In der Hütte. Ich ... habe mich selbst verwandelt.«

Diese Nachricht war mehr, als Lara verarbeiten konnte.

Nur Marc reagierte schnell. »Bist du jetzt total durchgedreht?«

Tonka sah ihn an.

»Das ist nicht möglich, oder? Lara, bitte sag mir, dass das nicht möglich ist.«

»Ähm ...«

»Ich will nicht mehr weg!«, rief Tonka. »Ich gehöre hierher. Das habe ich die ganze Zeit schon gefühlt.

Aber ich kann als farbenfroher Alien nicht überleben. Also werde ich ein Mensch!«

»Luxus hatte als Weltenhüter die Gabe. Du bist doch nur … ein ganz normaler Weltenbewohner.«

»Ich habe gesungen.«

»Was?«, schrie Marc.

»Ich habe gesungen. Es hat funktioniert. Ich verwandle mich. Jeden Tag ein bisschen mehr. Bis ich ein Mensch bin.«

Marc packte Tonka bei den Schultern. »Warum?«

»Ich will nie wieder zurück. Ich will hierbleiben. Du weißt, warum!« Sie stand auf und lief davon.

»Was meint sie damit?«, fragte Lara.

Er schwieg.

»Marc?«

Er fluchte laut und ging dann ebenfalls.

Verwundert sah Lara zu Styx, die regungslos neben ihr lag. Sie setzte sich neben die Katze. Zum einen erschüttert über Tonkas Maßnahmen. Zum anderen …

»Ist es sehr egoistisch, dass ich mich freue?«, fragte sie mit leisem Schuldbewusstsein.

Styx' Ohr wackelte.

»One«
U2

Lara wischte aufgeregt den Boden in der Eingangs-halle. Währenddessen sah sie auf die Uhr. »Wie lange brauchen wir nach Baden-Baden?«

»Zwanzig Minuten«, rief Marc genervt aus seinem Zimmer. »Das habe ich dir aber auch zwanzig Mal er-zählt.«

»Dann fahren wir dreißig Minuten früher.«

»Lass dich doch einfach den Berg runterrollen, Scuti. Dann bist du am schnellsten da.«

Wütend sah sie in seine Richtung.

Er kam grinsend aus dem Büro. »Noch ein Karamell-pudding?«, säuselte er.

Sie nahm das nasse Putztuch und schleuderte es in seine Richtung. Er duckte sich. »Nicht mal du kannst mir heute die Laune verderben.«

»Schade.«

Lara grinste, während Marc ihr den nassen Lappen zurückbrachte. Sie fühlte sich wie verliebt. Heute kam Ayse zu ihr zurück. Vorgestern Nacht war die Nach-richt gekommen, dass sie Weihnachten hier verbrin-gen wollte. Ihre Familie feierte ohnehin nicht, und Ayse wollte Cem besuchen. Offensichtlich hatte sie entschieden, dass Weihnachten die Zeit der Ausspra-che sein würde. Sie hatte angekündigt, mit Lara reden zu müssen.

»Scuti, wir haben ein Problem«, unterbrach Marc ihre Gedanken.

Sie sah ihn fragend an.

»Ich bin pleite.«

»Pleite? Aber du hast doch diese Software programmiert? Für den Musiker?«

»Habe ich. Nur leider habe ich seit Wochen nichts mehr von ihm gehört. Nach meiner Zahlungsaufforderung ist er untergetaucht.«

»Vielleicht hat er auch mit dem Arbeiten aufgehört?«

»Möglich.«

Diese Nachricht hörte Lara immer öfter. Von einem Tag auf den anderen ließen die Menschen von ihrem Tun ab. Blieben zu Hause. Im Bett. Starrten an die Decke. Nichts und niemand konnte sie dazu bewegen, aufzustehen. Lara bemühte sich, den Willen der Menschen aufrecht zu erhalten. Aber die Zahl derer, die sich gegen die ausbreitende Depression wehren konnte, nahm stetig ab.

»Wir nehmen das Geld. Von meinem Vater.«

»Bis ich was Neues gefunden habe.«

»Wenn ich bezahle, ist die Farbe Gelb.«

Marc verdrehte die Augen. Sie hatten schon vor Wochen den ganzen Papierkram beim Jugendamt abgegeben. Da Jo und Karin Laras Umzug in das Hotel bewilligt hatten, hielt sich das Interesse des Jugendamts in Grenzen. Das würde sich ändern, sobald Körnchen auf der Welt war.

Bis dahin wollten sie das Hotel auf Vordermann bringen. Sie mussten dem Jugendamt beweisen, dass sie Körnchen hier großziehen konnten. Mit allem, was das Baby brauchte und beschützte. Lara nutzte ihre Abende mit Tonka, um die Zimmer zu renovieren und zu verschönern. Außerdem hatte sie ein Zimmer für Ayse vorbereitet. Marc hatte sich stillschweigend gefügt, und Lara hatte den Verdacht, dass er die Veränderung genoss, auch wenn er jedes Mal ein großes Theater machte. Nur die Farbe für den Eingangsbereich, darauf hatten sie sich bisher nicht einigen können.

»Mist! Wir müssen los.«

Gehetzt sah Lara auf die Uhr.

Ihr Blick raste von Abteil zu Abteil, als der Zug in den Bahnhof einfuhr. Er war zu schnell. Und zu voll. Sie konnte Ayse nicht entdecken. Aufgeregt wartete sie, bis die Türen sich öffneten. Zahlreiche Menschen strömten heraus. Lara sah nach vorn, nach hinten. Aber es dauerte eine gefühlte Ewigkeit, ehe sie endlich das ihr bekannte Kopftuch in der Menge herausstechen sah. Ayse kam auf sie zu und zog einen Rollkoffer hinter sich her. Als sie Lara erblickte, blieb sie stehen. Die beiden sahen sich an, sahen einander in die Augen. Deutlich und hellstrahlend zeichnete sich eine Willensblase über Ayse ab.

Was Lara sah, erstaunte sie. Es blieb keine Zeit, darüber nachzudenken. Wie ferngesteuert ging sie auf ihre Freundin zu und blieb direkt vor ihr stehen. Sie spürte, dass Ayse wütend sein und Lara die kalte Schulter zeigen wollte. Aber dazu war ein Mensch wie Ayse nicht in der Lage. Denn schon in der nächsten Sekunde flog sie ihr um den Hals.

»Ich hasse dich!«, rief sie dabei. Dann schob sie Lara von sich weg und sah an ihr rauf und runter. »Mann, hast du zugelegt.«

Lara lachte.

Als sie Ayse ihr Zimmer zeigte, war diese erstaunt, was aus dem Hotel geworden war. Lara erzählte ihr alles, was seit dem Entdecken der Zugänge geschehen war. Und Ayse berichtete ihr von den Entwicklungen in Berlin. Sie bestätigte, dass auch in Berlin die Stimmung sehr angespannt war. Und genau wie hier hatten einige Leute einfach mit dem Arbeiten aufgehört und blieben nur noch im Bett.

Dann erzählte Ayse Lara von Leo. Lara lauschte erstaunt und wischte die Bedenken ihrer Freundin, dass diese sie für verrückt halten könnte, beiseite. Fasziniert hörte sie zu, wie Ayse ihr von den Melodien erzählte und dass Leo versucht hatte, mit einer bestimmten Software die Töne nachzuspielen, die er hörte.

Als Lara das vernahm, griff sie Ayses Hand und zog diese mit sich in Marcs Büro.

»Es muss dein Programm sein!«, rief Lara, nachdem sie Marc aufgeklärt hatten.

»Der Typ, der das Programm bei mir bestellt hat, ist Ayses neuer Freund?«

»Er ist nicht *so* mein Freund.«

»Erzähl das Cem.«

»Es muss derselbe Musiker sein. Aus Berlin. Der einen ganz bestimmten Ton hören will.«

»Das wäre aber schon ein arger Zufall«, fand Marc.

»Zufall. Oder eben nicht«, erwiderte Lara.

Ayse musterte sie fragend.

»Ich kann Willensblasen sehen, die langsam erlöschen. Dieser Leo kann Melodien hören, die im Moment immer leiser werden. Versteht ihr nicht? Das gehört zusammen. Der Wille des Menschen und seine

Melodie gehören zusammen.« Sie sah Ayse aufgeregt an. »Ich muss ihn kennenlernen.«

»Was für Willensblasen?«

»Erzähl ich dir später.«

»Nein. Das erlaube ich nicht mehr!«, rief Ayse entschlossen. »Nichts wird mehr auf später verschoben. Ich will jetzt alles wissen. Und vor allem will ich wissen, warum ich Cem küssen soll. Und nicht Leo.«

Lara nickte. »Okay. Dann werde ich dir erst mal jemanden vorstellen.«

Marc war nicht begeistert davon gewesen, dass sie Ayse von Tonka erzählen wollte. Aber sie wollte ihre Freundin zurück. Also musste sie sie in ihre Welt lassen. Abgesehen davon war sie davon überzeugt, dass Ayse das Geheimnis für sich bewahren würde.

Was sie auch tat. Nachdem sie eine halbe Stunde damit verbracht hatte, vor Tonka zu sitzen und sie anzustarren. Tonka starrte Ayse an, und Lara bedauerte, dass Ayse nicht das volle Farbspektakel ihrer Haut zu sehen bekam. Tonkas Verwandlung in einen Menschen war weiter fortgeschritten. Aber anstelle ihrer Haut erzählte Tonka einfach, wie sie hergekommen war – und woher sie kam. Ayse lauschte ihr schweigend.

Als Tonka nach einer gefühlten halben Stunde zum Ende kam, setzte sich Lara besorgt neben ihre Freundin. »Alles okay?«

Ayses Blick aus den großen Augen wanderte zu Lara. »Sie ist so schön«, stammelte sie.

Lara beschrieb Ayse die Welten, so gut sie konnte. Aufgrund der veröffentlichten Bilder hatte Ayse sowieso schon eine Vorstellung. Sie berichtete auch, dass Ayses Stein Lara das Leben gerettet hatte. »Du hast mir zum zweiten Mal das Leben gerettet«, betonte Lara.

»Zum zweiten Mal? Ich habe dir also schon mal das Leben gerettet?«

Lara lächelte nur.

Ayse blieb nachdenklich. »Diese anderen Welten. Ist das der Ort, an dem ich auch war?«

Lara zögerte.

»Okay. Erzähl es mir nicht.«

Lara musterte ihre Freundin überrascht.

»Ich habe dir vorgeworfen, Geheimnisse zu haben. Dabei hätte ich eines die ganze Zeit über wissen müssen: Wenn du mir etwas verheimlichst, dann nur, um mich zu schützen.«

Lara nickte.

»Aber ich verstehe nicht, warum du dein Wissen um die Welten vor den Menschen verheimlichst.«

»Weil sie wütend werden.«

»Ich bin nicht wütend geworden.«

Ayses Worte brachten Lara zum Nachdenken. Sie fuhren gemeinsam nach Achern. Ayse war bei Cem und würde ihn hoffentlich in Sachen Leo beruhigen können. Und vielleicht endlich küssen! Lara hatte in der Zwischenzeit einen letzten Termin in diesem Jahr bei der Frauenärztin, die mit Blutbild, Ultraschall und Entwicklung höchst zufrieden war.

»Ich kann erkennen, was es wird«, lächelte die Ärztin.

Lara zögerte einen Moment. Dann nickte sie.

»Ein Mädchen.«

Danach fuhr Lara mit dem Bus zurück nach Sasbachwalden. Auf dem Weg zu Karin sah sie zum *Holzwurm* hinüber. Entschlossen ging sie zu dem Hotel und betrat das Restaurant, in dem Eva gerade Kuchen an Gäste verteilte. Schneeschuhe und Langlaufskier standen vor der Tür. Lara ging lächelnd auf Eva zu.

»Wann ist der nächste Stammtisch? Von deinen Freundinnen?«, fragte sie.

Eva zögerte einen Moment, ehe sie erfreut lächelte. »Wenn du willst, noch heute?«

Die sechs Frauen hatten gebannt Laras Worten gelauscht. Drei von ihnen kamen aus Baden-Baden und hatten dort eigene Läden. Öko-Kosmetik, vegane Ernährung und ein Musikgeschäft nannten sie ihr Eigen. Sie waren um die 40 und strahlten Ruhe und Entschiedenheit aus, die sich in ihren Willensblasen bemerkbar machten. Auch die zwei anderen Damen, die aus der näheren Umgebung kamen, arbeiteten selbstständig als Wald-Scout und Weinhändlerin. Sie hatten jeweils eine leuchtende Willensblase über sich.

»Wir haben also wirklich die einzigen Zugänge geschlossen, die unsere Erde hat?«, fragte Tatjana, die Dame mit dem veganen Laden. Sie hatte feuerrote Locken, war sehr schlank und hatte eine offensichtliche Vorliebe für goldenen Schmuck.

»Die einzigen, von denen ich weiß«, bestätigte Lara.

»Und du glaubst, die verschollenen Menschen sind wirklich tot?«

»Das weiß ich nicht. Aber selbst wenn nicht, solange der Mummelsee verschlossen ist, kommt niemand mehr zurück.«

»Auch nicht unsere Weltenhüterin?«, hakte Franziska nach, die mit großen Steinen bestückt war, die allesamt ihre Farben auf die Haut ausdehnten.

»Ich konnte keinen Kontakt zu ihr aufnehmen.«

Eva musterte Lara nachdenklich. »Wir müssen den Eingang freilegen.«

»Wie willst du das anstellen?«, fragte Becky, die als Waldscout arbeitete. Ihre langen Locken hingen ihr den Rücken hinunter. Ihre Fingernägel waren mit Rot und Glitzersteinen dekoriert.

Lara fragte sich, wie sie mit diesen Nägeln im Wald arbeiten konnte. »Habt ihr nicht gesehen, welche riesigen Dinger sie da reingerollt haben? Abgesehen davon, dass der Mummelsee Tag und Nacht bewacht wird.«

»Dann müssen wir mit ihnen reden!«, rief Eva.

Lara beobachtete erstaunt, was geschah. Während die sechs Frauen ihre Köpfe zusammensteckten und hitzig darüber diskutierten, wie sie vorgehen sollten, rückten auch ihre Willensblasen näher zusammen. Eva und Becky vertraten die Meinung, alle Menschen mit Laras Wissen aufzuklären, was dazu führte, dass ihre Blasen so nah zueinanderkamen, dass ihre Grenzen miteinander verschwommen. Für diesen Moment schien ihr Wille eins zu werden, und eine große, leuchtende Blase formte sich.

Bis Franziska betonte, dass man Lara damit einer Gefahr aussetzte, die nicht abzusehen war. Eva stimmte ihr im Gegenteil zu Becky zu, und schon poppten ihre Blasen wieder auseinander.

Nun beobachtete Lara, wie Evas Blase sich hin zu Franziskas Blase ausdehnte und für einen Moment eins mit ihr wurde. So ging es eine Weile hin und her. Lara lauschte schon gar nicht mehr den Ideen und Vorschlägen der Frauen. Viel zu fasziniert war sie von dem Anblick. Schließlich fanden sich alle sechs Blasen in einer einzigen zusammen, die stark und golden leuchtete. Lara betrachtete sie lächelnd. Sie war wunderschön.

»Lara?«

Sie sah zu Eva, die sie fragend musterte. »Wir finden eine Lösung.«

»Davon bin ich überzeugt.«

An diesem Abend versuchte Lara, vor dem Schlafengehen ihren eigenen Willen zu sehen. Sie hatte schon oft einen Blick in den Spiegel geworfen, aber nie etwas entdeckt. Nun versuchte sie, sich ganz auf sich zu konzentrieren. Starrte auf die Stelle über ihrem Kopf, bis ihr fast schwindlig wurde. Sie konnte nichts erkennen. Nicht einmal ein leichtes Flirren. Vermutlich spiegelten sich Willensblasen nicht.

Dabei hätte Lara an diesem Abend mehr denn je gern gewusst, was in ihrer Willensblase war.

Weihnachten

»Kein Baum!«, erklärte Marc zum dritten Mal.

»Aber Tonka will unbedingt einen.«

»Der ganze Wald ist voll mit Bäumen. Soll sie doch da einen schmücken.«

Tonka sah Marc mit großen Augen an.

Der musterte sie. »Ein Baum stirbt, wenn du ihn abhackst«, sagte er.

Tonka erschrak. »Ihr bringt eure Bäume um? Für Weihnachten?« Jetzt wanderte ihr vorwurfsvoller Blick zu Lara.

»Ich nicht!«, sagte diese verteidigend. »Mein Vater hat nie einen Baum gekauft, und Ayse hat nie gefeiert.«

»Wir schmücken einen draußen«, entschied Tonka, packte den bereitgestellten Karton mit Deko und verschwand nach draußen.

Lara sah ihr nach und musterte Marc dann. »Hast du wirklich Mitleid mit Bäumen?«

»Ich habe keinen Bock auf Tannennadeln.«

»Du manipulierst sie«, stellte Lara amüsiert fest.

»Du hattest noch nie einen Weihnachtsbaum?«, konterte er.

»Nein. Aber glaub mir, wenn meine Tochter alt genug ist, kriegt sie einen.«

Einen Moment lang schwieg er nachdenklich.

»Was ist?«

»Ich habe es immer gehasst, wenn hier viele Leute waren. Mit einer Schwangeren, einer Außerirdischen und einer Katze, die keine Katze ist, lässt es sich aushalten.«

Lara grinste. »Irgendeine Nachricht von Leo?«, fragte sie dann.

Sie hatte genau wie Ayse versucht, Leo zu kontaktieren, damit er und Malik zu Weihnachten auch hierherkämen. Aber Leo meldete sich nicht.

»Wahrscheinlich pleite. Und jetzt traut er sich nicht, hier aufzukreuzen.«

»Ayse hat Malik zu ihm geschickt. Vielleicht schaffen sie es, an Silvester herzukommen. Wir müssen jetzt noch das Wichtigste planen.«

»Fängst du wieder mit deiner Mummelsee-Befreiungsaktion an?«

Die war bisher an der Entschlossenheit der Polizei gescheitert. Die fünf Damen und Lara hatten es nicht mal mehr in die Nähe des Sees geschafft.

»Darum kümmer ich mich nach Weihnachten. Jetzt geht es um die Frage, was wir an Weihnachten essen.«

Es gab einen Mix aus Gemüse und Tofubällchen. Und einen Mix aus Glück und Traurigkeit. Während Lara von ihren engsten Freunden umgeben war, dachte sie an Timo. Es wäre ihr erstes gemeinsames Weihnachten gewesen. Auch wenn Lara nie sonderlich gläubig gewesen war, so war Weihnachten für sie dennoch ein Fest der Gemeinsamkeit. Trotz ihrer Freunde blieb da diese leere Stelle in ihr. Es ging ihr besser, wenn sie sich ablenken konnte. Mit Schule, Lernen, Arbeiten in der Apotheke ... und der Musik.

Ayse hatte ihr das gemeinsame Lied geschenkt. Obwohl Ayse betonte, dass es noch nicht das richtige Instrument sei, war die Wirkung der Melodie unfassbar. Schon bei den ersten Tönen hatte Lara alles vor Augen, das sie mit Ayse je erlebt hatte. Während sie mit ihr der Melodie lauschte, sah sie deutlich, wie Ayses Willensblase noch stärker leuchtete als ohnehin schon.

In dieser Blase sah Lara ihre Freundin hier. In diesem Hotel. Einige Kinder standen vor ihr und hörten zu, während Ayse ihnen für Lara unverständliche Dinge erzählte.

Als sie ihr Essen beendet hatten und Ayse und Tonka nach draußen gingen, um den geschmückten Baum zu bewundern, kam ein überraschender Gast zu ihnen. Karin stand mit einem großen Geschenk in der Eingangshalle.

»Fröhliche Weihnachten«, rief sie und umarmte Lara, während sie in Tränen ausbrach.

Lara hielt sie ganz fest. Karins Körper bebte, während sie sich an ihre Nichte klammerte. Das erste Weihnachten ohne Mila. Lara konnte sich nicht vorstellen, wie es im Hexenhäuschen sein musste. Schließlich räusperte sich Karin und machte sich los.

»Warum bist du nicht bei Jo?«, fragte Lara.

Karin lächelte, aber ihre Augen waren traurig. Sie trug den schwarzen Galat an einem Lederband um ihren Hals. Lara sah, wie die Energie des Steins auf sie überging. Sie zu beschützen schien. Vor dem ganz tiefen Fall. »Der kriegt gar nicht mehr mit, ob ich da bin. Die Jungs sind vorbeigekommen. Wollten eine Jamsession machen. Um uns beide von Mila abzulenken. Jo hat nicht mal reagiert. Ich habe sie wieder weggeschickt, aber sie wollten bleiben. Sie sitzen jetzt bei uns und machen Musik. Ich habe es einfach nicht ausgehalten. Und bin weg.«

Lara dachte an Jo und wünschte sich mehr denn je, mit diesem Leo zu sprechen. Was würde geschehen, wenn man ihre Gaben miteinander verband? Würden sie den Menschen helfen können? Wenn jemand durch Musik geheilt werden konnte, dann Jo.

Sie sah zu Styx, die scheinbar unbeteiligt neben ihr lag. Hatte sie geahnt, was auf sie zukam? Und Lara auch deshalb ihre Gabe anvertraut?

Als Ayse mit Marc und Tonka zurückkam, sah Lara ihre Freundin an. »Ruf Malik noch einmal an. Er muss diesen Leo hierherschaffen. Sag ihm, dass Marc auf sein Geld verzichtet.«

»Tue ich nicht.«

»Doch, tut er«, erwiderte Lara unbeirrt. »Leo hat etwas Wichtigeres als Geld.«

»Und ich sitz schon wieder barfuß am Klavier«
Henning May

Malik stand vor dem Haus. Er starrte auf Leos Namen auf dem Klingelschild. Er war nervös. Seit Ayse ihn beauftragt hatte, zu Leo zu gehen und herauszufinden, was zur Hölle der trieb.

Warum ausgerechnet er?

Dann sollte er auch noch mit ihm zusammen nach Sasbachwalden kommen. Von allen Ideen, die seine verrückte Schwester bisher gehabt hatte, war das die schlimmste. Allein die Fahrt dauerte acht Stunden. Acht Stunden neben Leo.

Seine Schwester hatte ihn zu diesem Projekt dazugeholt, weil sie wollte, dass Malik wieder Melodien hörte. Dumm nur, dass Malik dafür viel zu abgelenkt gewesen war.

Er klingelte. Es dauerte eine Weile, bis Leos Stimme durch die Gegensprechanlage knirschte.

»Ja?«

»Malik hier.«

Und noch mal dauerte es einen Moment, bis der Türöffner erklang.

Malik ging die Stufen bis zu Leos Wohnung hoch. Die Tür war nur angelehnt.

»Komm rein! Ich spiele gerade eine neue Melodie.«

Malik trat ein und schloss die Tür hinter sich.

Leo fuhr sich durch das ungekämmte Haar. Er hatte einen Dreitagebart und hockte barfuß vor seinem Klavier. »Ich weiß, ich habe mich nicht gemeldet. Wahr-

scheinlich hat deine Schwester dich als Suchtrupp los-
geschickt, was?«

Malik ging langsam näher. »So ähnlich. Weißt du
schon, dass sie jetzt einen Alien kennengelernt hat?«

Erstaunt sah Leo auf. »Die sind wirklich hier?«

»Ein blinder Passagier, wenn ich alles richtig verstanden habe. Darfst du niemandem erzählen.«

»Abgefahren.« Leos Blick glitt ins Leere, ehe er nachdenklich weitersprach. »Und genauso abgefahren, dass
dieser Marc der Marc ist, der meine Software erstellt
hat. Ich wollte ihn bezahlen. Echt. Ich bin nur total
pleite.«

»Lara lässt dir ausrichten, dass du nichts bezahlen
musst.«

Leo sah überrascht auf. »Oh. Echt? Aber er hat das
Programm schon geliefert.«

»Kann es den Klang machen, den du gesucht hast?«

»Nein. Aber ich habe da was aufgetan. Und dafür ist
meine ganze Kohle draufgegangen. Wenn ich dir das
erzähle ... Willst du was trinken?«

Malik lächelte und sah dabei zu, wie Leo an seinem
mit dreckigen Geschirr voll stehenden Spülbecken
zwei Gläser putzte und sie mit Leitungswasser füllte.
Er beobachtete jede seiner Bewegungen. Starrte auf
seinen nackten Rücken, auf dem er jeden Muskel erkennen konnte.

Mit zwei vollen Gläsern kam Leo zu ihm zurück. Malik trank eilig.

»Ich hatte meinen Lehrer kontaktiert. Also, meinen
alten Lehrer. Aus der Schule. Und der ...« Leo brach ab
und musterte Malik. »Alles okay?«

Er hat es gemerkt, schoss es Malik durch den Kopf. *Weil ich ihn so anstarre.*

Malik hustete, weil er sich am Wasser verschluckt hatte.

Leo trat nah an ihn heran und klopfte ihm auf den Rücken. »Besser?«

Malik machte sich hektisch los. »Fass mich nicht an!«, rief er und ging ein Stück zur Seite, während Leo ihn verwundert ansah.

»Habe ich dir was getan?«

»Warum springst du hier halbnackt rum?«, konterte Malik wütend.

Leo stutzte. Dann kam er langsam näher. »Warum stört dich das?«

»Ist egal. Ich gehe jetzt.«

»Aber du sollst mich doch mitnehmen? In den Schwarzwald. Deshalb bist du hier, oder?«

Malik drehte sich um. »Du weißt es?«

»Ich kann Ayses SMS lesen. Ja.«

»Warum antwortest du dann nicht?«

»Ich hatte keine Kohle, um Laras Kumpel zu bezahlen. Das war mir peinlich.«

»Dann weißt du ja jetzt Bescheid und kannst zu ihr fahren. Pass nur auf wegen Cem. Der ist mega eifersüchtig.« Malik floh regelrecht zur Tür. Leo stellte sich ihm in den Weg.

»Gibt keinen Grund, eifersüchtig zu sein. Ich stehe nicht auf Ayse.« Dabei sah er Malik tief in die Augen. »Ich steh auf jemand anderen. Aber er ist viel zu jung für mich. Außerdem hasst er mich die meiste Zeit. Und er ist bestimmt weder schwul noch bi, weil er ein totaler Macho ist.«

Maliks Atem ging schwer.

»Und weil er Türke ist. Ich kenne seine Familie nicht. Vielleicht denkt er, dass das ein Problem ist. Vielleicht denkt er, dass schwul sein ein Problem ist.«

»Was laberst du da?«, schrie Malik wütend, als Leo ihn packte, an sich zog und küsste.

Malik war so überrumpelt, dass er sich nicht wehrte. Er spürte Leos nackten Oberkörper, seine Hände glitten wie von selbst über seinen Rücken. Er küsste ihn unbeholfen und stürmisch.

Bis sich sein Kopf wieder einschaltete.

Er stieß Leo von sich. »Ich habe doch gesagt, du sollst mich nicht anfassen«, flüsterte er und rannte an Leo vorbei zur Tür.

Und diesmal ließ dieser ihn gehen.

Als Malik unten auf der Straße angekommen war, atmete er tief durch. Dieser Kuss war alles, was er seit Wochen gewollt hatte. Wogegen er sich gewehrt hatte. In der Überzeugung, dass Leo auf Ayse stand. Mit dieser Attacke hatte er null gerechnet. Er war sich total sicher gewesen, dass Leo auf Mädchen stand. Er wünschte so sehr, dass er selbst auf Mädchen stand. Aber die hatten ihn nie interessiert. Was er gekonnt verheimlicht hatte. Niemand wusste von seinen Träumen. Von seinen Neigungen. Nicht mal seine Schwester.

Da war noch etwas anderes, vor dem Malik weggerannt war. In dem Moment, als er Leo geküsst hatte, hatte er sie gehört! Seine Melodie! So klar und deutlich, wie er sie seit seiner Kindheit nicht mehr gehört hatte. Und nicht nur seine. Auch Leos Melodie war klar und deutlich gewesen. Ihre Töne hatten sich perfekt ineinander verwoben. Waren eins geworden. Das Schönste, das Malik jemals gehört hatte.

Aber Malik war nicht so mutig wie Ayse. Er konnte sich nicht blind in etwas hineinstürzen. Er brauchte Zeit. Deshalb war er fortgerannt. Und deshalb konnte er jetzt kaum atmen, weil ihm ein unbekannter Schmerz die Brust zusammenzog. Verliebtsein war doch Mist. Er verstand nicht, was Ayse so toll daran fand.

Johanna

Die Tage bis Silvester vergingen wie im Flug. Jede freie Minute nutzte Lara mit Ayse, musste ihre Freundin aber mit Cem teilen. Anders als sonst las Ayse ihr nicht die neuesten Geschichten aus ihrem Buch vor. Sie behauptete, nicht inspiriert zu sein. Dabei beobachtete Lara mehr als einmal durch die nur halb angelehnte Zimmertür, dass Ayse abends immer in ihr Buch schrieb. Aber wenn Lara noch Geheimnisse vor Ayse hatte, war es nur fair, dass auch Ayse etwas vor ihr verbarg.

Lara hatte keine Ahnung, ob die beiden sich endlich geküsst hatten. Jedenfalls ließ Ayse nicht erkennen, ob sie sich an irgendetwas erinnerte.

Den halben Tag half Lara Karin in der Apotheke. Ansonsten renovierten sie weiter, mit allen ihnen zur Verfügung stehenden Mitteln. Nie war in dem Hotel so viel Trubel gewesen, und nie hatte Lara Marc so viel lächeln sehen. Tonka war immer an seiner Seite und brachte ihn durch ihre skurrilen Ansichten und Vorschläge zum Lachen. Sie wollte das Dach des Hotels abreißen, anstatt es teuer zu erneuern. Schließlich sei der Sternenhimmel der schönste Ausblick, und sie konnte absolut nicht verstehen, warum die Menschen alle ein Dach über ihrem Kopf wollten. Als die Temperaturen unter den Gefrierpunkt gingen, revidierte sie diese Ansicht.

Tonkas Verwandlung in einen Menschen ging nun schneller voran, was sie glücklich machte. Ihr Lachen war unfassbar ansteckend. Auf Laras Sorge, dass Tonka ihre Identität aufgab, hatte Tonka nur pure Lebensfreude als Antwort.

Am Silvestertag standen sie wieder am Bahnhof, um Malik und Leo vom Zug abzuholen. Sie entdeckte Malik sofort, der mit seiner Tasche aus dem Abteil gesprungen kam. Lächelnd ging sie zu ihm und umarmte ihn.

»Hey, kleiner Bruder.«

»Boah, bist du fett geworden!«

Sie gab ihm einen freundschaftlichen Klaps, worauf er sich grinsend duckte.

Ayse trat zu ihnen. »Wo ist Leo?«

Malik wich ihrem Blick aus. »Nicht hier.«

»Du solltest ihn doch mitbringen.«

»Als ich ihn abholen wollte, war er nicht da.«

»Bring Leo zu Silvester mit. Das war deine einzige Aufgabe. Was war denn daran so schwer?«

»Und warum ist das jetzt so schlimm?«, fragte Malik gereizt.

Lara musterte Ayse. »Hast du ihm nicht gesagt, was wir vorhaben?«

Sie sah betreten auf den Boden. »Nein.«

»Und warum nicht?«

»Wieso? Was habt ihr denn vor?«

»Er hat den Test in Berlin abgebrochen«, verteidigte sich Ayse. »Du kennst mich. Ich kann manchmal sehr ... begeistert sein.«

»Du meinst wohl übergriffig«, konterte Malik.

»Jedenfalls hat Leo sich zurückgezogen. Vielleicht weil ich zu viel von ihm wollte. Keine Ahnung. Deshalb dachte ich, eine unverbindliche Einladung zu Silvester klingt besser als: Hey, lass uns mit deiner Gabe die Menschen retten!«

»Die Menschen retten? Kann mich mal einer aufklären?«, fragte Malik dazwischen.

Seine große Schwester sah ihn einfach nur an. »Wir brauchen Leo. Finde ihn!«

Diese Suche gestaltete sich als schwierig. Leo hatte sein Handy ausgestellt und war nicht aufzufinden. Er hatte keinen Anhaltspunkt gegeben, wohin er wollte. Nur dass er schon seit Tagen versucht hatte, jemand ganz Bestimmten zu finden. Wen und warum, das wusste Malik nicht.

Lara hatte sowieso den Eindruck, dass Malik nicht gern über Leo sprach. Erst glaubte sie, dass er ihn nicht leiden konnte. Aber da war etwas anderes. Malik war so zurückgezogen wie eh und je, wirkte aber nachdenklicher, manchmal sogar regelrecht weggetreten. Seine Willensblasen waren zu zweit und bereits dabei, zu verblassen. Lara konnte kaum etwas darin erkennen, außer den Konturen zweier Personen.

Am Silvesterabend aßen sie gemeinsam. Wieder stand Karin vor der Tür und bat, die Nacht bei ihnen verbringen zu dürfen.

Zusammen gingen sie die Schwarzwaldhochstraße entlang, um an einem Aussichtspunkt das Feuerwerk in der Rheinebene zu beobachten. Styx und Susi ließen sie im Hotel zurück.

Sie fanden eine Stelle, auf der sie die ganze Ebene überblicken konnten. Als es auf Mitternacht zuging, sausten die ersten Raketen in die Luft. Der Ausblick war wirklich atemberaubend schön. Lara sah Ayse und Cem, die Arm in Arm dastanden. Tonka stand neben

Marc und schnalzte und pfiff bei jeder Rakete aufgeregt, was von Malik skeptisch beobachtet wurde. Karin war ganz in ihre Gedanken versunken, und Lara verspürte den plötzlichen Wunsch, allein zu sein.

Sie ging ein Stück in den Wald hinein, um diesen Moment mit Timo zu haben. Wenigstens in Gedanken wollte sie mit ihm in das neue Jahr gehen. Während die Lichter im Tal mehr wurden, schloss Lara die Augen und lächelte in Gedanken Timo zu. Sie spürte all ihre Liebe für ihn und dachte an ihre Tochter.

Johanna.

Als sie die Augen wieder öffnete, sah sie für den Bruchteil einer Sekunde ein Schimmern. Hoffnungsvoll schaute sie in diese Richtung. Aber es war Tonka, die mit Wunderkerzen bewaffnet auf Lara zukam.

»Niemand ist um zwölf alleine!«, rief sie und schnalzte dann wieder. Sie zog Lara zu den anderen zurück, wo ihr als Erstes Ayse um den Hals fiel und ihr ein schönes, neues Jahr wünschte.

»Ich habe ihn geküsst. Und ich habe mich erinnert.«

Lara machte sich frei und sah Ayse mit großen Augen an.

»Wir waren tot«, hauchte Ayse. »Und deshalb konnte keiner mehr sterben.«

Lara nickte stumm.

»Danke, dass du mir nichts gesagt hast. Ich hätte dich für komplett bescheuert gehalten.«

»Ich weiß.«

»Danke, dass du mich da rausgeholt hast.«

Jetzt musste Lara schmunzeln. »Als ich euch gefunden habe, habt ihr nicht so gewirkt, als wäre es eine Quälerei.«

Ayse boxte Lara verlegen und ließ nun Cem durch, der Lara ebenfalls umarmte und ihr ein schönes neues Jahr wünschte.

Danach war Malik an der Reihe, der ihr ins Ohr flüsterte, dass Tonka ein ganz schöner Freak sei.

Karin nahm Lara fest in den Arm und wünschte ihr ein aufregendes neues Jahr, in dem sie Mutter werden würde. Lara drückte sie fest an sich, mit dem Wissen, wie schwer es Karin fallen musste, sich mit ihr zu freuen.

Dann stand Marc vor Lara. Unbeholfen reichte er ihr die Hand. Sie zog ihn an sich und umarmte ihn so fest, dass Marc die Luft wegblieb. Nach einem Zögern erwiderte er die Umarmung.

»Danke. Für deine Freundschaft«, murmelte Lara. Sie ließ ihn noch eine weitere Minute nicht los.

Dann räusperte er sich. »Genug, Scuti. Du erdrückst mich ja mit deiner Masse. Bald bist du ein schwarzes Loch, das jeden Stern in seiner Umgebung verschluckt.«

Lara lachte und sah in die Runde, die nun mit dem Blick zur Rheinebene dastand und das Feuerwerk betrachtete. Es war warm in ihr.

»Kein Vergleich zu den Vorjahren«, murmelte Marc. Sie sah ihn fragend an.

»Das Feuerwerk. Sonst war die ganze Ebene voll davon. Dieses Jahr ist es bestimmt nur die Hälfte.«

Und die andere Hälfte liegt mit Depressionen im Bett, dachte Lara. Was würde das für ein Jahr werden? Würde die Angst gewinnen? Oder würden sie einen Weg finden, den Menschen ihren Willen zurückzugeben?

Als sie zum Hotel zurückkamen, kam Susi ihnen aufgeregt entgegen. Marc streichelte sie. »Ruhig, Susi. Silvester ist vorbei. Keine Kracher mehr. Alles ist gut.«

Als Lara das Zimmer betrat, begriff sie jedoch, warum die Hündin wirklich aufgeregt war. Der Platz, an dem Styx vor einer Stunde noch gelegen hatte, war leer.

Letzte Station

Gabel pfiff leise, als ein neuer Ton in die Höhle drang. Er war hoch und schrill. Als blauer Blitz sauste er um ihn herum und tummelte sich kurz im oberen Bereich der Höhle.

Gabel tauchte die Hände in das Wasser, das längst nicht mehr silbern schimmerte, sondern eine graue Brühe geworden war. Er schleppte sich zu dem blauen Saphir und legte die Hände darauf. Seine Bewegungen waren langsam, hatten ihren Elan verloren. Dennoch ließen sie den Kristall erklingen. Der grelle Ton schoss in den Saphir hinein, und währenddessen wuchs zwischen zwei Rubinen ein spitzer, blauer Stein. Schriftzeichen wurden eingraviert.

Gabel ließ von dem großen Kristall ab und ging langsam zu dem neugeborenen Stein an der Wand.

Langsam las er das folgende Wort: »Sinnlos.«

Gabel sah sich in seiner Höhle um. Die Rubine waren fast gänzlich verschwunden. Begraben unter den Saphiren, die alles überwucherten. Auf jedem Saphir war dasselbe Schriftzeichen eingraviert.

Sinnlos.

Als die Oberfläche des Sees noch einmal erzitterte, wollte Gabel schon automatisch zurück zum großen blauen Kristall. Aber es war kein Ton, der aus dem See schoss. Er war ein Körper, der im Wasser nach oben schwappte. Gabel ging hin. Seine Augen weiteten sich vor Schreck, als er den Körper erkannte. Er eilte zum Wasser und hob ihn heraus. Vorsichtig legte er das triefende Etwas neben dem See auf den Boden.

Als Styx mit letzter Kraft ein Auge öffnete, starrte Gabel sie mit großer Sorge an. »Was ist da draußen los?«

Teil 3

Laras Sieben

»Bleibt alles anders«
Herbert Grönemeyer

Lara stand vor dem Spiegel und starrte auf die Stelle über ihrem Kopf. Wieder versuchte sie, ihre Willensblase zu entdecken. Und diesmal sah sie etwas. Erst nur ein Flirren, dann nahm eine wunderschöne, schimmernde Blase Konturen an. Lara lächelte nervös. Ein Bild wurde deutlich, in dem sie sich selbst sah. In ihrem Blick lag keineswegs Freundlichkeit. Sie war wütend. Und sie schrie sich selbst an. Lara wich zurück, aber nun sah sie die Willensblase direkt vor sich selbst und nicht mehr über sich. Ihr eigenes Bild wurde größer. Sie wuchs über sich selbst hinaus und schrie sich mit einem derart hasserfüllten Gesicht an, dass Lara Angst bekam. Angst vor sich selbst. Sie konnte nicht hören, was sie sich an den Kopf warf. Das war auch gar nicht nötig. Als die Willensblase noch größer wurde, drehte Lara sich um und wollte davonrennen. Doch plötzlich war sie selbst in der Blase. Ihr Spiegelbild stand über ihr wie in den Blasen der Zwillinge. Sie holte zum Schlag gegen sich selbst aus ...

... und erwachte schweißgebadet. Automatisch wanderte ihre Hand an den runden Bauch. Eine Geste, die sie nach ihren Albträumen stets zurück in die Realität brachte.

In den letzten fünf Monaten hatten die Albträume zugenommen. Fast jede Nacht träumte Lara von ihrem Kreis der Sieben, dessen Erschaffung von einer Person zerstört wurde. Oder sie träumte von einer überdimensionalen Willensblase, in der sie auf sich selbst losging.

Lara zog sich an und ging hinunter in den Eingangsbereich. Dort kam ihr Marc mit einer Brötchentüte entgegen.

»Gab es noch welche?«, fragte Lara hungrig.

»Ich bin extra um fünf aufgestanden, um für mein Scuti was abzukriegen. Sonst knabberst du irgendwann noch mich an.«

Lara grinste schief. Ihr andauernder Hunger war wirklich enorm. Eigentlich könnte sie die ganze Zeit mit Essen verbringen. Marcs Kosenamen Scuti hatte sie nichts mehr entgegenzusetzen. Ihr Körperumfang hatte unfassbare Dimensionen angenommen. Niemals hätte sie gedacht, dass ihr Bauch sich derart weiten könnte. Mittlerweile war es Mai, und laut Dr. Schönenberger würde Johanna nicht mehr lange auf sich warten lassen. Auf dem letzten Ultraschallbild sah es so aus, als würde sie Lara zuwinken.

Lara war froh, dass Dr. Schönenberger nicht von dem *Depri-Virus* befallen war, wie ihn die Presse mittlerweile nannte. Die ganze Welt war davon befallen. In den letzten fünf Monaten hatten 70 Prozent der arbeitenden Bevölkerung ihren Job aufgegeben. Sie waren einfach nicht mehr gekommen. Jegliche Energie schien ihnen abhanden gekommen zu sein.

Zunächst war die Entwicklung noch schleichend vonstatten gegangen. Nach dem Silvesterfest war Lara noch ganz normal zur Schule gegangen. Das erste Mal aufgemerkt hatte sie, als Frau Wagner eine Woche nicht zum Unterricht gekommen war. Zunächst hieß es noch, sie habe eine Grippe. In der zweiten Woche machte der Flurfunk aus der Grippe bereits eine Depression, und in der dritten Woche hatte man schlicht nichts mehr von der Lehrerin gehört. Ein anderer Lehrer hatte die Vertretung übernommen, bis auch der nicht mehr bei der Arbeit erschienen war.

Auch in anderen Berufszweigen machte sich eine Veränderung bemerkbar. Als Lara die ersten Babyklamotten einkaufen gegangen war, waren ihr einige leere Regale in den Läden aufgefallen. Lieferschwierigkeiten, wurde ihr mitgeteilt. Die bestimmt bald wieder behoben sein würden. Aber das wurden sie nicht. Die Regale wurden leerer. In Klamottengeschäften, in Supermärkten, sogar die Bäckereien hatten Lieferschwierigkeiten.

An einem Tag wollte Marc tanken, aber die Tankstelle hatte zu. An einem anderen wollten sie in den Drogeriemarkt, in dem nur noch ein Angestellter war. Auf diese Weise veränderte sich die ganze Welt.

Die Menschen verloren ihren Lebenswillen. Sie sahen keinen Sinn mehr in ihrem Tun, hatten sämtliche Energie verloren. Selbst von den Verschwörungstheorien, die den Hass und die Angst der Menschen angestachelt hatten, war nichts mehr übrig. Die Zugänge der Welt wurden weiter bewacht, aber man wusste längst nicht mehr, wovor. Irgendetwas hatte die Menschen gelähmt.

Lara schnupperte in die Tüte der Bäckerei.

»Es war die Hölle los«, berichtete Marc. Jeden Morgen stand er um fünf auf, um vor den Läden zu warten, wenn die Lebensmittel eintrafen. Die Zulieferer der

Supermärkte waren auf ein Minimum geschrumpft, es gab Tage, an denen überhaupt nichts mehr gebracht wurde. Etliche Restaurants hatten bereits geschlossen. Sasbachwalden und die umliegenden Dörfer und Ortschaften glichen zunehmend Geisterstädten. Marcs Angst, dass die Leute mit dem Plündern anfangen würden, bestätigte sich jedoch nicht. Sie hatten nicht die Kraft dazu.

Wer noch Kraft hatte, verschwendete seine Energie damit, einen Schuldigen zu suchen.

So oft war Lara mit Evas Freundinnen zum Mummelsee gegangen. Sie hatten versucht, mit den Wächtern zu reden. Wollten sie davon überzeugen, die Zugänge wieder freizulegen. Währenddessen hatten sie die Masse an Steinen analysiert und waren doch immer nur zu dem Ergebnis gekommen, dass es unmöglich war, den See mit ihren Möglichkeiten von den Steinen zu befreien. Die Wächter waren von Mal zu Mal aggressiver geworden. Beim letzten Versuch, mit ihnen ins Gespräch zu kommen, war einer von ihnen auf Lara losgegangen. Genau wie damals im Hotel. In seinen Augen die pure Angst. Und Hass. Lara war seit diesem Vorfall nicht mehr dort gewesen.

Sie wusste keinen Rat. Styx war seit Silvester verschwunden, und sie hatte zu hoffen aufgehört, dass sie jemals zurückkam. Mit ihr war auch die Hoffnung gegangen. Eine Welt ohne Styx konnte nur grauer und grauer werden.

Im Hotel kam es Lara wie eine kleine Oase vor. Hier drang all das Negative nicht ein. Der Fernseher war längst ausgeschaltet, nachdem einige Sender eingestellt worden waren. Nur sporadisch gab es noch Nachrichten. Aber hier, mit Marc und Tonka, fand Lara zur Ruhe. Hier fühlte sie sich sicher. Außerdem fuhr sie mit Marc mindestens zwei Mal die Woche zum *Steinlädele*. Sie ließ sich die Wirkungen der verschiedenen Steine erklären und hatte mittlerweile selbst eine große Sammlung. Das Ehepaar, das den Laden gemeinsam führte, war ein fester Bestandteil von Laras Leben. Die beiden spiegelten sich in ihrer jeweiligen Willensblase und schienen auch deshalb von der Depression verschont. Lara hatte jedoch den Eindruck, dass es auch das *Lädele* selbst war, das sie davor schützte. Bei so viel Energie konnte der Wille gar nicht untergehen.

Sie frühstückte mit Marc, während Tonka bereits draußen im Garten war. Sie hatte sich zu einem Multitalent in Sachen Landwirtschaft entwickelt und Marcs Garten zu einem Gemüsebeet umfunktioniert. Wenn es so weiterginge, wäre dies ihre Überlebenschance.

Als Marc sie an der Schule absetzte, betrachtete Lara mit mulmigem Gefühl den leergefegten Pausenhof. Mittlerweile waren etliche Klassen zusammengelegt, weil längst nicht mehr genug Schüler und Lehrer da waren, um die alten Klassen zu füllen. Jeden Tag wurden es weniger.

Cem und Lara trafen sich jeden Morgen vor dem Haupteingang, um noch ein bisschen zu reden. Obwohl er die Schule kaum noch schaffte. Seine Eltern verließen das Bett nicht mehr, und Cem hatte alle Hände voll zu tun, um sich um sie zu kümmern. In Ayses Familie sah es ähnlich aus. Ihre Freundin, Malik und Begüm waren energiegeladen wie eh und je. Aber die anderen Brüder samt Ayses Vater verließen die Wohnung nicht mehr.

Sie stieg aus dem blauen Mercedes und ging auf den Haupteingang zu. Obwohl sie an diesem Morgen zu spät war, stand Cem nicht an ihrem Treffpunkt. Während Marc weiterfuhr, wartete Lara und sah angespannt auf, als die Zwillinge auf sie zukamen. Tamara und Jonas waren von dem Virus noch nicht befallen, was Lara wunderte. Ihr war aufgefallen, dass gerade die Menschen, die zwei Willensblasen hatten, als Erstes ihren Willen verloren. Menschen mit einer Willensblase blieben von der ganzen Entwicklung bisher unberührt.

Die beiden gingen direkt auf Lara zu.

»Na? Wo ist dein Türke?«, wollte Jonas wissen.

Lara antwortete nicht.

»Wir wissen Bescheid. Über dich«, fing Tamara an. »Du bist nicht aus Berlin. Du kommst von den anderen Welten. Du verhext hier alle mit deinem Gelaber über den Willen. Und hast nicht nur Timo umgebracht, sondern auch die kleine Mila!«

Lara konnte nicht glauben, was sie da hörte.

»Das ist so ein Schwachsinn«, murmelte sie und trat einen Schritt zurück.

Die Zwillinge folgten ihr. »Du bringst die Menschen dazu, alles aufzugeben. Damit du und deine Leute hierherkommen könnt. In dir wächst schon das nächste Alien heran!«

»Spinnt ihr?«

Tamara stieß Lara ein Stück nach hinten. »Aber das erlauben wir nicht!«

Sie starrte Tamara in die Augen, während Jonas sie am Arm packte. »Unser Vater findet, dass wir die Geburt deines Kindes verhindern müssen!«

Lara wurde heiß. Sie wand sich aus Jonas' Griff, aber Tamara boxte gegen ihren Bauch. Lara ging in die Knie, beugte sich nach vorn, um ihr Kind zu schützen. Sie spürte einen Fußtritt. Und noch einen. Sie schrie vor Schmerz und Angst, als sie eine Stimme hörte.

»Aufhören! Sofort!«

Noch einmal erwischte sie ein Tritt, dann wurden die Zwillinge von jemandem weggezerrt.

»Ich rufe die Polizei!«

»Sie kriegt ein Alien!«

»Ich untersuche sie schon seit Monaten. Und ich weiß mit Sicherheit, dass sie einen Menschen kriegt!«

Lara sah auf.

Dr. Schönenberger stand vor ihr und hatte die Zwillinge fest im Griff. »Verschwindet. Oder ich vergesse mich.«

Die Zwillinge musterten Lara böse, gingen dann aber.

Dr. Schönenberger half ihr auf. »Komm mit.«

Lara setzte sich auf den Untersuchungsstuhl, während ihr die Tränen übers Gesicht liefen. Sie zitterte am ganzen Körper. Dr. Schönenberger hielt ihre Hand, während sie mit dem Ultraschall Laras Bauch entlangfuhr.

»Ist Johanna okay? Geht es ihr gut?«

Noch einige Sekunden vergingen, die Lara wie die längsten Sekunden der Weltgeschichte vorkamen. Dann endlich legte sich das vertraute Lächeln auf das

Gesicht der Ärztin. »Es geht ihr gut. Alles in Ordnung. Keine Blutungen.«

Doch auch das konnte Laras Tränen nicht stoppen. »Die hätten Johanna umgebracht. Und mich auch!«

»Du solltest Anzeige erstatten.«

»Ihr Vater ist mit dem Polizeichef befreundet.«

»Lara, wir sind hier nicht in irgendeinem Mafiafilm. Die beiden sind auf dich los, und ich habe es gesehen. Wir können jetzt gleich zur Polizei.«

Lara stand wackelig auf. »Ich will einfach nur nach Hause.«

Dr. Schönenberger brachte sie nach Sasbachwalden und berichtete Karin über das Vorgefallene. Auch die war der Meinung, dass Lara die Zwillinge anzeigen sollte, und rief trotz Laras Protest die Polizei. Die Beamten nahmen eine Anzeige auf und versprachen, der Sache nachzugehen. Lara fühlte sich keineswegs besser. Sie wusste nur, dass dies der letzte Schultag für sie gewesen war.

Nachdem sie sich bei Dr. Schönenberger bedankt hatte, fuhr die Ärztin zurück, versprach aber, jeden Tag bei Lara vorbeizuschauen. Lara trank noch einen beruhigenden Tee, als Tonka mit einer Ladung frischer Kräuter eintraf. Ihre Verwandlung war mittlerweile fast abgeschlossen. Sie hatte sich zu einer schönen Frau entwickelt, die nur noch durch ihre ungewöhnliche Hautfarbe auffiel. Als Tonka Lara sah, ließ sie erschrocken ihre Kräuter stehen und kam zu ihr.

»Ich hole Marcs Gewehr und halte das den beiden vor die Nase!«, rief sie wütend, als Lara ihr alles erzählt hatte. Von der friedfertigen, farbenwechselnden Außerirdischen war im Moment wenig übrig. Sie erinnerte Lara mehr an die Krieger.

Tonka hatte ihr erklärt, dass sie so etwas wie Familien auf ihrer Welt nicht kannten. Sie waren alle von derselben Mutter geboren. Marc, Lara, Karin, Ayse und Cem ... sie alle hatten sich zu einer skurrilen Patchwork-Familie entwickelt, und Tonka hatte sich irgendwann als Familien-Fan geoutet. Jetzt erkannte Lara, was aus Tonka wurde, wenn jemand diese Familie bedrohte.

»Genug davon«, fand Karin mit einem besorgten Blick in Laras Gesicht. »Ich schlage vor, wir widmen uns Tonkas Lieferung und machen neues Öl. Auch wenn du eigentlich nicht mehr arbeiten solltest.« Sie musterte Laras riesigen Bauch.

Lara stand auf und atmete tief durch. »Aber dann bist du alleine hier.«

Jos Zustand hatte sich, wenn das überhaupt noch möglich war, verschlimmert. Er verließ das Bett nur, um das Nötigste zu verrichten. Ansonsten lag er lethargisch herum und hatte nicht einmal mehr die Kraft, aufzustehen und sich etwas zu essen zu machen.

Was nicht der einzige Grund war, warum Lara so lange wie möglich in der Apotheke mithelfen wollte. Ihre Gabe, den echten Willen der Menschen zu lesen, hatte sich herumgesprochen. Und wenn es ihr gelang, die Menschen auf ihren wahren Willen aufmerksam zu machen, dann verformten sich die zwei Willensblasen zu einer und der Mensch war vor der Depression sicher. Lara hatte es bei Marc mit eigenen Augen gesehen. Allerdings war diese Veränderung ohne ihr bewusstes Zutun geschehen. Irgendwann war er mit nur noch einer Willensblase aufgestanden. Das Bild, das sie selbst mit ihm zusammen zeigte, war weg. Aus irgendeinem Grund hatte Marc aufgehört, sie zu wollen. Was Lara einen verdächtigen Stich versetzt hatte. Natürlich überwog die Freude, dass er mit nur einer Willensblase vor dem Virus sicher war. Denn wenn der einmal zugeschlagen hatte, konnte auch Lara nichts mehr tun.

Ab diesem Zeitpunkt kam Karins Gabe zum Einsatz. Johanniskraut, Baldrian, Melisse, Lavendel ... all diese Kräuter zögerten die Krankheit hinaus. Karin hatte einiges davon im eigenen Garten, mittlerweile aber wanderte sie von Ort zu Ort, um dort ebenfalls zu ernten. Sie kamen der Nachfrage kaum hinterher.

Die Kräuter wurden getrocknet oder direkt zu Öl verarbeitet. Lara stellte fest, dass ihr diese Arbeit gefiel, sie regelrecht darin aufging. Sie hatte die Menschen immer beneidet, die genau der Tätigkeit nachgingen, die sie glücklich machte. War es ihre Bestimmung, eine Kräuterhexe zu werden? War ihre Blase ein Spiegelbild ihres Lebens? An die Ausbildung war im Moment nicht zu denken. Die Schule, an der sie ihre Ausbildung absolvieren wollte, stand kurz vor der Schließung. Das war eine ihrer kleinsten Sorgen. Schließlich hatten sie alle zusammen in der Apotheke genug zu tun. Die Frage war, wie lange sie noch mit allem Lebensnotwendigen versorgt werden konnten.

Auch in den Krankenhäusern kam es zu langen Wartezeiten. Lara konnte nur hoffen, dass eine Hebamme für sie bereit war, wenn Johanna geboren wurde.

Karin hatte ihr längst angeboten, wieder in das kleine Hexenhaus zu ziehen. Aber Lara hatte ihr Zuhause gefunden, und auch Karin kam gern bei ihnen vorbei, wenn sie mit Jos Zustand nicht klarkam und eine Pause brauchte. Der ganzen Situation zum Trotz hatten sie sich parallel in die Renovierung des Hotels gestürzt. Die Hälfte der Zimmer hatten sie bereits renoviert. Lara hatte einen Teil ihres Erbes investiert. In ein paar Monaten würden sie die Zimmer vermieten können. Allerdings hatte Marc zu Recht die Befürchtung, dass dann niemand mehr an einer Reise interessiert wäre. Die Lage der Ein- und Ausgänge hatte eine Weile dazu geführt, dass viele Schaulustige gekommen waren. Als die Angst überwogen hatte, war niemand mehr gekommen. Aber falls nach der Geburt von Johanna ein Besuch des Jugendamts stattfinden würde, wollte Lara ein schönes Zuhause vorweisen könnten.

Ihr Plan, die Menschen mit Leos Musik zu erreichen, war gescheitert, da Leo immer noch verschollen war. Er hatte Ayse irgendwann noch eine SMS geschickt, dass er jemanden Bestimmten suchte und sich wieder bei ihr melden würde. Seitdem hatte Ayse nichts mehr von ihm gehört und konnte ihn telefonisch nicht erreichen. Mittlerweile gab es immer häufiger Netzausfälle, sodass man nicht sagen konnte, ob Leo nicht erreicht werden konnte oder nicht erreicht werden wollte.

Tonka stellte ihre neueste Ernte auf dem Tisch im kleinen Labor ab. Etliche gelbe Blüten von Johanniskraut.

»Wunderbar!«, rief Karin. »Und wieder eine so gute Qualität.«

Nachdem sie zu dritt etliche Flaschen mit Öl vorbereitet hatten, die nun einige Tage stehen mussten, ehe sie filtriert werden konnten, holte Marc sie ab.

Während Tonka Marc aufgebracht von den Ereignissen an der Schule berichtete, schleppte Lara sich auf die Rückbank, wo schon seit Wochen die gepackte Krankenhaustasche lag. Wenn es um das Thema Geburt ging, bekam Marc regelmäßig Schweißausbrüche. Er machte sich solche Sorgen, nicht rechtzeitig im Krankenhaus zu sein. Ein Ersatzbenzinkanister stand bereit, falls er nicht genug getankt haben sollte oder die nächstgelegene Tankstelle auch dichtmachte. Tonka machte sich ausgiebig darüber lustig. Die Tatsache, dass er sich solche Sorgen um die Geburt machte, konnte Tonka nicht nachvollziehen. Für sie ging das Leben seinen Weg. Die Vorstellung, dies kontrollieren zu können, war für sie einfach zu abwegig.

Lara machte sich nicht über Marc lustig. Auch sie war nervös. Im Geburtsvorbereitungskurs hatte sie alles Mögliche gelernt. Wie würde die Praxis aussehen? Wie schlimm würden die Schmerzen sein? War sie wirklich in der Lage, Johanna aus sich herauszupressen? Es konnte so viel schiefgehen, was Tonkas andauernde Recherche zu diesem Thema immer wieder bestätigte. Mehr als die Geburt ängstigte Lara noch die Vorstellung der Zeit danach.

Alles anders.

So beschrieben Eltern ihr Leben nach der Geburt ihres Kindes. Es war diese Komponente, die Lara Sorgen bereitete. Was würde anders werden? Sie? Ihr Leben? Johanna war dann auf der Welt. Würde schreien,

Hunger haben, alles lernen müssen, und Lara hoffte, dass sie ihr alles beibringen konnte, was ihre Tochter brauchte.

Aber würde sie sich auch verändern? Würde sie auch anders sein? Was würden die veränderten Umstände aus ihr machen?

Alles anders war eine Variable, die Lara nicht einordnen konnte und die sie in stillen Nächten am meisten beschäftigte. Die Angst war zuvor nicht so groß gewesen. Aber nun, da die ganze Welt sich veränderte und sie in Zukunft vielleicht sogar als Selbstversorger enden würden, wenn sie keine Hilfe fanden, fühlte sich Lara beim Gedanken an die kommende Verantwortung manchmal überfordert. Gemeinsam mit Timo hätte sie darüber reden können. Sie hätte ihre Ängste mit ihm geteilt, und sie war sich sicher, dass Timo sie beruhigt hätte. Mit Karin wollte sie nicht darüber reden, da sie befürchtete, Erinnerungen an Mila hervorzurufen. Tonka konnte sich mit all ihrem angelesenen Wissen nicht in Laras Situation hineinfühlen, und Marc würde sie mit ihren eigenen Ängsten nur noch mehr Sorgen bereiten. So gab sie nach außen hin die selbstbewusste werdende Mama, die sich keine Sorgen machte und alles auf sich zukommen ließ.

Dabei wünschte sie sich, die Schwangerschaft würde andauern. In ihrem Körper war Johanna sicher. Lara musste nichts weiter tun, als sich gesund zu ernähren und ausreichend zu schlafen. Damit tat sie für ihr Kind schon alles Notwendige.

Nachdem Marc sich ausgiebig über die Zwillinge aufgeregt und verdächtig oft das Gewehr seines Großvaters erwähnt hatte, parkte er den Wagen vor dem Hotel und sie stiegen aus. Es regnete an diesem warmen Maisonntag. Das Wasser lief Lara in die Flipflops.

»Lara, beeil dich. Du wirst ganz nass«, rief Tonka ihr zu, die bereits im Eingangsbereich des Hotels stand.

»Scuti braucht eben ihre Zeit«, witzelte Marc.

In diesem Moment fühlte Lara, wie etwas Warmes ihre Beine hinunterlief. Entsetzt sah sie Marc an. Er erfasste die Situation sofort.

»Wo ist die Tasche?«

Sie hörte seine Stimme dumpf. Nahm kaum die Aufregung darin wahr.

»Die ist schon seit Wochen im Auto«, rief Tonka belustigt.

»Lara! Mach schon!«

Jemand schob sie Richtung Auto. Ihre nasse Kleidung klebte an ihr. Die Tür des Wagens wurde geöffnet, und jemand schob sie auf die Rückbank. Sie hörte ein Bellen und sah aus dem Fenster, während Marc und Tonka vorn einstiegen. Susi stand vor dem Hotel und rannte zum Auto.

»Susi! Bleib!«, rief Marc und startete den Wagen.

Lara sah die Hündin an, die völlig aufgelöst war. Als wüsste sie, dass etwas passieren würde.

Während Marc den Mercedes um die Kurve lenkte und Gas gab, befahl er Tonka, schon mal im Krankenhaus anzurufen.

Erst da begriff Lara, was gerade passierte.

Es ging los.

Sie würde ein Kind bekommen.

Der Wagen sauste um die Ecke und fuhr Richtung Baden-Baden. Aufgrund der vielen Arbeitsausfälle war es im Moment das nächste Krankenhaus, in dem noch gearbeitet wurde.

»Hast du schon Wehen?« Marc drehte sich zu Lara um.

Sie schüttelte den Kopf.

»Achtung!« Tonkas Stimme klang erstaunt.

Lara sah nach vorn. Der Wagen war aufgrund der nassen Fahrbahn ins Schlingern geraten und drohte, auf die linke Fahrbahn zu schlittern. Marc wollte korrigieren, doch das Auto gehorchte ihm nicht. Laras Hand umfasste den Türgriff, während Marc in die Bremsen stieg und dabei aufschrie. Es rumpelte, und mit einem lauten Knall war die Fahrt zu Ende.

»Nein! Nein! Nein!«

Jemand riss die Tür auf.

»Lara? Bist du okay?«

War sie kurz ohnmächtig gewesen? Sie sah sich um. Das Auto stand. Gequetscht an einen Baum. Tonka und Marc standen vor der offenen Tür. Unversehrt.

»Ich glaube schon«, murmelte Lara. Dann spürte sie einen Schmerz und schrie auf.

»Sie hat Schmerzen«, rief Marc.

Lara machte Anstalten, auszusteigen. Der Schmerz zog durch ihren Unterleib und einmal quer durch ihren unteren Rücken.

»Bleib sitzen! Wenn du was gebrochen hast, darfst du dich nicht bewegen.«

»Ich habe nichts gebrochen! Ich habe Wehen!«

Sie schwang sich aus dem Auto und sackte in die Knie. Der Schmerz zog jetzt bis in die Beine, und gleichzeitig hatte sie das Gefühl, dass ihr dicker Bauch nach unten sackte. Sie konnte förmlich spüren, wie Johanna sich ihren Weg nach draußen bahnte.

»Scheiße!«, rief Marc. »Ich rufe den Notarzt!« Er nahm sein Handy und wählte, während Tonka sich neben Lara setzte.

»Was kann ich tun?«

Lara versuchte, sich an alles zu erinnern, was sie im Kurs gelernt hatte. Sie hechelte und atmete dann tief in den Bauch hinein.

Marc kam zurück. »Ich erreiche niemanden. Das Netz ist mal wieder tot.«

Lara spürte, wie die Panik in ihr aufstieg. »Versuch es weiter!«, schrie sie. War das wirklich ihre Stimme?

»Okay.«

Er versuchte es, während Lara von einer neuen Woge des Schmerzes erfasst wurde.

Zu schnell. Die Wehen kommen viel zu schnell, dachte sie.

Auch diesmal nahm niemand Marcs Anruf entgegen.

Sie waren allein.

Lara atmete hektisch.

»Was macht sie?«, fragte Marc. »Ist es dieses Hecheln?«

»Sie hat Angst«, stellte Tonka fest.

»Sie kommt. Johanna kommt. Ich weiß nicht, was ich machen soll!«, rief Lara voller Angst. Ihr Herz raste. Kopflos stand sie auf und taumelte Richtung Auto.

»Wo willst du hin?«

»Krankenhaus!«

»Das Auto ist Schrott!«

»Dann laufe ich halt.« Als eine erneute Wehe sie erfasste, blieb sie jedoch wieder stehen. Sie sank in die Knie und schrie auf.

»Was machen wir? Was machen wir?«, rief Marc im Hintergrund, was Laras eigene Ängste noch verstärkte.

Da spürte sie, wie jemand ihre Hand leckte. Warm und weich und voller Sabber.

»Susi?«, sagte Lara verwirrt. Die Hündin stand schwanzwedelnd vor ihr und winselte aufgeregt.

»Sie ist uns gefolgt«, stellte Tonka fest.

Lara schrie noch einmal auf. »Ich will einen Arzt!« Sie sah zu Tonka. »Du hast alle Bücher gelesen. Du weißt, was ich machen muss.«

Tonka beobachtete einen Moment die Hündin, ehe sie sich vor Lara hockte und ihr Gesicht in beide Händen nahm. »Du brauchst die Bücher nicht.«

Lara atmete hektisch. »Doch! Ich brauche sie. Und ich brauche einen Arzt!«

»Für alles habt ihr eure Bücher und Anleitungen und Spezialisten. Und das ist toll. Auf diese Weise kann man viel lernen. Aber eines habt ihr überhaupt nicht drauf. Bauchgefühl.«

»Ich scheiß aufs Bauchgefühl. Ihr Bauch ist viel zu dick!«, rief Marc hinter ihnen und wählte erneut.

Tonka winkte ab. »Hör nicht auf ihn. Bei Männern ist das noch viel schlimmer.«

»Aha«, wisperte Lara. Eine Wehe floss durch ihren Körper.

»Wie würde Susi ihre Kinder auf die Welt bringen?«

Lara starrte verdutzt zu der Hündin. »Was?!«

»Wie würde sie es machen? Würdet ihr auch einen Arzt rufen und sie an tausend Geräte anschließen? Oder würde Susi es einfach ... machen?«

Lara fiel darauf keine Antwort ein.

»Verstehst du nicht, Lara? Du bist wie sie. Du weißt, was du zu tun hast. Es ist in dir angelegt.«

»In mir ist gar nichts angelegt! Aua!«

»Mach die Augen zu.«

Aber Lara atmete nur panisch.

»Augen zu!«

Sie schloss die Augen.

Tonka nahm ihre Hände. »Und jetzt atme tief und ruhig ein und aus.«

Sie atmete tief ein und aus.

»Weiter. Genau so.«

Sie atmete weiter. Ein und aus. Ein und aus. Ihr Herz beruhigte sich. Genau wie ihre Gefühle. Als eine neue Wehe kam, presste sie. Nicht aus ihrem Willen heraus, ihr Körper übernahm das Regiment und handelte automatisch.

»Was willst du tun?«, hörte sie Tonkas Stimme.

»Hocken. Ich will hocken.«

Tonka half ihr, sich in eine Position zu bringen, die sich gut anfühlte.

Marc kam zu ihnen gerannt. »Ich habe jemanden erreicht. In zwanzig Minuten sind sie da.«

Lara öffnete die Augen und sah Marc ins Gesicht. Blanke Panik. »Zu spät. Johanna kommt schon«, wisperte sie. Und lachte.

Marc sah sie an, als hätte sie den Verstand verloren. »Dann halt sie noch drinnen!«

Bei dieser Vorstellung musste Lara noch mehr lachen. Sie presste und atmete weiter tief ein und aus. Überließ sich ganz ihrem Körper, ihrer Intuition. Das ganze Durcheinanderreden in ihrem Kopf wurde leiser, bis Lara nur noch ein Rauschen hörte. Für diesen Moment war sie eins mit ihrer Tochter. War eins mit der kleinen Johanna.

Der Schmerz war kaum auszuhalten, aber Lara nahm ihn gar nicht wahr. Ihre Hände glitten zwischen ihre Beine. Sie riss sich den Slip weg, hörte nur noch wie nebenbei Marcs protestierende Worte. Jemand legte ihr eine Decke hin, auf die sie sich setzte. Dann spürte sie, wie etwas Rundes und Nasses in ihre Hände glitt.

»Das Köpfchen! Ich kann es sehen!«, rief Tonka.

»Scheiße!«, sagte Marc.

»Da ist sie!«

Susi bellte aufgeregt.

Noch einmal pressen, und ein kleiner, warmer Körper glitt in Laras Hände. Sie kippte zurück auf den Boden, hielt den kleinen Körper fest.

»Was ist jetzt?« Marc klang völlig verwirrt, während Tonka lachte.

»Sie ist da! Johanna ist da! Mann, das war vermutlich die schnellste Geburt, die die Welt je gesehen hat!«

Lara öffnete die Augen und sah an sich hinunter. Sie blickte in ein kleines, verschmiertes Gesicht. Große Augen starrten sie an. Verwundert. Als sei sie sich noch nicht sicher, was hier gerade passiert war. Susi sprang um Lara herum und schnüffelte aufgeregt.

Lara hatte nur Augen für das kleine Geschöpf auf ihrer Brust. Eine kleine Stupsnase, helles, nasses Haar klebte auf ihrem Köpfchen, die Ohren winzig, genau wie ihre Finger.

»Hallo«, sagte Lara lächelnd und wurde von einer Woge des Glücks erfüllt. Während sie in die leuchtenden Augen ihrer Tochter blickte, murmelte sie leise: »Willkommen auf dieser Welt, kleine Johanna.«

Der winzige Mund öffnete sich. Schloss sich dann noch einmal. Und während Johanna zur Seite sah und Susi ins Gesicht blickte, ging eine Anspannung durch den kleinen Körper, ehe sie ihren ersten, empörten Schrei von sich gab.

Tonka zog ihre Jacke aus und wickelte Johanna darin ein. Die Nabelschnur hing heraus. Verband Lara immer noch mit ihrer Tochter.

»Was machen wir damit?«, fragte Lara.

»Wenn sie nicht mehr pulsiert, können wir sie durchschneiden. Und dann auf die Nachgeburt warten.«

»Ähm, durchschneiden?«, echote Marc.

»Wir müssen sie abbinden. Ein Stück weg von Johannas Bauchnabel. Und dann noch mal ein Stück weiter davon.«

»Mit was denn?«

Tonka sah an Marc rauf und runter. »Deine Schnürsenkel.«

»Spinnst du?«

»Los. Schuhe aus.«

»Ich denke gar nicht dran!«

»Marc!«

»Schon mal was von steril gehört? Hier ist überall Dreck. Wir können hier nichts abbinden und durchschneiden. Schon gar nicht mit Schnürsenkeln.«

»Ich habe das in einem Buch gelesen!« Tonka ließ nicht mit sich diskutieren, und schließlich zog Marc seine Schuhe aus. Sie schnappte sich die Schnürsenkel und band die Nabelschnur ab, als hätte sie noch nie etwas anderes getan. Lara hielt Johanna fest im Arm, die mit ruhigem Blick alles verfolgte.

»Und wo zauberst du jetzt eine Schere her?«, fragte Marc.

»Krankenhaustasche. Nagelschere.«

Grummelnd und barfuß ging er zum Auto und holte die Krankenhaustasche. Eine Minute später schnitt Tonka die Nabelschnur durch.

Dann wurde es still. Tonka und Marc saßen um Lara herum, die die kleine Johanna im Arm hielt. Sogar Susi verhielt sich ganz still und starrte auf Laras Tochter. Dem neuen Mitglied ihres Rudels. Tonka strahlte über das ganze Gesicht und strich vorsichtig über Johannas Gesicht.

Lara erwiderte ihr Strahlen. »Danke«, flüsterte sie.

Tonka lächelte verlegen. »Ich habe dich ganz schön angeschrien.«

»Wir haben beide geschrien.«

»Armer Marc«, frotzelte Tonka.

Als er nicht einmal konterte, drehten sie sich zu ihm um. Er lag am Boden. Das Gesicht kreideweiß. Ohnmächtig.

Im selben Moment kam der Krankenwagen.

Die Verbindung

Timo hielt inne.

Er war bei Ayse in der Wohnung und beobachtete, wie sie sich gemeinsam mit Malik um ihre Familienmitglieder kümmerte. Während Ayse kochte, machte Malik die Wohnung sauber. Dabei versuchte Ayse, wahlweise Leo oder Lara mit dem Handy zu erreichen. Bei beiden kam sie nicht durch.

Da Timo wusste, wie wichtig Leo für seinen eigenen Kreis der Sieben war, würde er ihn suchen gehen. Damit folgte er Ayses Willen und hoffte, ihr helfen zu können. Wie – das war ihm selbst noch nicht klar. Seine Beobachtung wurde nun unterbrochen. Von einer Erschütterung. Einer Veränderung.

Lara.

Etwas war geschehen.

Er fühlte absolutes Glück.

Du kannst fühlen, was sie fühlt.

Als ihm klar wurde, was geschehen war, lachte er vor Freude.

»Some people need healing, some people need love«
Haelos

Der eintreffende Arzt kümmerte sich um alles Weitere. Auch um den bewusstlosen Marc, der schon bald wieder auf den Beinen war. Sein Kreislaufzusammenbruch war ihm sichtlich peinlich. Im Krankenhaus wurde Lara untersucht und Johanna gewaschen. Karin und Theresa trafen gleichzeitig ein und begrüßten Johanna. Die beiden lachten und weinten vor Glück.

Tonka wurde als die Heldin der Geburt gefeiert.

Drei Tage später waren sie wieder zu Hause im Hotel. Karin hatte für Johanna eine Krippe gebracht, in der schon Mila gelegen hatte. Auf dem abgeblätterten Weiß konnte Lara noch eine Sonne und Sterne erkennen. In die Sonne war ein großes Auge gemalt.

Lara sah Karin erstaunt an. »Ich habe von einer Sonne mit einem Auge geträumt, als ich mit Mila schwanger war. Und es deshalb auf ihre Wiege gemalt.«

Lara lächelte. In keiner Wiege wäre Mila besser aufgehoben gewesen. Und nun würde Johanna darin schlafen.

Jetzt war es Nacht. Lara stand neben der Krippe und beobachtete Johanna, die tief und fest schlief. Über ihr hing eine kleine Willensblase, in der Lara ihr eigenes Gesicht erkannte.

»Siehst du, Timo? Sie ist perfekt.« Sie flüsterte, um Johanna nicht zu wecken. Ihre Hand glitt über die weiche Wange. Johanna schmatzte leise im Schlaf. Lara hatte das Gefühl, vor Glück zu zerspringen. Gleichzeitig war die Sehnsucht nach Timo unfassbar groß. Wie konnte man diese beiden Gefühle gleichzeitig haben?

War er hier? Konnte er seine Tochter sehen? Konnte er sehen, wie perfekt sie war? Und sie war perfekt! Ihre Hände mit den winzigen Fingern, die kleinen Zehen an den Füßen, ihr winziger Kopf und die blonden Haare, die in alle Richtungen abstanden.

Sogar, wenn sie schrie, war sie perfekt. Perfekt in ihrem Hunger, ihrer Schlafverweigerung, ihrer Empörung über die Welt und perfekt in ihrem Lächeln.

Wochen vergingen, in denen Lara kaum eine Bewegung oder einen Laut von Johanna verpasste. Sie bekam regelmäßigen Besuch einer Hebamme. Nun tauchte auch eine Mitarbeiterin des Jugendamts auf. Da Karin als Laras Erziehungsberechtigte glaubhaft versichern konnte, dass Johanna bestens versorgt wurde, war die Prüfung nach einem Besuch erledigt.

Ein paar Mal konnte sie mit Ayse telefonieren, als das Netz mal wieder funktionierte. Ihre Freundin war wegen Johanna aus dem Häuschen und wegen Cem in großer Sorge, den der Depri-Virus nun auch erfasst hatte. Gemeinsam mit Johanna fuhren Marc und sie jeden Tag vorbei, um nach der Familie zu sehen. Es war schrecklich, Cem in diesem Zustand zu sehen.

Johanna war das Einzige, das Lara im Moment ein Lächeln entlocken konnte. Sie trank und wuchs und machte eine Windel nach der anderen voll. Ihr Gesichtchen war ganz verknautscht, was ihr von Marc den Spitznamen Knautscher eingebracht hatte. Der beschwerte sich täglich über die Geräuschkulisse, darüber, dass es angeblich dauernd stank, darüber, dass Lara und Tonka nur noch in Babylauten kommunizierten und darüber, dass Susi lieber neben Johanna schlief als bei ihm. Er signalisierte kaum Interesse an Johanna und vergrub sich in seinem Zimmer, wo er eine neue Software herstellte.

Als Lara an einem Tag jedoch mit einigen Kräutern aus dem Garten kam und nach Johanna sehen wollte, war die Tür zum Zimmer nur angelehnt. Eine Stimme war zu hören.

»... sie reden hier alle nur in der Babysprache mit dir. Aber einer muss jetzt mal Klartext reden.«

Lara horchte auf und sah durch den Türspalt. Marc stand an Johannas Bettchen und betrachtete sie.

»Du bist hier nur von Verrückten umgeben. Eine Außerirdische, die sich in eine Frau verwandelt hat und total bossy ist. Ich bin ein Sozialnerd ... das bedeutet, dass ich am liebsten alleine bin. Warum ich euch dann hier wohnen lasse, wirst du dich fragen. Das liegt an deiner Mutter.«

Lara schluckte leise, während Johanna glucksende Geräusche von sich gab. Sie spähte durch den Spalt und erkannte, dass Marc Johanna auf dem Arm hatte. Unbeholfen hielt er ihr Köpfchen, als wäre sie ein kostbarer Schatz, dem nichts geschehen durfte.

»Sie braucht jemanden, verstehst du? Sie denkt immer noch jeden Tag an deinen Papa. Was mir tierisch auf die Nerven geht.«

Johanna fing an zu quengeln.

»Hey ... sorry, Knautscher. Ich sage nun mal lieber die Wahrheit. Ich konnte deinen Vater eigentlich immer leiden. Aber er war ein verdammter Moralapostel und hat geglaubt, dass er ein besserer Mensch ist als ich.« Marc machte eine kurze Pause. »Wahrscheinlich war er das auch. Jedenfalls könnt ihr hierbleiben. Deine Mama und du. Auch wenn sie völlig wahnsinnig ist. Das solltest du wissen. Sie denkt ständig nur an andere und will immer die Welt retten. Das unterscheidet uns. Aber es ist gut, wenn du auch ein anderes Vorbild hast.« Er streichelte sanft Johannas Gesicht. Laras Tochter beruhigte sich wieder und sah Marc wachsam an. »Du siehst aus wie sie. Das ist was Gutes. Wenn man sie ansieht, ist der Sternenhimmel stinklangweilig.«

Johanna gluckste, und Lara musste lächeln.

»Seit sie hier ist, bin ich nicht mehr gerne alleine. Sag ihr das bloß nicht.« Marc legte Johanna vorsichtig zurück in die Krippe, und Lara schlich auf Zehenspitzen davon.

Als sie die Eingangshalle erreicht hatte, kam Marc ebenfalls aus Richtung der Zimmer. Schnell tat sie so, als sei sie eben erst reingekommen.

»Hey.«

»Kannst du Johanna mal das Schreien abgewöhnen? Ich mag meinen Schlaf«, erwiderte er kühl.

Sie ging auf ihn zu, drückte ihn mitsamt den Kräutern in der Hand an sich und gab ihm einen Kuss auf die Wange. »Danke. Für alles.« Dann ging sie lächelnd Richtung Zimmer.

Lara spazierte täglich mit Johanna durch den Wald und bewunderte nachts mit ihr den Sternenhimmel, auch wenn Johanna noch nicht so weit sehen konnte.

Tagsüber half sie Tonka im Garten und las in den wenigen Momenten, in denen Johanna schlief und sie nicht aufräumen musste, in den Büchern für die Ausbildung, die Karin ihr gebracht hatte. Ein derartiges Leben hatte sie noch nie geführt, und es fühlte sich so echt an.

Karin und Theresa kamen regelmäßig vorbei, um Lara mit Rat zur Seite zu stehen und Johanna mit Geschenken zu überhäufen. Beide Frauen nutzten diese Besuche auch als kleine Auszeiten von ihrer häuslichen Situation, denn die Depression hatte nicht nur Jo, sondern auch Timos Vater erfasst.

Als Lara an einem frühen Morgen das Hotel mit Johanna im Tragetuch verließ, um ihre tägliche Runde an Besuchen zu machen, blieb sie wie erstarrt auf der Treppe stehen. Vor dem Hotel stand Jonas. Instinktiv legte Lara die Arme um Johanna, als sie auch schon hinter sich Marc hörte, der vor sie trat.

»Verschwinde. Und zwar ganz schnell!« Er hatte Gustavs Gewehr in der Hand.

Nach der Anzeige hatten die Zwillinge eine Sozialarbeit aufgebrummt bekommen. Das war alles gewesen. Im Stillen hatte Lara oft Angst gehabt, dass sie hierherkommen würden, um dem Alien Johanna etwas anzutun.

Nun wirkte Jonas aber keineswegs, als wollte er Lara oder ihr Kind angreifen. Er sah sie unsicher an. »Ich will mich entschuldigen.«

»Zur Kenntnis genommen. Jetzt verzieh dich!«, donnerte Marc.

Jonas trat vor, als würde Marc ihn nicht mit einem Gewehr bedrohen. »Wirklich. Es tut mir leid. Ich hoffe, ich habe deinem Kind nichts getan.«

Lara spürte, dass er es ehrlich meinte, und legte Marc beruhigend eine Hand auf die Schulter. »Was willst du?«

»Mein Vater ... Tamara ... sie stehen nicht mehr auf«, erklärte er. »Kannst du helfen?«

Marc lachte laut auf. »Erst willst du sie umbringen, und jetzt soll sie dir helfen? Geht's noch?«

Jonas musterte sie fragend, und Lara nickte schließlich. »Ich komme heute vorbei. Aber ich kann nichts versprechen.«

Ein paar Stunden später, während Marc Lara und Johanna von Wohnung zu Wohnung fuhr, wo sie Öl-Antidepressiva verteilten, kam er aus dem Kopfschütteln kaum heraus. »Ich werde dich nie verstehen. Der Typ wollte dich umbringen.«

Lara war sich dessen durchaus bewusst. Dennoch hatte sein Blick sie berührt. Sie ließ sich zu Jonas' Adresse fahren, ein riesiges Haus, versteckt hinter hohen Mauern. Das ganze Anwesen wirkte wie eine einzige Festung, die ihre Insassen vor der Außenwelt schützen sollte. Lara ließ Johanna bei Marc im Auto.

Jonas war dankbar für ihr Erscheinen. Der Junge wirkte in dem riesigen Gebäude mehr als verloren. Eine Mutter war nicht anwesend, Lara wusste nicht, ob die Eltern getrennt waren oder die Mutter verstorben. Jonas führte sie zu Tamara in deren Zimmer, die bei Laras Anblick keine Regung zeigte. Ihre Willensblase war gänzlich erloschen. Genau wie bei dem Vater der Zwillinge, den Lara als den großen Mann wiedererkannte, den sie am Silbergründle gesehen hatte.

Sie konnte für die beiden nichts mehr tun, was sie Jonas behutsam mitteilte. Er selbst hatte noch eine Willensblase. Die, die er gemeinsam mit Tamara gehabt hatte. Die beiden – gegen den Rest der Welt. Er schien ihren Willen für seine Schwester aufrecht zu erhalten.

Lara ließ ihm etwas von dem Öl da. Er tat ihr leid, so allein in dieser riesigen Villa. Mit zwei Menschen, die nun seine ganze Pflege benötigten. Dennoch konnte Lara sich nicht überwinden, ihn ins Hotel einzuladen. Sie spürte noch immer die Tritte im Bauch, die er ihr verpasst hatte.

Lara kam zur Waldapotheke zurück, die sie geschlossen vorfand. Sie ging mit Johanna auf dem Arm zum Haus, wo die Tür offen stand. Lara ging hoch in Jos Zimmer. Dort war Karin gerade dabei, ihm etwas Johanniskrautöl zu verabreichen.

Kaum hatte sie Jos Zimmer betreten, blieb sie stehen. Der Gestank war enorm.

»Ich komme mit dem Waschen nicht mehr hinterher«, erklärte Karin leise, als sie Lara entdeckte. »Er lässt mich nicht mal mehr an sich ran. Das Öl hier ist unser letztes. Wir haben keine Medikamente mehr.«

Jo lag im Bett, unrasiert, die Haare hingen ihm fettig bis zur Schulter. Er war abgemagert und trug ein weißes, mit Flecken übersätes Hemd. Die Hose hatte Löcher. Er registrierte nicht einmal, dass Lara eingetreten war.

Johanna glucksste in ihrem Arm. Da sah Jo plötzlich auf. Er starrte auf Johanna. »Mila?« Er stand auf und ging auf Lara zu. »Mila, bist du das?«

»Nein, Jo«, entgegnete Lara, während sie einen Schritt zurückwich. »Das ist Johanna. Meine Tochter.«

»Mila!« Jo wollte nach Johanna greifen.

Lara wich noch weiter zurück, sodass Karin dazwischen ging.

»Jo, das ist nicht unsere Mila.«

Jo starrte sie an. »Mila!«, schrie er und stieß Karin von sich weg. Sie landete unsanft auf dem Boden, während Jo nach Johanna griff, die sofort zu weinen begann.

»Lass sie!«, rief Lara und drückte ihre Tochter schützend an sich.

Karin war wieder aufgestanden und drängte sie aus dem Zimmer. »Geh! Bring sie weg!«

Lara eilte aus dem Haus und ließ sich von Marcs Umarmung trösten. Wirklich beruhigen konnte sie sich erst, als Karin unversehrt zu ihr trat. Das Gesicht voll Kummer.

»Er ist gar nicht mehr da«, murmelte sie.

Lara hielt ihre Hand und fasste einen Entschluss. Das alles musste aufhören.

Beim Gedankenträger

»Du willst *was*?«, fragte Ayse via Skype.

Sie hatten sich im Hotel versammelt. Lara hatte Johanna auf dem Arm. Marc und Tonka saßen nebeneinander auf den Kissen. Karin saß ihr gegenüber.

Der Laptop stand in der Mitte. Ayse starrte aus dem Bildschirm zu Lara. Ihr Bild war für einen Moment eingefroren, sodass Lara deutlich ihr Unverständnis ablesen konnte. In der Hoffnung, dass die Verbindung noch so lange anhielt, dass Ayse sie verstehen konnte, sprach Lara weiter.

»Ich will Styx' Gabe nutzen und den Mann in der Höhle besuchen«, betonte Lara.

Die Verbindung wurde wiederhergestellt, und Lara konnte sehen, wie Ayse den Kopf schüttelte.

»Das klingt nicht gut.«

»Okay, Scuti«, meldete sich Marc zu Wort. »Du willst mir also erzählen, dass irgendwo hier auf der Erde ein Typ im Bademantel und mit Zylinder in einer Höhle wohnt und Steine streichelt? Und den willst du besuchen, weil du glaubst, dass er die Lösung für das Depressionsproblem kennt?«

»Ich war da. Als Mila Weltenhüterin wurde.« Lara musterte Karin, deren Miene keine Deutung zuließ. »Marc, Tonka, ihr habt es doch selbst gesehen. Jede Welt hat ihren Kristall. Unsere hat zwei. Und an diesen Ort muss ich.«

»Kommt nicht infrage!«, rief Ayse aus dem Laptop heraus.

»Mila, Styx und Gabel. Das sind die drei Wesen, die unsere Welt hier durchschauen. Mila und Styx sind weg. Aber Gabel, den kann ich wiederfinden. Vielleicht.«

»Und er macht was? Sammelt Gedanken und macht Musik aus ihnen?«, fragte Tonka mehr interessiert als besorgt.

»Genau. Melodien, die unsere Musiker hören können. Ich glaube, dass Leo einer dieser Menschen ist. Der ist leider auch verschollen.«

»Und du bist die Nächste!«, rief Ayse, deren Bild wieder einfror und sie mit offenem Mund und funkelnden Augen zeigte.

Auch Marc war wenig überzeugt. »Du hast erzählt, dass Styx dich fressen musste, um dich zurück in deinen Körper zu bringen. Sie ist nicht mehr da, um einzugreifen. Niemand kann dir helfen, wenn du die Verbindung verlierst.«

»Dafür brauche ich euch.«

»Nein, Lara!« Marc hatte sie schon seit Monaten nicht mehr mit ihrem richtigen Namen angesprochen. »Du bist schon einmal gesprungen, um die Menschen zu retten. Du gehst nicht!« Er stand auf und ging eilig davon.

Einen Moment war es ruhig, ehe Lara sich an die Übrigen wandte. »Ich weiß, was ich mir vorstellen muss, um Gabel zu erreichen. Ich versuche, mit ihm zu kommunizieren. So schnell wie möglich kehre ich zurück. Ich kann es schaffen.« Sie sah Karin eindringlich an. »Wir müssen es versuchen. Für Jo. Und Cem. Und all die anderen. Und für Styx!«

»Aber wie sollen wir dir helfen?«, fragte Ayse.

»Die Weltenhüter konnten meine Verbindung halten, indem sie mit mir in Kontakt geblieben sind.

Durch eine Berührung. Ihr müsst mich berühren. Nur so kann es funktionieren.«

»Bist du sicher, dass die Verbindung dann bleibt?«

Lara zögerte. Sie war sich nicht sicher. Absolut nicht. Sie drückte Johanna fester an sich.

»Das wird schon klappen«, erklärte Tonka jetzt voller Überzeugung. »Wenn ich könnte, würde ich mitgehen. Ich würde diesen Ort so gerne sehen.«

»Er ist wunderschön. Vor allem die roten Kristalle. Sie strahlen so ein intensives Licht aus.«

»Aber wenn er nicht der Weltenhüter ist, wer ist er dann?«

»Er wird der Gedankenträger genannt.«

»So was gibt es bei uns nicht. Zu wenig Gedanken«, stellte Tonka fest.

»Kann ja nicht jeder so kompliziert sein wie wir«, meldete sich Karin jetzt zum ersten Mal zu Wort. Sie musterte Lara aufmerksam. »Ich bin dabei. Und ich besorge alles, was wir brauchen, um deine vitalen Funktionen zu überwachen.«

Lara nickte dankbar. Dann hob sie Johanna hoch und sah ihr in das kleine, verknautschte Gesicht. »Ich komme zurück. Versprochen.«

»Und ich komme zu euch. Ich fahre heute noch los«, rief Ayse zu Laras Erleichterung aus dem Laptop. Dann wurde die Verbindung unterbrochen. Das Internet war tot. Genau wie das gesamte Telefonnetz. Und diesmal kam es nicht zurück.

Einen Tag später kam Ayse an. Züge fuhren kaum noch, und Ayse hatte sieben Mal umsteigen müssen und war ewig unterwegs gewesen. Aber sie kam an. Obwohl sie erschöpft war, half sie Karin bei den Vorbereitungen. Auch Tonka ließ sich alles erklären. Nur Marc hatte keinen Ton mehr mit Lara gesprochen. Er konnte nicht damit umgehen, sich um jemanden zu sorgen. Jemanden so gern zu haben, dass sein Verlust das eigene Leben für immer verändern konnte.

Das Gefühl kannte Lara nur zu gut.

Sie setzte sich auf eines der Kissen. Karin befestigte die Saugnäpfe eines transportablen EKGs an ihrer Brust. Tonka war mit Johanna in Laras Zimmer, während Ayse ein Blutdruckgerät um ihren Oberarm legte.

Karin sah Lara fest in die Augen. »Du bist dir sicher?«

War sie das? Ging sie ein unnötiges Risiko ein? Würde sie mit dem Gedankenträger überhaupt kommunizieren können?

»Lara?«

Sie nickte. »Ich bin sicher.«

Karin setzte sich ihr gegenüber und schaltete den kleinen Monitor ein. Als Lara die Augen schloss und sich konzentrierte, hörte sie, wie sich ihr Puls beschleunigte.

»Lenkt dich das Geräusch ab?«, fragte Karin ahnungsvoll.

»Nein. Ist mir lieber, wenn ihr es hört.« Sie legte sich hin und konzentrierte sich. So, wie sie es in der Nacht von Milas Transformation gemacht hatte. Sie stellte sich den Gedankenträger vor. In seiner Höhle. Visualisierte die roten und blauen Kristalle, den wunderschönen Baum mit seinen Lichtern, den See mit dem silbernen Wasser. Sie konzentrierte sich auf den Punkt zwischen ihren Augen, versuchte, alle Energie dort zu bündeln.

Dann hörte sie ein Wimmern. Sie riss die Augen auf. »War das Johanna?« Sie öffnete die Augen. Sie war nicht mehr im Hotel. Sie war in der Höhle. Schwebte in der Luft. Sie hatte es geschafft! War wirklich hier gelandet. So schnell! Sie hatte den Flug gar nicht mitgekriegt.

Als sie sich umsah, erfasste sie ein mulmiges Gefühl. Irgendwas hatte sich verändert. Das Licht war anders. Es war keine Mischung mehr aus roten und blauen Strahlen. Lara konnte überhaupt kein Rot mehr erkennen. Die Rubine an den Wänden waren weg! An ihrer Stelle wuchsen Saphire, die alles dominierten.

»Lara!«

Sie versuchte, sich zu orientieren. Es war schwierig, in dieser Form eine Richtung zu finden. Deutlich erkannte sie den silbernen Faden, der sie mit sich selbst verband. Und schließlich sah sie den Gedankenträger, der in seinem Bademantel unten stand und ihr wild zuwinkte.

»Endlich!«, rief er.

Er hatte auf sie gewartet? Lara versuchte, sich ihm zu nähern. Ihr Blick wurde abgelenkt. Neben dem See lag eine kleine Gestalt. In sich zusammengekauert, völlig abgemagert, mit zerzaustem Fell.

Styx!

Oder was von ihr übrig war.

»Sie hat sich im letzten Moment zu mir geschleppt«, bestätigte Gabel ihre Gedanken. »Sie hat mir gesagt, dass du kommen würdest.«

Lara hätte ihn so gern mit ihren Fragen befeuert, aber schon sprach er weiter.

»Es gibt eine Möglichkeit, den Willen zu den Menschen zurückzubringen. Der Musiker. Leo. Ihr müsst ihn finden.«

Lara hätte schreien können. Das war der Plan. Wie sollten sie ihn umsetzen?

»Das erkläre ich dir gerne.«

Lara stutzte. Er konnte ihre Gedanken hören?

»Ich bin der Gedankenträger. Ich höre den ganzen Tag Gedanken. Was hast du denn gedacht?« Er atmete tief durch, versuchte, sich zu konzentrieren. »Hör zu. Du musst die letzten Willen dieser Erde einsammeln. Vereint euch an einem Ort. Bringt so viele wie nur möglich zusammen. Und den Musiker. Er muss dabei sein! Er muss die Musik spielen. Mit dem richtigen Instrument. Auf diese Weise könnt ihr einen Kreis der Sieben finden. Hörst du? Einen Kreis der Sieben. Sieben müssen sich finden. Sieben haben die Kraft, alles zu verändern. Eine neue Welt entstehen zu lassen. Eine neue Welt in der alten, damit der Wille zu den Menschen zurückkehrt!«

Lara sah, wie der silberne Faden einen Moment lockerer wurde. Sie taumelte kurz. Dann wurde die Verbindung wieder stärker.

»Was ist mit meinem Kreis der Sieben?«, dachte Lara.

»Kennst du alle? Und weißt du, ob sie noch alle ihren Willen haben?«

»Nein.«

»Also weißt du nicht, ob du alle vereinen kannst. Du musst auf die Reise gehen. Und deine Gabe einsetzen.

Such den Willen und pflanz ein Bild darin. Hörst du? Pflanz ein Bild darin! So kannst du sie erreichen!«

Als der Faden erneut nachgab, konzentrierte sich Lara auf sich selbst. Auf das Hotel. Auf Karin und Ayse, Tonka und Johanna.

Schon sauste sie in ihren Körper zurück.

Hustend kam Lara zu sich. Karin war über sie gebeugt. Einen Waschlappen in der einen, ein Glas Wasser in der anderen Hand.

»Bist du okay?«

Lara richtete sich auf. Das Atmen fiel ihr noch schwer. Sie hustete erneut. Karin überprüfte die Messgeräte. Das Blutdruckgerät pumpte sich gerade an ihrem Oberarm auf.

»Puls bei 101.«

Das Blutdruckgerät quetschte Lara kurz den Arm und gab dann nach.

»Blutdruck 110 zu 80. Zwischendurch war der Puls erheblich niedriger. Er ging erst wieder hoch, als du zurückgekommen bist.«

Lara hörte ein Wimmern. Tonka stand mit Johanna auf dem Arm in der Tür. »Hat es geklappt?«

Lara richtete sich auf und streckte Tonka die Arme entgegen. Die ging zu ihr und reichte ihr Johanna. Lara drückte sie fest.

»Es hat nicht geklappt?«, interpretierte Ayse Laras Gesichtsausdruck.

»Doch. Ich habe ihn getroffen. Den Gedankenträger. Ich weiß jetzt, was zu tun ist.«

»Und was?«

Lara sah in Johannas Knautschzone. »Ich muss auf die Reise um die Welt.«

»Steh auf!«
Marius Müller-Westernhagen

Karin betrat Jos Zimmer. Es war mittlerweile Jos Zimmer. Karin schlief schon lange nicht mehr bei ihm, da sie sowohl den Geruch als auch seine Art nicht mehr ertragen konnte. Auch wenn sie wusste, dass Jo seinen Gefühlen ausgeliefert war, dass die Krankheit seinen Zustand verschuldete, war es so unendlich schwer, sein Verhalten nicht persönlich zu nehmen. Seine Aggression an sich abprallen zu lassen, obwohl sie doch so zielgerichtet in ihre Richtung ging.

Karin hatte sich auf das Notwendigste beschränkt und Jo so weit versorgt, dass er genug zu essen und zu trinken bekam. Ansonsten hatte sie ihn in den letzten Wochen gemieden.

Damit war jetzt Schluss. Heute war der Tag, an dem sie wieder eine Verbindung zu Jo aufnehmen würde. Aufnehmen musste. Sie hatte die körperlichen Signale von Lara nicht deuten können. Mal war der Puls gestiegen, dann wieder gesunken. Der Blutdruck war vom Keller ins Dachgeschoss und wieder zurück. Wenn Lara diese Reise noch einmal antrat und länger bleiben würde, dann brauchte Karin Hilfe. Sie konnten keinen Mediziner kontaktieren. Auch Jo war kein Arzt, genauso wenig wie sie. Aber in ihrem Studium zum Apotheker hatten sie sämtliche körperliche Funktionen gelernt. Während sie sich auf die Kräuter spezialisiert hatte, war Jo ein Fachmann, wenn es um körperliche Zeichen ging.

Gemeinsam mussten sie dafür sorgen, dass die Verbindung zu Lara nicht abriss.

»Aufstehen!«, rief sie nervös, ging zu den Fenstern und riss die Vorhänge zur Seite. Es staubte, sodass Karin niesen musste. Vom Bett kam keine Reaktion. Sie ging zu Jo und riss die Bettdecke von seinem abgemagerten Körper. Seine Reaktion konnte sie abschätzen. Und sie folgte prompt.

»Lass mich!«

»Nein.« Sie würde standhaft bleiben. Es diesmal wirklich durchzuziehen. Seinen Hass ertragen, bis sie wieder ihren Jo in seinen Augen aufblitzen sah.

»Hau ab!«

»Wir brauchen dich. Lara braucht dich.«

»Lara hat Mila auf dem Gewissen.«

»Das ist Quatsch! Und das weißt du.« Karin setzte sich neben ihn auf das Bett. »Du kannst nicht ertragen, Mila verloren zu haben. Und gibst ihr die Schuld. Niemand hat Schuld, Jo. Du nicht. Ich nicht. Mila wollte gehen. Sie musste ...«

Er stieß sie vom Bett runter.

Karin rappelte sich wieder hoch und sah ihren Mann an, der ihr konsequent den Rücken zukehrte. »Du kannst mich weiter von dir stoßen. Du kannst weiter die Schuld bei Lara suchen. Oder bei mir. Es wird nichts ändern. Unsere Mila ist weg. Sie ist weg!«

Und endlich, nach all diesen Monaten, kamen die Tränen. Karin sank auf die Knie und weinte. Ließ ihren Kummer hinaus. Ihre Schuldgefühle. Ihre Hilflosigkeit. Lachte fast dabei, weil es in diesem Moment die schönste Erlösung war. Sie sah ihre kleine Mila vor sich, bei der Geburt, in der ersten Zeit danach. Wie Jo und sie ihre Tochter gewickelt hatten, Milas erstes

Lächeln, das erste Mal, als sie Karins Hand ergriffen hatte. Für Karin war Mila perfekt gewesen. Auch als sie begonnen hatte, mit ihrer Hand zu reden. Auch als sie begonnen hatte, ihr von anderen Welten zu erzählen. Etwas Besonderes. Das war Mila gewesen. Und sie war es immer noch. In diesem Moment begriff Karin, dass sie ihre Tochter für genau das liebte, was sie war: eine Weltenhüterin. Der Schmerz, sie verloren zu haben, würde für immer andauern. Aber sie wusste, dass ihre Tochter weiter hier war. In dieser Welt. Und das tat, wofür sie geboren worden war. Der Welt und ihren Menschen zu dienen. Sie zu beschützen.

Karins Aufgabe war es, ihr dabei zu helfen. Und das bedeutete in diesem Moment, Lara zu helfen.

Sie lachte laut auf und sah, dass Jo sich aufgesetzt hatte. Er musterte seine Frau mit offensichtlicher Sorge.

»Wir brauchen deine Hilfe. Lara, Mila und ich. Und du wirst uns helfen. Du wirst dieses Bett verlassen und das tun, wozu du geboren wurdest: Mila ein guter Vater zu sein. Also los! Steh auf!«

Lara staunte, als Karin mit Jo das Hotel betrat. Sie hielt Johanna instinktiv fester an sich gedrückt. »Wie hast du das denn hingekriegt?«

Jo musterte erst sie und dann den Rest, der sich in der Eingangshalle tummelte. Tonka entknotete das Kabel einer Infusion. Ayse hielt zwei Kissen in der Hand, die Lara ihre Reise noch gemütlicher machen sollten. Jos Blick blieb an Johanna hängen. Er ging auf sie zu. Langsam. Als müsste er Johannas Gegenwart erst begreifen. Dann hob er die Hand. Lara ging einen Schritt zurück. Aber ein Blick in Jos Augen ließ sie Vertrauen fassen. Er berührte sanft mit einem Finger Johannas Gesicht. Ihre Hand schnappte nach seinem Finger. Er lächelte.

Lara sah zu Karin, der vor Freude Tränen in den Augen standen. Jo sah immer noch fürchterlich aus. Abgemagert und unrasiert. Aber da war ein Lächeln gewesen. Ganz eindeutig.

»Ich will nur, dass du weißt, dass ich dich liebe und so'n Scheiß.«
SDP

Lara stand in Marcs Büro und betrachtete das Gemälde von Laniakea. Im Hintergrund liefen all seine Rechner und berechneten eine neue Software, an der Marc arbeitete. Sie hatte einen Moment mit Johanna allein sein wollen, während die anderen alles vorbereiteten. Jo hatte nicht begriffen, was hier geschah. Aber er folgte jeder von Karins Anweisungen und hatte keine Fragen gestellt. Falls der Faden zu dünn werden sollte, würde er eingreifen.

Auch wenn Lara spürte, dass sie nicht in Gefahr war, war sie nervös. Johanna lächelte sie an und brabbelte. Ihr größter Schatz lag in ihrem Arm. Ließ sie Johanna im Stich?

»Hey, Scuti.« Marc trat vom Garten kommend ein.

Sie musterte ihn, und wie immer erkannte er sofort, in welchem Zustand sie war.

»Wird schon schiefgehen. Du kommst einfach zurück. Klar?«

»Auf einmal? Du bist einverstanden?«

»Nein. Aber ich weiß, dass ich dich nicht aufhalten kann.«

Sie nickte und lächelte, während sie gleichzeitig spürte, dass ihre Augen sich mit Tränen füllten.

Marc kam näher. »Ich bleibe dabei. Und wenn du es wagen solltest, dich zu verabschieden ... dann schmeiße ich Knautscher aus dem Fenster.«

»Du machst ... was?«

»Ich schmeiße dein Baby aus dem Fenster. Das ist dann deine Schuld. Also komm zurück.«

Lara musste über diese bizarre Drohung lachen.

Er lachte nicht, sondern sah sie ernst an. »Ich liebe dich.«

Ihr blieb die Luft weg. Er musterte sie ungerührt. Ganz offen. Als hätte er noch nie etwas anderes getan, als zu seinen Gefühlen zu stehen.

»Ich weiß, dass du deinen Geist liebst. Vermutlich bis in alle Ewigkeit. Aber ich wollte, dass du es weißt. Dass ich dich liebe.« Er musterte sie einen Moment. »Du wusstest es sowieso.«

Sie lächelte nervös.

»Seit ich dich kenne, will ich nicht mehr alleine sein. Und ich war verdammt gern alleine.«

»Du warst nicht gerne alleine«, sagte Lara leise und ging auf Marc zu. »Du hast es nur nicht anders gekannt.« Sie nahm seine Hand. »Ich liebe dich auch.«

»Aber anders«, ergänzte er.

»Was war der letzte Wunsch deines Großvaters? Von dem du auf der Welt der Frauen gesprochen hast?«

Marc zögerte, ehe er Lara mit der freien Hand übers Gesicht strich. »Er hat mich daran erinnert, dass ich ein emotionaler Krüppel bin. Und du mich geknackt hast. Er meinte, dass ich um dich kämpfen soll.«

Einen Moment lang standen sie einfach nur da. Johanna zwischen sich, Händchen haltend. Sein Daumen glitt zaghaft über ihren Handrücken.

»Jetzt hat sich etwas bei dir verändert«, sagte Lara leise. »Du bist nicht mehr verliebt in mich.«

Marc musterte sie überrascht. Dann nickte er leicht. »Mir wurde klar, dass sich mein Kampf gelohnt hat.

Weil du meine Freundin bist. Und das ist auch nicht verkehrt, oder?«

Sie grinste erleichtert. Dann wurde sie wieder ernst. »Wenn ich es nicht schaffe ...«

»Du schaffst es.«

»Wenn ich es nicht schaffe«, beharrte sie, »wird Johanna zu Karin ziehen. Aber ich will, dass sie auch bei dir ist. Ich will, dass du der schräge Onkel bist, der ihr den Sternenhimmel zeigt und ihr erklärt, wo ihre Mama und ihr Papa unterwegs waren.«

Marc schluckte. »Ich bin nicht der Babytyp.«

»Ich weiß genau, wie lieb du Johanna hast.«

Er schielt zu Johanna, die ihn angrinste, dann lächelte er vorsichtig. »Sie ist ein Knautscher. Und sie ist von dir. Wie könnte ich sie nicht liebhaben?«

»Also gibst du mir dein Versprechen?«

Er zögerte noch einen Moment, ehe er nickte. »Wenn ich jemals die verdammte Software fertigkriege, dann zeige ich Johanna, wo du und ihr bekloppter Vater rumgesprungen sind.« Er musterte sie ernst. »Und du wirst dabei sein.«

In diesem Moment gingen sämtliche Rechner aus.

Marc eilte zu einer Tastatur und drückte darauf herum, während Lara eilige Schritte hörte, die Richtung Büro kamen. Die Tür wurde aufgerissen, und Ayse sah erschrocken hinein. »Der Strom ist weg!«

Sie versammelten sich in dem Raum, in dem Lara ihre Reise antreten würde.

»Das EKG funktioniert auch ohne Strom. So lange der Akku reicht.«

»Aber die Paddel nicht«, rief Ayse besorgt.

Lara starrte auf die Paddel, die ihr Herz im richtigen Moment wieder zum Weiterschlagen animieren sollten. »Ich gehe trotzdem«, entschied sie.

»Bist du irre?«, rief Ayse.

»Wenn ihr Herz aussetzt, brauchen wir keinen Strom«, erklärte Jo.

Alle sahen zu ihm.

Er musterte Lara ernst. »Das ist nur in den Fernsehserien so. Weil es dramatischer ist. Wenn dein Herz aussetzt, hole ich dich zurück. Mit einer Herzdruckmassage.«

Lara sah ihrem Onkel in die Augen und spürte das Vertrauen und die Kraft, die diese kleine Gemeinschaft ihr gab.

Sie nickte. »Lasst uns anfangen.«

Wiedersehen

Was für ein Gefühl! Die Welt von oben.

Weit unter sich sah sie das Hotel, direkt daneben den Garten, in dem geschützt unter einem kleinen Dach Marcs Teleskop stand. Dann den angrenzenden Wald. Sie sah die Schwarzwaldhochstraße, die sich zwischen den Tannen entlang schlängelte.

Lara nahm sich einen Moment, um sich zu orientieren. Da ihr Blick nicht mehr körperlich begrenzt war, konnte sie schnell die ganze Umgebung nach Willensblasen absuchen. Ein Blick nach unten, und sie sah die ihr bekannten Willensblasen. Marc, Karin, Jo, Tonka und Ayse. Johannas Blase war noch ganz klein. In ihr konnte Lara weiterhin nur ein Gesicht erkennen: ihr eigenes.

Lara flog los.

Auch die Willensblasen in der direkten Umgebung waren Lara bekannt. Da war Mathilda bei ihren Pferden, Timos Mutter mit ihrem Schmuck, etliche Kunden der Waldapotheke, die sich mit ihrem Tun an ihrem Willen festhielten, um der Depression zu entgehen.

Diese Menschen wussten bereits Bescheid. Kannten den Treffpunkt und Ort, an dem das ganze Spektakel stattfinden sollte. Sie musste ihnen kein Bild einpflanzen, wie Gabel es beschrieben hatte. Lara hatte sowieso noch keine Ahnung, wie sie das anstellen sollte.

Sie flog weiter und betrachtete die Aus- und Eingänge der Welt. Die abgestellten Wächter an Mummelsee und Silbergründle hatten ebenfalls deutliche Willensblasen. Aber diesen Menschen würde sie nichts einpflanzen. Am Ende würden sie noch versuchen, sie an ihrem Vorhaben zu hindern.

Es war Ayses Idee gewesen. Sie mussten alle verbliebenen Willen dieser Welt an einem Tag an einem Ort versammeln. Das war Laras Aufgabe. Eine Art Willensflashmob. Parallel zu Laras Reise hatte Ayse das Ganze online versuchen wollen. Aber der Strom war abgestellt und das Internet lahmgelegt. Sie hatten keine Möglichkeit mehr, die Menschen zu erreichen.

Lara flog über eine erste Ortschaft, die sie noch nicht kannte. Genau zwei Willensblasen konnte sie dort erkennen. Sie sauste hinunter, voller Freude darüber, wie gut sie die Fortbewegung in dieser Form mittlerweile beherrschte. Ein junges Mädchen saß vor einem Block und schrieb darin. Ihre Willensblase zeigte deutlich ihren Platz auf der Theaterbühne. Lara schwebte nun neben ihr, unsichtbar für das Mädchen. Sie bemerkte Laras Anwesenheit nicht.

Lara starrte in die Willensblase und tat das Einzige, das ihr logisch erschien. Etwas, das sie zuvor beobachtet hatte, als die fünf Blasen der Frauen zu einer wurden. Sie stellte sich die Szene vor. Am 18. August. Auf der Hornisgrinde. Stellte sich vor, wie sich zahlreiche Menschen dort versammelten und sie gemeinsam nach einem Kreis der Sieben suchten. Lara stellte sich immer mehr Details vor, hoffte, dass ihre Vorstellung so klar wie nur möglich wurde – und fuhr dann mit all ihrer Energie in die Willensblase des Mädchens hinein.

Das Mädchen sprang schreiend auf. Sie sah sich gehetzt um. Lara versuchte, den Kontakt mit ihrer Willensblase zu halten.

Komm am 18. August zur Hornisgrinde. Komm am 18. August ...

Das Mädchen rannte aus ihrem Zimmer. Lara verlor den Kontakt mit ihrer Blase und verfolgte sie. Vor dem Haus blieb das Mädchen stehen und sah sich um.

Lara schwebte langsam zu ihr hinunter und stupste ihre Willensblase noch einmal an.

Keine Angst.

»Wer bist du?«

Lara.

»Lara?«

Unglaublich! Das Mädchen konnte sie hören!

Komm am 18. August zur Hornisgrinde. Wir holen den Willen zurück!

Lara flog weiter. Von Ort zu Ort, Stadt zu Stadt. Sie war erschrocken darüber, wie wenig Menschen noch ihren Willen hatten. Was ihre Reise aber erheblich beschleunigte. Sie kam gut voran und wusste nun, wie sie mit den Menschen kommunizieren konnte. Die meisten erschraken, manche jedoch schienen nur auf sie gewartet zu haben und wirkten regelrecht erlöst nach der Einladung. Vielleicht waren sie froh, dass endlich etwas geschah, auch wenn sie nicht erklären konnten, wie es möglich war.

Lara hatte längst den Überblick verloren, in welcher Stadt, ja sogar in welchem Land sie war. Grenzen spielten für ihre Mission keine Rolle. Herkunft, Sprache, Religion, das alles war für den Willen uninteressant. Sie flog umher und scheuchte die Leute auf. Dabei hoffte sie stets, Leo zu finden. Wann immer sie von einer Willensblase angezogen wurde, hoffte sie auf den Jungen, den Ayse ihr beschrieben hatte. Hoffte auf eine Willensblase, in der ein Junge die Musik der Seelen spielte.

Sie fand ihn nicht.

Aber die Welt war groß. So groß, dass Lara dankbar war um die starke Verbindung, die sie mit ihrem silbernen Faden spürte. Er blieb die ganze Zeit an ihr haften. Für wie lange?

Als sie herunterflog, um die Willensblase einer älteren Frau zu berühren und ihr das Bild einzupflanzen, geschah es. Es war ein kurzer Moment. Eine Sekunde vielleicht. Es fühlte sich an, als hätte man sich an einem Gummiband festgehalten. Und dieses Band riss. Wie schon in der Höhle trudelte Lara durch die Luft. Drehte sich selbst im Kreis, ohne Kontrolle über ihr Handeln.

Sie war auf den Moment vorbereitet gewesen. Konnte nur hoffen, dass Jo ihr Herz weiter schlagen ließ. Sie musste irgendwie die Kontrolle über ihren Flug zurückerlangen. Damit sie ihre Mission erfüllen konnte.

Aber sie trudelte kreisend umher. Immer schneller. Als würde sie sich selbst beschleunigen. Völliges Chaos in ihrem Inneren. Sie hielt nach einer Willensblase Ausschau. Irgendwas, auf das sie sich fokussieren konnte. An dem sie sich festhalten konnte. Sie drehte sich zu schnell, konnte nichts erkennen!

Schrecklich! Es war ein Fehler gewesen. Ganz sicher. Sie würde niemals den Weg zurückfinden, hatte keinerlei Bezug mehr zu ihrem Körper. Sie würde ewig als Geist herumirren, ohne Möglichkeit, sich selbst zu steuern. Immer schneller und schneller drehte sie sich.

Konnte ihre Fahrt nicht aufhalten. Konnte sich selbst nicht bremsen. Hatte die Kontrolle verloren.

»Lara.«

Seine Stimme war leise. Fast nicht zu hören. Und doch da.

»Ich bin hier.«

Lara kreiste umher, verwirrt. Sie kannte die Stimme. Woher?

»Direkt neben dir.«

Sie drehte sich um. Was sie sah, war eine flirrende Blase, voller Energie. Und ohne die Konturen seines Körpers zu sehen, wusste sie, wen sie vor sich hatte.

»Timo!«

»Ich bin es.«

Lara konnte ihren Blick nicht an seiner Energie festhalten. Sie sauste einfach davon.

Hektik war ausgebrochen. Jo versuchte, sie zu ignorieren. Besonders Marc konnte seine Angst um Lara nicht unterdrücken. Er schrie Jo an. »Hol sie zurück!«

Eine ganze Weile waren Laras Werte stabil geblieben. Wie zuvor hatte sich ihr Herzschlag das eine Mal beschleunigt, dann wieder beruhigt. Auch ihr Blutdruck war durch die verschiedenen Werte gesaust. Alles kein Anlass zur Sorge. Jo hatte Lara im Blick gehabt.

Dann plötzlich, von einer Sekunde auf die andere, hörte ihr Herz zu schlagen auf. Der durchgehende Ton drang wie ein Weckruf in Jos Ohren. Er wollte sofort mit der Wiederbelebung beginnen. Aber er fühlte sich wie gelähmt. Seine Arme waren schwer wie Blei.

»Fang endlich an!«, schrie Marc ihm ins Ohr.

Hilflos sah Jo auf Laras lebloses Körper. Was, wenn er einen Fehler machte? Und ihr die Rippen brach? Sein Blick wanderte zu Karin, die ihn anlächelte. Seine Karin. Die keine Sekunde an ihm zweifelte. Nicht einmal nach den letzten Monaten.

»Bringt ihn raus«, betonte er leise.

Aber Marcs Geschrei an seinem Ohr war lauter.

»Raus mit ihm!«

Karin stand auf und schob Marc aus dem Raum. Sein Protest wurde immer leiser.

Jo kniete sich neben Lara und stützte die Hände an der richtigen Stelle auf ihren Oberkörper. Er begann zu stoßen. Erst langsam und mit wenig Kraft. Bis er sein eigenes Körpergewicht einsetzte. Er pumpte und brachte Laras Herz zum Schlagen.

Und mit jedem Stoß kehrten das Leben und der Wille in seinen Geist zurück.

Laras Flug wurde von einer plötzlichen Kraft verlangsamt. Als würde sie jemand am Kragen packen, hörte das ständige Drehen auf. Lara blieb an einer Stelle in der Luft hängen und starrte direkt in Timos schimmernde Energie.

»Wie ist das möglich?«, rief sie in Gedanken. »Wie kannst du hier sein? Warum kann ich dich jetzt sehen?«

»Du siehst mich in meiner ursprünglichen Form. Reine Energie. Genau wie ich dich sehe.«

Lara wurde ruhiger.

»Du bist in einer Zwischenwelt. Halb im Leben, aber von deinem Körper getrennt, als wärst du tot. In diesem Level können wir uns begegnen.«

Lara wurde von einer Welle des Glücks überströmt. »Du fehlst mir so!«

»Du mir auch.«

»Konntest du wirklich nicht zu mir?«

»Styx hat ganze Arbeit geleistet.«

»Ich habe sie dafür gehasst.«

»Ich auch. Aber dann habe ich sie gebeten, mich noch nicht zu dir zu lassen.«

Lara staunte. »Du wolltest nicht zu mir?«

»Mehr als alles andere. Aber du warst am Leben. Und darauf war ich so eifersüchtig ... Ich hätte dich von deinem eigenen Leben abgehalten. Nur, um wieder mit dir zusammen sein zu können.«

Lara schwieg einen Moment betroffen.

»Styx hatte recht. Ich habe eine Aufgabe. Und der bin ich nachgegangen. Und du lebst dein Leben. Genau so soll es sein.«

Lara schluckte. »Styx ist bei Gabel. So gut wie tot.«

»Du kannst sie retten.«

»Ich habe viel zu wenig erreicht. Und jetzt weiß ich nicht, wie ich die Reise fortsetzen soll.«

»Lara, ich weiß jetzt, welche Aufgabe ich noch habe. Ich kann bei dir sein und dich gleichzeitig loslassen. Verstehst du? Ich habe es gelernt. Und deshalb kann ich dir jetzt helfen. Konzentrier dich auf mich. Sieh mich an.«

Sie bemühte sich, seinen Anweisungen zu folgen. Sein Leuchten war stark genug, um sich daran festzuhalten. Und plötzlich nahm ihre Energie wieder an Fahrt auf. Langsam diesmal und bedächtig. Ohne Drehungen, sondern geradeaus in einer Linie.

»Ich kann dich lenken.«

Lara hätte vor Freude laut schreien wollen. Was sie in Gedanken tat. Sie hörte Timos Lachen.

Sie flogen langsam weiter. Sie gab sich ganz Timos Führung hin.

»Hast du sie gesehen? Johanna?«

»Nein. Aber ich habe dein Glück gespürt, als sie auf die Welt kam.«

»Sie ist perfekt. Sie ist das Beste auf der Welt. So hübsch und so wundervoll!«

»Irgendwann werde ich sie sehen.«

Einen Moment schwiegen beide. Dann versuchte Lara, sich auf ihre Aufgabe zu konzentrieren.

»Wohin fliegen wir? Zu weiteren Seelen, die noch ihren Willen haben?«

»Das auch. Aber ich habe noch eine Überraschung. Da du eine meiner Sechs bist, kann ich dir geben, was du willst: Leo. Den Musiker.«

Jetzt schwieg Lara. Zu überrumpelt, um zu antworten.

»Ich bringe dich zu ihm. «

Als würde Timo sie bei der Hand nehmen, spürte Lara einen Sog. Timo zog sie mit sich.

Marc stand in der offenen Tür. Karin hatte ihn rausgeworfen. Er hielt es aber nicht aus, von Lara getrennt zu sein. Tonka stand mit Johanna auf dem Arm neben ihm. Er sah, wie Jo auf Laras Oberkörper Druck ausübte. Sah Laras lebloses Gesicht. Der Faden, von dem sie gequatscht hatte, war gerissen. Das war klar. Würde sie jemals wieder zurückkommen?

Überfordert drehte sich Marc um und wollte gehen. Nur raus hier.

»Du bleibst«, hörte er Tonkas Stimme. Sie sah ihn bestimmt an. »Lara braucht uns alle. Auch dich.« Sie nahm ihn an der Hand und zog ihn mit sich zurück in den Raum. Sie kniete sich auf den Boden und starrte Lara an.

Marc tat es ihr gleich. Genau wie Ayse und Karin.

Und ohne es zu wissen, verbanden sich ihre Willensblasen zu einem starken Willen: Lara am Leben zu halten.

Malik und Leo

Timo führte Lara mit seiner Energie. Ein paar Mal war sie noch ins Trudeln gekommen. Aber je länger sie flogen, desto mehr erlangte sie ihre Kontrolle zurück.

Sie fanden weitere Willensblasen, und Lara berührte sie mit ihrer Energie, pflanzte ihnen ein Bild ein. Die Versammlung auf der Hornisgrinde.

Währenddessen redeten sie. Nonstop. Holten alles auf, was sie versäumt hatten. Lara berichtete Timo von dem Zustand, in dem die Welt sich befand. Sie erzählte ihm von Johannas Geburt und jedem Detail, das sie über ihre gemeinsame Tochter wusste. Sie beschrieb, wie Johanna aussah, wie sie lachte, wie sie weinte, und sie erzählte auch, welche Rolle Marc in ihrem Leben spielte.

»Ich war so eifersüchtig«, gestand Timo ein. »Ich hätte am liebsten alle Gesetze dieser Welt außer Kraft gesetzt, um ihn von dir fernzuhalten.«

»Dafür gibt es keinen Grund. Er ist nur mein Freund.«

»Ich weiß. Jetzt weiß ich es.«

»Ich würde dich gerne fragen, wer alles zu unseren Sieben gehört«, erklärte Lara nun.

»Und warum tust du es nicht?«

»Ich gehe mal davon aus, dass es zu den großen, magischen Geheimnissen gehört, die du mir gegenüber nicht verraten darfst. Weil dann irgendwas aus dem Gleichgewicht gerät.«

Lara hörte Timo lachen.

»Ein kompletter Kreis der Sieben kann die Welt jedoch retten. Also nehme ich an, du hättest es mir trotzdem verraten, um mir diese Reise hier zu ersparen. Wir hätten uns zu siebt zusammengetan und wie auch immer eine neue Welt über die aktuelle gestülpt.«

»Ja. Vielleicht hätte ich es dir verraten.«

»Aber da du nicht davon sprichst, gehe ich davon aus, dass unser Kreis nicht komplett ist?«

»Genau. Er ist noch nicht komplett.«

»Also haben entweder welche ihren Willen verloren. Oder sind noch nicht geboren?«

»Wir finden einen neuen Kreis,«, wich Timo einer konkreten Antwort aus.

Sie flogen weiter, fanden noch weitere Menschen, deren Willen nicht verblasst war. Bis sie sich einer großen Stadt vor einer riesigen Bergkette näherten.

»Das ist München«, erklärte Timo und zog Lara weiter, obwohl sie unter sich etliche Willensblasen erkannte.

»Wir kommen gleich zurück«, betonte Timo. »Aber erst will ich dir etwas zeigen.«

Sie flogen ein weiteres Stück über die Landschaft. Vorbei an einem großen See, bis sie ein kleines Dorf erreichten.

»Wir sind da«, erklärte Timo, als er Lara zu einem Hügel am Rand der Ortschaft lenkte, auf dem ein Gebäude stand, wie Lara es noch nie gesehen hatte.

Es bestand aus massiven Steinwänden, die von riesigen Glasscheiben unterbrochen waren. An einem Ende des Gebäudes floss eine Quelle in die Mauern hinein, um am anderen Ende wieder herauszufließen. Das Dach war eine runde Glaskuppel, durch die Timo Lara nun mit sich zog.

Im Gebäude selbst konnte Lara die Quelle sehen, die einmal durch den Raum hindurchfloss. Und direkt daneben saßen zwei Männer. Ein älterer Mann mit langen, grauen Haaren und einem dichten Bart. Er saß im Schneidersitz vor einem großen, schwarzen Stein. Tiefe Lamellen waren in den Stein hineingesägt. Der Mann wischte mit seinen nassen Händen über ihn und erzeugte einen Ton. Einen Ton, der Lara nur allzu vertraut war.

Direkt daneben saß ein jüngerer Mann um die zwanzig. Er hatte zerrissene Hosen, ein nur halb zugeknöpftes Hemd an und ebenfalls einen dichten Bart. Auch er saß mit geschlossenen Augen vor einem Stein, in den Lamellen eingesägt waren. Auch seine Hände sausten über die glatt polierte Oberfläche und ließen den Stein erklingen.

»Ist das Leo?«, fragte Lara verwundert.

»Ja. Das ist Leo.«

»Und sein Instrument ist ...«

»Ein Stein«, bestätigte Timo. »Dieser Professor ist der Mann, den Leo gesucht hat. Er wurde von seinem Musiklehrer auf ihn aufmerksam gemacht. Er beherrscht das Musizieren mit dem Stein. Als Leo diese Töne das erste Mal gehört hat, wusste er, dass er dieses Instrument erlernen muss. Seit Weihnachten bringt der Professor es ihm bei.«

»Also sind Steine das Instrument, das wir brauchen?«

»Es gibt eine Legende«, berichtete Timo. »Sie erzählt, dass die Musik vor Urzeiten in Form von Blasen durch die Welt flog. Du kannst es dir vorstellen wie die Willensblasen. Oder die Träumer. Auch die Musik hatte diese Form, und sie war so schön, dass der Gott Zeus sie besitzen wollte. Er wollte die Macht über die Musik, woraufhin die Musik sich in den Tieren, Pflanzen und Steinen versteckte. Man sagt, dass es einen Mann gibt, der die Gabe besitzt, die Musik wieder aus den Steinen herauszuholen.«

»Und zu diesem Mann ist Leo gegangen?«

Die beiden Männer ließen neue Töne durch die Steine erklingen. Lara lauschte fasziniert. Also war das Musizieren mit Steinen nicht nur Weltenhütern oder Gedankenträgern vorbehalten.

Aber etwas ließ Lara stutzen. »Warum haben sie keine Willensblase?«

»Wenn man den Stein erklingen lassen will, dann muss man seinen eigenen Willen loslassen. Man muss sich ganz dem Stein hingeben. Ohne Forderung. Das musste Leo all die Monate lernen. Du hättest ihn also nie gefunden. Weil du seine Willensblase nicht hättest sehen können.«

Sie standen weiter um Lara herum und sahen Jo dabei zu, wie er Laras Herz pumpte. Ayses Zuversicht, dass Lara heil aus der Sache rauskommen würde, schwand zunehmend. Was sie die anderen nicht merken ließ. Schon gar nicht Marc. Sein Nervenkostüm war zum Zerreißen gespannt. Ayse hatte ihn nie leiden können. Aber in seiner Liebe zu Lara fühlte sie sich mit ihm verbunden.

»Was ist hier los?«

Die Stimme ließ Ayse aufhorchen. Sie sah zur Tür. Malik war eingetreten.

Ayse reichte Malik ein Glas Wasser. Sie saßen im Garten, wo Ayse ihrem Bruder alles erklärt hatte. Malik war anzusehen, dass er kaum ein Wort glauben konnte. Lara auf einer Reise über die Welt, als reine Energie ... Das war sogar mehr, als selbst Ayse sich vorstellen konnte.

»Was machst du denn hier?«, fragte sie ihren Bruder nun.

»Ich muss mit dir reden. Und da unsere Telefone nicht mehr gehen ...«

»Wie bist du hergekommen?« Durch den Ausfall des Stroms konnten auch keine Züge mehr fahren.

»Per Anhalter. «

»Und das hat Mama erlaubt?«

»Ich habe ihr einen Zettel dagelassen.«

»Malik! Mama braucht dich!«

Er wirkte aufgewühlt, und Ayse zwang sich zur Ruhe.

»Was ist so wichtig, dass du es mir nicht sagen kannst?«

»Ist Lara tot?«

»Nein. Das habe ich dir doch erklärt. Jo kümmert sich um sie.«

»Warum ruft ihr keinen Arzt?«

»Weil es keine mehr gibt. Und weil sie nicht verstehen würden, was Lara jetzt braucht.« Sie sah ihrem Bruder in die Augen. »Was ist los mit dir?«

Malik starrte sie an und warf dann fluchend das Glas zur Seite. »Ach scheiße!« Er stand auf und knetete die Hände. »Wenn Leo hier wäre, hätte er den Willen der Leute erreichen können. Richtig?«

»Glaube kaum. Er hatte nicht das richtige Instrument.«

»Aber wenn er nicht weg wäre. Dann könnten wir daran arbeiten.«

»Ja. Vermutlich schon.«

»Er ist wegen mir weg«, platzte es jetzt aus Malik raus. »Er hat mich geküsst, und ich habe ihn geküsst, und dann hab ich Panik gekriegt und ihn angeschrien, und dann bin ich weg, und jetzt hasst er mich bestimmt.«

Ayse starrte Malik mit großen Augen an. »Du hast ihn geküsst?«

»Ich habe ihn vertrieben!«

»Du hast ihn geküsst!«

Er schwieg, sichtlich überfordert.

»Ich wusste nicht, dass du ... und dass er ...«

»Ich auch nicht, okay? Und Leo ist anscheinend bi. Ich dachte, der steht nur auf Mädchen. Als er mich geküsst hat, war das ein totaler Schock!« Malik wagte es kaum, Ayse anzusehen, bis sie seine Hand nahm.

»War es schön?«

Erneut starrte er sie an, als hätte sie den Verstand verloren. »Ob es schön war? Darum geht es nicht! Es geht darum, dass Leo weg ist.«

»Und es geht darum, dass du schwul bist.«

»Hallo? Die Welt hat ihren Willen verloren! Und ich habe den einzigen Typen vertrieben, der uns hätte helfen können.«

Ayse wartete ruhig ab, sodass Malik irgendwann fortfuhr.

»Ja, ich stehe auf Typen.«

»Das ist doch toll!«, rief sie.

»Was ist denn daran toll?«

»Ich habe mich immer gefragt, was mit dir los ist. Weil du nie von irgendwelchen Mädels geschwärmt hast.«

Erschöpft und sichtlich erleichtert ließ er sich neben ihr auf die Bank fallen. »Du hasst mich nicht?«

»Ich kann dich gar nicht hassen. Es ist schlicht nicht möglich.«

»Aber Leo ist viel zu alt für mich. Ist das nicht sogar gegen das Gesetz?«

Ayse schüttelte den Kopf. »Interessiert dich das Gesetz wirklich?«

»Und was ist mit Mama und Papa? Und dem Rest der Familie? Die sehen das bestimmt nicht so locker wie du.«

»Dinge ändern sich«, sagte Ayse. »Die Welt ist nicht mehr die, die sie mal war. Sie werden sich daran gewöhnen. Und mal ehrlich, der Tod hört auf, andere Welten existieren, und im Hotel da wohnt ein Alien. Glaub mir, wen oder was du küsst, spielt da wirklich die kleinste Rolle.«

Er sah sie schief grinsend an. »Und jetzt?«

»Wir machen weiter. Lara wird Leo finden. Und wenn sie ihn zurückbringt, dann küsst du ihn noch mal.«

Malik zögerte einen Moment, ehe er weitersprach. »Du hattest recht, weißt du? Mit den Melodien. Ich habe sie auch gehört. Als Kind.«

»Ich weiß.«

»Als Leo mich geküsst hat, habe ich sie auch wieder gehört. Dann bin ich weggerannt. Und die Musik ging wieder aus.«

»Erst recht ein Grund, ihn noch mal zu küssen!«

Ayse wusste, dass die Sache nicht so leicht war, wie sie es Malik weismachen wollte. Aber sie wollte ihm Mut machen. Seine Willensblase durfte nicht verblassen. Und wenn der Wille, Leo zu küssen, verhinderte, dass er in Depressionen verfiel, dann würde sie einen Teufel tun, ihm das auszureden. Um ihre Familie und deren Reaktion würden sie sich kümmern, wenn es so weit war. Jetzt mussten sie erst mal die Welt retten – immer schön eins nach dem anderen.

Leo hatte sich selbst vergessen. Er lauschte nur dem Ton, den der Stein erzeugte. War längst eins mit ihm geworden. Er kannte keinen Durst mehr, keinen Hunger. Wenn der Professor ihn nicht immer wieder zurückgeholt hätte, um ihn mit Essen und Trinken zu versorgen und ihn daran zu erinnern, dass auch er Schlaf benötigte – Leo wäre längst vor dem Stein zusammengeklappt.

Endlich durfte er seine Musik spielen.

Endlich hatte er sein Instrument gefunden.

Er konnte nun ohne Unterbrechung spielen und spürte, dass er bereit war, den Menschen ihre Musik zurückzubringen. Aber wie und wo, das war Leo noch immer ein Rätsel.

Er hörte ein Räuspern.

Das Zeichen des Professors, dass er ihn gleich aus seinem Spiel holen würde. Warum jetzt schon? Leo hatte zwar jegliches Zeitgefühl verloren, war sich aber sicher, noch einige Stunden spielen zu können.

»Wir haben Besuch bekommen.«

Leo verlangsamte sein Spiel, bis seine Hände zum Stillstand kamen. Der Ton verklang. Er öffnete die Augen.

»Wow!«

Erschrocken sprang er auf, tapste mit einem Fuß in die Quelle und kippte nach hinten um.

Vor ihm in der Luft hingen zwei riesige, schimmernde Blasen.

»Was ist das?«

Der Professor stand auf und näherte sich furchtlos den beiden Blasen. Er lächelte. »Sie wollen zu dir.«

Leo erhob sich. Seine nassen Füße waren kalt. Er ging langsam näher.

»Sie heißen Lara und Timo. Sagt dir das was?«

Leo schwieg verblüfft.

»Ayse schickt sie.«

Leo starrte den Professor mit offenem Mund an. »Das sind ... Menschen?«

»Das Innere. Sie sind das Innere, wenn ich es richtig interpretiere.« Der Professor schwieg einen Moment, während Leo verwirrt von ihm zu den Blasen sah. »Wir sind eingeladen. Zu einem Konzert.« Der Professor grinste schließlich. »Wir suchen den Kreis der Sieben. Mit unserer Musik.« Er lachte die Blasen an und nickte ihnen zu. »Wir werden da sein!«

Leo beobachtete erstaunt, wie die Blasen nach oben flogen und durch das Dach verschwanden.

Sie kommen

»Da! Ein Herzschlag!« Jo starrte auf den Bildschirm des EKGs. »Da ist er! Regelmäßig!« Er strahlte Karin an, der die Tränen über das Gesicht liefen.

»Sie ist zurück!«, rief Tonka.

Alle versammelten sich um Lara herum, deren Augen zuckten. Genau wie ihr rechter kleiner Finger.

»Lara! Kannst du mich hören?«

Die Tür wurde aufgerissen, und Marc stürzte herein. Johanna auf seinem Arm quengelte empört. »Sie ist zurück?«

Lara öffnete langsam die Augen. Sie blinzelte und blickte in die Runde. Sah die ungläubigen Gesichter ihrer kleinen, wunderbaren Familie. Als Letztes sah sie in Johannas Gesicht, die sichtlich empört schien. »Johanna?«

Marc trat näher und hielt Lara ihre Tochter hin. »Wurde aber Zeit, dass du zurückkommst, Goldi.« Tränen flossen ihm übers Gesicht.

»Du mutierst noch zum Weichei«, murmelte Lara heiser und versuchte, sich aufzusetzen.

»Langsam!«, rief Jo. Er stützte sie, während sie sich aufsetzte.

Ihr war schwindlig, schlecht, ihr Mund war trocken, und sie spürte ihr Herz hektisch klopfen. Aber sie war zurück.

Karin sah Lara ernst an. »Hat es funktioniert?«, fragte sie leise.

Lara lächelte. »Sie kommen.«

Die dunkle Seite

Am 18. August machten sie sich auf den Weg zur Hornisgrinde. Marc und Tonka hatten das Teleskop eingepackt. Ayse hatte Cem mit Hilfe seiner Eltern ins Hotel gebracht und zog ihn einfach an der Hand hinter sich her. Gefangen in seiner Depression war Ayse das Einzige, das ihn noch dazu animieren konnte, weiterzugehen. Er folgte ihr willenlos.

Karin und Jo hatten etliche Brote belegt. Jo war aus seiner Lethargie erwacht. Dass er Lara am Leben erhalten hatte, gab ihm neue Energie. Seine beiden Willensblasen waren zu einer zusammengeschrumpft. Mathilda hatte zwei Pferde im Schlepptau, die einiges von ihrem Gepäck tragen konnten. Timos Mutter ging neben ihr her.

Lara hatte Theresa von der Begegnung mit Timo erzählt. Seiner Mutter war anzusehen gewesen, dass sie Schwierigkeiten hatte, sich ihren Sohn in dieser Form vorzustellen. Aber die Tatsache, dass er immer noch da war, schien sie glücklich zu machen.

Eva und Dany hatten Kuchen und Baguettes mitgebracht und ihre Freundinnen einiges an Decken und Kissen. Auch das Ehepaar aus dem *Steinlädele* war dabei.

Und dann waren da noch die anderen.

Bereits zwei Tage nach Laras Ausflug in Energieform waren die Ersten eingetroffen. Sie hatten ihre Nachricht empfangen und wollten nicht bis zum 18. August warten, sondern vorher herausfinden, was es mit diesem Event auf sich hatte. Innerhalb weniger Tage waren bereits an die fünfzig Leute gekommen. Mit den letzten Tropfen Benzin im Tank hatten sie den Weg hierher gefunden. Tonka und Susi waren begeistert. Tonka hatte endlich die Gelegenheit, andere Menschen kennenzulernen, und sie machte aus ihrer Herkunft kein Geheimnis mehr, obwohl man es ihr nicht mehr ansah. Aber alle Menschen, die jetzt noch ihren Willen hatten, kannten keine Angst vor den anderen Welten und deren Bewohnern. Im Gegenteil. Sie waren neugierig, wollten alles über Lara und Marcs Reise wissen. Sogar Jonas war dabei und hörte ruhig zu, ohne weitere Verschwörungstheorien von sich zu geben. An langen Abenden am Feuer im Garten erzählten Lara und Marc davon. Beschrieben die Welten, so gut sie konnten. Verheimlichten nicht die Gefahren und die vermeintliche Tatsache, dass die fünfzehn verschollenen Menschen und Philipp wirklich tot waren.

Untergebracht hatten sie die Besucher im Hotel. Marc war wenig erfreut, konnte sich aber gegen Tonkas Begeisterung nicht durchsetzen. Vielleicht wollte er es auch nicht. Denn nachts baute er das Teleskop seines Großvaters auf und ließ die Gäste hindurchsehen. Er versuchte zu erklären, wo seiner Meinung nach die anderen Welten waren, auch wenn er mit seiner Nachforschung noch nicht weitergekommen war. Lara beobachtete ihn, wenn er den Leuten das Teleskop erklärte, und sah das Leuchten in seinen Augen.

Sie alle fieberten dem 18. August entgegen. Eine Vollmondnacht, die Ayse perfekt für ihr Anliegen vorgekommen war. Ihr Plan würde jedoch nur mit Leo funktionieren. Der Professor hatte versprochen, dass sie kamen. Lara konnte nur hoffen, dass er sein Versprechen hielt.

Am Abend vor dem 18. August war die Menge der Besucher auf 200 angestiegen. Mittlerweile waren sie auch im *Holzwurm* und weiteren Hotels untergebracht. Viele machten Platz im Gästezimmer. Die Menschen kamen mittlerweile auch aus anderen Ländern, sprachen die unterschiedlichsten Sprachen und schafften es doch, sich zu verständigen. Sie hatten sich auf dem Weg hierher getroffen und teilweise zu Gruppen zusammengetan. Einige hatten Autos und kamen noch an Benzin. Sie teilten das eine Schicksal: den verloren gegangenen Willen.

Alle Ortsansässigen öffneten ihre Türen, und gemeinsam gelang es ihnen, alle zu versorgen, auch wenn Trinkwasser und Lebensmittel immer knapper wurden. Man teilte und hielt zusammen. Es war eine Form der Gemeinschaft, die keiner von ihnen bisher erlebt hatte. Genau wie bei Laras Reise spielten Grenzen keine Rolle mehr. Es war niemand mehr übrig, der sie kontrollierte. Und niemand mehr da, der einen Vorteil davon gehabt hätte.

Sie alle hatten sich zusammengefunden aus dem einen Grund: weil sie Menschen waren. Bewohner dieser Erde. Es war die einzige Gleichung, die zählte. Die einzige, auf die es ankam.

An den gemeinsamen Abenden sah Lara nur in glückliche Gesichter. Die Gemeinschaft gab allen Kraft. Natürlich war da auch die Hoffnung. Die Hoffnung, dass der Zustand aufhören würde. Dass Lara und ihre Freunde wirklich den Weg gefunden hatten, den Willen in die Welt zurückzubringen. Und die zahlreichen Angehörigen und Freunde zu ihrer Lebensfreude zurückfanden.

Doch während alle in der Gemeinschaft aufgingen, blieb Lara außen vor. Sie beobachtete die Leute mit Johanna auf dem Arm. Das Lachen, das Eins-Sein.

Sie hoffte, dass Timo das ganze Ereignis mitbekam. Hatte er eine Möglichkeit, sie zu beobachten? Obwohl Styx die Barriere nicht aufheben konnte? Timo hatten sie zu verdanken, dass die Mission geglückt war. Lara hatte nach ihrer gemeinsamen Reise kaum den Willen aufgebracht, ihn zurückzulassen. Er hatte sie mehrfach an Johanna erinnern müssen und daran, dass ihre Tochter sie brauchte. Dann hatte er ihr einfach einen Tritt verpasst und sie so in ihren Körper zurückbefördert.

Ihn wiedergesehen zu haben, empfand Lara als großes Geschenk. Was nichts gegen die Sehnsucht half, die nun fast noch stärker in ihr tobte.

Das war aber nicht das Einzige, das Lara von den Anwesenden trennte. Alle, die hier vereint waren, hatten ein Ziel: den Willen zurück in die Welt zu bringen.

Was würde geschehen, wenn es ihnen gelang? Würden sie so weitermachen wie bisher? Würden sie die Grenzen wieder schließen? Die Unterschiede wieder wichtig werden lassen? Würde mit dem Willen auch der Hass zurückkommen, der Lara so verängstigt hatte? War es nicht besser, eine kleine Gruppe voller Liebe zu sein als sieben Milliarden im ständigen Krieg miteinander? Lara konnte den Hass in den Gesichtern der Menschen nicht vergessen, die sie angegriffen hatten.

Sie konnte auch Jonas und Tamaras Angriff auf Johanna und sie nicht vergessen, auch wenn Jonas nicht mehr mit diesem Jungen zu vergleichen war.

Lara vertraute sich mit ihren Gedanken niemandem an, da ihr bewusst war, was er bedeutete. Ein Teil von ihr hatte nichts dagegen, dass so viele Menschen von der Depression niedergeschmettert in ihren Betten lagen. Als Mensch war sie Teil einer unberechenbaren Meute. Wollte sie dieser Meute wirklich ihren mitunter zerstörerischen Willen zurückgeben? Dabei war sie doch nur dafür aufgebrochen. Hatte ihr Leben riskiert. Lara verstand sich selbst nicht.

Sieben müssen sich finden.

Sieben haben die Kraft, alles zu verändern.

Eine neue Welt entstehen zu lassen, in der alten Welt.

Eine neue Welt ...

Lara erinnerte sich an ihren Traum. Sah ihre Sieben vor sich. In der Dunkelheit. Ohne Gesichter. Und diese eine Person, die alles zerstören wollte. Wer auch immer ihre Sieben waren, es war vermutlich besser, dass sie noch nicht vollständig waren.

Leo würde mit seinen Klängen die Menschen einander zuordnen können, wenn sie sich noch nicht gefunden hatten. Von den mittlerweile dreihundert anwesenden Menschen, wie viele vollständige Siebener-Kreise waren dabei?

»Hey!« Tonka war neben sie getreten. »Ist es nicht wunderbar? So viele Menschen! Und ich bin Teil davon. Was glaubst du passiert, wenn sich Sieben finden und eine neue Welt anstelle der jetzigen erschaffen? Glaubst du, es macht einmal bumm und geht dann von vorne los? Bleiben wir, wer wir sind? Oder fängt alles noch mal von vorne an?«

Zu diesen beunruhigenden Gedanken war sie noch nicht einmal vorgedrungen. »Ich weiß es nicht«, gab sie zu.

Im Licht der langsam untergehenden Sonne erreichten sie die Hornisgrinde. Eine weite Ebene und der höchste Punkt dieser Gegend. Es war ein naturgeschütztes Moorgebiet und bot die perfekte Fläche und genug Platz für ihr Vorhaben.

Auf ihrem Weg waren immer mehr dazu gestoßen, und als sie die Ebene erreichten, waren auch dort schon etliche eingetroffen. Zelte waren aufgebaut, Musik wurde gespielt. Es war ein einziges, freudiges Miteinander. Lara blieb abseits mit Johanna in der Nähe des Turms, der auf der Hornisgrinde stand. Dort gab es die einzige Möglichkeit, mit dem Auto hochzufahren. Wenn Leo und der Professor wirklich mit ihren Steinen kamen, würden sie hier ankommen. Diese schweren Instrumente konnten sie unmöglich selbst tragen.

Sie setzte sich und wartete, während im Hintergrund der Trubel immer lauter wurde. Lara starrte über die Rheinebene. Von hier hatte man einen unglaublichen Blick in das Tal hinunter.

Erste Sterne zeigten sich am Himmel. Und auch der Vollmond bahnte sich seinen Weg über den Horizont. Feuer wurden angezündet und Gemüsespieße gegrillt. Jo machte mit anderen Musik. Die Mitglieder seiner Jamgruppe waren auch gekommen.

Als der Vollmond gut zu erkennen war, baute Marc das Teleskop auf, und nacheinander bewunderten die Leute den Blick auf den Mond. Marc, der sein Teleskop sonst keine Sekunde aus den Augen ließ, ging zu Lara.

»Na, Goldi?«

Sie lächelte bemüht.

»Was ist los? Sonst stehst du immer in der ersten Reihe, wenn es um Gemeinschaft und Miteinander geht.«

Sie zögerte. Aber wenn einer ihre Gedanken nachvollziehen konnte, dann Marc. Niemand mochte die Menschen weniger. »Während all dieser Reisen habe ich immer wieder erzählt bekommen: Unsere Welt hat das Gute und das Schlechte«, erklärte sie deshalb. »Und das soll toll sein. Aber ich wünsche mir eine Welt, in der es keine Angst mehr gibt. Und keinen Hass.«

»Du willst die Menschen mit ihrem Hass lieber in der Depression lassen?« Wie immer durchschaute er sie.

»Sie hätten mich beinahe umgebracht«, rief Lara verzweifelt. »Sogar Jo hat diese dunkle Seite in sich.«

»Wir alle haben sie. Du auch.«

Sie musterte ihn. »Nein. Ich habe sie nicht.«

»Natürlich, Goldi. Du bist vielleicht ein guter Mensch, wenn es so etwas gibt. Du opferst dich für andere, blablabla. Aber auch du hast eine dunkle Seite.«

Lara schwieg betroffen.

»Vielleicht ist sie ein bisschen heller als meine«, er grinste, »aber sie ist da. Und wenn du mich fragst, hast du vor dieser dunklen Seite am meisten Angst.«

In diesem Moment kam ein Pick-up die Straße hochgefahren. Am Steuer saß der Professor. Und neben ihm Leo.

Die Kandidaten

Die Stille war fast greifbar. Alle Anwesenden starrten zu Leo. Der Professor hatte mit Hilfe von Marc und Malik den Stein an eine Stelle transportiert, an der Leo die Rheinebene im Rücken hatte. Der Vollmond leuchtete genau hinter ihm am Horizont, stand tief und wirkte dadurch noch größer.

Nun kniete sich Leo vor den Stein. Der Professor stellte eine Schale mit Wasser neben ihn, in die Leo seine Hände tauchte. Seit seiner Ankunft hatte er kein Wort geredet. Was Ayses Bruder sichtlich nervös machte. Lara hatte von Maliks Outing erfahren und war überrascht gewesen. Seinen inneren Kampf hatte er gekonnt vor ihnen verheimlicht. Sie war stolz auf ihn, dass er sich zu sich bekannt hatte.

Leo hatte ihn in Berlin geküsst, aber jetzt sah er ihn nicht einmal an. Es schien, als sollte nichts seine Konzentration stören, die er nun brauchte. Wie er mit seiner Musik die zusammengehörenden Menschen finden wollte, wusste Lara nicht.

Er atmete tief durch und sah nun zu der Menschenmenge. »Einer nach dem anderen.«

Nichts geschah. Keiner wagte, den Anfang zu machen. Schließlich lächelte Karin und trat nach vorn. Leo sah sie an. Dann fassten seine nassen Hände an den Stein. Er ließ sie darüber gleiten, schloss die Augen und senkte etwas den Kopf. Die Töne gingen ineinander über, wurden zu einer Melodie. Lara staunte, als sie deutlich Karins Willensblase sah, die bei diesen Klängen noch mehr aufleuchtete.

Und dann geschah das Unglaubliche. Nicht nur Karins Blase leuchtete auf, sondern auch die von Jo. Er riss die Augen auf, als wäre er aufgeweckt worden.

Lara, die als Einzige die Blasen sehen konnte, ging zu ihm und zog ihn zu Karin. Die beiden sahen sich an und lächelten. Eine neue Melodie mischte sich in Karins Lied, und Lara beobachtete fasziniert, wie Leos Hände immer schneller über den Stein glitten. Er spielte jetzt auch Jos Melodie. Gleichzeitig!

Als Karin und Jo nebeneinanderstanden und ihre Willensblasen von den Klängen aufleuchteten, verschwammen auch die Grenzen zwischen ihnen. Für einen Moment wurden die Willensblasen eins. Und noch drei Blasen leuchteten auf. Sie gehörten zu den Jungs, mit denen Jo Musik machte. Auch sie traten nach vorn. Nun fanden fünf Melodien zueinander, was unglaublich schön klang. Lara hätte noch ewig lauschen können.

Auf diese Weise würden sie also die zusammengehörenden Personen finden. Deshalb mussten Lara und Leo für diese Aktion zusammen sein. Sie konnte sehen, was Leo zum Leuchten brachte.

Doch bei aller Schönheit blieb dieser Kreis unvollständig. Hand in Hand gingen die fünf an den Rand.

Nun trat eine weitere Person hervor. Leo sah sie an, schloss die Augen und begann zu spielen. Auch für diese Person fanden sich Teile ihrer Siebener-Gruppe. Diesmal waren es nur drei Blasen, die Lara aufleuchten sah. Sie versammelte alle vorn. Sie schienen sich wiederzuerkennen, auch wenn sie sich noch nicht begegnet waren. Aber die vereinte Willensblase hing über ihnen und leuchtete einmal kräftig auf, während ihre gemeinsame Melodie zu hören war. Dann, als Leo zu spielen aufhörte, teilte sich die Blase wieder in drei kleinere Blasen, und die Menschen machten Platz für die nächsten. Auch ihr Kreis der Sieben war nicht vollständig.

Leo wiederholte das Prozedere immer wieder. Er spielte die ganze Nacht. Ließ einzelne Blasen aufleuchten, und Lara führte alle zusammen, die im selben Kreis der Sieben waren. Wenige von ihnen spürten es selbst und brauchten sie gar nicht. Manchmal blieb eine Person auch allein, wurde dann aber sofort lachend und liebevoll in den Kreis der Wartenden aufgenommen. Eva und Dany gehörten zusammen, bei ihnen waren zwei der Frauen, mit denen Eva ihren Verein gründen wollte. Darunter auch Becky, die sich für diesen Anlass extra die Fingernägel mit kleinen Galaxien dekoriert hatte. Auch sie waren nicht genug. Keine Sieben.

Während Leo die nächste Melodie spielte, trat Marc zu Lara. Es nieselte leicht aus einzelnen, dicken Wolken, die sich am Himmel gebildet hatten. »Wie groß ist die Wahrscheinlichkeit, dass ein voller Kreis dabei ist?«

»Wenn wir ihn nicht finden, war alles umsonst.«

»Hey, Goldi, ich war immer der Pessimist unter uns.«

Lara schwieg, als plötzlich ein Raunen durch die Menge ging. Aber das Raunen galt nicht etwa sieben Seelen, die sich gefunden hatten, sondern dem Mond, über dem sich eine weiße Sichel am Abendhimmel gebildet hatte.

»Was ist das?«, fragte Lara.

Marc blickte hin und lächelte. »Ein Regenbogenmond«, erklärte er. »Er kann entstehen, wenn der Mond besonders tief am Horizont steht, wie jetzt. Wenn dann noch Regentropfen dazukommen, passiert das Gleiche wie bei einem Regenbogen. Die weiße Sichel ist ein Regenbogen, nur dass du am Nachthimmel seine Farben nicht sehen kannst.«

»Es ist wunderschön«, hauchte Lara.

»Ein Zeichen?«, fragte Marc grinsend. »Ihr Mädels glaubt doch an Zeichen. Wenn du mich fragst, ist das eins. Wir werden die Sieben finden, Lara.«

Die Suche ging weiter. Die ganze Nacht über spielte Leo Melodien. Er schien keine Erschöpfung zu kennen. Trank und aß nichts, um seine Konzentration nicht zu stören. Malik saß ein Stück weit entfernt und sah ihn an.

Nur noch um die zwanzig Leute waren übrig. Die Hoffnung aller Beteiligten war gesunken. Genau wie die Feierstimmung.

Schließlich waren nur noch Lara, Cem, Ayse, Marc, Malik, Leo und der Professor übrig. Sieben Menschen. Aber kein Kreis. Denn Timo gehörte auf jeden Fall dazu. Und Johanna, wie Lara insgeheim hoffte.

Malik stand auf und trat nach vorn. Er sah Leo in die Augen, der seinen Blick erwiderte. Einen Moment lang schien Leo aus dem Konzept gebracht, dann aber lächelte er.

»Ich kenne deine Melodie schon«, rief er laut und für alle hörbar. »Ich habe sie gehört, als wir uns geküsst haben.«

Malik schoss das Blut in die Wangen, als er antwortete: »Ich habe sie auch gehört.«

Leo begann zu spielen. Als Ayses Bruder seine eigene Melodie hörte, blieb er wie angewurzelt stehen und lauschte. Tatsächlich wurde seine Willensblase nun hell und strahlend. Die Konturen von Personen, die Lara darin gesehen hatte, wurden nun klar. Es waren Malik und Leo. Seite an Seite, strahlend vor Glück.

Leo spielte eine weitere Melodie und nun leuchtete seine eigene Willensblase auf, tat sich mit Maliks zusammen. Der ging näher zu ihm und betrachtete ihn. Mit einem Lächeln. Als dieser zu spielen aufhörte, ging Malik auf ihn zu und küsste ihn. Leo erwiderte den Kuss, und nach einem Moment der Stille klatschten einige Beifall. Leo lachte, und auch Malik strahlte über das ganze Gesicht.

Die Kraft der Klänge brachte offensichtlich alle Mauern zum Einsturz. Auch die eigenen.

Was nichts daran änderte, dass die Aktion gescheitert war.

Als es bereits zu dämmern begann, wollte der Professor den Stein wieder einpacken. Da trat noch eine Person vor Leo.

»Ich will wissen, ob ich auch eine Melodie habe«, erklärte Tonka.

Leo sah sie an. Er lauschte, und es dauerte etwas länger als bei den anderen, aber schließlich lächelte er und setzte sich an den Stein. Tonka war ihre Vorfreude anzusehen. Sie trat von einem Fuß auf den anderen, während der erste Klang zu hören war. Tonka schloss die Augen. Lara trat näher. Genau wie Marc. Sie wollten unbedingt die Melodie ihres zum Menschen gewordenen Aliens hören.

Und als die Melodie erklang, spürte Lara ein Kribbeln in sich, das durch ihren ganzen Körper strömte. Sie fühlte sich ergriffen, seltsam berührt.

Marc neben ihr hatte ebenfalls die Augen geschlossen. Als Leo neben Tonkas Lied eine weitere Melodie erklingen ließ, leuchtete plötzlich Marcs Willensblase! Wie war das möglich? Marc und Tonka? Aber Tonka war kein Mensch. Wie konnte sie Teil von Marcs Sieben sein?

Leo spielte eine dritte Melodie an. Dann eine Vierte. Über Cem und Ayse leuchtete es hell auf. Die beiden spürten es. Ungläubig sahen sie erst zu Tonka und dann zu Lara. Cems Mund stand offen. Er deutete auf einen Fleck über Laras Kopf.

Ja. Sie spürte es auch. Sah es. Ein Schimmern über sich selbst, das nun auch Cem sehen konnte. Leo ließ eine fünfte Melodie erklingen. Laras Melodie. Sie webte sich selbstverständlich in die anderen Klänge ein. Lara sah zu Johanna. Die Blase über dem Kopf ihrer Tochter leuchtete nicht auf. Sie gehörte nicht zu ihrem Kreis der Sieben.

Langsam traten Ayse und Cem zu Tonka, die die Augen immer noch geschlossen hatte und von alldem gar nichts mitbekam. Karin kam zu Lara, lächelte sie an und nahm ihr Johanna ab. Lara starrte auf ihr Kind. Hoffte, dass sich noch etwas veränderte. Aber keine weitere Melodie setzte ein, die Johanna zu ihrem Kreis hinzugefügt hätte. Mit ihr und Timo wären sie sieben gewesen.

Nur ungern gab Lara Johanna ab, aber der Klang der Melodien war so magisch, so anziehend, dass Lara gar nicht widerstehen konnte. Sie nahm Marcs Hand, der sie verwirrt ansah. Offensichtlich bekam er von dem ganzen Geschehen nur die Hälfte mit.

Lara musste lachen, es war so typisch. »Du gehörst zu uns«, sagte sie lächelnd.

Der Schreck stand ihm ins Gesicht geschrieben. »Nein, Goldi. Ich habe keine Sieben. Schon gar kein Alien.«

Lara zog ihn einfach mit sich. Sie trat neben Tonka und nahm deren Hand. Überrascht öffnete Tonka die Augen. Von der anderen Seite kamen Cem und Ayse dazu. Zu fünft standen sie nun da, Susi bellend neben ihnen. Tonka war Mensch geworden. Sie gehörte zu ihnen.

Nun ergab alles einen Sinn. Die Reise ins Totenreich, die Reise in die anderen Welten, all das hatte passieren müssen, um Tonka zu ihnen zu holen. Um vollständig zu werden. Das Entdecken der Welten, es war tatsächlich ihre Aufgabe gewesen. Ihr gemeinsames Ziel in diesem Leben.

Tonka lachte glücklich. Auch Cem wirkte wieder lebendiger im Kreis seiner Sieben. Auch, wenn noch zwei fehlten und auch, wenn sie in dieser Runde nichts würden ausrichten können. Als Lara diesen Gedanken hatte, spielte Leo eine sechste Melodie. Und eine Siebte.

Sie sahen sich um. Von den Anwesenden gehörte niemand dazu. Aber ein weiteres Raunen verriet Lara, dass etwas geschah. Sie sah in die Richtung, in die nun alle starrten. Vom dämmernden Himmel gleitend kamen zwei Personen auf sie zu. Timo!

Laras Augen weiteten sich vor Freude, und ihr Herz klopfte schneller. Die Melodie hatte Styx' Barriere überwunden. Und nicht nur das. Die Reaktion der Anwesenden verriet, dass auch sie ihn sehen konnten. Lara strahlte über das ganze Gesicht, bis sie erkannte, wen Timo mitbrachte.

Die Person, mit der Lara am wenigsten gerechnet hatte.

Philipp Hauser.

Der Mann, der fünfzehn Menschen in den wahrscheinlichen Tod geführt hatte, der die Menschen auf die Zugänge aufmerksam gemacht und dadurch diese ganze, schreckliche Entwicklung ins Rollen gebracht hatte ... Dieser Mann sollte einer ihrer Sieben sein? Unmöglich!

Timo und Philipp landeten in ihrer Mitte.

»Timo!« Ein Schrei aus der Menge ließ alle herumfahren.

Theresa war aus der Menge getreten und ging mit zitternden Händen auf ihren Sohn zu. Auch sie konnte ihn sehen.

Timo lächelte und ging ihr entgegen. Seiner Mutter liefen die Tränen über das Gesicht. Sie versuchte, ihn zu berühren, aber ihre Hand glitt durch seine Erscheinung hindurch.

Während die beiden einen Moment Zeit füreinander hatten, sah Philipp die Anwesenden an.

Marc ging wütend auf ihn zu. »Was willst du hier?«

»Ich gehöre zu euch«, erklärte Philipp.

»Bullshit!«, schrie Marc.

»Bist du nicht der Typ mit der Website?«, wollte Ayse verwirrt wissen. »Der die Fotos veröffentlicht hat?«

Tonka ging auf Philipp zu. »Und du bist auch der Typ, der gesprungen ist.«

Philipp zögerte, ehe sein Blick auf Lara fiel. »Ich bin vor allem der Typ, der fünfzehn Menschen in den Tod geführt hat.«

Also waren sie wirklich tot. Lara hatte das Gefühl, als würde ihr jemand gegen die Brust schlagen. Wie war es möglich, dass dieser Mensch ein Teil ihres Kreises war?

»Ich weiß, was ihr denkt«, erklärte Philipp nun.

»Nicht mal ansatzweise«, zischte Marc.

»Ich war davon überzeugt, dass es das Richtige ist. Und ich war davon überzeugt, dass niemandem etwas passiert. Schließlich seid ihr auch immer wieder zurückgekommen.«

Schweigen. Lara nahm wahr, dass Timo seine Mutter noch einmal anlächelte und dann langsam zu Philipp in den Kreis trat.

»Ich habe geglaubt, dass uns etwas Großartiges erwartet und dass ihr dieses Wissen für euch behalten wollt. Aus Egoismus. Ich habe nicht verstanden, dass ihr uns schützen wolltet. Alle Reisenden haben sich eine Weile verstecken können. In dieser Welt des Krieges. Aber diese Riesen kamen mit ihren Kämpfen immer näher. Nach und nach erwischte es einen von uns. Sie haben uns nicht bewusst umgebracht, wir wurden einfach ein Teil ihrer Welt. Ich konnte mich am längsten verstecken. Heute hat es mich auch erwischt. Es war fast eine Erlösung.«

Lara sah zu Timo und schüttelte den Kopf.

Aber Timo lächelte. »Als ich gesagt habe, dass wir noch nicht komplett sind, da war Philipp noch am Leben. Auf der Welt der Krieger hätten wir keinen Zugriff auf ihn gehabt. Aber nun, da er tot ist, konnte ich ihn hierher mitbringen. Er gehört zu unserem Kreis der Sieben.«

»Nein«, rief Lara unkontrolliert. »Das akzeptiere ich nicht!«

»Es ist etwas, das wir vor langer Zeit gemeinsam beschlossen haben. Wir wollten die Sieben sein, die die anderen Welten zugänglich machen.«

»Was?«, rief Marc. »Also, ich bestimmt nicht.«

»Natürlich du. Warum glaubst du, hast du dir einen Großvater ausgesucht, der total auf das Universum abfährt? Warum glaubst du, waren die Sterne das Einzige, das dich als Kind trösten konnte? Du warst von Anfang an dazu bestimmt, uns auf der Reise zu begleiten. Und Lara auf ihrer zweiten Reise zu beschützen.«

Marc schwieg verdutzt.

»Es ergibt alles einen Sinn. Jetzt. Da wir zusammen sind.«

»Es ergibt überhaupt keinen Sinn! Er hat fünfzehn Menschen umgebracht«, rief Lara.

»Jeder ist freiwillig gesprungen«, betonte Timo. »Und hattest du nicht auch das Bedürfnis, deine Erlebnisse öffentlich zu machen? Du hast Karin alles über Mila erzählt. Im Prinzip hat Philipp nichts anderes getan.«

Lara schwieg verstockt.

»Unter den Sieben gibt es auch Gegner, weißt du nicht mehr?«, fragte Timo nach. »Denk an Konrad, der deinem Vater seine Frau ausspannen wollte. Oder an das komplizierte Verhältnis deiner Mutter zu ihrer Mutter. Es geht um das Gleichgewicht.«

»Ich scheiße auf das Gleichgewicht!«, konterte Marc. »Der Typ ist ein Arsch! Er ist schuld an diesem ganzen Depressionsmist.«

»Mit uns hat die Reise angefangen. Also tragen wir genauso die Verantwortung. Gemeinsam können wir das Problem auflösen.«

Lara schwieg, als Ayse mit Cem an der Hand nach vorn trat. »Ich verstehe nur die Hälfte von dem, was ihr redet. Aber ... er hat ganz offensichtlich die Konsequenzen nicht abschätzen können.«

»Als ich begriffen habe, dass wir von der Welt der Krieger nicht wegkommen ... weil wir nicht mal zum Ausgang kamen ... Es war grauenvoll.« Philipp starrte ins Leere, als er sich daran erinnerte. »Nach und nach kamen die Leute hinter mir her. Alle mit dem gleichen Gesichtsausdruck. Begeisterung! Vorfreude! Der Anblick von Laniakea ... Es war unfassbar schön. Aber dann waren wir in dieser Höhle und ... den Rest kennt ihr ja. Als ich schließlich auch gestorben bin, war ich in einem Raum mit einem weißen Auge. Ich wurde durch ein Fenster gezogen und war fortan in einem Land, in dem es nur diesen kleinen See gab, in den ich gesprungen bin. Ich bin untergegangen. Immer und immer wieder. Ich habe mich selbst sterben lassen. Weil ich mich so schuldig gefühlt habe. Bis Timo gekommen ist. Er hat mich aus dem Wasser gefischt und mir erklärt, dass ich es wieder gutmachen kann.«

Tonka musterte Philipp. »Du warst auch dabei, als wir im Mummelsee aufgetaucht sind, oder?«

Er nickte.

»Also hast du mich gesehen. Du hast gesehen, dass Marc und Lara ein Alien mit auf diese Welt gebracht haben.«

»Ja, das habe ich«, bestätigte Philipp.

»Warum hast du mich nicht verraten?«

Er lächelte. »Ich dachte, es ist besser, wenn die Menschen die Welten erst kennenlernen. Und verstehen, dass du keine Gefahr bist. Ich ... wollte dich schützen.«

Zu Laras Erstaunen ging Tonka auf Philipp zu und umarmte ihn. Zumindest versuchte sie es. Ihre Hände griffen ins Leere. »Ich danke dir«, sagte sie deshalb nur und verneigte sich vor ihm.

Lara war hin und her gerissen. Sagte er wirklich die Wahrheit? Oder wollte er sich nur rehabilitieren.

»Verstehst du nicht, Lara?«, hakte Timo nun nach. »Wir haben alles genauso gewollt. Philipp war ein Teil des Puzzles. Dank ihm wissen die Menschen von den anderen Welten, und wenn wir erst einmal eine neue Welt über der alten erschaffen haben, dann wirst du begreifen, dass alles gut war.« Er ging auf sie zu und reichte ihr die Hand.

Zögernd griff sie danach. Auch sie berührte nur Luft, spürte aber deutlich die Verbindung zu Timo. Er reihte sich in den Kreis ein und nickte Philipp zu.

Philipp ging auf Marc zu, der ihn jedoch nur feindselig musterte. Tonka hingegen machte Platz und lud Philipp ein, sich neben sie zu stellen.

Erst jetzt wurde Lara sich der Musik bewusst. Leo spielte sieben Melodien gleichzeitig, die nun vereint von einer unendlichen Schönheit und unendlichem Leben erzählten.

Er war komplett.
Ihr Kreis der Sieben.

»We've come full circle«
Haelos

Der Kreis der Sieben hatte sich geschlossen. In dem Moment, als Timo und Philipp dazu getreten waren, hatte Lara das Band gespürt, das sie verband. Sie hatte keine Zeit, sich für oder gegen Philipp zu entscheiden. Keine Zeit, nach den Leuten zu sehen, die nun Zeuge dieser Szene wurden. Keine Zeit, Johanna noch einmal zu drücken. Während Leo weiterspielte, sah sie deutlich, wie ihre Willensblasen zueinanderfanden. Eine nach der anderen.

Ayses Blase war sofort bereit, sich den anderen zuzuwenden. Cems Blase leuchtete hell und folgte. Timo und Philipp schlossen sich an. Auch Tonkas Blase vereinte sich mit den anderen. Marc, etwas zögerlich, folgte Tonkas Blase, und die Sechs schimmerten so wunderschön, dass Lara den Blick nicht davon abwenden konnte.

Schließlich schloss sie die Augen und ließ auch ihre Blase zu den anderen gleiten. In diesem Moment, als sich alle sieben Willensblasen zu einer zusammenfanden, schien Lara nur noch aus Energie zu bestehen. Als wäre sie wieder von ihrem Körper getrennt, hob sie ab. Diesmal jedoch spürte sie die Verbindung zu sich selbst, durch den Klang der Steine. Als er noch lauter wurde, ging ein Ruck durch Lara, und mit einem Mal fand sie sich in einem dunklen, luftleeren Raum wieder.

Wie in ihrem Traum.

Laras Sieben vereint in der Dunkelheit. Nervös musterten sie sich, unfähig, ein Wort zu sprechen. Sie würden eine neue Welt erschaffen.

Aber waren sie sich einig, wie diese Welt aussehen sollte?

Der Wille, hörte Lara in ihrem Inneren. W*ir holen den Willen zurück.*

Alle schienen instinktiv zu wissen, was ihre Aufgabe war. Sogar Cem und Marc lächelten! Was war mit Marc los? Hatte er seine Ressentiments gegen Philipp schon wieder vergessen? Er war doch sonst nicht so schnell bereit, zu verzeihen.

Schon bildete sich in ihrer Mitte eine Kugel. Eine wunderschöne, goldene Kugel, so leuchtend und strahlend, verheißungsvoll. Lara versuchte, sich auf den Willen zu konzentrieren. Sich dem Wunsch anzuschließen, dass der Wille in ihre Welt zurückkehrte. Sie spürte die Kraft, die sie miteinander aufbrachten. Diese unglaubliche Energie, die die kleine goldene Kugel in ihrer Mitte zum Rotieren brachte. Lara konzentrierte sich auf den Willen, auf die neue Welt, als plötzlich, wie in ihrem Traum, eine weitere Person den Kreis der Sieben durchbrach und die goldene Kugel an sich nahm!

Die Person trug einen Hoodie und hatte die Kapuze tief ins Gesicht gezogen. Sie versuchte, zu fliehen und die goldene Kugel mitzunehmen. Aber die anderen stellten sich gleich einer Mauer vor sie.

»Was tust du da?«

»Gib sie zurück.«

»Es ist unsere Erschaffung!«

Die Person hielt die Kugel fest umklammert. Wollte sie nicht hergeben. Wollte die Erschaffung bremsen. Sie verhindern.

»Lara!«

Sie sah sich um.

»Lara, gib sie her!«

Nun sah Lara an sich herunter. Mit einem lautlosen Schrei erkannte sie es: Sie selbst hielt die Kugel in den Händen. Die Person mit dem Hoodie war sie selbst.

Sie war die Person aus ihrem Traum. Sie wollte die Erschaffung verhindern.

Ayse flog langsam auf sie zu. »Warum tust du das?«

Auch Marc kam näher. »Sie hat Angst vor dem Willen der Menschen.«

Ja. Das hatte sie. Bis gerade eben war sie getrennt gewesen von dem Teil ihrer Selbst, der das hier verhindern wollte. Aber nun war sie eins mit ihm. »Er zerstört alles!«, rief sie verzweifelt. »Unser Wille zerstört alles! Ihr habt gesehen, was Philipp angerichtet hat. Ob er es nun wollte oder nicht, es passieren so viele schreckliche Dinge durch unseren Willen. Ist doch besser, wenn wir willenlos sind. Dann kann der Hass unsere Welt nicht kaputtmachen!« Die Worte purzelten aus ihr heraus.

Marc und Timo näherten sich.

Lara wich vor ihnen zurück. Hielt die kleine Kugel fest umklammert. »Wir lassen die Welt, wie sie ist. Sollen die Depressiven bleiben, wo sie sind. Da können sie wenigstens keinen Schaden anrichten.«

»Lara, das bist doch nicht du«, fand Ayse.

»Doch, genau das ist sie.« Marc lächelte. Schien völlig unbeeindruckt von Laras Aktion und ihren Worten. »Es ist ein Teil von ihr. Ihr eigener Hass. Ihre eigene Wut. Ihre eigene Angst.«

»Die du überwinden musst.« Tonkas Worte fachten Laras Wut nur noch weiter an.

»Ich muss gar nichts! Ich kann alles so lassen, wie es ist! Und was ist überhaupt mit dir los?«, fragte sie in Marcs Richtung. »Gerade hast du Philipp noch gehasst. Und jetzt willst du mit ihm eine neue Welt erschaffen?«

»Ich habe mich erinnert. In dem Moment, als die Kugel entstand. Da habe ich mich erinnert.«

»Erinnert woran?«

»An unser Treffen. Auf der Welt der Träumer«, lachte Marc. »Wir haben uns dort gefunden. Wir Sieben. Und haben entschieden, was wir in diesem Leben machen wollen.«

»Ich habe mich auch erinnert«, rief Ayse.

»Ich auch«, kam es von Cem.

Lara sah in die Gesichter der anderen Sechs. Timo lächelte liebevoll, genau wie der Rest. Alle hatten sich erinnert. Lara nicht.

»Dann entscheide ich mich jetzt dagegen!«, rief sie.

Lara flog davon. Wie in ihrem Traum. Sie dachte, dass die anderen sie hindern, sich ihr in den Weg stellen würden. Als Lara sich umdrehte, erkannte sie, dass sie ihr nachsahen. Keiner machte Anstalten, sie aufzuhalten. So blieb sie in der Luft hängen. Von ihren Sechs getrennt. Sie sah Philipp ins Gesicht, der sie geduldig musterte. Dann sah sie auf die Kugel in ihren Händen.

Leuchtend in der Dunkelheit, das einzige Licht, aber deutlich geschwächt. Es glomm noch, doch schon bald, das wusste Lara, würde ihr Licht erlöschen.

Und damit ihre Erschaffung.

Marc hatte recht behalten. Sie hatte eine dunkle Seite. Eine Seite voller Wut und Hass. Eine Seite voller Angst vor den Menschen und dem, was sie mitunter taten.

»Lara.«

Eine Stimme, die ihr mehr als bekannt vorkam. »Mila?« Sie drehte sich um.

Leuchtend wie ein kleiner Engel kam Mila auf sie zu. Sie trug ein weißes Gewand und war barfuß. Ihre Haare hingen glatt gekämmt an ihr herunter.

Lara schnappte nach Luft. »Was machst du hier?«

»Meinen Job. Wenn meine mir anvertrauten Seelen vom Weg abkommen, bin ich da.«

»Wo warst du die ganze Zeit? In der wir dich gesucht haben? In der wir dich gebraucht haben?«

»Ich war immer da.«

»Und warum hast du nichts getan?«

»Ich musste nichts tun. Ihr habt es getan.«

Lara sah sie mit großen Augen an.

Mila lächelte. »Du hast es geschafft, Lara. Bist nur noch einen Schritt davon entfernt, den Willen auf die Erde zurückzubringen.«

Lara schwieg. Ihre Hände umfassten die Kugel.

»Es ist wahr. Menschen ändern sich. Denk an Marc. Erinnere dich, was für ein arroganter, egoistischer Sturbock er war. Oder Tonka. Sie war ein anderes Wesen und hat vermutlich die größte Veränderung von euch allen hinter sich gebracht. Genauso können sich der Hass, die Grenzen, die Mauern, die ihr baut, verändern. Sie können verschwinden, können gesprengt werden. Und das werden sie. Es ist der Moment, der für euch alle die größte Erfüllung bringt. Willst du diesen Moment verpassen? Willst du nicht Teil davon sein?«

»Wer sagt mir, dass dieser Moment eintreffen wird? Warum sollte ich Johanna in eine Welt entlassen, die voller Hass ist? Jetzt geht es ihr besser. Jetzt, wo die Angst sich selbst gebremst hat.«

»Du kennst die Antwort, Lara. Du hast den gleichen Kern wie alle. Und der besteht nur aus Licht. Alles, was du tun kannst, ist vertrauen. Darauf, dass dieses Licht nie ausgeht.«

Lara starrte auf die Kugel, die zu verlöschen drohte.

»Vertrau, Lara.«

Sie sah in das Gesicht ihrer Cousine, die längst nicht mehr ihre Cousine war. Weisheit und Güte standen in diesem Gesicht. Mila kam näher und hob die Hand. Lara wich zurück und hielt die kleine Kugel fest umklammert.

»Ich will dir nichts wegnehmen. Ich will dir etwas geben. Eine Erinnerung.«

Lara verharrte regungslos, als Mila ihr die Hand auf den Kopf legte.

Und dann sah sie es. Die Versammlung ihrer Sieben. Auf der Welt der Träumer. Wie sie selbst eine träumende Blase gewesen war und die anderen getroffen hatte. Wie sie sich diese Welt ausgesucht und sich in diesem Leben verabredet hatten. Sie sah, wie jede einzelne der Blase ihr Gesicht gezeigt hatte. Das Gesicht, mit dem sie sich hier auf der Erde kennenlernen würden. Sie sah Ayse und Cem, Tonka und Marc. Timo, den sie damals schon geliebt hatte. Und schließlich sah sie Philipp. Und sie empfand nicht wie gerade noch Wut auf ihn und Angst vor seinen Taten, sondern spürte Mitgefühl und Anerkennung für seinen Mut und für seinen Glauben, das Richtige für die anderen Menschen zu tun. Was in seinem Fall bedeutet hatte, in einen kleinen, eiskalten See zu springen und sein Leben zu riskieren – und schließlich zu opfern.

Erschrocken drehte sich Lara zu ihren Begleitern um. »Es tut mir leid!«, rief sie.

Das Lächeln auf ihren Gesichtern signalisierte, dass sie ihr nichts übelnahmen.

Lara sah zu Mila. »Entschuldige, dass ich dir nicht vertraut habe.«

»Das bin ich gewohnt«, konterte Mila. »Und jetzt los. Flieg zu ihnen!«

Das tat Lara. Sie flog in ihren Kreis der Sieben zurück und wurde ohne ein Wort des Vorwurfs in ihm aufgenommen.

Sie ließ die Kugel los, die wieder in ihre Mitte trudelte. Lara nahm Timos Hand und die von Marc, und gemeinsam blickten sie auf die Kugel, die nun schnell wieder an Leuchtkraft gewann.

Vertrau dem Willen!

Das war alles, was Lara jetzt noch denken konnte. Dann irgendwann setzten ihre Gedanken aus. Und mit ihnen ihr Wille. Sie ließ ihre Energie in die Kugel fließen und vertraute darauf, dass dieser Kreis, ihr Kreis der Sieben, nur eine Welt schaffen konnte, in der sie gern leben würde.

Die Kugel in ihrer Mitte wurde größer und größer, gewann an Leuchtkraft und drehte sich immer schneller. Lara spürte, wie ihre Konturen sich ganz auflösten. Auch die anderen waren in ihrer körperlichen Form nicht mehr sichtbar.

Ganz leise glaubte Lara, eine Stimme zu hören.

»Erschaffe! Erschaffe!«

Dann hörte sie einen lauten Knall und explodierte.

Erwacht!

Lara öffnete die Augen. Über ihr der blaue Himmel. Sie fröstelte. In ihrer Hand spürte sie eine andere liegen. Sie setzte sich auf. Neben ihr im Gras lag Marc und hielt ihre Hand fest umklammert. Seine Augen waren geschlossen, als würde er schlafen.

Sie waren zurück auf der Hornisgrinde. Auch Ayse, Cem und Tonka lagen im Gras. Die Klänge des Steins hatten aufgehört. Lara hörte nur den Wind. Die Sonne war aufgegangen.

Timo war weg, genau wie Philipp. Sie drehte sich um, als sie ein Bellen hörte. Susi kam zu ihnen gelaufen und leckte Marc über das Gesicht. Der kam langsam zu sich.

Außer ihnen war niemand mehr da. Was war geschehen?

Die Decken, das Teleskop, die Musikinstrumente, alles lag herum, wild durcheinandergewirbelt, als hätte hier ein Sturm gewütet. Wo waren die anderen? Wo war Johanna?

Langsam kamen alle zu sich. Während sie aufstanden, bellte Susi und rannte vor zur Straße. Dann wieder zurück.

»Sie will, dass wir ihr folgen«, erkannte Marc noch leicht benommen.

Gemeinsam folgten sie Susi den Weg hinunter. Die Beine noch wackelig, die Gemüter noch sprachlos von dem eben Erlebten. Als der Mummelsee in ihr Gesichtsfeld rückte, blieben sie sprachlos stehen.

Die Menschen hatten sich um den See versammelt. Die Steine, die ihn blockiert hatten, waren weg.

Einfach weg!

An ihrer Stelle sprudelte wieder Wasser in den See. Er war schon zur Hälfte gefüllt.

»Da sind sie!«, rief eine Stimme.

Alle sahen zu ihnen hoch. Ein Moment der Stille, dann brachen die Menschen in Jubel aus.

Lara sah verwirrt hinunter, als Karin und Jo mit Johanna auf dem Arm zu ihnen hochgelaufen kamen. Lara eilte ihnen entgegen und nahm Johanna auf den Arm, die fröhlich gluckste.

»Es war unglaublich!«, rief Karin.

»Ihr habt diesen Kreis gebildet«, fuhr Jo fort. »Und dann ist mitten in euch eine Kugel entstanden. Golden und leuchtend. Unfassbar schön!«

»Da war eine Energie ... Unglaublich!«

»Ihr seid abgehoben«, berichtete Jo weiter. »Hoch in die Luft. Ihr habt dabei einen ziemlichen Wind produziert. Die Kugel hat sich immer weiter gedreht, und irgendwann war der Wind so stark, er hat alles durcheinandergewirbelt. Man hat euch gar nicht mehr gesehen. Nur noch ein Leuchten.«

»Dann war plötzlich eine Pause«, berichtete Karin aufgeregt. »Die Kugel hat aufgehört, sich zu drehen. Alles stand still. Wir dachten schon: Das war es jetzt. Aber dann hat sie sich wieder gedreht, und plötzlich war es, als würde sich Energie entladen. Als würde ein Beben durch die ganze Welt gehen.«

»Dann war alles vorbei. Ihr wart weg.«

»Wir hörten ein Rumpeln und sind hergerannt. Die Steine, die sie in den See gelegt haben, sie waren einfach weg. Wusch!«

»Es ist fantastisch!«, rief Jo.

Lara konnte seine Begeisterung nicht teilen. Sie sah zu Marc, Tonka, Ayse und Cem. Tränen rannen ihre Wangen hinunter. »Es tut mir so leid!«, rief sie. »Ich hätte fast alles kaputtgemacht.«

Jo und Karin blickten verwirrt, während die anderen nur lächelten. »Ruhig, Goldi. Warst ja nicht allein. Sie hätte es niemals zugelassen.«

»Wer hätte was nicht zugelassen?«, fragte Karin.

Lara drehte sich zu Karin und Jo um. »Mila! Sie war da. Die ganze Zeit. Sie war nie weg. Sie hat mich an das Gute erinnert. An das Vertrauen. Ohne sie wäre ich verloren gewesen. Und ihr alle mit.«

Karin und Jo waren von ihren Worten sichtlich bewegt. Aber Lara ließ ihren Tränen freien Lauf. Die anderen kamen und drückten sie fest, baten sie, endlich mit dem Weinen aufzuhören. Sie war so erschrocken über sich selbst, so erschrocken über den Hass, den sie gefühlt hatte. Nichts schien sie trösten zu können, als sie plötzlich ein altbekanntes Gefühl an den Beinen spürte.

Das Schnurren einer Katze.

Lara sah an sich herunter. »Styx!« Ihre Stimme war nur noch ein Schrei.

Da war sie, die hässlichste ... Nein! Die schönste Katze auf der ganzen Welt. In ihrer alten Form, wenn nicht sogar noch dicker! Lara ließ sich mit Johanna auf dem Arm in die Knie sinken. »Styx! Du bist wieder da!«

Die Katze sah sie an. »Dank dir. Ich bin wieder gut versorgt. Mit gutem Willen.«

Lara lachte. »Waren die Menschen willenlos, weil das Gute aus der Welt verschwunden ist?«

»Nein. Der Wille ist verschwunden, weil ihr die Verbindung zu den Welten aus Angst blockiert habt. Auch wenn ihr es nicht gewusst habt, wart ihr mit der Energie der anderen Welten verbunden. Ohne diese Verbindung verliert ihr das Wesentliche, das, was euch ausmacht. Ohne diese Verbindung seid ihr wie ein Boot ohne Hafen. Ihr taumelt umher, ähnlich wie du, als du die Verbindung zu deinem Körper verloren hast«

Lara sah zum Mummelsee, der nun wieder freigelegte Eingang. Den sie hoffentlich nie wieder mit Steinen füllen würden.

Gemeinsam gingen sie zum See hinunter. Die Leute empfingen sie lachend und klatschend. Lara sah Leo und Malik, die neben dem Professor standen. Hand in Hand. Da waren Eva und Dany und die Frauen. Auch sie lächelten glücklich. Lara fühlte das Glück, das nun alle miteinander teilten.

Nervös, ob der Wille die Kranken wieder geheilt hatte, zerstreute sich die Gesellschaft zunehmend. Die Ortsansässigen wollten nach ihren Freunden und Verwandten sehen.

Gemeinsam mit den anderen ging Lara ins Tal hinunter. Sie erreichten den oberen Teil von Sasbachwalden, ohne dass sie einem Menschen begegnet wären. Dann aber, auf halber Höhe im Dorf, traten die Ersten aus ihren Häusern. Unrasiert, abgemagert und deutlich mitgenommen. Sie waren aufgestanden und fühlten die Sonnenstrahlen auf der Haut.

Sie blinzelten, als wären sie aus einem langen Schlaf erwacht.

Jetzt du!

»So etwas wie Hannisch gibt es nicht«, gab Marc genervt von sich.

»Natürlich. Du hörst es doch jeden Tag!«, sagte Lara empört, während sie Hannen ein Butterbrot schmierte.

»Ich bin schon tanz tos«, rief Hannen, während sie an Laras Rock zog.

Lara lachte und nahm sie hoch, während Marc zu ihnen trat.

»Du bist nicht *tanz tos*. Du bist ganz groß. Und musst zum Logopäden«, erklärte er.

Hannen streckte ihm die Zunge raus.

»Gut so!«, fand Lara.

Marc grinste, nahm sich das Butterbrot und lief aus der Küche.

»Meins!«, rief Hannen empört.

Lara sah sie an. Mit ihren drei Jahren war ihre Tochter das schönste Geschöpf der Welt. Sie war etwas kleiner als die anderen Gleichaltrigen und konnte das G und K nicht aussprechen, sodass sich diese Buchstaben immer wie T anhörten. Aber ihre Tochter hatte entschieden, dass sie eine eigene Sprache erschaffen hatte. Und diese Sprache hieß *Hannisch*. Sie hatte sich auch einen eigenen Namen gegeben und bestand darauf, Hannen genannt zu werden.

Lara drückte Hannen einen Kuss auf die Wange und schmierte ein neues Butterbrot. Noch einen Monat hatte Lara Hannen für sich. Dann kam sie in die Kita. Lara würde der Schritt vermutlich viel schwerer fallen als ihr. Ab diesem Tag konnte sie ganztags in der Apotheke arbeiten. Sie hatte ihre Ausbildung abgeschlossen und war nun pharmazeutisch-technische Assistentin. Jo und Karin waren froh um ihre Unterstützung, denn Karin war im siebten Monat schwanger und würde nicht mehr lange in der Apotheke arbeiten können.

Lara hatte sich unendlich über die Nachricht von Karins Schwangerschaft gefreut. Diesmal, so hoffte sie, würde es ein ganz normales Kind. Und keine Weltenhüterin.

Lara hatte Mila nicht mehr gesehen. Aber sie wusste, dass sie immer um sie herum war. Bereit einzugreifen, wenn jemand in die falsche Richtung lief. Auch den Gedankenträger hatte sie nicht mehr gesehen. Sie hoffte, dass in seiner Höhle nun wieder viele, rote Kristalle glänzten. Sie jedenfalls war erfüllt von guten Gedanken.

Ayse war nach ihrem Abitur hergezogen. Sie war nun selbst in die Welten gereist. Die Zugänge waren geöffnet und die Weltenhüter auf Besucher vorbereitet.

Cem studierte Informatik in Karlsruhe und arbeitete mit Marc zusammen, während Ayse eine Weltenschule gegründet hatte. Mitten im Schwarzwald. Schüler von weiter weg kamen in den Hotelzimmern unter. Marc und Tonka waren als erste Lehrer eingestellt worden. Nach drei Jahren weiterer Reisen in die anderen Welten wusste Marc endlich, wo die genaue Lage der Planeten war und hatte seine Software fertig. Zugänglich für die ganze Welt.

Über Tonka konnte man sich für gewünschte Reisen anmelden, und sie kümmerte sich darum, dass die anderen Weltenhüter Bescheid wussten.

Viele wagten die Reise noch nicht. Keiner hatte Philipp und die fünfzehn Menschen vergessen, die ihren Sprung nicht überlebt hatten. Dennoch hatte niemand mehr Angst, dass durch den Mummelsee irgendwelche Wesen kommen könnten, die alles vernichten wollten. Eine Tatsache, die sie allein Philipps Handeln zu verdanken hatten. Wenn Lara sich an ihr Misstrauen erinnerte, schämte sie sich dafür. Obwohl es ihr damals richtig erschienen war.

Die Kinder, die Marc bereits unterrichtete, konnten es gar nicht erwarten, endlich auf die Reise zu gehen. Aber bevor sie in den See im Silbergründle springen durften, mussten sie volljährig sein.

Marc folgte seiner Bestimmung, an Tonkas Seite. Die beiden waren wahrlich eines der schönsten Paare, die Lara je gesehen hatte. Auch wenn sie sich jeden Tag bestimmt drei Mal leidenschaftlich stritten.

Timos Mutter hatte eine eigene Goldschmiede, Mathilda bot Schwarzwaldritte auf Pferden an, Eva und Dany machten immer noch ihre Flammkuchen, und alle waren erfüllt von ihrem Willen, der nur Gutes zu bewirken schien.

Zu Laras Erstaunen breitete sich dieser Wille immer weiter aus. Nachdem sie eine neue Welt über der alten erschaffen hatten, war vieles verändert. Die Menschen waren aus ihrer Depression erwacht. Sie hatten erkannt, wohin die Angst sie getrieben hatte und versuchten nun, der Liebe mehr Raum zu geben. Nicht jeder war bereit dazu. Es gab immer noch Grenzen zwischen den Ländern, immer noch Ängste vor Unterschieden, immer noch Hass zwischen einzelnen Menschen. Aber er reichte nicht mehr aus, um einen Krieg zu führen. Für diesen Moment, diese Zeitspanne, gab es auf dieser Welt keinen Krieg. Ein ungewohntes Gefühl. Die Nachrichten waren erfüllt von positiven Ereignissen, da es kaum noch negative zu berichten gab. Die Länder, die vom Krieg zerstört gewesen waren, befanden sich im Aufbau. Mögliche politische Spannungen wurden auf anderem Weg gelöst, zumindest war man darum bemüht.

Für diesen Moment.

Ein Zustand, der jederzeit wieder umschwenken konnte, dessen war Lara sich bewusst. Vielleicht würde es wieder Seelen geben, die für ihren Weg den Kampf wählten. Schließlich waren sie immer noch die Welt der Unterschiede. Jetzt schienen diese Unterschiede aber neugierig zu machen, nicht ängstlich. Lara hatte beschlossen, es zu genießen, solange es anhielt. Hannen erlebte eine Kindheit in Frieden. Das war mehr, als sie hatte hoffen können, und sie war dankbar dafür.

Malik und Leo lebten zusammen in Berlin. Malik war nun auch wieder in der Lage, die Melodien der Seelen zu hören und die beiden waren eine Anlaufstelle für zahlreiche Menschen geworden, die über ihre Entscheidungen und ihr Gefühlsleben unsicher waren. Sie kamen zu Malik und Leo, um ihre Musik zu hören. Manche änderten daraufhin etwas in ihrem Leben, andere waren überrascht und wieder andere hörten ihre Lieder und konnten nichts damit anfangen.

Nicht so Malik, der jetzt zu seiner Liebe für Leo stand. Sein Outing hatte innerhalb der Familie für weniger Unruhe gesorgt, als Lara und Ayse befürchtet hatten.

Nach allem, was geschehen war, war die Familie Kaya einfach nur froh und dankbar, dass es wieder allen gut ging. Leo wurde zögernd als neues Familienmitglied akzeptiert.

Wieder hatte die Liebe Grenzen überwunden. Genau wie die Liebe zwischen Timo und Lara. Styx hatte die Barriere zwischen ihnen aufgehoben.

Timo konnte sie wieder besuchen. Immer wieder tauchte er spontan auf und hatte recht behalten: Er konnte sie loslassen und gleichzeitig bei ihr sein. Genau wie sie. Auch wenn Lara immer noch einen Geist liebte, so fühlte sie sich doch lebendiger als jemals zuvor.

Lara setzte Hannen auf den Boden und reichte ihr das Butterbrot. Die Kleine biss hinein und rannte dann damit hinaus in den Garten. Marc hinterher. Ihr schräger Onkel, der ihr nachts die Sterne zeigte und erklärte, wo ihre Mama und ihr Papa überall rumgesprungen waren. Ihre kleine Willensblase baumelte dabei wie ein Luftballon an einer Schnur über ihrem Kopf. Ein Spiegelbild ihrer selbst.

Während sie Hannens kleinen, speckigen Beinen nachsah, die für ihren Geschmack schon viel zu schnell rennen konnten, hätte sie vor Glück platzen können.

Styx strich ihr um die Beine. Wie immer war die Katze aus dem Nichts aufgetaucht. Lara sah hinunter.

»Grüße vom Gedankenträger«, murmelte sie.

»Danke. Zurück.« Lara beugte sich hinunter und sah der Katze in die Augen. »Ich hatte lange Angst vor meinem eigenen Willen. Aber diese Zeit ist vorbei. Verrätst du mir, was in meiner Willensblase ist?«

Styx musterte sie, und Lara hatte das Gefühl, als würde sie grinsen. »Noch so viele Welten«, schnurrte sie.

Am Abend legte Lara eine dünne Decke über Hannen. Sie kuschelte sich an ihre bunte Puppe. Tonka hatte sie herstellen lassen. Sie sah aus wie die Frauen aus ihrer Welt und konnte auf Knopfdruck die Farben ihrer Haut verändern. Ein Renner in allen Kinderzimmern!

»Spielen wir noch das Weltenspiel?«, flüsterte Hannen, während sie ihre Puppe anknipste und das Farbspiel betrachtete.

Lara sah am Fußende des Betts, dass ein heller Schimmer erschien. Timo gesellte sich zu ihnen und lächelte sie glücklich an.

»Natürlich.« Lara legte sich neben ihre Tochter. »Du fängst an.«

»Ich erschaffe eine Welt«, sagte Hannen. »Eine Welt voll mit Schotolade. Und ich bin die Einzite, die da lebt.«

»Und was ist mit mir?«, empörte sich Lara.

»Du darfst auch tommen.«

»Habe ich ein Glück.« Lara grinste.

»Jetzt du!«, forderte Hannen.

»Ich erschaffe eine Welt«, sinnierte Lara. »Eine Welt, die aus Blumen besteht, in der alle Wesen fliegen können und so hübsch wie Schmetterlinge sind. Es gibt dort Quellen mit silbernem Wasser, und wer einmal davon trinkt, hat nie wieder Durst. Jetzt du.«

»Ich erschaffe eine Welt«, murmelte Hannen schon etwas verschlafen. »Eine Welt zum Ausmalen. Alles ist weiß, und ich darf alles malen.« Sie öffnete noch ein-

mal ihre großen Augen und sah Lara auffordernd an.
»Jetzt du!«

Ende des dritten Buches

Im Kreis der Sieben Kristalle

Playlist

U2 – Unchained melody

Peter Fox – Ich Steine, du Steine

Tim Bendzko – Nur noch kurz die Welt retten

Mando Diao – Dance with somebody

David Bowie – Wild is the wind

Jupiter Jones – Still

U2 – One

Henning May – Barfuß am Klavier

Herbert Grönemeyer – Bleibt alles anders

Haelos – Earth not above

Marius Müller-Westernhagen – Steh auf

SDP – Ich will nur, dass du weißt

Haelos – Full Circle

DANKE

Dieses Buch war auch eine Reise für mich und dank meiner begeisterten Leser war ich durchgehend motiviert, die Trilogie zu einem Finale zu führen. Besonders bedanken will ich mich bei Emily Thomsen, die bei den Vorbereitungen für die Frankfurter Buchmesse mit Ideen um sich warf und dafür sorgte, dass es in diesem Buch nicht nur die roten, sondern auch die blauen Steine gibt. Danke für unsere Freundschaft, Emily.

Auch Rebecca Feist hat mich und den Kreis der Sieben von Anfang an begleitet. Ihr toller Blog http:// muffins-light-side.blogspot.de/ gibt mir immer wieder Lese- und Geschenkideen und sie war die Testleserin von Teil 3. Ihre Begeisterung hat mich motiviert und auch hier bin ich dankbar für eine neu gewonnene Freundschaft.

Wie immer danke ich Kathleen Weise und Mirjam Becker von der Textwache (www.textwache.de) für das Lektorat und die Schlusskorrektur. Auch hier hat sich eine Freundschaft entwickelt. Ich danke für einen schönen und spannenden Abend in Leipzig, eure Aufmerksamkeit und euren Input. Ohne euch wären diese Bücher nicht, was sie sind! Dr. Katrin Scheiding (www.katrinscheiding.de) hat das Werk auch diesmal in Form gebracht und ihm den letzten Schliff verpasst. Danke!

Ich danke Professor Klaus Fessmann, der mit Steinen Klänge erzeugt, die mich sofort in einen meditativen Zustand versetzen und der seinen Platz in diesem Buch gefunden hat. Ich durfte einen spannenden Nachmittag mit ihm verbringen und die Steine und seine Gabe live erleben. Danke dafür! Der Klang der Steine ist real und kann gerne auf etlichen Quellen gehört werden: www.klaus-fessmann.de und www.klangsteine.com.

Ein riesiger Dank geht an Simone und die »Kräuterhexe« aus der Schlossapotheke Lauf. Für ihre Hilfe bei meiner Recherche und das leckere Frühstück. Ich freue mich schon auf die Kräuterwanderung!

Ich danke Eva und Dany von Dany's Flammkuchen im Hotel *Holzwurm* für ihre Freundschaft, ihre Begeisterung für den Kreis der Sieben und natürlich für den besten Kuchen und Flammkuchen der Welt. Ich freue mich schon auf die nächste Lesung!

Mein Dank gilt auch den Leserinnen von Gabis wandernden Rezensionsbüchern. Ihr seid eine tolle Gruppe und ich bin froh, dass meine Bücher den Weg zu euch gefunden haben!

Außerdem danke ich dem *Steinlädele*, das mich immer wieder mit neuen Glitzereien für meinen Schreibtisch versorgt und ein ganz besonderer Ort ist.

Und da sind noch so viele, die diesen Weg begleitet haben! Andreas Baum, Ela Feyh, Anni Krug, Rickys Buchgeplauder, meine liebe Petrina und Jeannine … euch allen verdanke ich den Mut, weiterzumachen.

Und als Letztes danke ich meiner Katze Daisy, die das Universum in sich trägt.